O Cavaleiro dos Sete Reinos

GEORGE R.R. MARTIN

O CAVALEIRO DOS SETE REINOS

TRADUÇÃO
Márcia Blasques

2ª reimpressão

Grafia atualizada segundo o Acordo Ortográfico da Língua Portuguesa de 1990, que entrou em vigor no Brasil em 2009.

Título original
A Knight of the Seven Kingdoms

Capa, lettering e abres de capítulo
Lygia Pires

Ilustrações de miolo
Jean-Michel Trauscht

Preparação
Jana Bianchi

Revisão
Clara Diament
Marise Leal

Dados Internacionais de Catalogação na Publicação (CIP)
(Câmara Brasileira do Livro, SP, Brasil)

Martin, George R.R.
O cavaleiro dos Sete Reinos / George R.R. Martin ; tradução Márcia Blasques. — 1ª ed. — Rio de Janeiro : Suma, 2022.

Título original: A Knight of the Seven Kingdoms.
ISBN 978-85-5651-154-6

1. Ficção de fantasia 2. Ficção norte-americana. I. Título.

22-115949 CDD-813

Índice para catálogo sistemático:
1. Ficção : Literatura americana 813

Cibele Maria Dias – Bibliotecária – CRB-8/9427

EDITORA SCHWARCZ S.A.
Praça Floriano, 19, sala 3001 — Cinelândia
20031-050 — Rio de Janeiro — RJ
Telefone: (21) 3993-7510
www.companhiadasletras.com.br
www.blogdacompanhia.com.br
facebook.com/editorasuma
instagram.com/editorasuma
twitter.com/editorasuma

AS CRÔNICAS DE GELO E FOGO
UMA SÉRIE DE
GEORGE R.R. MARTIN

A série As Crônicas de Gelo e Fogo nasceu como uma trilogia, mas já se expandiu para seis livros. Como J.R.R. Tolkien disse certa vez, histórias crescem durante a narrativa.

O cenário dos livros é o grande continente de Westeros — um mundo ao mesmo tempo parecido com e diferente do nosso, no qual as estações duram anos e, algumas vezes, décadas. Fazendo limite com o Mar do Poente, no lado ocidental do mundo conhecido, Westeros se estende das areias vermelhas de Dorne, no sul, até as montanhas geladas e campos congelados no norte, onde a neve cai mesmo durante os longos verões.

Os Filhos da Floresta foram os primeiros habitantes conhecidos de Westeros, durante a Alvorada dos Dias: uma raça de baixa estatura que morava na floresta e esculpia estranhos rostos nos represeiros, árvores imensas e brancas como ossos. Depois vieram os Primeiros Homens, que cruzaram o istmo vindos do continente maior ao leste, com espadas de bronze e cavalos; guerrearam com os Filhos da Floresta por séculos antes de finalmente fazerem as pazes com a raça mais antiga e adotarem seus deuses antigos e sem nome. O Pacto marcou o início da Era dos Heróis, quando os Primeiros Homens e os Filhos da Floresta partilharam Westeros, e uma centena de pequenos reinos surgiu e desapareceu.

Outros invasores vieram. Os Ândalos cruzaram o mar estreito em navios; com ferro e fogo varreram os reinos dos Primeiros Homens e tiraram os Filhos de suas florestas, derrubando muitos represeiros com seus machados. Trouxeram a própria fé, venerando um deus com sete aspectos cujo símbolo era uma estrela de sete pontas. Foi apenas no extremo norte que os Primeiros Homens, liderados pelos Stark de Winterfell, repeliram os recém-chegados. Em todos os outros lugares, os Ândalos triunfaram e ergueram os próprios reinos. Os Filhos da Floresta minguaram e desapareceram, enquanto os Primeiros Homens passaram a se unir aos seus conquistadores por meio de casamentos.

Os Roinares chegaram mil anos depois dos Ândalos — não como invasores, mas como refugiados, cruzando os mares em dez mil navios para escapar do poder crescente do Domínio de Valíria. Os senhores de Valíria governavam a maior parte do mundo conhecido; eram feiticeiros dotados de grande sabedoria e, dentre todas as raças humanas, eram os únicos que tinham aprendido a criar dragões e a fazê-los se dobrar a sua vontade. Quatro séculos antes do início de As Crônicas de Gelo e Fogo, no entanto, a Condenação se abateu sobre Valíria, destruindo a cidade em uma única noite. Depois disso, o grande império valiriano se desintegrou em discórdias, barbárie e guerras.

Westeros, do outro lado do mar estreito, foi poupada do pior o caos que se seguiu. Com o tempo, apenas sete reinos restaram onde antigamente havia centenas — mas nem esses durariam muito tempo. Um descendente da perdida Valíria chamado Aegon Targaryen desembarcou na foz do Água Negra com um pequeno exército, as duas irmãs (que também eram suas esposas) e três grandes dragões. Montados no dorso dos dragões, Aegon e as irmãs venceram batalha após batalha e subjugaram seis dos sete reinos westerosi através do fogo, da espada e de tratados. O Conquistador reuniu as lâminas derretidas e retorcidas de seus inimigos caídos e as usou para fazer um trono monstruoso, gigantesco e farpado: o Trono de Ferro, do qual governou como Aegon, o Primeiro de Seu Nome, rei dos Ândalos, dos Roinares e dos Primeiros Homens, e Senhor dos Sete Reinos.

A dinastia fundada por Aegon e as irmãs durou pelos trezentos anos seguintes. Outro rei Targaryen, Daeron II, mais tarde trouxe Dorne para o reino, unindo toda Westeros sob um único governante. Fez isso através do casamento, e não da conquista, pois o último dragão morrera meio século antes. *O Cavaleiro Andante*, publicado inicialmente no livro *Legends*, passa-se nos últimos dias do reinado do Bom Rei Daeron, cerca de cem anos antes do início do primeiro livro de As Crônicas de Gelo e Fogo, quando o reino estava em paz e a dinastia Targaryen no auge. Conta a história do primeiro encontro de Dunk — o escudeiro de um cavaleiro andante — e Ovo — um menino que é mais do que parece ser — durante o grande torneio em Campina de Vaufreixo. *A Espada Juramentada*, a noveleta que se segue, continua a história deles cerca de um ano depois. E, finalmente, *O Cavaleiro Misterioso* traz Dunk e Egg ao centro de conspirações pelo Trono de Ferro.

O Cavaleiro
Andante

As chuvas da primavera tinham amolecido o solo, então Dunk não teve dificuldade em cavar a sepultura. Escolheu um lugar na encosta oeste de uma colina baixa, pois o velho sempre gostara de ver o pôr do sol.

— Outro dia que se foi — suspirou — e quem sabe o que o amanhã nos trará, hein, Dunk?

Bem, uma manhã trouxera chuvas que os deixaram ensopados até os ossos, o dia seguinte viera com ventos úmidos e cortantes e o próximo trouxe um resfriado. No quarto dia, o velho estava fraco demais para cavalgar. E agora se fora. Apenas alguns dias antes, o velho estava cantando enquanto cavalgavam; a velha canção sobre ir para Vila Gaivota ver uma bela donzela — mas, em vez de Vila Gaivota, cantava sobre Vaufreixo. *Até Vaufreixo para ver a bela donzela, ei-ho, ei-ho*, Dunk pensava com tristeza enquanto cavava.

Quando o buraco ficou profundo o bastante, ergueu o corpo do velho nos braços e o carregou até lá. O homem era pequeno e magro; despido da cota de malha, do elmo e do cinturão da espada, parecia não pesar mais do que um saco de folhas. Dunk era incrivelmente alto para a idade, um garoto desajeitado, desgrenhado e de ossos grandes, de dezesseis ou dezessete anos (ninguém tinha muita certeza da idade correta), que estava mais próximo dos dois metros do que da altura mediana e tinha apenas começado a ganhar corpo. O velho com frequência elogiava sua força. Sempre fora generoso nos elogios. Era tudo o que tinha para dar.

Dunk o colocou no fundo da cova e ficou parado acima dele por algum tempo. O cheiro da chuva pairava de novo no ar, e sabia que devia fechar o buraco antes que a chuva começasse a cair, mas era difícil jogar terra naquele velho rosto cansado. *Devia ter um septão aqui para dizer algumas preces, mas ele só tem a mim.* O velho ensinara a Dunk tudo o que sabia sobre espadas, escudos e lanças, mas nunca fora muito bom em lhe ensinar palavras.

— Eu deixaria sua espada, mas ela vai enferrujar se ficar no chão — disse, por fim, como se estivesse se desculpando. — Os deuses lhe darão uma nova, imagino. Gostaria que não tivesse morrido, sor. — Fez uma pausa, inseguro do que mais precisava ser dito. Não conhecia prece alguma, nenhuma inteira ao menos; o velho nunca fora muito de rezar. — O senhor foi um cavaleiro de verdade e nunca me bateu quando não mereci — finalmente conseguiu dizer. — Exceto aquela vez na Lagoa da Donzela. Foi o garoto da estalagem que comeu a torta da viúva, não eu, eu disse para o senhor. Não importa agora. Que os deuses o guardem, sor. — Chutou um pouco de terra no buraco e depois começou a enchê-lo metodicamente, sem olhar para a coisa no fundo. *Ele teve uma longa vida*, pensou Dunk. *Acho que estava mais perto dos sessenta do que dos cinquenta anos, e quantos homens podem dizer isso?* Pelo menos vivera para ver outra primavera.

O sol descia no oeste enquanto ele alimentava os cavalos. Eram três: seu castrado de costas arqueadas, o palafrém do velho e Trovão, o cavalo de guerra, que era cavalgado apenas em torneios e batalhas. O grande garanhão castanho não era tão ágil quanto antes, mas ainda tinha olhos brilhantes e temperamento violento, e era mais valioso que outra coisa que Dunk possuía. *Se eu vendesse Trovão e a velha Castanha, e as selas e os estribos também, poderia arrumar prata suficiente para...* Dunk franziu o cenho. A única vida que conhecia era a de um cavaleiro andante, cavalgando de fortaleza em fortaleza, aceitando trabalho desse e daquele senhor, lutando as batalhas e comendo nos salões deles até a guerra acabar, para depois seguir em frente. Também havia torneios de tempos em tempos, embora com menos frequência, e ele sabia que alguns cavaleiros andantes viravam ladrões durante invernos improdutivos, embora o velho nunca tivesse feito isso.

Eu podia encontrar outro cavaleiro andante que precisasse de um escudeiro para cuidar dos animais e limpar sua cota de malha, pensou, *ou podia ir para alguma cidade, como Lannisporto ou Porto Real, e me juntar à Patrulha da Cidade. Ou então...*

Empilhara os pertences do velho sob um carvalho. A bolsa de tecido continha três veados de ouro, dezenove moedas de cobre e uma granada lascada. Como a maioria dos cavaleiros andantes, a maior parte da riqueza material do homem fora investida em cavalos e armas. Dunk possuía agora uma cota de malha da qual tirara a ferrugem mil vezes. Um meio elmo de ferro com protetor nasal largo e um recorte dentado na têmpora esquerda. Um cinturão de espada de couro marrom rachado e uma espada longa com bainha de lã e couro. Um punhal, uma navalha, uma pedra de amolar. Grevas e armadura de pescoço, uma lança de guerra de madeira de freixo torneada de dois metros e uma cruel ponta de ferro, e um escudo de carvalho com uma borda de metal cheia de marcas e o brasão de Sor Arlan de Centarbor: um cálice alado, prateado sobre marrom.

Dunk olhou para o escudo, pegou o cinturão da espada e olhou de novo para o escudo. O cinto era feito para os quadris estreitos do velho. Nunca serviria em

Dunk, nem a cota de malha. Ele amarrou a bainha em uma corda de cânhamo, prendeu ao redor da cintura e desembainhou a espada longa.

A lâmina era reta e pesada, de bom aço forjado em castelo, o punho de couro macio enrolado em madeira; o botão, uma pedra negra lisa e polida. Simples como era, a espada ficava bem em sua mão, e Dunk sabia o quanto era afiada por ter trabalhado nela com a pedra de amolar e a oleado muitas noites antes de dormir. *Se ajusta ao meu punho tão bem quanto sempre se ajustou ao dele*, pensou consigo mesmo, *e há um torneio no Campo de Vaufreixo.*

Passomanso tinha uma marcha mais suave do que a da velha Castanha, mas mesmo assim Dunk estava dolorido e cansado quando vislumbrou a estalagem adiante: uma construção alta de madeira e argamassa ao lado de um córrego. A cálida luz amarelada que jorrava das janelas parecia tão convidativa que ele não conseguiu seguir em frente. *Tenho três moedas de prata*, disse para si mesmo, *o suficiente para uma boa refeição e tanta cerveja quanto puder beber.*

Enquanto desmontava, um garoto nu saiu pingando do córrego e começou a se secar com uma capa de tecido grosseiro marrom.

— Você é o cavalariço? — Dunk perguntou para ele. O menino não parecia ter mais do que oito ou nove anos; era uma coisinha magrela com rosto descorado, os pés descalços cobertos de lama até a altura do tornozelo. O cabelo era o mais estranho nele: não tinha nenhum. — Quero que meu palafrém seja escovado. E aveia para os três. Pode cuidar deles?

O menino o encarou com um olhar audacioso.

— Poderia. Se eu quisesse.

Dunk franziu o cenho.

— Não vou tolerar nada disso. Saiba que sou um cavaleiro.

— Você não parece um cavaleiro.

— Todos os cavaleiros parecem iguais?

— Não, mas também não parecem com você. O cinturão da sua espada é uma corda.

— Desde que segure minha bainha, serve. Agora cuide dos meus cavalos. Eu lhe darei um cobre se cuidar bem deles e um tapa na orelha se não o fizer. — Não esperou para ver como o cavalariço reagiria àquilo, deu as costas e empurrou a porta com o ombro.

Esperava que a estalagem estivesse cheia àquela hora, mas o salão comum estava quase vazio. Um jovem fidalgo em um elegante manto adamascado jazia desacordado em uma das mesas, roncando levemente sobre uma poça de vinho derramado. Além dele, não havia mais ninguém. Dunk olhou ao redor, inseguro, até que uma mulher robusta, baixa e pálida saiu da cozinha e disse:

— Sente onde quiser. É cerveja que deseja ou comida?

— Ambos. — Dunk escolheu um lugar perto da janela, bem longe do homem adormecido.

— Temos cordeiro do bom, assado com uma crosta de ervas, e alguns patos que meu filho caçou. O que prefere?

Ele não comia em uma estalagem havia seis meses ou mais.

— Ambos.

A mulher gargalhou.

— Bem, você é grande o bastante para isso. — Encheu um caneco de cerveja e o levou até a mesa dele. — Vai querer um quarto para passar a noite também?

— Não. — Nada teria agradado mais a Dunk do que um colchão de palha macia e um teto sobre a cabeça, mas precisava ser cuidadoso com o dinheiro. O chão serviria. — Um pouco de comida, um pouco de cerveja, e já sigo para Vaufreixo. Qual é a distância daqui?

— Um dia de cavalgada. Vá para norte quando a estrada bifurcar perto do moinho queimado. Meu garoto está cuidando dos seus cavalos ou fugiu de novo?

— Não, está lá — Dunk falou. — Parece que vocês não têm clientela.

— Metade da cidade foi ver o torneio. Meus filhos também teriam ido, se eu permitisse. Vão ficar com esta estalagem quando eu me for, mas o menino prefere ficar por aí contando vantagem com os soldados, e a menina é só suspiros e risadinhas cada vez que um cavaleiro aparece. Juro que não sei lhe dizer por quê. Cavaleiros são feitos da mesma coisa que os outros homens, e nunca soube de uma justa que tenha mudado o preço do ovo. — Olhou para Dunk com curiosidade; a espada e o escudo dele diziam uma coisa; o cinturão da espada e a túnica de tecido rústico diziam outra. — Também vai participar do torneio?

Ele tomou um gole de cerveja antes de responder. A bebida tinha cor de avelã e era espessa na língua, do jeito que gostava.

— Sim — confirmou. — Pretendo ser o campeão.

— Ah, é? — a estalajadeira respondeu, com tanta educação quanto necessário.

Do outro lado da sala, o fidalgo ergueu a cabeça da poça de vinho. Seu rosto tinha um matiz amarelado e doentio sob o ninho de rato que era o cabelo castanho-claro, e uma barba loura por fazer lhe cobria o queixo. Ele esfregou a boca, pestanejou para Dunk e disse:

— Sonhei com você. — A mão dele tremia enquanto sustentava o dedo em riste. — Fique longe de mim, ouviu? Fique *bem* longe.

Dunk o encarou, inseguro.

— Perdão, senhor?

A estalajadeira se inclinou para perto dele.

— Não se incomode com aquele ali, sor. Tudo o que faz é beber e falar sobre seus sonhos. Vou buscar sua comida. — Saiu apressada.

— Comida? — O fidalgo fez a palavra parecer obscena. Levantou-se cambaleando, apoiando a mão na mesa para não cair. — Vou vomitar — anunciou. A frente da túnica estava coberta de velhas manchas vermelhas de vinho. — Queria uma puta, mas não há nenhuma por aqui. Todas foram para o Campo de Vaufreixo. Pelos deuses, preciso de um pouco de vinho. — Ele saiu cambaleando do salão comum. Dunk o ouviu subir as escadas, cantarolando em voz baixa.

Uma triste criatura, Dunk pensou. *Por que achou que me conhecia?* Ponderou sobre aquilo por um momento, enquanto bebia a cerveja.

O cordeiro era melhor que qualquer um que já tinha comido; o pato estava melhor ainda, cozido com cerejas e limões e nem de perto tão gorduroso quanto muitos outros. A estalajadeira também o serviu de ervilhas refogadas na manteiga e pão de aveia ainda quente. *É isso que é ser cavaleiro*, disse para si mesmo enquanto arrancava o último pedaço de carne do osso. *Boa comida, cerveja sempre que eu quiser e ninguém me dando pancadas na cabeça*. Ele tomou uma segunda caneca de cerveja com a comida, uma terceira para empurrar tudo para baixo e uma quarta porque não havia ninguém para lhe dizer que não podia. Quando acabou, pagou a mulher com um veado de prata e ainda recebeu de volta um punhado de cobres.

Era noite alta quando Dunk saiu da estalagem. Seu estômago estava cheio e a bolsa, um pouco mais leve, mas ele se sentia bem enquanto caminhava até os estábulos. Ouviu um cavalo relinchar adiante.

— Calma, rapaz — uma voz de menino disse. Dunk apertou o passo, franzindo o cenho.

Encontrou o cavalariço montado em Trovão, vestindo a armadura do velho. A cota de malha era mais comprida do que ele, e inclinara o elmo para trás para que não cobrisse seus olhos. Ele parecia totalmente concentrado, e totalmente absurdo. Dunk parou na porta do estábulo e gargalhou.

O garoto levantou o olhar, corou e saltou para o chão.

— Meu senhor, eu não pretendia....

— Ladrão — Dunk disse, tentando parecer severo. — Tire essa armadura e fique feliz por Trovão não ter dado um coice nessa sua cabeça tola. Ele é um cavalo de guerra, não um pônei de criança.

O menino tirou o elmo e o jogou na palha.

— Eu o cavalgaria tão bem quanto você — disse com a maior ousadia.

— Feche a boca, não quero saber da sua insolência. Tire a cota de malha também. O que achou que estava fazendo?

— Como posso falar com a boca fechada? — O garoto se contorceu para fora da cota de malha e a deixou cair no chão.

— Pode abrir a boca para responder — falou Dunk. — Agora, pegue essa cota de malha, limpe a sujeira e a coloque onde a encontrou. E o meio elmo também. Alimentou os cavalos como pedi? E esfregou Passomanso?

— Sim — o menino respondeu enquanto espanava a palha da cota de malha. — Você vai para Vaufreixo, não vai? Me leve com você, sor.

A estalajadeira o advertira daquilo.

— E o que sua mãe acharia disso?

— Minha mãe? — O menino fez uma careta. — Minha mãe está morta, ela não acharia nada.

Dunk ficou surpreso. A estalajadeira não era mãe dele? Talvez fosse apenas o aprendiz dela. A cabeça de Dunk estava um pouco zonza da cerveja.

— Você é órfão? — perguntou, inseguro.

— Você é? — o menino retrucou.

— Já fui — Dunk admitiu. *Até o velho me aceitar.*

— Se me aceitar, posso ser seu escudeiro.

— Não preciso de escudeiro — ele disse.

— Todo cavaleiro precisa de escudeiro — o menino respondeu. — Você parece precisar de um mais do que a maioria.

Dunk ergueu a mão em uma ameaça.

— E você parece que precisa de um safanão na orelha, acho. Encha os sacos com aveia. Estou indo para Vaufreixo... sozinho.

Se o menino ficou assustado, disfarçou bem. Ficou parado por um momento, desafiador, os braços cruzados; bem quando Dunk se preparava para desistir dele, porém, o garoto se virou e foi pegar aveia.

Dunk ficou aliviado. *Uma pena que eu não possa... Mas ele tem uma vida boa aqui na estalagem, melhor do que a que teria como escudeiro de um cavaleiro andante. Levar o garoto não seria gentileza alguma.*

Ele ainda podia sentir o desapontamento do menino, no entanto. Enquanto montava Passomanso e pegava a rédea de Trovão, Dunk decidiu que uma moeda de cobre poderia alegrá-lo.

— Aqui, garoto, pela sua ajuda. — Jogou a moeda para ele com um sorriso, mas o cavalariço não fez tentativa alguma de pegá-la. A moeda caiu na terra, entre seus pés descalços, e foi lá que ele a deixou.

Ele vai pegar a moeda assim que me for embora, Dunk disse para si mesmo. Virou o palafrém e saiu cavalgando da estalagem, levando os outros dois cavalos. As árvores estavam iluminadas pelo luar, o céu sem nuvens e salpicado de estrelas.

Enquanto seguia pela estrada, podia sentir o cavalariço encarando suas costas, mal-humorado e silencioso.

As sombras da tarde já ficavam mais compridas quando Dunk puxou as rédeas do cavalo na borda do amplo Campo de Vaufreixo. Sessenta pavilhões estavam erguidos no campo gramado. Alguns eram pequenos, outros grandes; alguns quadrados, outros redondos; alguns eram de lona, outros de linho, alguns de seda; mas todos eram de cores vivas, com longos estandartes esvoaçando nos mastros centrais, mais coloridos do que um campo de flores silvestres — vermelhos fortes, amarelos solares, incontáveis tons de verde e azul, negros profundos, cinza e púrpura.

O velho havia cavalgado com alguns daqueles cavaleiros; outros, Dunk conhecia das histórias contadas nos salões comuns e ao redor das fogueiras nos acampamentos. Embora Dunk nunca tivesse aprendido a mágica de ler e escrever, o velho fora incansável na tarefa de lhe ensinar heráldica, testando seus conhecimentos com frequência enquanto viajavam. Os rouxinóis pertenciam a Lorde Caron da Marca, tão habilidoso com a harpa vertical quanto com a lança. O veado coroado era de Sor Lyonel Baratheon, o Tempestade Risonha. Dunk localizou o caçador dos Tarly, o relâmpago púrpura da Casa Dondarrion, a maçã vermelha dos Fossoway. Ali rugia o leão dos Lannister, dourado sobre carmesim, e lá estava a tartaruga marinha verde-escura dos Estermont nadando contra um fundo verde--claro. A tenda marrom embaixo do garanhão vermelho só podia pertencer a Sor Otho Bracken, chamado de Bruto de Bracken desde que matara Lorde Quentyn Blackwood três anos antes durante um torneio em Porto Real. Dunk ouvira dizer que Sor Otho acertara o machado quase cego com tanta força que afundara o visor para dentro do elmo de Lorde Blackwood, juntamente com o rosto embaixo dele. Dunk viu alguns Blackwood também, no lado oeste da campina, o mais distante possível de Sor Otho. Marbrand, Mallister, Cargyll, Westerling, Swann, Mullendore, Hightower, Florent, Frey, Penrose, Stokeworth, Darry, Parren, Wylde; parecia que todas as casas senhoriais do oeste e do sul tinham enviado alguns cavaleiros até Vaufreixo para ver a bela donzela e enfrentar as listas em sua honra.

Mas por mais que aqueles pavilhões fossem belos de se olhar, Dunk sabia que ali não havia lugar para ele. Um manto de lã puído seria seu único abrigo naquela noite. Enquanto os senhores e grandes cavaleiros jantavam capões e leitões, a refeição de Dunk seria um pedaço duro e borrachento de carne salgada. Sabia muito bem que se acampasse naquele campo espalhafatoso teria de suportar em silêncio tanto o escárnio quanto a zombaria descarada. Alguns talvez o tratassem com gentileza, mas de um jeito que seria até pior.

Um cavaleiro andante precisava se agarrar com força ao orgulho. Sem isso, não era mais do que um mercenário. *Tenho que conquistar meu lugar naquela companhia. Se eu lutar bem, algum senhor pode me aceitar em sua casa. Aí vou cavalgar em companhia nobre e comer carne fresca toda noite em um salão de castelo, e erguer meu próprio pavilhão em torneios. Mas primeiro preciso me sair bem.* Relutante, virou as costas para os campos do torneio e levou os cavalos até as árvores.

Nos arredores da grande campina, a quase um quilômetro da vila e do castelo, encontrou um lugar onde uma curva no riacho formava uma lagoa profunda. Um juncal denso crescia na margem e um grande olmo frondoso se destacava acima de tudo. A grama primaveril estava tão verde quanto o estandarte de qualquer cavaleiro, suave ao toque. Era um belo lugar, e ninguém o reclamara para si ainda. *Esse será meu pavilhão*, Dunk disse para si mesmo, *um pavilhão coberto por folhas, mais verde do que o estandarte dos Tyrell e dos Estermont.*

Os cavalos vieram primeiro. Depois de cuidar deles, Dunk tirou a roupa e entrou na lagoa para lavar a poeira da viagem. "Um verdadeiro cavaleiro é tão limpo quanto devoto", o velho sempre dizia, insistindo para que se lavassem da cabeça aos pés sempre que a lua virava, quer estivessem cheirando mal ou não. Agora que era um cavaleiro, Dunk jurou fazer o mesmo.

Sentou-se nu sob o olmo enquanto se secava, desfrutando do calor do ar de primavera na pele enquanto observava uma libélula que se movia preguiçosamente entre os juncos. *Em alguns lugares é chamada de mosca-dragão. Por que tem esse nome?*, ele se perguntou. *Não parece em nada com um dragão.* Não que Dunk já tivesse visto um dragão. Mas o velho já. Dunk ouvira a história meia centena de vezes: como Sor Arlan era apenas um garotinho quando seu avô o levara a Porto Real, e como haviam visto ali o último dragão um ano antes de sua morte. Era uma fêmea verde, pequena e atrofiada, as asas mirradas. Nenhum de seus ovos eclodira. "Alguns dizem que o rei Aegon a envenenou", o velho contava. "Aquele era o terceiro Aegon, não o pai do rei Daeron, e sim o que chamavam de Desgraça dos Dragões, ou Aegon, o Azarado. Ele tinha medo dos dragões, pois vira o animal do tio devorar a própria mãe. Os verões têm sido mais curtos desde que o último dragão morreu, e os invernos, mais longos e mais cruéis."

O ar começou a esfriar conforme o sol mergulhava abaixo das copas das árvores. Quando começou a sentir os pelos dos braços arrepiarem, Dunk bateu a túnica e a calça contra o tronco do olmo para tirar o grosso da sujeira e as vestiu de novo. Na manhã seguinte, procuraria o mestre dos jogos e se inscreveria, mas tinha outros assuntos de que precisava tratar naquela noite se quisesse ter esperança de lutar.

Não precisava examinar seu reflexo na água para saber que não se parecia muito com um cavaleiro, então colocou o escudo de Sor Arlan nas costas para exibir o brasão. Prendendo os cavalos, Dunk os deixou aparando a densa relva verde sob o olmo enquanto se dirigia a pé para o local do torneio.

Em épocas normais, a campina servia como pastagem comunitária para o povo da vila de Vaufreixo, do outro lado do rio, mas agora estava transformada. Uma segunda vila nascera da noite para o dia — uma cidade de seda em vez de pedra, maior e mais bonita que a irmã mais velha. Dúzias de comerciantes haviam erguido suas barracas ao longo do perímetro do campo e agora vendiam feltros e frutas, boldriés e botas, capotes e cotas, artefatos de barro, pedras preciosas, utensílios de peltre, temperos, penas e todo tipo de mercadorias. Malabaristas, titereiros e mágicos vagavam entre a multidão, exercitando seus ofícios... assim como as putas e os punguistas. Dunk mantinha uma mão cautelosa sobre a bolsinha de moedas.

Quando sentiu o cheiro de linguiça chiando sobre uma fogueira esfumaçada, sua boca se encheu de água. Comprou uma com uma moeda de cobre e também uma caneca de cerveja para empurrá-la para baixo. Enquanto comia, viu um cavaleiro lutando contra um dragão, ambos de madeira pintada. A titereira que controlava o dragão também era bonita de se ver; bem alta, com a pele cor de oliva e o cabelo negro de Dorne. Era esguia como uma lança, sem seios que pudessem ser notados, mas Dunk gostou do seu rosto e do jeito como seus dedos faziam o dragão abocanhar e deslizar na ponta dos fios. Ele teria jogado um cobre para a garota se tivesse um para dar, mas naquele momento precisava de todas as suas moedas.

Havia armeiros entre os comerciantes, como era de esperar. Um tyroshi com uma barba azul bifurcada estava vendendo elmos ornamentados, maravilhas esculpidas na forma de aves e feras, ornamentadas com ouro e prata. Em outro lugar, encontrou um fabricante de espadas vendendo lâminas de aço baratas pela rua e outro cujo trabalho era muito melhor, mas não era uma espada que lhe faltava.

O homem de que Dunk precisava estava no fundo da fileira de tendas, com uma camisa de cota de malha e um par de manoplas articuladas de aço exibidos na mesa à sua frente. Dunk inspecionou as peças de perto.

— Seu trabalho é bom — disse.

— Não há melhor. — O ferreiro, um homem atarracado, não tinha mais que um metro e meio de altura, ainda que fosse tão largo quanto Dunk no peito e nos braços. Tinha a barba negra, mãos imensas e nenhum traço de humildade.

— Preciso de uma armadura para o torneio — Dunk lhe disse. — Uma boa cota de malha, com armadura para pescoço e elmo completo. — O meio elmo do velho cabia-lhe na cabeça, mas ele queria mais defesa para o rosto do que uma simples proteção nasal podia proporcionar.

O armeiro o olhou de cima a baixo.

— Você é dos grandes, mas já fiz armaduras para maiores. — Saiu de trás da mesa. — Ajoelhe, quero medir seus ombros. Sim, e esse pescoço grosso. — Dunk se ajoelhou. O armeiro esticou uma tira de couro cru com nós ao longo dos ombros do cavaleiro andante, resmungou, passou a tira em volta da sua garganta, resmungou de novo. — Levante o braço. Não, o direito. — Resmungou uma terceira vez. — Agora, pode ficar em pé. — A parte interna da perna, a grossura da panturrilha e o tamanho de sua cintura suscitaram mais resmungos. — Tenho algumas peças na carroça que talvez sirvam para você — o homem disse quando terminou. — Nada enfeitado com ouro ou prata, veja bem, apenas bom aço, forte e simples. Faço elmos que parecem elmos, não porcos alados ou estranhas frutas estrangeiras, mas os meus servirão melhor se levar um golpe de lança no rosto.

— É tudo o que quero — Dunk falou. — Quanto custa?

— Oitocentos veados, porque hoje estou bondoso.

— *Oitocentos*? — Era mais do que ele esperava. — Eu... posso oferecer em troca uma armadura velha, feita para um homem menor... um meio elmo, uma cota de malha...

— Pate de Aço só vende seu próprio trabalho, mas talvez eu possa fazer uso do metal — o homem declarou. — Se não estiver muito enferrujado, aceito as peças em troca e armo você por seiscentos veados.

Dunk podia implorar que Pate lhe desse a armadura em confiança, mas sabia o tipo de resposta que o pedido teria. Viajara com o velho tempo suficiente para aprender que comerciantes eram notoriamente desconfiados com cavaleiros andantes, alguns dos quais eram pouco melhores que ladrões.

— Eu posso dar duas moedas de prata e a armadura agora, e o resto das moedas pela manhã.

O armeiro o estudou por um momento.

— Duas moedas pagam por um dia de uso. Depois disso, vendo meu trabalho para o próximo cliente.

Dunk pegou os veados da bolsinha e os colocou na mão calejada do armeiro.

— Você receberá tudo. Pretendo ser um campeão aqui.

— Pretende? — Pate mordeu uma das moedas. — E todos esses outros? Vieram aqui só para aplaudir você?

A lua estava bem alta quando ele começou a voltar para o olmo. Atrás dele, o Campo de Vaufreixo estava todo iluminado por tochas. Os sons das músicas e risadas pairavam por sobre a relva, mas o humor de Dunk estava sombrio. Só conseguia pensar em um jeito de conseguir dinheiro para a armadura. E se fosse derrotado...

— Uma vitória é tudo de que preciso — murmurou. — Isso não é esperar demais.

Mesmo assim, o velho nunca teria esperado por aquilo. Sor Arlan não cavalgara em uma justa desde que fora derrubado pelo príncipe de Pedra do Dragão em um torneio em Ponta Tempestade, havia muitos anos.

"Não é todo homem que pode se gabar de ter quebrado sete lanças contra o melhor cavaleiro dos Sete Reinos", ele dizia. "Nunca poderia esperar fazer algo melhor, então por que tentar?"

Dunk suspeitava que a idade de Sor Arlan tinha mais a ver com isso do que o príncipe de Pedra do Dragão, mas nunca ousara dizer aquilo em voz alta. O velho tinha seu orgulho, mesmo no fim. "*Sou rápido e forte", ele sempre dizia. O que era verdade para ele não precisa ser verdade para mim*, Dunk disse para si mesmo, teimoso.

Estava atravessando um caminho de relva alta, ruminando algumas alternativas, quando viu o tremeluzir da luz de uma tocha no meio dos arbustos. *O que é isso?* Dunk não parou para pensar. Logo estava com a espada na mão, correndo pela grama.

Irrompeu urrando e xingando, até parar de supetão ao ver o garoto ao lado da fogueira.

— Você! — Abaixou a espada. — O que está fazendo aqui?

— Cozinhando um peixe — disse o garoto careca. — Quer um pouco?

— Digo, como *chegou* aqui? Roubou um cavalo?

— Viajei na traseira de uma carroça, com um homem que estava trazendo alguns cordeiros para o castelo para a mesa do senhor de Vaufreixo.

— Bem, é melhor ver se ele já partiu ou encontrar outra carroça. Não quero você aqui.

— Não pode me obrigar a ir — o menino disse, impertinente. — Já não aguento mais aquela estalagem.

— Não vou tolerar mais insolências suas — Dunk avisou. — Eu devia jogar você no lombo do meu cavalo agora mesmo e levá-lo para casa.

— Você precisaria cavalgar até Porto Real — o garoto comentou. — Perderia o torneio.

Porto Real. Por um momento, Dunk se perguntou se o garoto estava zombando dele, mas o menino não tinha como saber que ele nascera em Porto Real também. *Outro infeliz da Baixada das Pulgas, provavelmente, e quem pode culpá-lo por querer sair daquele lugar?*

Sentiu-se um tolo parado ali, com a espada na mão, por causa de um órfão de oito anos. Embainhou a arma, olhando carrancudo para o menino, para que ele soubesse que não toleraria besteiras. *Eu devia pelo menos dar uma boa surra nele,* pensou, mas a criança parecia tão digna de pena que não teve coragem. Olhou ao redor do acampamento. A fogueira estava queimando alegremente dentro de um esmerado círculo de pedras. Os cavalos haviam sido escovados e as roupas estavam penduradas no olmo, secando sobre as chamas.

— O que as roupas estão fazendo ali?

— Eu as lavei — o menino explicou. — E cuidei dos cavalos, acendi o fogo e peguei esse peixe. Eu teria erguido seu pavilhão, mas não encontrei nenhum.

— Ali está meu pavilhão — Dunk apontou para cima, para os galhos do grande olmo que assomava sobre eles.

— Isso é uma árvore — o garoto falou, nem um pouco impressionado.

— É todo pavilhão de que um verdadeiro cavaleiro precisa. Eu prefiro dormir sob as estrelas do que dentro de uma tenda esfumaçada.

— E se chover?

— A árvore vai me abrigar.

— A água passa pela copa das árvores.

Dunk gargalhou.

— De fato. Bem, verdade seja dita, não tenho dinheiro para um pavilhão. E é melhor virar esse peixe ou ele vai ficar queimado embaixo e cru em cima. Você não daria um bom ajudante de cozinha.

— Daria, se eu quisesse — o menino disse, mas virou o peixe.

— O que aconteceu com seu cabelo? — Dunk perguntou para ele.

— Os meistres o rasparam. — Repentinamente constrangido, o garoto puxou o capuz do manto marrom-escuro para cobrir a cabeça.

Dunk ouvira dizer que faziam isso de vez em quando, para tratar piolhos, vermes ou certas doenças.

— Você está doente?

— Não — o garoto respondeu. — Qual é seu nome?

— Dunk — respondeu.

O garoto desgraçado deu uma sonora gargalhada, como se aquela fosse a coisa mais engraçada que já ouvira.

— *Dunk*? — disse. — Sor Dunk? Isso não é nome de cavaleiro. É diminutivo de Duncan?

Era? O velho o chamava simplesmente de *Dunk* desde que era capaz de se lembrar, e ele não lembrava muito de sua vida pregressa.

— Duncan, sim — confirmou. — Sor Duncan de... — Dunk não tinha outro nome, nem pertencia a casa alguma; Sor Arlan o encontrara vivendo como um selvagem nos bordéis e becos da Baixada das Pulgas. Nunca conhecera o pai ou a mãe. O que diria? "Sor Duncan da Baixada das Pulgas" não soaria muito cavalheiresco. Poderia usar Centarbor, mas e se lhe perguntassem onde era? Dunk nunca estivera em Centarbor, e o velho tampouco falava sobre o lugar. Franziu o cenho por um momento, depois exclamou: — Sor Duncan, o Alto. — Ele *era* alto, ninguém podia questionar isso, e soava poderoso.

O pilantrinha não parecia pensar da mesma maneira.

— Nunca ouvi falar de nenhum Sor Duncan, o Alto.

— Por acaso você conhece todos os cavaleiros dos Sete Reinos?

O menino olhou para ele, ousado.

— Os bons.

— Sou tão bom quanto qualquer um. Depois do torneio, todos saberão disso. *Você* tem um nome, ladrãozinho?

O menino hesitou.

— Egg — disse. — Como em "ovo", na Língua Comum.

Dunk não riu. *A cabeça dele realmente parece um ovo. As criancinhas sabem como ser cruéis umas com as outras, e os adultos também.*

— Egg, eu devia lhe dar uma surra até sangrar e mandar você embora, mas a verdade é que não tenho pavilhão e tampouco tenho escudeiro. Se jurar fazer o que eu lhe disser, deixarei que me sirva durante o torneio. Depois disso... bem, veremos. Se eu decidir que vale a pena manter você, terá roupas no corpo e comida na barriga. As roupas talvez sejam de tecido grosso, e a comida, carne e peixe salgados, talvez um pouco de carne de veado de vez em quando, onde não houver guardas-florestais por perto, mas fome você não vai passar. E prometo não bater em você a menos que mereça.

Egg sorriu.

— Sim, lorde.

— *Sor* — Dunk o corrigiu. — Sou apenas um cavaleiro andante. — Ele se perguntou se o velho estava olhando por ele. *Eu vou ensinar a ele as artes da batalha assim como o senhor me ensinou, sor. Parece um garoto apto; talvez um dia eu possa torná-lo um cavaleiro.*

O peixe ainda estava um pouco cru por dentro quando o comeram, e o menino não removera todas as espinhas, mas mesmo assim era muitíssimo mais saboroso que carne salgada dura.

Egg logo adormeceu ao lado da fogueira que se apagava. Dunk se deitou de costas perto dele, as grandes mãos atrás da cabeça, olhando para o céu noturno. Podia ouvir a música distante que vinha do terreno do torneiro, a quase um quilômetro de distância. As estrelas estavam por todo lado, milhares e milhares delas. Uma caiu enquanto ele a observava — um risco verde brilhante que cintilou através das trevas e desapareceu.

Uma estrela cadente traz sorte para quem a vê, Dunk pensou. *Mas os demais estão nos pavilhões agora, encarando a seda em vez de o céu. Então a sorte é só minha.*

* * *

De manhã, despertou com o som de um galo cantando. Egg ainda estava ali, aninhado embaixo do segundo melhor manto do velho. *Bem, o garoto não fugiu durante a noite. É um começo.* Cutucou-o com o pé para que despertasse.

— De pé. Temos muito trabalho — Dunk anunciou. O menino se levantou até que rápido, esfregando os olhos. — Me ajude a selar Passomanso.

— E o desjejum?

— Temos carne salgada. *Depois* que terminarmos.

— Eu preferia comer o cavalo — Egg falou. — Sor.

— Vai comer meu punho se não fizer o que estou dizendo. Pegue as escovas. Estão no alforje. Sim, esse mesmo.

Escovaram juntos o pelo cor de canela do palafrém, colocaram a melhor sela de Sor Arlan no dorso do animal e a prenderam bem. Egg trabalhava direito quando queria, Dunk percebeu.

— Devo ficar fora a maior parte do dia — disse para o garoto enquanto montava. — Fique aqui e deixe o acampamento em ordem. Cuide para que *outros* ladrões não venham meter o nariz aqui.

— Posso ficar com uma espada para espantá-los? — Egg perguntou.

O garoto tinha olhos azuis, Dunk notou, muito escuros, quase púrpura. De algum modo, a cabeça careca os fazia parecer ainda maiores.

— Não — Dunk respondeu. — Um punhal é o bastante. E é melhor estar aqui quando eu voltar, ouviu? Se roubar minhas coisas e fugir, vou atrás de você. Juro. Com cães.

— Você não tem cães — Egg assinalou.

— Arranjo alguns — Dunk assegurou. — Só para você.

Virou Passomanso na direção da campina e se afastou em um trote vivo, esperando que a ameaça tivesse sido suficiente para garantir a honestidade do garoto. Exceto pelas roupas que usava, a armadura no alforje e o cavalo que montava, tudo o que Dunk possuía no mundo estava naquele acampamento. *Sou um grande tolo em confiar tanto no garoto, mas isso não é mais do que o velho fez por mim*, refletiu. *A Mãe deve ter mandado o menino para mim, para que eu possa pagar minha dívida.*

Enquanto cruzava o campo, ouviu o bater de martelos vindo da margem do rio, onde carpinteiros estavam pregando as barreiras para justas e erguendo uma arquibancada. Alguns pavilhões novos também estavam sendo montados; nesse meio-tempo, os cavaleiros que haviam chegado antes dormiam para se recuperar das diversões da noite ou se sentavam para quebrar o jejum. Dunk podia sentir o cheiro da fumaça da lenha, assim como o do toicinho.

Ao norte da campina corria o rio Molusqueiro, afluente do poderoso Vago. Depois do vau estreito ficavam a vila e o castelo. Dunk vira muitas vilas mercantis durante as jornadas com o velho. Aquela era mais bonita do que a maioria; as casas caiadas com os telhados de palha tinham um aspecto convidativo. Quando Dunk era mais novo, costumava se perguntar como seria viver em um lugar daqueles; dormir todas as noites com um teto sobre a cabeça e acordar toda manhã com as mesmas paredes ao redor. *Pode ser que eu saiba em breve. Sim, e Egg também.* Podia acontecer. Coisas estranhas aconteciam todos os dias.

O Castelo de Vaufreixo era uma estrutura de pedra construída na forma de um triângulo, com torres redondas de nove metros de altura em cada ponta e muros grossos com ameias correndo entre eles. Estandartes laranja esvoaçavam nelas, exibindo o brasão com a faixa em V e o sol branco de seu senhor. Homens de armas em librés laranja e branco estavam ao lado do portão com alabardas, observando as pessoas irem e virem, parecendo mais interessados em flertar com uma bela leiteira do que em manter alguém do lado de fora. Dunk parou diante do homem mais baixo e barbudo que tomou por capitão e perguntou pelo mestre dos jogos.

— Você está procurando Plummer, ele é o intendente aqui. Vou lhe mostrar.

No pátio, um cavalariço ficou com Passomanso. Dunk pendurou o escudo desgastado de Sor Arlan no ombro, seguiu o capitão da guarda até o fundo dos estábulos e depois até uma torre construída em um ângulo da muralha exterior. Degraus de pedra íngremes levavam ao adarve.

— Veio inscrever seu mestre para as listas? — o capitão perguntou enquanto subiam.

— Eu mesmo vou me inscrever.

— Ah, é? — O homem abrira um sorrisinho irônico? Dunk não teve certeza. — É aquela porta. Deixarei você aqui e voltarei ao meu posto.

Quando Dunk abriu a porta, o intendente estava sentado a uma mesa de armar, rabiscando com uma pena um pedaço de pergaminho. Tinha o cabelo grisalho ralo e um rosto estreito e encovado.

— Sim? — disse, olhando para cima. — O que você quer, homem?

Dunk fechou a porta.

— Você é Plummer, o intendente? Vim para o torneio. Para entrar nas listas.

Plummer contraiu os lábios.

— O torneio do meu senhor é uma disputa para cavaleiros. Você é um cavaleiro?

Ele assentiu, pensando consigo mesmo se suas orelhas estariam vermelhas.

— Um cavaleiro com um nome, suponho?

— Dunk. — Por que dissera *aquilo?* — Sor Duncan, o Alto.

— E de onde você seria, Sor Duncan, o Alto?

— De todos os lugares. Fui escudeiro de Sor Arlan de Centarbor desde que tinha cinco ou seis anos. Este é o escudo dele. — Mostrou a peça para o intendente. — Ele estava vindo para o torneio, mas pegou um resfriado e morreu, então vim em seu lugar. Ele me ordenou cavaleiro antes de morrer, com sua própria espada. — Dunk desembainhou a espada longa e a apoiou na mesa de madeira gasta entre eles.

O mestre das listas não deu à lâmina mais do que uma olhada de relance.

— É uma espada, com certeza. No entanto, nunca ouvi falar desse Arlan de Centarbor. Você disse que era escudeiro dele?

— Ele sempre disse que pretendia que eu fosse um cavaleiro, como ele. Quando estava morrendo, me pediu a espada longa e mandou que eu me ajoelhasse. Me tocou uma vez no ombro direito, uma vez no esquerdo e disse algumas palavras. Quando me levantei, ele disse que eu era um cavaleiro.

O tal Plummer bufou e esfregou o nariz.

— Qualquer cavaleiro pode ordenar outro, é verdade, embora seja mais costumeiro ficar de vigília e ser ungido por um septão antes de fazer seus votos. Houve alguma testemunha dessa sua cerimônia?

— Só um pisco pousado em um espinheiro. Eu o ouvi enquanto o velho dizia as palavras. Ele me encarregou de ser um cavaleiro bom e verdadeiro, de obedecer aos sete deuses, defender os fracos e os inocentes, servir fielmente ao meu senhor e proteger o reino com todas as minhas forças, e eu jurei que faria.

— Não duvido. — Plummer não se dignou a chamá-lo de *sor*, Dunk não pôde deixar de notar. — Preciso consultar Lorde Ashford. Você ou seu antigo mestre eram conhecidos de algum dos bons cavaleiros aqui reunidos?

Dunk pensou por um momento.

— Há um pavilhão com o estandarte da Casa Dondarrion, não há? O negro, com o trovão púrpura?

— Trata-se de Sor Manfred, daquela casa.

— Sor Arlan serviu o lorde pai dele em Dorne, há três anos. Sor Manfred talvez se lembre de mim.

— Eu o aconselho a falar com ele. Se ele atestar sua identidade, venha com ele aqui amanhã, neste mesmo horário.

— Como quiser, senhor. — E se dirigiu para a porta.

— Sor Duncan — o intendente o chamou.

Dunk se virou.

— Está ciente de que aqueles que são derrotados no torneio perdem as armas, a armadura e o cavalo para os vitoriosos, e de que é necessário um resgate para os reaver? — o homem disse.

— Eu sei.

— E tem dinheiro para pagar o resgate?

Agora ele *sabia* que suas orelhas estavam vermelhas.

— Não vou precisar de dinheiro — disse, rezando para que fosse verdade. *Tudo o que preciso é de uma vitória. Se eu ganhar minha primeira disputa, ficarei com o cavalo e a armadura do perdedor, ou então com seu ouro, e poderei arcar com uma derrota.*

Desceu lentamente os degraus, relutante com o que precisava fazer a seguir. No pátio, puxou um dos cavalariços pelo colarinho.

— Preciso falar com o mestre dos cavalos de Lorde Ashford.

— Eu vou encontrar ele para o senhor.

Os estábulos estavam frescos e escuros. Um garanhão cinzento e indisciplinado tentou mordê-lo quando passou por ele, mas Passomanso só relinchou baixinho e encostou o focinho na mão de Dunk quando ele ergueu a mão.

— Você é uma boa garota, não é? — murmurou. O velho sempre dizia que um cavaleiro não devia amar seus cavalos, já que era provável que alguns morressem sob sua sela, mas nunca seguira o próprio conselho. Dunk com frequência o via gastar o último cobre em uma maçã para a velha Castanha ou um punhado de aveia para Passomanso e Trovão. O palafrém fora a égua de montar de Sor Arlan, e o carregara incansavelmente por milhares de quilômetros, de um lado para o outro dos Sete Reinos. A sensação de Dunk era a de estar traindo uma velha amiga, mas que escolha tinha? Castanha era velha demais para valer alguma coisa, e Trovão precisava carregá-lo nas listas.

Algum tempo passou antes que o mestre dos cavalos se dignasse a aparecer. Enquanto esperava, Dunk ouviu o retumbar de trompetes vindo das muralhas e uma voz no pátio. Curioso, levou Passomanso até a porta do estábulo para ver o que estava acontecendo. Um grande grupo de cavaleiros e arqueiros montados entrava pelos portões, uma centena de homens no mínimo, cavalgando alguns dos cavalos mais esplêndidos que Dunk já vira. *Algum grande senhor está chegando.* Agarrou o braço de um cavalariço que passava correndo.

— Quem são eles?

O menino olhou para ele com estranheza.

— Não está vendo os estandartes? — Puxou o braço para se libertar e saiu em disparada.

Os estandartes... Quando Dunk virou a cabeça, uma rajada de vento ergueu a seda negra da flâmula no alto de uma vara alta, e o feroz dragão de três cabeças da Casa Targaryen pareceu abrir as asas, soltando fogo escarlate. O porta-estandarte era um cavaleiro alto, vestido com uma armadura de escamas brancas com entalhes em ouro e um manto de um branco puro fluindo dos ombros. Dois dos outros cavaleiros também estavam cobertos em uma armadura branca da cabeça aos pés.

Cavaleiros da Guarda Real com o estandarte do rei. Não era de estranhar que Lorde Ashford e seus filhos tivessem saído correndo pelas portas da fortaleza, assim como a bela donzela — uma garota baixa, com cabelos louros e rosto rosado e redondo. *Ela não me parece tão bela*, Dunk pensou. A garota titereira era mais bonita.

— Garoto, largue esse pangaré e venha cuidar do meu cavalo.

Um cavaleiro desmontara diante dos estábulos. *Ele está falando comigo*, Dunk percebeu.

— Não sou um cavalariço, senhor.

— Não é esperto o bastante para isso? — O interlocutor usava um manto negro debruado de cetim escarlate; por baixo, o traje era resplandecente como uma chama, todo vermelho, amarelo e dourado. Magro e empertigado como uma adaga, ainda que de altura mediana, devia ter quase a mesma idade de Dunk. Cachos de cabelo louro-prateado emolduravam um rosto esculpido e imperioso; tinha testa alta e maçãs do rosto pronunciadas, nariz afilado e pele clara, lisa e sem manchas. Seus olhos eram de um violeta profundo. — Se não consegue cuidar de um cavalo, me arranje algum vinho e uma prostituta bonita.

— Eu... senhor, perdão, mas tampouco sou um criado. Tenho a honra de ser um cavaleiro.

— São dias tristes para a cavalaria — disse o principezinho, mas um dos cavalariços apareceu correndo e ele se voltou para lhe entregar as rédeas de seu palafrém, um esplêndido baio puro-sangue.

Dunk foi esquecido por um instante. Aliviado, entrou novamente nos estábulos para esperar pelo mestre dos cavalos. Já se sentia desconfortável o bastante perto dos senhores em seus pavilhões; não era digno de falar com príncipes.

Aquele belo jovem era um príncipe, sobre isso não havia dúvidas. Os Targaryen tinham o sangue da perdida Valíria, do outro lado do mar, e os cabelos louro-prateados e olhos cor de violeta os diferenciavam dos homens comuns. Dunk sabia que o príncipe Baelor era mais velho, mas o jovem bem que podia ser um dos filhos dele: Valarr, que era com frequência chamado de "Jovem Príncipe" para distingui-lo de seu pai, ou Matarys, o "Príncipe Ainda Mais Jovem", como o bobo da corte do velho Lorde Swann o chamara uma vez. Havia outros príncipes menores, primos de Valarr e Matarys. O bom rei Daeron tinha quatro filhos adultos, e três deles já tinham os próprios filhos. A linhagem dos reis-dragões quase desaparecera durante a época de seu pai, mas era senso comum que Daeron II e seus filhos a tinham assegurado para sempre.

— Você. Homem. Perguntou por mim. — O mestre dos cavalos de Lorde Ashford tinha um rosto vermelho, que parecia ainda mais vermelho por causa da libré laranja que usava, e um jeito brusco de falar. — O que é? Não tenho tempo para...

— Quero vender este palafrém — Dunk o interrompeu rapidamente, antes que o homem o mandasse embora. — É uma boa égua, segura no passo...

— Não tenho tempo, já disse. — O homem não deu mais que um olhar de relance para Passomanso. — Meu senhor de Ashford não precisa disso. Leve o animal até a cidade, talvez Henly lhe dê umas moedas de prata. — E, com a mesma rapidez, deu as costas.

— Obrigado, senhor — Dunk disse antes que o homem partisse. — Senhor, o rei veio?

O mestre dos cavalos riu para ele.

— Não, graças aos deuses. Essa infestação de príncipes já é provação suficiente. Onde vou arrumar cocheiras para todos esses animais? E forragem? — Foi embora a passos largos, gritando com seus cavalariços.

Quando Dunk deixou o estábulo, Lorde Ashford havia escoltado os convidados principescos para o salão, mas dois dos cavaleiros da Guarda Real em suas armaduras brancas e seus mantos nevados ainda permaneciam no pátio, conversando com o capitão da guarda. Dunk parou diante deles.

— Senhores, sou Sor Duncan, o Alto.

— Prazer em conhecê-lo, Sor Duncan — respondeu o maior dos cavaleiros brancos. — Sou Sor Roland Crakehall, e este é meu irmão juramentado, Sor Donnel de Valdocaso.

Os sete campeões da Guarda Real eram os guerreiros mais poderosos de todos os Sete Reinos — exceto, talvez, pelo príncipe herdeiro, o próprio Baelor Quebra-Lança.

— Vieram para entrar nas listas? — Dunk perguntou ansiosamente.

— Não seria adequado para nós lutarmos contra aqueles que juramos proteger — respondeu Sor Donnel, ruivo de cabelo e barba.

— O Príncipe Valarr tem a honra de ser um dos campeões da sra. Ashford, e dois de seus primos pretendem desafiá-lo — explicou Sor Roland. — O resto de nós veio apenas assistir.

Aliviado, Dunk agradeceu aos cavaleiros brancos pela gentileza e saiu pelos portões do castelo antes que o outro príncipe pensasse em abordá-lo. *Três principezinhos*, ponderou enquanto virava o palafrém na direção das ruas da vila de Vaufreixo. Valarr era o filho mais velho do príncipe Baelor, segundo na linha de sucessão ao Trono de Ferro, mas Dunk não sabia quanto da fabulosa perícia do pai com a lança e a espada ele teria herdado. Sobre os outros Targaryen, sabia menos ainda. *O que farei se precisar disputar contra um príncipe? Será que tenho permissão de desafiar alguém de nascimento tão elevado?* Não sabia a resposta. O velho com frequência dizia que ele tinha a cabeça tão dura quanto a muralha de um castelo, mas só agora percebia isso.

* * *

Henly gostou bastante da aparência de Passomanso até ouvir Dunk dizer que queria vendê-la. Depois disso, tudo o que o cocheiro conseguia ver nela eram defeitos. Ofereceu trezentas moedas de prata. Dunk disse que não aceitava menos de três mil. Depois de muita discussão e palavrões, fecharam em setecentos e cinquenta veados de prata. Era um acordo mais próximo do preço inicial de Henly que do de Dunk, o que o fez se sentir perdedor no embate — mas o cocheiro não aceitava valores mais altos de jeito nenhum, então, no fim, o cavaleiro andante não teve outra escolha senão se render. Uma segunda discussão começou quando Dunk declarou que o preço não incluía a sela, e Henly insistiu que sim.

Finalmente foi tudo acertado. Quando Henly saiu para pegar as moedas, Dunk acariciou a crina de Passomanso e lhe disse para ser corajosa.

— Se eu vencer, volto e compro você de novo, prometo. — Não tinha dúvida de que todos os defeitos do palafrém teriam desaparecido nos dias que passariam até lá, e que ela valeria duas vezes o preço da venda.

O cocheiro lhe deu três peças de ouro e o resto em prata. Dunk mordeu uma das moedas de ouro e sorriu. Nunca provara ouro antes, nem o manuseara.

— Dragões.

O homem explicou que era esse o nome das moedas, uma vez que um dos lados era estampado com o dragão de três cabeças da Casa Targaryen. O outro trazia o busto do rei. Duas das moedas dadas por Henly tinham o rosto do rei Daeron; a terceira era mais antiga e bastante gasta e mostrava um homem diferente. O nome estava embaixo do busto, mas Dunk não sabia ler. Viu que um pouco de ouro fora raspado das bordas. Ele disse isso a Henly, e em voz alta. O cocheiro resmungou, mas lhe deu mais algumas moedas de prata e um punhado de cobres para compensar o peso. Dunk lhe devolveu alguns cobres e acenou com a cabeça na direção de Passomanso.

— Isso é para ela — falou. — Garanta que receba um pouco de aveia esta noite. E uma maçã também.

Com o escudo no braço e a algibeira com a velha armadura pendurada no ombro, Dunk saiu a pé pelas ruas ensolaradas da vila de Vaufreixo. O peso de todas aquelas moedas em sua bolsa o fazia se sentir estranho; por um lado, quase tonto e, por outro, ansioso. O velho nunca confiara nele com mais de uma moeda ou duas por vez. Poderia viver um ano com esse dinheiro. *E o que vou fazer quando acabar? Vender Trovão?* Aquele caminho terminaria na mendicância ou na vida do crime. *Nunca mais vou ter uma chance como esta, preciso arriscar tudo.*

Quando voltou chapinhando pelo vau para a margem sul do Molusqueiro, a manhã já estava quase no fim e o terreno do torneio ganhava vida mais uma vez.

Os vendedores de vinho e os fabricantes de linguiças faziam um comércio animado; um urso dançarino se movia ao som da música de seu mestre, e, enquanto um cantor interpretava "O urso e a bela donzela", artistas faziam malabarismos e titereiros terminavam a interpretação de outra batalha.

Dunk parou para ver o dragão de madeira ser morto. Quando o boneco do cavaleiro cortou a cabeça do animal e a serragem vermelha se espalhou pela relva, ele deu uma gargalhada alta e jogou dois cobres para a garota.

— Um pela noite passada — gritou. Ela apanhou as moedas no ar e lhe devolveu o sorriso mais doce que já vira.

É para mim que ela sorri ou para as moedas? Dunk nunca se deitara com uma garota, e elas o deixavam nervoso. Certa vez, três anos antes, quando a bolsa do velho estava cheia depois de meio ano de serviços para o cego Lorde Florent, ele dissera a Dunk que era hora de levá-lo a um bordel e torná-lo homem. Mas estava bêbado e, quando ficou sóbrio, não se lembrou do que dissera. Dunk ficara envergonhado demais para lembrá-lo. De qualquer modo, não tinha certeza se queria uma puta. Se não podia ter uma donzela bem-nascida como um cavaleiro de verdade, queria uma que pelo menos gostasse mais dele do que de seu dinheiro.

— Quer tomar uma caneca de cerveja? — perguntou para a titereira enquanto ela enfiava o sangue-serragem de volta no dragão. — Comigo, quero dizer? Ou comer uma linguiça? Experimentei a linguiça na noite passada, e estava boa. São feitas de porco, acho.

— Agradeço, senhor, mas tenho outro espetáculo. — A garota se levantou e correu até a mulher dornesa gorda e feroz que manejava o cavaleiro fantoche.

Dunk só ficou ali parado, sentindo-se estúpido. No entanto, gostou do jeito como ela corria. *Uma garota bonita e alta. Eu não precisaria me ajoelhar para beijar essa aí.* Ele sabia beijar. Uma taverneira lhe mostrara uma noite em Lannisporto, havia um ano, mas era tão baixa que tivera que se sentar na mesa para alcançar os lábios dele. A lembrança fez suas orelhas queimarem. Que grande tolo ele era. Era na justa que tinha de pensar, não em beijos.

Os carpinteiros de Lorde Ashford estavam caiando as barreiras de madeira na altura da cintura que separariam os adversários. Dunk os observou trabalhar por um tempo. Havia cinco pistas, dispostas no sentido norte-sul para que nenhum dos competidores cavalgasse com o sol nos olhos. Uma arquibancada de três níveis fora erguida no lado oriental das listas, com uma cobertura laranja para proteger os senhores e as senhoras da chuva e do sol. A maior parte se sentaria em bancos. Mas quatro cadeiras de espaldar alto tinham sido posicionadas no centro da plataforma para Lorde Ashford, a bela donzela e os príncipes visitantes.

Na beira ocidental da campina, um estafermo fora erguido e uma dúzia de cavaleiros o golpeava com as lanças, fazendo o braço de madeira girar todas as vezes que atingiam o escudo maltratado suspenso em uma das pontas. Dunk observou o Bruto de Bracken atacar na sua vez, seguido por Lorde Caron da Marca. *Não monto tão bem como nenhum deles*, pensou, inquieto.

Por todos os lados, homens treinavam a pé, atirando-se uns contra os outros com espadas de madeira, enquanto seus escudeiros gritavam conselhos irreverentes. Dunk viu um jovem atarracado tentando resistir a um cavaleiro musculoso que parecia ágil e rápido como um felino da montanha. Ambos tinham a maçã vermelha dos Fossoway pintada nos escudos, mas o do homem mais jovem logo foi cortado e quebrado em pedaços.

— Aqui está uma maçã que ainda não está madura — o mais velho disse enquanto acertava o elmo do outro. O Fossoway mais jovem estava com hematomas e sangrando quando desistiu, mas seu adversário quase não ofegava. Levantou o visor, olhou ao redor, viu Dunk e disse: — Você aí. Sim, você, o grandão. Cavaleiro do cálice alado. Está usando uma espada longa?

— É minha por direito — Dunk disse na defensiva. — Sou Sor Duncan, o Alto.

— E eu sou Sor Steffon Fossoway. Se importa de treinar comigo, Sor Duncan, o Alto? Seria bom ter alguém novo com quem cruzar espadas. Meu primo ainda não está maduro, como pode ver.

— Faça isso, Sor Duncan — instou o Fossoway espancado enquanto tirava o elmo. — Posso não estar maduro, mas meu bom primo está podre até o caroço. Arranque as sementes dele na pancada.

Dunk balançou a cabeça. Por que aqueles fidalgos o envolviam em suas disputas? Não queria fazer parte daquilo.

— Agradeço, sor, mas tenho questões a resolver. — Estava desconfortável por carregar tanto dinheiro. Quanto antes pagasse Pate de Aço e conseguisse sua armadura, mais feliz ficaria.

Sor Steffon o olhou com desdém.

— O cavaleiro andante tem questões. — Olhou em volta e encontrou outro oponente em potencial caminhando indolentemente ali perto. — Sor Grance, prazer em vê-lo. Venha treinar comigo. Já conheço todos os truques fracos que meu primo Raymun aprendeu, e parece que Sor Duncan precisa voltar para suas andanças. Venha, venha.

Dunk se afastou, enrubescido. Não tinha sequer muitos truques, fracos ou não, e não queria que ninguém o visse lutar antes do torneio. O velho sempre dizia que quanto melhor se conhecia um adversário, mais fácil era derrotá-lo. Cavaleiros como Sor Steffon tinham olhos aguçados para descobrir a fraqueza de um homem em um relance. Dunk era forte e rápido, e tinha o peso e o alcance a seu favor, mas não acreditava nem por um momento que suas habilidades se comparassem às dos demais. Sor Arlan lhe ensinara tão bem quanto pudera, mas o velho nunca fora o melhor dos cavaleiros nem quando jovem. Grandes cavaleiros não viviam em andanças, nem morriam na beira de uma estrada enlameada. *Isso não vai acontecer comigo*, Dunk prometeu. *Vou mostrar que posso ser mais do que um cavaleiro andante.*

— Sor Duncan — o Fossoway mais jovem correu para alcançá-lo. — Eu não devia tê-lo incentivado a treinar com meu primo. Eu estava zangado com a arrogância dele, e você é tão grande que pensei... Bem, foi errado de minha parte. Você não está de armadura. Ele teria quebrado sua mão se pudesse, ou um joelho. Ele gosta de espancar os homens no campo de treinamento para que estejam feridos e vulneráveis mais tarde, caso ele os encontre nas listas.

— Ele não quebrou você.

— Não, mas sou do sangue dele, embora ele seja do ramo principal da macieira, como nunca cansa de me lembrar. Sou Raymun Fossoway.

— Muito prazer. Você e seu primo vão combater no torneio?

— Ele vai, com certeza. Quanto a mim, gostaria de poder. Sou só um escudeiro por enquanto. Meu primo prometeu me ordenar cavaleiro, mas insiste que ainda não estou maduro. — Raymun tinha o rosto quadrado, nariz achatado e cabelo curto e lanoso, mas seu sorriso era contagiante. — Você tem uma aparência desafiadora, me parece. Pretende acertar o escudo de quem?

— Não faz diferença — Dunk falou. Aquilo era o que se esperava que dissesse, embora fizesse toda a diferença do mundo. — Não vou entrar nas listas até o terceiro dia.

— E até lá alguns dos campeões já terão caído, sim — Raymun disse. — Bem, que o Guerreiro sorria para você, sor.

— E para você.

Se ele é só um escudeiro, que direito tenho de ser um cavaleiro? Um de nós é um tolo. A prata na bolsa de Dunk tilintava a cada passo — ele podia perder tudo em um piscar de olhos, porém, e sabia disso. Mesmo as regras do torneio trabalhavam contra ele, tornando muito improvável que viesse a enfrentar um adversário pouco experiente ou fraco.

Havia uma dúzia de formatos diferentes de torneio, definidos de acordo com a vontade do senhor que o organizava. Alguns eram batalhas simuladas entre equipes de cavaleiros, outros eram selvagens combates corpo a corpo nos quais a glória ficava para o último cavaleiro a permanecer em pé. Enquanto os combates individuais eram a regra, os pares que se enfrentariam eram algumas vezes determinados por sorteio, outras vezes pelo mestre dos jogos.

Lorde Ashford estava organizando aquele torneio para celebrar o décimo terceiro dia do nome de sua filha. A bela donzela se sentaria ao lado do pai como rainha principal do amor e da beleza. Cinco campeões de posse de seus favores a defenderiam. Todos os outros deviam obrigatoriamente ser desafiantes, mas qualquer homem que derrotasse um dos campeões tomaria seu lugar e ficaria com o título até que outro desafiante o derrotasse. No final de três dias de justas, os cinco que permanecessem determinariam se a bela donzela manteria a coroa do amor e da beleza ou se outra dama a usaria em seu lugar.

Dunk encarou as pistas cobertas de relva e as cadeiras vazias nas arquibancadas e ponderou suas chances. Uma vitória era tudo de que precisava; assim poderia se intitular um dos campeões da Campina de Vaufreixo, mesmo que só por uma hora. O velho vivera quase sessenta anos e nunca fora campeão. *Não é pedir demais, se os deuses forem bons.* Recordou-se de todas as canções que ouvira, canções sobre o cego Symeon Olhos de Estrela e o nobre Serwyn do Escudo Espelhado, sobre o Príncipe Aemon, o Cavaleiro do Dragão, sobre Sor Ryam Redwyne e sobre Florian, o Bobo. Todos tinham alcançado vitórias contra inimigos muito mais terríveis do que qualquer um que ele fosse encarar. *Mas eles eram grandes heróis, homens corajosos de nascimento nobre, exceto Florian. E o que eu sou? Dunk da Baixada das Pulgas? Ou Sor Duncan, o Alto?*

Supunha que descobriria a verdade em breve. Ergueu a algibeira com a armadura e partiu na direção das bancas dos comerciantes, em busca de Pate de Aço.

Egg trabalhara com afinco no acampamento. Dunk ficou satisfeito; tivera um pouco de medo de que o escudeiro fugisse novamente.

— Conseguiu um bom preço pelo palafrém? — o garoto perguntou.

— Como sabe que a vendi?

— Você saiu cavalgando e voltou andando. Se ladrões o tivessem roubado, estaria mais zangado do que está.

— Consegui o bastante para isso. — Dunk pegou a nova armadura para mostrar ao menino. — Se chegar a ser um cavaleiro, vai precisar distinguir aço bom de ruim. Olhe, isto aqui é trabalho do bom. Esta cota de malha é dupla, cada elo ligado a outros dois, vê? Dá mais proteção do que a simples. E Pate arredondou o elmo em cima; vê como ele se curva? Uma espada ou um machado vão escorregar em vez de penetrar, como aconteceria com um elmo de topo plano. — Dunk colocou a enorme peça na cabeça. — Que tal?

— Não tem viseira — Egg assinalou.

— Há buracos para respirar. Viseiras são pontos fracos. — Pate de Aço dissera isso. "Se soubesse quantos cavaleiros levaram uma flecha no olho quando ergueram a viseira para tomar um pouco de ar fresco, nunca ia querer uma", contara para Dunk.

— Também não tem espigão — Egg comentou. — É simples.

Dunk tirou o elmo.

— Simples está bom para gente como eu. Vê como o aço é brilhante? Sua tarefa é mantê-lo assim. Sabe como limpar a cota de malha?

— Em um barril de areia — o garoto disse. — Mas você não tem um barril. Comprou um pavilhão também, sor?

— Não consegui vender o palafrém por um preço *tão* bom. — *O garoto é ousado demais; eu devia acabar com isso na pancada*, pensou, mas sabia que não faria aquilo. Gostava da ousadia. Ele precisava ser ousado. *Meu escudeiro é mais corajoso do que eu, e mais esperto.* — Você fez um bom trabalho aqui, Egg. — Dunk comentou. — Amanhã, pode ir comigo. Dar uma olhada nos campos do torneio. Compraremos aveia para os cavalos e pão fresco para nós. Talvez um pedaço de queijo também; estão vendendo um bom queijo em uma das barracas.

— Não preciso entrar no castelo, preciso?

— Por que não? Um dia pretendo viver em um castelo. Espero conquistar um lugar de honra antes de morrer.

O menino não disse nada. *Talvez tenha receio de entrar no salão de um senhor*, Dunk refletiu. *Não é de surpreender. Ele deve superar isso com o tempo.* Voltou a admirar a armadura e a se perguntar por quanto tempo a usaria.

Sor Manfred era um homem magro com uma expressão amarga. Usava um sobretudo preto recortado com o relâmpago púrpura da Casa Dondarrion — mas Dunk teria se lembrado dele de qualquer jeito por causa da juba rebelde de cabelos louro-avermelhados.

— Sor Arlan serviu o senhor seu pai quando, junto de Lorde Caron, expulsou o Rei Abutre das Montanhas Vermelhas, sor — disse, apoiado em um joelho. — Eu era um menino naquela época, mas era escudeiro dele. Sor Arlan de Centarbor.

Sor Manfred fez uma careta.

— Não. Não o conheço. Nem a você, garoto.

Dunk lhe mostrou o escudo do velho.

— Este era o brasão dele, o cálice alado.

— O senhor meu pai levou oitocentos cavaleiros e quase quatro mil homens a pé para as montanhas. Não dá para esperar que eu me lembre de cada um deles, nem dos escudos que carregavam. Pode ser que estivesse conosco, mas... — Sor Manfred deu de ombros.

Dunk ficou sem palavras por um instante. *O velho foi ferido servindo seu pai, como pode ter se esquecido dele?*

— Não permitirão que eu entre no desafio a menos que algum cavaleiro ou senhor ateste minha identidade.

— E o que eu tenho com isso? — Sor Manfred falou. — Já lhe dei o suficiente do meu tempo, sor.

Se voltasse para o castelo sem Sor Manfred, estaria perdido. Dunk olhou o relâmpago púrpura bordado na lã negra do sobretudo de Sor Manfred.

— Me lembro de o senhor seu pai contando no acampamento como sua casa obteve esse símbolo. Certa noite de tempestade, enquanto o primeiro de sua linhagem levava uma mensagem pela Marca de Dorne, uma flecha matou o cavalo que ele montava e o atirou ao chão. Dois dorneses saíram das trevas com cotas de malha e elmos espigados. A espada dele quebrara embaixo do corpo quando caíra. Quando viu aquilo, pensou que estivesse condenado. Mas quando os dorneses se aproximaram para acabar com ele um relâmpago estalou no céu. Era púrpura, brilhante e ardente; se dividiu, atingiu os dorneses e os matou ali mesmo. A mensagem garantiu ao Rei da Tempestade a vitória sobre os dorneses, e em agradecimento ele elevou o mensageiro à nobreza. Foi o primeiro Lorde Dondarrion, que adotou como brasão um relâmpago púrpura bifurcado sobre um fundo negro salpicado de estrelas.

Se Dunk pensava que a história impressionaria Sor Manfred, não podia estar mais enganado.

— Todo camareiro e lacaio que já serviu meu pai escutaria essa história cedo ou tarde. Saber disso não o torna um cavaleiro. Desapareça da minha frente, sor.

Foi com o coração pesado que Dunk voltou ao Castelo de Vaufreixo, pensando no que poderia dizer para que Plummer lhe garantisse o direito de entrar no desafio. No entanto, o intendente não estava em seu aposento na torre. Um guarda lhe disse que ele poderia ser encontrado no Grande Salão.

— Devo esperar aqui? — Dunk perguntou. — Quanto tempo ele vai demorar?

— Como vou saber? Faça o que quiser.

O Grande Salão não era tão grande quanto os salões costumavam ser, mas Vaufreixo era um castelo pequeno. Dunk entrou por uma porta lateral e viu o intendente no mesmo instante. Estava com Lorde Ashford e uma dúzia de outros homens no fundo do salão. Caminhou na direção deles, ao longo de uma parede na qual estavam penduradas tapeçarias de frutas e flores.

— ... mais preocupado se fossem *seus* filhos, aposto — um homem zangado dizia quando Dunk se aproximou. O cabelo liso e a barba aparada eram tão claros que pareciam brancos na obscuridade do salão; quando chegou mais perto, porém, Dunk viu que na verdade eram de uma prateado pálido com toques de ouro.

— Daeron já fez isso antes — outro respondeu. Plummer estava posicionado de modo que Dunk não conseguia ver com quem falava. — Nunca devia ter ordenado que ele entrasse nas listas. Ele pertence a um campo de torneios tanto quanto Aerys ou Rhaegel.

— Com isso você quer dizer que ele preferiria montar uma puta a um cavalo — o primeiro homem comentou. De constituição forte e poderosa, o príncipe (certamente era um) usava uma couraça de couro coberta com rebites de prata sob um manto pesado debruado com pele de arminho. Cicatrizes de varíola marcavam suas bochechas, apenas parcialmente ocultas pela barba grisalha. — Não preciso ser recordado das falhas do meu filho, irmão. Ele só tem dezoito anos. Pode mudar. *Vai* mudar, malditos sejam os deuses, ou juro que mando matar o garoto.

— Não seja tão idiota. Daeron é o que é, mas ainda é nosso sangue. Não tenho dúvidas de que Sor Roland vai transformá-lo, junto com Aegon.

— Depois que o torneio acabar, talvez.

— Aerion está aqui. É um lanceiro melhor do que Daeron, de qualquer modo, se é o torneio que o preocupa.

Dunk conseguia ver o homem que falava agora. Estava sentado na cadeira principal, com um maço de pergaminhos na mão e Lorde Ashford de pé atrás dele. Mesmo sentado, parecia ser uma cabeça mais alto do que o outro, a julgar pelas longas pernas esticadas diante de si. O cabelo curto era escuro e estava salpicado de cinza; o maxilar era forte, sem barba. O nariz parecia ter sido quebrado mais de uma vez. Embora estivesse vestido com simplicidade, com gibão verde, manto marrom e botas gastas, havia um peso nele, uma impressão de poder e certeza.

Ocorreu a Dunk que ele havia se intrometido em algo que nunca devia ter ouvido. *É melhor ir embora e voltar mais tarde, depois que terminarem*, decidiu. Mas já era tarde demais. De repente, o príncipe de barba prateada reparou nele.

— Quem é você, e o que pretende nos interrompendo? — exigiu saber, áspero.

— É o cavaleiro que nosso bom intendente estava esperando — o homem sentado falou, sorrindo para Dunk de uma maneira que sugeria que estivera ciente da presença dele todo o tempo. — Você e eu somos os intrusos aqui, irmão. Se aproxime, sor.

Dunk avançou, incerto do que era esperado dele. Olhou para Plummer, mas não obteve ajuda alguma. O intendente de cara encovada que fora tão enérgico no dia anterior agora estava em silêncio, estudando as pedras do chão.

— Senhores, pedi a Sor Manfred Dondarrion que atestasse minha identidade para que eu pudesse entrar nas listas, mas ele se recusa — falou Dunk. — Diz que não me conhece. Mas Sor Arlan o serviu, eu juro. Tenho sua espada e seu escudo, eu...

— Um escudo e uma espada não bastam para fazer um cavaleiro — declarou Lorde Ashford, um homem grande e calvo, com um rosto redondo e vermelho. — Plummer me falou de você. Mesmo que acreditemos que essas armas pertenciam a esse Sor Arlan de Centarbor, você poderia ter achado o homem morto e as ter roubado. A menos que tenha uma prova melhor do que diz, algo por escrito ou...

— Eu me lembro de Sor Arlan de Centarbor — comentou em voz baixa o homem sentado na cadeira principal. — Nunca ganhou um torneio, que eu saiba, mas nunca se envergonhou tampouco. Há dezesseis anos, em Porto Real, derrotou Lorde Stokeworth e o Bastardo de Harrenhal no corpo a corpo. Muitos anos antes, em Lannisporto, derrubou o próprio Leão Grisalho do cavalo. O Leão não era tão grisalho naquela época, certamente.

— Ele me falou sobre isso muitas vezes — Dunk falou.

O homem alto o observou.

— Então, sem dúvida, você se lembra do nome verdadeiro do Leão Grisalho.

Por um momento, a mente de Dunk pareceu vazia. *Mil vezes o velho me contou essa história, mil vezes, o Leão, o Leão, o nome dele, o nome dele, o nome dele...* Estava quase entrando em desespero quando de repente lembrou.

— Sor Damon Lannister! — gritou. — O Leão Grisalho! É Senhor do Rochedo Casterly agora.

— Isso mesmo — disse o homem alto de modo agradável. — E você entra nas listas de amanhã. — Sacudiu a pilha de pergaminhos na mão.

— Como é possível que se lembre de um cavaleiro insignificante que teve a sorte de desmontar Damon Lannister há dezesseis anos? — disse o príncipe de barba prateada, franzindo o cenho.

— Tenho o costume de aprender tudo o que posso sobre meus adversários.

— Por que se dignaria a participar de uma justa com um cavaleiro andante?

— Foi há nove anos, em Ponta Tempestade. Lorde Baratheon organizou um torneio de lanças para celebrar o nascimento de um neto. O sorteio fez de Sor Arlan meu oponente no primeiro confronto. Quebramos quatro lanças antes que eu o derrubasse.

— *Sete* — corrigiu Dunk —, e isso foi contra o Príncipe de Pedra do Dragão! — Desejou não ter dito nada assim que proferiu as palavras. *Dunk, o pateta, cabeça-dura como uma muralha de castelo*, podia ouvir o velho ralhar.

— Pois assim foi. — O príncipe com o nariz quebrado sorriu gentilmente. — As histórias crescem ao serem contadas, eu sei. Não pense mal de seu velho mestre, mas receio que tenham sido apenas quatro lanças.

Dunk ficou grato pelo fato de o salão estar escuro; sabia que suas orelhas estavam vermelhas.

— Meu senhor — *Não, isso é errado também.* — Vossa Graça. — Caiu de joelhos e abaixou a cabeça. — Se diz que são quatro, não pretendi... Eu nunca... O velho, Sor Arlan, costumava dizer que sou tão cabeça-dura quanto uma muralha de castelo e lento como um auroque.

— E forte como um auroque, pelo que posso ver — disse Baelor Quebra--Lança. — Nenhuma ofensa foi feita, sor. Levante-se.

Dunk ficou em pé, sem saber se devia manter a cabeça baixa ou se tinha permissão para olhar um príncipe no rosto. *Estou falando com Baelor Targaryen, Príncipe de Pedra do Dragão, Mão do Rei e herdeiro legítimo do Trono de Ferro de Aegon, o Conquistador.* O que um cavaleiro andante poderia ousar dizer a uma pessoa como ele?

— O se-senhor lhe devolveu o cavalo e a armadura e não pediu resgate, eu me lembro — gaguejou. — O velho, Sor Arlan, me disse que o senhor era a alma da cavalaria, e que um dia os Sete Reinos estariam seguros em suas mãos.

— Rezo para que demore muitos anos ainda — o príncipe Baelor disse.

— Não — Dunk falou, horrorizado. Quase disse: "Não quis dizer que o rei devia morrer", mas se calou a tempo. — Sinto muito, senhor. Vossa Graça, quero dizer.

Tarde demais, lembrou-se de que o homem atarracado com a barba prateada tinha se dirigido ao príncipe Baelor como irmão. *Ele é sangue do dragão também, que maldito idiota sou.* Só podia ser o príncipe Maekar, o mais novo dos quatro filhos do rei Daeron. O príncipe Aerys era dado aos livros, e o príncipe Rhaegel era louco, manso e doente. Nenhum deles cruzaria metade do reino para estar presente em um torneio, mas diziam que Maekar era um guerreiro formidável por mérito próprio, embora sempre à sombra do irmão mais velho.

— Deseja entrar nas listas, é isso? — perguntou o príncipe Baelor. — Essa decisão cabe ao mestre dos jogos, mas não vejo razão para negar sua participação.

O intendente inclinou a cabeça.

— Como queira, meu senhor.

Dunk tentou balbuciar seus agradecimentos, mas o príncipe Maekar o interrompeu.

— Muito bem, sor, você está grato. Agora saia daqui.

— Perdoe meu nobre irmão, sor — o príncipe Baelor falou. — Dois de seus filhos se perderam no caminho para cá, e ele teme por eles.

— As chuvas da primavera encheram muitos córregos — Dunk comentou. — Talvez os príncipes estejam apenas atrasados.

— Não vim aqui para receber conselhos de um cavaleiro andante — o príncipe Maekar declarou para o irmão.

— Pode ir agora, sor — o príncipe Baelor disse para Dunk, sem nenhuma indelicadeza.

— Sim, meu senhor — Dunk fez uma mesura com a cabeça e se virou.

Mas, antes que pudesse se afastar, o príncipe o chamou.

— Sor, mais uma coisa: você não é do sangue de Sor Arlan?

— Sim, senhor. Quero dizer, não. Não sou.

O príncipe fez um sinal com a cabeça na direção do escudo maltratado, com o cálice alado desenhado.

— Pela lei, apenas filhos legítimos podem herdar o escudo de armas de um cavaleiro. Precisa encontrar um novo emblema, sor, um brasão que seja seu.

— Farei isso — Dunk assegurou. — Obrigado novamente, Vossa Graça. Lutarei corajosamente, o senhor verá. — *Tão corajoso quanto Baelor Quebra-Lança*, o velho dizia com frequência.

Os vendedores de vinho e os fabricantes de linguiça estavam fazendo um comércio animado, e as putas caminhavam descaradamente entre as barracas e os pavilhões. Algumas eram bem bonitas, uma garota ruiva em particular. Dunk não pôde deixar de olhar para os seios dela, para o jeito como se moviam embaixo da roupa solta enquanto ela perambulava por aí. Pensou na prata em sua bolsa. *Eu podia me deitar com ela, se quisesse. Ela gostaria bastante do tilintar das minhas moedas; eu poderia levá-la para meu acampamento e tê-la a noite toda se quisesse.* Ele nunca se deitara com uma mulher, e poderia até morrer na primeira disputa. Torneios podiam ser perigosos... Mas as putas podiam ser perigosas também. O velho lhe avisara a respeito. *Ela poderia me roubar enquanto estivesse dormindo, e aí o que eu faria?* Quando a garota ruiva olhou por sobre o ombro para ele, Dunk negou com a cabeça e se afastou.

Encontrou Egg no espetáculo de títeres, sentado de pernas cruzadas no chão, com o capuz do manto puxado para a frente para esconder a careca. O garoto tinha ficado com medo de entrar no castelo, o que Dunk atribuíra a partes iguais de timidez e vergonha. *Ele não se acha digno de se misturar com senhores e senhoras, muito menos com grandes príncipes.* Acontecera o mesmo com ele quando era menor. O mundo além da Baixada das Pulgas parecia tão assustador quanto excitante. *Egg precisa de tempo, é só isso.* Por ora, parecia ser mais gentil dar ao garoto alguns cobres e deixá-lo se divertir entre as barracas do que arrastá-lo contra a vontade até o castelo.

Naquela manhã, os titereiros estavam encenando a história de Florian e Jonquil. A gorda mulher dornesa controlava Florian em sua armadura feita de retalhos; a garota controlava os fios de Jonquil.

— Você não é um cavaleiro — ela dizia enquanto a boca do títere se movia para cima e para baixo. — Conheço você. É Florian, o Bobo.

— Eu sou, minha senhora — o outro títere respondia, ajoelhando-se. — O mais grandioso bobo que já viveu, e um cavaleiro tão grandioso como.

— Bobo *e* cavaleiro ao mesmo tempo? — Jonquil perguntou. — Nunca ouvi falar de uma coisa dessas.

— Doce senhora, todos os homens são tolos, e todos os homens são cavaleiros no que diz respeito às mulheres — Florian falou.

Era um bom espetáculo, ao mesmo tempo triste e doce, com uma animada luta de espadas no final e um gigante bem pintado. Quando terminou, a mulher gorda foi para o meio da multidão recolher moedas enquanto a garota guardava os títeres.

Dunk buscou Egg e foi até ela.

— Senhor? — ela disse, com um olhar de soslaio e um meio sorriso.

Era uma cabeça mais baixa do que ele, mas mesmo assim era mais alta do que qualquer garota que ele já vira.

— Isso foi bom — Egg se entusiasmou. — Gosto como você faz os bonecos se mexerem, Jonquil e o dragão e tudo o mais. Vi um espetáculo de títeres no ano passado, mas eles se moviam de modo desajeitado. Os seus se mexem de um jeito mais suave.

— Obrigada — ela agradeceu educadamente ao menino.

— Seus bonecos são bem esculpidos também — Dunk comentou. — O dragão especialmente. Um animal temível. Você mesma que faz?

Ela assentiu.

— Meu tio esculpe e eu pinto.

— Poderia pintar uma coisa para mim? Tenho dinheiro para pagar. — Deslizou o escudo do ombro e o virou para mostrar a ela. — Preciso pintar alguma coisa sobre o cálice.

A garota olhou para o escudo e depois para ele.

— O que quer pintado?

Dunk não havia pensado nisso. Se não o cálice alado do velho, o que poderia usar? Sua cabeça estava vazia. *Dunk, o pateta, cabeça-dura como uma muralha de castelo.*

— Não... Não sei muito bem. — Suas orelhas estavam ficando vermelhas, percebeu, infeliz. — Deve achar que sou um completo tolo.

Ela sorriu.

— Todos os homens são tolos, e todos os homens são cavaleiros.

— Que cores de tinta você tem? — ele perguntou, esperando que aquilo lhe desse alguma ideia.

— Posso misturar as tintas para fazer qualquer cor que desejar.

O marrom do velho sempre parecera sem graça para Dunk.

— O fundo deve ser da cor do pôr do sol — disse de repente. — O velho gostava do pôr do sol. E o símbolo...

— Um olmo — Egg falou. — Um grande olmo, como aquele na lagoa, com tronco marrom e galhos verdes.

— Sim — Dunk concordou. — Isso deve servir. Um olmo... mas com uma estrela cadente em cima. Pode fazer isso?

A garota assentiu.

— Me dê o escudo. Vou pintá-lo esta noite mesmo e devolvo para você de manhã.

Dunk o entregou.

— Eu me chamo Sor Duncan, o Alto.

— Sou Tanselle — ela deu uma risada. — Os garotos costumavam me chamar de Tanselle, a Alta Demais.

— Você não é alta demais — Dunk replicou. — Você tem a altura certa para... — Percebeu o que estava prestes a dizer e corou furiosamente.

— Para? — perguntou Tanselle, inclinando a cabeça de modo inquisidor.

— Manusear títeres — ele completou, sem convicção.

O primeiro dia do torneio amanheceu luminoso e sem nuvens. Dunk comprou um saco de comida, então puderam quebrar o jejum com ovos de gansa, pão frito e toicinho — quando a refeição ficou pronta, porém, ele descobriu que estava sem apetite. Sua barriga estava dura como pedra, embora soubesse que não cavalgaria naquele dia. O direito do primeiro desafio iria para os cavaleiros de nascimento mais elevado e de maior renome, para os senhores e seus filhos, e para os campeões de outros torneios.

Egg tagarelou durante todo o desjejum, falando deste e daquele homem e de como eles se sairiam. *Ele não estava brincando quando disse que conhecia todos os bons cavaleiros dos Sete Reinos*, Dunk pensou, pesaroso. Achava humilhante ouvir com tanta atenção as palavras de um órfão magricela, mas o conhecimento de Egg podia servir se fosse encarar um daqueles homens no torneio.

A campina era uma massa agitada de pessoas, todas tentando abrir caminho a cotoveladas para se aproximar e conseguir uma vista melhor. Dunk era tão bom em cotoveladas quanto qualquer um, e maior do que a maioria. Esgueirou-se até uma elevação a pouco mais de cinco metros da cerca. Quando Egg reclamou que tudo o que conseguia ver eram traseiros, Dunk colocou o garoto nos ombros. Do outro lado do campo, a arquibancada estava lotada de senhores e senhoras de nascimento elevado, algumas pessoas ricas da vila e um grupo de cavaleiros que decidira não competir naquele dia. Do príncipe Maekar, nem sinal, mas Dunk reconheceu o príncipe Baelor ao lado de Lorde Ashford. A luz do sol reluzia dourada no prendedor de ombro que segurava seu manto e na fina coroa ao redor das têmporas; fora isso, ele se vestia de modo muito mais simples do que a maioria dos outros senhores. *Não parece um Targaryen, na verdade, com aquele cabelo escuro.* Dunk comentou aquilo com Egg.

— Dizem que ele puxou à mãe — o garoto o recordou. — Ela era uma princesa dornesa.

Os cinco campeões haviam erguido seus pavilhões no extremo norte das listas, com o rio atrás deles. Os dois menores eram laranja, e os escudos pendurados do lado de fora das portas mostravam o sol e a faixa em V brancos. Aqueles deviam ser os filhos de Lorde Ashford, Androw e Robert, irmãos da bela donzela. Dunk nunca ouvira outro cavaleiro falar das proezas deles, o que significava que provavelmente seriam os primeiros a cair.

Ao lado dos pavilhões laranja havia um verde-escuro, muito maior. A rosa dourada de Jardim de Cima tremulava sobre ele, e o mesmo símbolo decorava o grande escudo verde do lado de fora da porta.

— Aquele é Leo Tyrell, Senhor do Jardim de Cima — disse Egg.

— Eu sei — Dunk respondeu, irritado. — O velho e eu servimos em Jardim de Cima antes de você nascer. — Mal se lembrava daquele ano, mas Sor Arlan falava com frequência de Leo Espinholongo, como era chamado de vez em quando; um combatente sem igual, apesar de toda a prata em seu cabelo. — Aquele ao lado da tenda deve ser Lorde Leo, o homem grisalho e magro vestindo verde e dourado.

— Sim — concordou Egg. — Eu o vi uma vez em Porto Real. Não é alguém que você vai querer desafiar, sor.

— Garoto, não preciso do seu conselho sobre quem desafiar.

O quarto pavilhão era feito com pedaços de lona em forma de losango costurados uns aos outros, alternando vermelho e branco. Dunk não conhecia as cores, mas Egg disse que pertenciam a um cavaleiro do Vale de Arryn chamado Sor Humfrey Hardyng.

— Ele ganhou uma grande disputa corpo a corpo na Lagoa da Donzela ano passado, sor, e derrotou Sor Donnel de Valdocaso e os lordes Arryn e Royce nas listas.

O último pavilhão era do príncipe Valarr. Era de seda negra, com uma fileira de pendões pontiagudos pendurados do teto como longas chamas vermelhas. O escudo no suporte era negro brilhante, decorado com o dragão de três cabeças da Casa Targaryen. Um dos cavaleiros da Guarda Real estava parado ao lado com a reluzente armadura branca contrastando contra o negro do tecido da tenda. Vendo-o ali, Dunk se perguntou se algum dos desafiantes ousaria tocar no escudo do dragão. Valarr era o neto do rei, afinal, e filho de Baelor Quebra-Lança.

Ele não precisava se preocupar com aquilo. Quando as trombetas tocaram para convocar os desafiantes, todos os cinco campeões da donzela foram chamados adiante para defendê-la. Dunk pôde ouvir o murmúrio de animação na multidão quando os desafiantes apareceram um a um no extremo sul das listas. Arautos trovejavam os nomes dos cavaleiros, um de cada vez. Eles pararam diante da arquibancada para baixar as lanças em saudação a Lorde Ashford, ao príncipe Baelor e à bela donzela, depois deram a volta até a extremidade norte do campo para selecionar seus oponentes. O Leão Grisalho de Rochedo Casterly bateu no escudo de Lorde Tyrell; seu herdeiro de cabelos dourados, Sor Tybolt Lannister, desafiou o filho mais velho de Lorde Ashford. Lorde Tully, de Correrrio, tocou no escudo com losangos de Sor Humfrey Hardyng; Sor Abelar Hightower bateu no de Valarr, e o Ashford mais jovem foi desafiado por Sor Lyonel Baratheon, o cavaleiro que chamavam de Tempestade Risonha.

Os desafiantes trotaram de volta ao extremo sul das listas para esperar seus adversários: Sor Abelar, em prata e cor de fumaça, com uma torre de vigia de pedra coroada com fogo no escudo; os dois Lannister em carmesim, ostentando o leão dourado de Rochedo Casterly; Tempestade Risonha brilhava em samito, com um veado negro no peito, um escudo e um par de chifres de ferro no elmo; Lorde Tully usava um manto listrado de azul e vermelho, preso com uma truta de prata em cada ombro. Apontaram as lanças de três metros e meio para o céu, as rajadas de vento batendo e puxando as flâmulas.

No lado norte do campo, escudeiros seguravam corcéis de batalha com armaduras brilhantes para os campeões montarem. Eles puseram os elmos e pegaram lanças e escudos, com esplendor equivalente ao de seus adversários: as sedas onduladas laranja dos Ashford, os losangos vermelhos e brancos de Sor Humfrey, Lorde Leo em seu cavalo com arreios de cetim verde com estampa de rosas douradas e, é claro, Valarr Targaryen. O cavalo do Jovem Príncipe era negro como a noite, para combinar com a cor da armadura, da lança, do escudo e dos arreios. No topo do elmo havia um cintilante dragão de três cabeças com as asas abertas, esmaltado em vermelho vivo; um dragão idêntico estava pintado na brilhante superfície de seu escudo. Cada um dos defensores tinha uma tira de seda cor de laranja amarrada no braço — um favor concedido pela bela donzela.

Enquanto os campeões trotavam para suas posições, a Campina de Vaufreixo ficou quase em silêncio. Em seguida uma trombeta soou e a quietude se transformou em tumulto em um piscar de olhos. Dez pares de esporas douradas se dirigiram para os flancos de dez grandes cavalos de guerra, mil vozes começaram a berrar e a gritar, quarenta cascos com ferraduras bateram e amassaram a relva, dez lanças abaixaram e se equilibraram, o campo parecia tremer, e os campeões e desafiantes se encontraram em uma colisão dilacerante de madeira e aço. Em um instante, os cavaleiros tinham passado uns pelos outros, girando para outra investida. Lorde Tully cambaleou na sela, mas conseguiu se manter sentado. Quando o povo percebeu que todas as dez lanças haviam se quebrado, ouviu-se um grande rugido de aprovação. Era um presságio esplêndido para o sucesso do torneio, e um testemunho das habilidades dos competidores.

Os escudeiros entregaram aos competidores lanças novas para substituir as quebradas, que haviam sido jogadas de lado, e mais uma vez as esporas se enterraram profundamente no flanco dos animais. Dunk podia sentir a terra tremendo sob os pés. Sobre seus ombros, Egg gritava feliz e sacudia os braços magrelos. O Jovem Príncipe foi quem passou mais perto deles. Dunk viu a ponta de sua lança negra beijar a torre de vigia no escudo do adversário e escorregar para colidir com seu peito, no mesmo instante em que a lança de Sor Abelar rompia em lascas contra a placa peitoral de Valarr. O garanhão cinzento com arreios cinza-prateados empinou com a força do impacto, e Sor Abelar Hightower foi levantado dos estribos e lançado violentamente ao chão.

Lorde Tully também caiu, derrubado por Sor Humfrey Hardyng, mas se levantou imediatamente e desembainhou a espada longa enquanto Sor Humfrey jogava a lança — inteira — de lado e desmontava para continuar a luta no chão. Sor Abelar não parecia tão vivaz. Seu escudeiro correu, soltou o elmo do homem e gritou por ajuda. Dois criados ergueram o aturdido cavaleiro pelos braços para levá-lo de volta ao seu pavilhão. Em outros locais do campo, os seis cavaleiros que permaneciam a cavalo cavalgavam para a terceira investida. Mais lanças estilhaçadas, e, dessa vez, Lorde Leo Tyrell mirou a ponta com tal destreza que arrancou o elmo da cabeça do Leão Grisalho. Com o rosto descoberto, o Senhor de Rochedo Casterly ergueu a mão em saudação e desmontou, desistindo do confronto. A essa altura, Sor Humfrey já obrigara Lorde Tully a se render, mostrando-se tão habilidoso com a espada quanto com a lança.

Tybolt Lannister e Androw Ashford cavalgaram um contra o outro mais três vezes antes que Sor Androw finalmente perdesse ao mesmo tempo o escudo, a montada e o confronto. O Ashford mais jovem durou mais um tempo, quebrando nada menos do que nove lanças contra Sor Lyonel Baratheon, o Tempestade Risonha. Tanto campeão quanto desafiador perderam as selas no décimo ataque e se levantaram ao mesmo tempo para lutar, espada contra mangual. Sor Robert Ashford, já machucado, enfim admitiu a derrota, mas na arquibancada seu pai parecia tudo menos decepcionado. Os dois filhos de Lorde Ashford tinham sido tirados da fileira dos campeões, era verdade, mas haviam se comportado de maneira nobre contra dois dos melhores cavaleiros dos Sete Reinos.

Preciso me sair ainda melhor, Dunk pensou enquanto observava vencedor e vencido se abraçarem e saírem juntos do campo. *Para mim, não é o suficiente lutar bem e perder. Preciso vencer pelo menos o primeiro desafio, ou perco tudo.*

Sor Tybolt Lannister e Tempestade Risonha assumiriam seu lugar entre os campeões, substituindo os homens derrotados. Os pavilhões laranja já estavam sendo desmontados. A alguns metros dali, o Jovem Príncipe estava sentado à vontade em uma cadeira de acampar elevada diante de sua grande tenda negra. Estava sem o elmo. Tinha cabelos escuros como o pai, mas uma mecha brilhante atravessava sua cabeça. Um criado levou um cálice de prata e ele tomou um gole. *Água, se for esperto*, Dunk pensou. *Vinho, se não for*. Percebeu que estava se perguntando se Valarr realmente havia herdado parte da capacidade do pai ou se apenas teria enfrentado o oponente mais fraco.

Uma fanfarra de trombetas anunciou que três novos desafiantes haviam entrado nas listas. Os arautos gritaram seus nomes.

— *Sor Pearse da Casa Caron, Senhor da Marca.*

Tinha uma harpa de prata decorando seu escudo, embora o sobretudo tivesse estampa de rouxinóis.

— *Sor Joseth da Casa Mallister, de Guardamar.*

Sor Joseth ostentava um elmo alado; em seu escudo, uma águia prateada voava em um céu índigo.

— *Sor Gawen da Casa Swann, Senhor de Pedrelmo em Cabo da Fúria.*

Um par de cisnes, um negro e outro branco, lutava furiosamente em seu brasão de armas. A armadura e o manto de Lorde Gawen, além dos arreios do cavalo, também eram uma mistura de negro e branco que ia até as tiras de sua bainha e lança.

Lorde Caron, harpista, cantor e cavaleiro de renome, tocou a ponta da lança na rosa de Lorde Tyrell. Sor Joseth bateu nos losangos de Sor Humfrey Hardyng. E o cavaleiro em preto e branco, Lorde Gawen Swann, desafiou o príncipe negro com o guardião branco. Dunk esfregou o queixo. Lorde Gawen era ainda mais velho que o velho, e o velho estava morto.

— Egg, quem é o menos perigoso desses desafiantes? — perguntou para o garoto em seus ombros, que parecia saber muito sobre aqueles cavaleiros.

— Lorde Gawen — o menino disse imediatamente. — O oponente de Valarr.

— Do *príncipe* Valarr — Dunk corrigiu. — Um escudeiro deve ter a linguagem cortês, garoto.

Os três desafiantes tomaram seus lugares enquanto os três campeões montavam. Homens faziam apostas ao redor de Dunk e Egg e gritavam para encorajar seus escolhidos. Mas Dunk tinha olhos apenas para o príncipe. Na primeira investida, ele atingiu o escudo de Lorde Gawen com um golpe de raspão — a ponta cega da lança escorregando exatamente como acontecera com Sor Abelar Hightower, mas para o outro lado, no ar. A lança de Lorde Gawen quebrou contra o peito do príncipe, e Valarr pareceu prestes a cair antes de recuperar o equilíbrio.

Da segunda vez em que cruzou as listas, Valarr balançou a lança para a esquerda, mirando no peito do adversário; em vez disso, acertou o ombro. Mesmo assim, o golpe foi suficiente para fazer o velho cavaleiro perder a lança. Com um braço se debatendo em busca de equilíbrio, Lorde Gawen caiu. O Jovem Príncipe saltou da sela e desembainhou a espada, mas o homem caído fez sinal para que se afastasse e ergueu a viseira.

— Desisto, Vossa Graça — gritou. — Boa luta.

Os senhores na arquibancada fizeram eco, gritando: *Boa luta! Boa luta!*, enquanto Valarr se ajoelhava para ajudar o senhor grisalho a se levantar.

— Não foi para tanto — Egg reclamou.

— Fique quieto, ou pode voltar para o acampamento.

Mais distante, Sor Joseth Mallister estava sendo carregado para fora do campo, inconsciente, enquanto o senhor da harpa e o senhor da rosa se atiravam um contra o outro energicamente com machados longos sem corte, para delírio da multidão barulhenta. Dunk estava tão concentrado em Valarr Targaryen que mal os viu. *Ele é um cavaleiro razoável, mas não mais do que isso*, pegou-se pensando. *Eu teria uma chance contra ele. Se os deuses forem bons, posso até mesmo derrubá-lo, e, uma vez a pé, meu peso e minha força mostrarão do que são capazes.*

— Pegue ele! — Egg gritou alegre, mexendo-se sobre as costas de Dunk em sua animação. — Pegue ele! Acerte ele! Isso! Ele está bem ali, está *bem ali*!

Ao que parecia, estava torcendo por Lorde Caron. O harpista estava tocando um tipo diferente de música agora, fazendo Lorde Leo retroceder mais e mais enquanto aço cantava contra aço. A multidão parecia dividida entre os dois, então vivas e xingamentos se misturavam livremente no ar da manhã. Lascas de madeira e tinta voavam do escudo de Lorde Leo enquanto o machado de Lorde Pearse arrancava as pétalas da rosa dourada, uma a uma, até que o escudo por fim se estilhaçou e rachou. Mas, quando isso aconteceu, o machado se prendeu por um instante na madeira... e o machado de Lorde Leo caiu sobre a haste da arma do adversário, quebrando-a a menos de trinta centímetros de sua mão. Lorde Leo jogou de lado o escudo quebrado e, de repente, era ele quem estava no ataque. Momentos depois, o cavaleiro harpista estava sobre um dos joelhos, cantando sua rendição.

Pelo restante da manhã e tarde adentro, houve mais do mesmo, enquanto os desafiantes entravam em campo em dois ou três e, algumas vezes, em cinco de uma vez. As trombetas soavam, os arautos gritavam seus nomes, cavalos de guerra disparavam, a multidão torcia, lanças se quebravam como gravetos e espadas ressoavam contra elmos e cotas de malha. Tanto plebeus quanto grandes senhores concordavam que fora um dia esplêndido de justas. Sor Humfrey Hardyng e Sor Humfrey Beesbury, um ousado jovem cavaleiro vestido em listras amarelas e negras, com três colmeias no escudo, quebraram nada menos do que uma dúzia de lanças cada, em uma batalha épica que logo o povo começou a chamar de "A

Batalha de Humfrey". Sor Tybolt Lannister foi desmontado por Sor Jon Penrose e quebrou a espada na queda, mas lutou só com o escudo até vencer a disputa e permanecer campeão. O caolho Sor Robyn Rhysling, um velho cavaleiro grisalho com a barba salpicada de branco, perdeu o elmo para a lança de Lorde Leo no primeiro embate, mas se recusou a desistir. Três vezes mais cavalgaram um contra o outro, o vento açoitando o cabelo de Sor Robyn enquanto as lascas de lanças quebradas voavam em seu rosto descoberto como adagas de madeira — o que Dunk achou ainda mais assombroso quando Egg lhe contou que Sor Robyn perdera o olho por causa da lasca de uma lança quebrada cinco anos antes. Leo Tyrell era cavalheiresco demais para mirar outra lança na cabeça desprotegida de Sor Robyn, mas, mesmo assim, a teimosa coragem (ou seria tolice?) de Rhysling deixou Dunk assombrado. Por fim, o Senhor de Jardim de Cima acertou a placa peitoral de Sor Robyn com um golpe seco bem sobre o coração e o mandou às cambalhotas para o chão.

Sor Lyonel Baratheon também lutou vários combates notáveis. Contra adversários menores, com frequência irrompia em gargalhadas estrondosas no momento em que tocavam seu escudo, e ria durante todo o tempo em que estava montando, investindo e os acertando nos estribos. Se os desafiantes tivessem qualquer tipo de espigão no elmo, Sor Lyonel o arrancava e atirava à multidão. Espigões eram coisas ornamentadas, feitas de madeira esculpida ou couro perfilado; algumas vezes eram dourados, esmaltados ou até mesmo forjados em prata pura — os homens que ele derrotava não apreciavam o costume, embora ele o tornasse o grande favorito dos plebeus. Não demorou muito para que apenas homens sem espigões o desafiassem. Mas por mais ruidosas e frequentes tivessem sido as derrotas gargalhantes de Sor Lyonel sobre seus oponentes, Dunk achava que as honras do dia deviam ir para Sor Humfrey Hardyng, que humilhara catorze cavaleiros, todos formidáveis.

Enquanto isso, o Jovem Príncipe ficava sentado do lado de fora do pavilhão negro, bebendo de seu cálice de prata e se levantando de tempos em tempos para montar seu cavalo e derrotar outro cavaleiro sem importância. Tivera nove vitórias, mas a Dunk parecia que todas eram vazias. *Ele está derrotando velhos e escudeiros recém-promovidos, e alguns senhores de nascimento elevado e poucas habilidades. Os homens realmente perigosos passam pelo escudo dele como se não o vissem.*

No fim do dia, uma fanfarra de metais anunciou a entrada de um novo desafiante nas listas. Ele cavalgava um grande corcel de guerra castanho, cujos arreios estavam cortados para revelar vislumbres de amarelo, carmesim e laranja por baixo. Enquanto se aproximava das arquibancadas para fazer sua saudação, Dunk viu o rosto sob a viseira levantada e reconheceu o príncipe que encontrara nos estábulos de Lorde Ashford.

As pernas de Egg se apertaram ao redor de seu pescoço.

— Pare com isso — Dunk retrucou, afastando-as. — Quer me enforcar?

— *Príncipe Aerion Chamaviva* — um arauto gritou — *da Fortaleza Vermelha de Porto Real, filho de Maekar, príncipe de Solar de Verão da Casa Targaryen, neto de Daeron, o Bom, Segundo de Seu Nome, Rei dos Ândalos, dos Roinares e dos Primeiros Homens, e Senhor dos Sete Reinos.*

Aerion usava o dragão de três cabeças no escudo, embora este fosse apresentado em cores muito mais vivas do que o de Valarr; uma cabeça era laranja, uma amarela e uma vermelha, e as chamas que sopravam tinham o brilho da folha de ouro. O sobretudo do homem era uma mistura de fumaça e fogo entretecidos, e o elmo negro era encimado por um espigão de chamas vermelhas esmaltadas.

Depois de uma pausa para baixar a lança para o príncipe Baelor — uma pausa tão breve que foi quase negligente —, ele galopou até a extremidade norte do campo e passou pelo pavilhão de Lorde Leo e pelo de Tempestade Risonha, diminuindo apenas quando se aproximou da tenda do príncipe Valarr. O Jovem Príncipe se levantou e ficou em pé rigidamente ao lado de seu escudo; por um momento, Dunk teve certeza de que Aerion pretendia desafiá-lo... mas então ele riu e avançou, e foi bater com força a ponta da lança contra os losangos de Sor Humfrey Hardyng.

— Vamos lá, vamos lá, pequeno cavaleiro — cantarolou em uma voz alta e clara. — É hora de enfrentar o dragão.

Sor Humfrey inclinou a cabeça com rigidez para o adversário enquanto seu corcel de batalha lhe era trazido, mas o ignorou enquanto montava, colocava o elmo e pegava a lança e o escudo. Os espectadores ficaram em silêncio enquanto os cavaleiros assumiam suas posições. Dunk ouviu o ruído quando o príncipe Aerion abaixou a viseira. A trombeta soou.

Sor Humfrey saiu devagar, ganhando velocidade, mas o adversário instigou o corcel de guerra com força, usando as duas esporas para avançar rápido. As pernas de Egg apertaram o pescoço de Dunk de novo.

— *Mate ele!* — ele gritou de repente. — *Mate ele, ele está bem ali, mate ele, mate ele, mate ele!*

Dunk não sabia dizer para qual cavaleiro ele estava gritando.

A lança do príncipe Aerion, com ponta dourada e listras vermelhas, laranja e amarelas, oscilou para o outro lado da barreira. *Baixo, baixo demais*, Dunk pensou no momento em que viu aquilo. *Ele vai errar o cavaleiro e acertar o cavalo de Sor Humfrey; ele precisa levantar a lança*. Depois, com horror crescente, começou a suspeitar que Aerion não pretendia mudar o rumo da lança. *Ele não pode estar pretendendo...*

No último instante possível, o garanhão de Sor Humfrey empinou para se afastar da ponta que vinha em sua direção, os olhos revirando de terror, mas era tarde demais. A lança de Aerion acertou o animal bem acima da armadura que protegia o esterno e saiu pela parte de trás do pescoço explodindo em uma torrente de sangue brilhante. Gritando, o cavalo caiu de lado, despedaçando a barreira de madeira ao cair. Sor Humfrey tentou saltar fora, mas seu pé ficou preso no estribo e foi possível ouvir seu grito quando sua perna foi esmagada entre a cerca estilhaçada e o cavalo caído.

Toda a Campina de Vaufreixo estava aos berros. Homens correram para o campo para libertar Sor Humfrey, mas o garanhão, morrendo em agonia, escoiceou-os quando se aproximaram. Aerion, após contornar despreocupadamente a carnificina e seguir até o fim da lista, deu meia-volta no cavalo e regressou a galope. Ele também gritava, embora Dunk não conseguisse entender as palavras abafadas pelos bramidos quase humanos do cavalo moribundo. Saltando da sela, Aerion desembainhou a espada e avançou até o adversário caído. Seus próprios escudeiros e um de Sor Humfrey tiveram que puxá-lo de volta. Egg se contorceu nos ombros de Dunk.

— Me deixe descer — o garoto disse. — O pobre cavalo, *me deixe descer*.

Dunk também se sentia enjoado. *O que eu faria se um destino desses se abatesse sobre Trovão?* Um homem de armas com uma alabarda abateu o garanhão de Sor Humfrey, encerrando os berros medonhos. Dunk deu meia-volta e abriu caminho entre a multidão. Quando alcançou o campo aberto, tirou Egg dos ombros. O capuz do menino caíra para trás, e seus olhos estavam vermelhos.

— Uma visão horrível, sim, mas um escudeiro precisa ser forte — ele disse ao garoto. — Temo que verá acidentes piores em outros torneios.

— Não foi acidente — Egg disse, o queixo trêmulo. — Aerion quis fazer aquilo. Você viu.

Dunk franziu o cenho. Ele também tivera essa impressão, mas era difícil aceitar que um cavaleiro pudesse ter sido tão pouco cavalheiresco — em especial um que era do sangue do dragão.

— Vi um cavaleiro verde como a relva do verão perder o controle da lança — ele disse, teimoso. — E não quero ouvir mais nada sobre isso. Acho que as justas terminaram por hoje. Venha, rapaz.

Ele estava certo quanto ao fim das competições do dia. Quando o caos foi controlado, o sol estava baixo no oeste, e Lorde Ashford ordenou uma pausa.

Enquanto as sombras da noite se arrastavam pela campina, uma centena de tochas foi acesa ao longo da fileira de comerciantes. Dunk comprou um corno de cerveja para ele e meio para o menino, para alegrá-lo. Vagaram por um tempo, ouvindo uma ária animada tocada com flautas e tambores, e assistiram a um espetáculo de títeres sobre Nymeria, a rainha guerreira com dez mil navios. Os titereiros tinham apenas dois navios, mas conseguiram encenar uma batalha naval vibrante do mesmo jeito. Dunk queria perguntar à garota Tanselle se ela terminara de pintar seu escudo, mas viu que ela estava ocupada. *Vou esperar até que ela termine os espetáculos da noite*, resolveu. *Talvez depois disso ela esteja com sede.*

— Sor Duncan — uma voz chamou atrás dele. Depois, novamente: — Sor Duncan. — De repente, Dunk se lembrou de que aquele era seu nome. — Vi você entre os plebeus hoje, com este garoto nos ombros — disse Raymun Fossoway, que se aproximava, sorrindo. — De fato, vocês dois são difíceis de passar despercebidos.

— O garoto é meu escudeiro. Egg, este é Raymun Fossoway. — Dunk teve de empurrar o menino para a frente e, mesmo assim, Egg abaixou a cabeça e encarou as botas de Raymun enquanto murmurava uma saudação.

— Prazer em conhecê-lo, rapaz — Raymun disse descontraído. — Sor Duncan, por que não viu o torneio das arquibancadas? Todos os cavaleiros são bem-vindos lá.

Dunk ficava mais à vontade entre plebeus e criados; a ideia de reivindicar um lugar entre os senhores, senhoras e cavaleiros com terras o deixava desconfortável.

— Não teria gostado de ter visto aquela última disputa mais de perto.

Raymun fez uma careta.

— Nem eu. Lorde Ashford declarou Sor Humfrey o vencedor e o premiou com o corcel de guerra do príncipe Aerion. Mesmo assim, ele não será capaz de continuar. Quebrou a perna em dois lugares. O príncipe Baelor mandou o próprio meistre cuidar dele.

— Haverá outro campeão no lugar de Sor Humfrey?

— Lorde Ashford tinha pensado em dar o lugar dele para Lorde Caron, ou talvez para o outro Sor Humfrey, o que deu a Hardyng aquela disputa esplêndida, mas o príncipe Baelor lhe disse que não seria adequado remover o escudo e o pavilhão de Sor Humfrey dadas as circunstâncias. Acho que vão prosseguir com quatro campeões, em vez de cinco.

Quatro campeões, Dunk pensou. *Leo Tyrell, Lyonel Baratheon, Tybolt Lannister e o príncipe Valarr.* Vira o suficiente naquele primeiro dia para saber que tinha poucas chances contra os três primeiros. O que lhe deixava apenas...

Um cavaleiro andante não pode desafiar um príncipe. Valarr é o segundo na linha de sucessão ao Trono de Ferro. É filho de Baelor Quebra-Lança, e seu sangue é o sangue de Aegon, o Conquistador, e do Jovem Dragão e do príncipe Aemon, o Cavaleiro do Dragão, e eu sou um garoto que o velho encontrou atrás de uma olaria na Baixada das Pulgas.

Sua cabeça doía só de pensar naquilo.

— Quem seu primo pretende desafiar? — perguntou a Raymun.

— Sor Tybolt, se tudo continuar como está. Eles combinam bem. De qualquer modo, meu primo fica atento a cada disputa. Se algum homem estiver ferido amanhã, ou mostrar sinais de exaustão ou fraqueza, Steffon será rápido em bater em seu escudo, pode contar com isso. Se tem uma coisa de que ninguém pode acusá-lo é de excesso de cavalheirismo. — Deu uma risada, como que para tirar a ferroada das palavras. — Sor Duncan, gostaria de se juntar a mim para uma taça de vinho?

— Tenho uma questão que preciso resolver — Dunk falou, desconfortável com a ideia de aceitar uma hospitalidade que não poderia retribuir.

— Posso esperar aqui e pegar seu escudo quando o espetáculo de títeres tiver terminado, sor — disse Egg. — Vão encenar Symeon Olhos de Estrelas e fazer a luta do dragão de novo também.

— Pronto, vê? Sua questão já está resolvida, e o vinho nos espera — Raymun comentou. — É uma colheita especial da Árvore. Como pode recusar?

Sem mais desculpas, Dunk não teve alternativa senão segui-lo, deixando Egg no espetáculo de títeres. A maçã da Casa Fossoway pairava sobre o pavilhão dourado onde Raymun servia o primo. Atrás do pavilhão, dois criados estavam regando uma cabra com mel e ervas sobre uma pequena fogueira.

— Há comida também, se estiver com fome — Raymun disse em um tom casual enquanto abria a aba para Dunk entrar. Um braseiro de carvão iluminava o interior e tornava o ar agradavelmente quente. Raymun encheu duas taças com vinho. — Dizem que Aerion está irado com Lorde Ashford por entregar seu corcel de guerra a Sor Humfrey — comentou enquanto servia —, mas aposto que foi o tio dele que o aconselhou a fazer isso. — Entregou uma taça para Dunk.

— O príncipe Baelor é um homem honrado.

— E o Príncipe Brilhante não é? — Raymun deu uma gargalhada. — Não fique tão nervoso, Sor Duncan, não há ninguém aqui além de nós. Não é segredo que Aerion não vale nada. Graças aos deuses ele está bem abaixo na ordem da sucessão.

— Realmente acredita que ele quis matar o cavalo?

— Há dúvida disso? Se o príncipe Maekar estivesse ali, teria sido diferente, eu lhe garanto. Se é verdade o que dizem, Aerion é todo sorriso e cavalheirismo enquanto o pai está observando, mas quando não está...

— Vi que a cadeira do príncipe Maekar estava vazia.

— Ele deixou Vaufreixo para procurar os filhos, junto com Roland Crakehall da Guarda Real. Há uma história absurda sobre cavaleiros assaltantes, mas aposto que o príncipe está só por aí, bêbado novamente.

O vinho era bom e frutado, melhor que qualquer taça que Dunk já experimentara. Rolou a bebida na boca, engoliu e disse:

— Que príncipe é esse?

— O herdeiro de Maekar, Daeron. Recebeu esse nome por causa do rei. É chamado de Daeron, o Bêbado, embora nunca perto dos ouvidos do pai. O menino mais novo estava com ele também. Deixaram Solar de Verão juntos, mas nunca chegaram a Vaufreixo. — Raymun esvaziou sua taça e a deixou de lado. — Pobre Maekar.

— Pobre? — Dunk comentou, espantado. — O filho do rei?

— É o *quarto* filho do rei — Raymun falou. — Não é exatamente ousado como o príncipe Baelor, nem esperto como o príncipe Aerys, nem gentil como o príncipe Rhaegel. E agora tem de sofrer vendo os próprios filhos à sombra dos filhos do irmão. Daerion é um beberrão, Aerion é vaidoso e cruel, e o terceiro filho era tão pouco promissor que foi mandado à Cidadela para se tornar um meistre, e o mais jovem...

— *Sor! Sor Duncan!* — Egg entrou de repente, ofegante. O capuz caíra para trás e a luz do braseiro brilhava em seus grandes olhos escuros. — Corra, ele está machucando ela!

Dunk se levantou de um salto, confuso.

— Machucando? Quem?

— *Aerion!* — o menino gritou. — Ele está *machucando* ela! A titereira, *rápido*! — E, dando meia-volta, disparou noite adentro.

Dunk fez menção de segui-lo, mas Raymun o segurou pelo braço.

— Sor Duncan. Ele falou Aerion. Um príncipe do sangue. Tome cuidado.

Era um bom conselho, Dunk sabia. O velho teria dito o mesmo. Mas ele não foi capaz de dar ouvidos. Desvencilhou-se da mão de Raymun e saiu correndo do pavilhão. Ouvia gritos vindos da fileira dos comerciantes. Egg estava quase fora de vista. Dunk correu atrás dele. Suas pernas eram compridas e as do menino, curtas; ele rapidamente cobriu a distância entre os dois.

Uma muralha de observadores se reunira em volta dos titereiros. Dunk abriu caminho aos empurrões, ignorando os xingamentos. Um homem de armas com libré real avançou para impedir sua passagem. Dunk colocou a mão enorme no peito do homem e o empurrou, fazendo-o cair de costas e se estatelar com o traseiro no chão.

A barraca dos titereiros fora derrubada. A dornesa gorda estava chorando no chão. Um homem de armas estava com os títeres de Florian e Jonquil pendurados em uma mão, enquanto outro colocava fogo nos bonecos com uma tocha. Outros três homens abriam baús, espalhando mais bonecos pelo chão e pisando neles. Pedaços do títere do dragão estavam espalhados por todos os lados; uma asa quebrada ali, uma cabeça acolá, a cauda em três partes. E no meio de tudo aquilo estava o príncipe Aerion, resplandecente em um gibão de veludo vermelho com mangas longas pendentes, torcendo o braço de Tanselle. Ela estava de joelhos, implorando. Aerion a ignorava. Obrigou-a a abrir a mão e agarrou um de seus dedos. Dunk ficou parado ali, como um idiota, quase sem acreditar no que via. Depois ouviu um estalo, e Tanselle gritou.

Um dos homens de Aerion tentou agarrá-lo, e foi jogado para longe. Três passos longos e Dunk agarrou o ombro do príncipe e o virou com violência. Esqueceu-se completamente da espada e do punhal, assim como tudo o que o velho lhe ensinara. Com um soco mandou Aerion ao chão, e depois acertou a barriga do príncipe com a ponta da bota. Quando Aerion tentou pegar sua faca, Dunk pisou em seu punho e o chutou outra vez, bem na boca. Teria chutado o rapaz até a morte bem ali, mas os homens do principezinho caíram sobre ele. Ele tinha um homem em cada braço e outro pendurado nas costas. Nem bem se libertava de um e outros dois já estavam sobre ele.

Finalmente, conseguiram jogá-lo no chão e prender seus braços e pernas. Aerion já se levantara de novo. A boca do príncipe estava ensanguentada. Enfiou um dedo nela.

— Você deixou um dos meus dentes mole — reclamou. — Então vamos começar a quebrar todos os seus. — Afastou o cabelo dos olhos. — Você parece familiar.

— Você me confundiu com um cavalariço.

Aerion deu um sorriso vermelho.

— Eu me lembro. Você se recusou a pegar meu cavalo. Por que jogou sua vida fora? Por esta puta? — Tanselle estava curvada no chão, segurando a mão fraturada. Ele lhe deu um empurrão com a ponta da bota. — Ela dificilmente vale isso. Uma traidora. O dragão nunca deve perder.

Ele é louco, Dunk pensou, *mas ainda é o filho do príncipe, e pretende me matar.* Teria rezado se conhecesse uma prece até o fim, mas não havia tempo. Mal havia tempo para ficar com medo.

— Nada mais a dizer? — Aerion perguntou. — Você me aborrece, sor. — Cutucou a boca ensanguentada de novo. — Pegue um martelo e quebre todos os dentes dele, Wate — ordenou. — Depois vamos abrir a barriga dele e lhe mostrar a cor de suas entranhas.

— *Não!* — uma voz de menino disse. — Não o machuque!

Deuses sejam bons, o menino, o tolo menino corajoso, Dunk pensou. Lutou contra os braços que o prendiam, em vão.

— Controle a língua, garoto estúpido. Corra. Vão machucar você!

— Não, não vão — Egg se aproximou. — Se fizerem isso, terão que responder ao meu pai. E ao meu tio também. Deixem-no ir, eu disse. Wate, Yorkel, vocês me conhecem. Façam o que eu estou dizendo.

As mãos que seguravam o braço esquerdo de Dunk sumiram, depois as outras. Ele não entendia o que estava acontecendo. Os homens de armas estavam retrocedendo. Um deles até mesmo se ajoelhou. Em seguida a multidão se abriu para deixar Raymun Fossoway passar. Usava cota de malha e elmo, e tinha a mão sobre a espada. Seu primo, Sor Steffon, logo atrás, já estava com a lâmina desembainhada, e com eles estava meia dúzia de homens de armas com o símbolo da maçã vermelha costurado no peito.

O príncipe Aerion não prestou atenção neles.

— Patifezinho imprudente — disse para Egg, cuspindo um punhado de sangue nos pés do menino. — O que aconteceu com seu cabelo?

— Eu cortei, irmão — Egg falou. — Não queria parecer com você.

O segundo dia do torneio amanheceu carregado de nuvens, com rajadas de vento soprando do oeste. *A multidão deve ser menor em um dia assim*, Dunk pensou. Teria sido mais fácil encontrar um lugar próximo da cerca para ver as justas mais de perto. *Egg poderia ter sentado no parapeito, enquanto eu ficaria em pé atrás dele.*

Em vez disso, Egg teria um lugar na arquibancada, vestido em sedas e peles, enquanto a vista de Dunk se limitaria às quatro paredes da cela da torre onde os homens de Lorde Ashford o haviam confinado. A câmara tinha uma janela, mas dava para o lado errado. Mesmo assim, Dunk se empoleirou no assento da janela quando o sol nasceu e olhou com melancolia para a vila, os campos e a floresta. Tinham lhe tirado o cinturão de cânhamo da espada, assim como a espada e a adaga, e haviam levado sua prata também. Esperava que Egg ou Raymun se lembrassem de Castanha e Trovão.

— Egg — murmurou baixinho.

Seu escudeiro, o pobre garoto tirado das ruas de Porto Real. Algum cavaleiro já fora tão idiota? *Dunk, o pateta, cabeça-dura como uma muralha de castelo e lento como um auroque.*

Não tivera permissão para falar com Egg desde que os soldados de Sor Ashford tinham prendido todos no espetáculo de títeres. Nem com Raymun, nem com Tanselle, nem com ninguém, nem mesmo com o próprio Lorde Ashford. Ele se perguntava se veria algum deles novamente. Pelo que sabia, pretendiam mantê-lo naquele cubículo até que morresse. *O que eu achei que aconteceria?*, perguntou a si mesmo, amargo. *Bati no filho de um príncipe e chutei seu rosto.*

Sob aquele céu cinzento, as flâmulas flutuantes dos senhores de nascimento elevado e dos grandes campeões não pareciam tão esplêndidas quanto no dia anterior. O sol, emparedado atrás das nuvens, não pincelaria os elmos de aço com brilho, nem faria as cinzelagens de ouro e prata cintilarem e reluzirem; mesmo assim, Dunk desejava estar entre a multidão para assistir às justas. Seria um bom dia para os cavaleiros andantes, para homens em cotas de malha simples e cavalos sem arreios.

Ao menos podia *ouvir* tudo. As cornetas dos arautos eram bem audíveis, e de tempos em tempos o rugir da multidão lhe dizia que alguém caíra, ou se erguera, ou fizera algo especialmente ousado. Ouvia um fraco ruído de cascos também e, muito de vez em quando, o choque de espadas ou a ruptura de uma lança. Dunk estremecia sempre que ouvia o último som; lembrava-lhe o barulho que o dedo de Tanselle fizera quando Aerion o quebrara. Havia outros ruídos também, mais próximos dele: passos no corredor do lado de fora, a batida de cascos no pátio abaixo, gritos e vozes vindos das muralhas do castelo. Algumas vezes, eles se sobrepunham aos do torneio. Dunk supunha que fosse melhor assim.

"Um cavaleiro andante é o tipo mais verdadeiro de cavaleiro, Dunk", o velho lhe dissera havia muito tempo. "Outros cavaleiros servem os senhores que os sustentam, ou em nome daqueles de quem têm terras, mas nós servimos quem queremos, homens em cujas causas acreditamos. Todo cavaleiro jura proteger os fracos e inocentes, mas nós mantemos melhor nosso voto, acho." Estranho o quanto aquela lembrança parecia forte agora. Dunk quase se esquecera daquelas palavras. E talvez o velho também as tivesse esquecido no fim.

A manhã se transformou em tarde. Os sons distantes do torneio foram diminuindo até morrer. O crepúsculo começou a adentrar a cela, mas Dunk continuou sentado no assento da janela, olhando a escuridão que crescia e tentando ignorar a barriga vazia.

Foi quando ouviu passos e um retinir de chaves de ferro. Ficou em pé enquanto a porta se abria. Dois guardas entraram, um deles segurando uma lamparina a óleo. Uma criada vinha atrás com uma bandeja de comida. Por fim, vinha Egg.

— Deixem a lamparina e a comida e saiam — o garoto disse para eles.

Fizeram como ordenado, mas Dunk notou que deixaram a pesada porta de madeira entreaberta. Com o cheiro da comida, ele percebeu o quanto estava faminto. Havia pão quente e mel, uma tigela de purê de ervilha, um espeto de cebolas assadas e carne bem passada. Sentou-se ao lado da bandeja, partiu o pão com as mãos e enfiou um pedaço na boca.

— Não tem faca — observou. — Eles acharam que eu iria esfaquear você, garoto?

— Não me disseram o que achavam. — Egg usava um gibão justo de lã negra com a cintura pregueada e mangas compridas forradas com cetim vermelho. No peito, tinha costurado o dragão de três cabeças da Casa Targaryen. — Meu tio diz que devo humildemente implorar seu perdão por tê-lo enganado.

— Seu tio — Dunk falou. — Quer dizer o príncipe Baelor.

O menino pareceu extremamente infeliz.

— Minha intenção nunca foi mentir.

— Mas mentiu. Sobre tudo. Começando com seu nome. Nunca ouvi falar de um príncipe Egg.

— É apelido de Aegon. Meu irmão Aemon me chamava de Egg. Ele está na Cidadela agora, estudando para ser meistre. E Daeron às vezes me chama de Egg também, assim como minhas irmãs.

Dunk levantou o espeto e mordeu um pedaço de carne. Cabra temperada com alguma especiaria nobre que jamais provara antes. A gordura escorreu pelo queixo do cavaleiro.

— Aegon — repetiu. — É claro que tinha que ser Aegon. Como Aegon, o Dragão. Quantos Aegons foram reis?

— Quatro — o menino disse. — Quatro Aegons.

Dunk mastigou, engoliu e se serviu de mais um pedaço de pão.

— Por que fez isso? Era alguma brincadeira para fazer de tolo o estúpido cavaleiro andante?

— Não. — Os olhos do menino se encheram de lágrimas, mas ele ficou parado corajosamente. — Eu devia ser escudeiro de Daeron. Ele é meu irmão mais velho. Aprendi tudo o que tinha que aprender para ser um bom escudeiro, mas Daeron não é um cavaleiro muito bom. Ele não queria competir no torneio, então escapou da nossa escolta depois que deixamos o Solar de Verão. Só que em vez de voltar para trás foi direto para Vaufreixo, achando que nunca nos procurariam nessa direção. Foi ele quem raspou minha cabeça. Ele sabia que meu pai enviaria homens atrás de nós. Daeron tem o cabelo comum, em tom castanho-claro, nada especial, mas o meu é como o de Aerion e o de meu pai.

— O sangue do dragão — Dunk comentou. — Cabelo louro-prateado e olhos púrpura, todo mundo sabe disso. — *Cabeça-dura como uma muralha de castelo, Dunk.*

— Sim. Por isso Daeron o cortou. Ele pretendia nos manter escondidos até que o torneio acabasse. Só que aí você me confundiu com um cavalariço e... — Ele abaixou os olhos. — Não me importava se Daeron lutasse ou não, mas eu queria ser o escudeiro de *alguém*. Sinto muito, sor. Realmente sinto.

Dunk olhou para ele, pensativo. Sabia como era desejar tanto algo a ponto de ser capaz de dizer uma mentira monstruosa só para chegar perto de tal desejo.

— Pensei que você fosse como eu — ele disse. — Talvez seja. Só que não do jeito que pensei.

— Nós dois somos de Porto Real — o menino falou, esperançoso.

Dunk precisou rir.

— Sim, você do alto da Colina de Aegon e eu da baixada.

— Não é tão distante, sor.

Dunk deu uma mordida em uma cebola.

— Preciso chamar você de *senhor* ou *Vossa Graça* ou algo assim?

— Na corte sim — o menino admitiu. — Mas em outras ocasiões pode continuar me chamando de Egg se quiser, sor.

— O que vão fazer comigo, Egg?

— Meu tio quer vê-lo. Depois que terminar de comer, sor.

Dunk deixou o prato de lado e se levantou.

— Terminei, então. Já chutei um príncipe na boca, não pretendo deixar o outro esperando.

Lorde Ashford tinha cedido seus aposentos para o príncipe Baelor durante sua estada, então foi para a sala de visitas do senhor a que Egg — não, *Aegon*, ele teria que se acostumar com isso — o conduziu. Baelor restava sentado, lendo sob a luz de velas de cera de abelha. Dunk se ajoelhou diante dele.

— Levante — o príncipe disse. — Aceita vinho?

— Se for do seu agrado, Vossa Graça.

— Sirva a Sor Duncan uma taça de tinto doce de Dorne, Aegon — o príncipe ordenou. — Tente não derramar sobre ele, já lhe causou mal suficiente.

— O garoto não vai derramar, Vossa Graça — Dunk falou. — É um bom menino. Um bom escudeiro. E não quis me fazer mal, sei disso.

— Não é necessário ter a intenção de fazer mal para fazê-lo. Aegon devia ter vindo a mim quando viu o que o irmão dele estava fazendo com aqueles titereiros. Em vez disso, correu até você. Isso não foi gentil. O que você fez, sor... Bem, eu teria feito o mesmo em seu lugar, mas sou um príncipe do reino, não um cavaleiro andante. Jamais é boa ideia bater no neto do rei em fúria, não importa o motivo.

Dunk assentiu, sombrio. Egg lhe ofereceu um cálice de prata com vinho até a borda. Ele aceitou e deu um longo gole.

— *Odeio* Aerion — Egg disse com veemência. — E precisei correr até Sor Duncan, tio; o castelo estava longe demais.

— Aerion é seu irmão, e os septões dizem que devemos amar nossos irmãos — o príncipe disse com firmeza. — Aegon, nos deixe agora, quero falar com Sor Duncan a sós.

O menino colocou de lado o jarro de vinho e fez uma mesura rígida.

— Como desejar, Vossa Graça. — Foi até a porta da sala e a fechou com suavidade atrás de si.

Baelor Quebra-Lança estudou os olhos de Dunk por um longo momento.

— Sor Duncan, deixe-me perguntar uma coisa. Quão bom cavaleiro você é de verdade? Quão habilidoso com as armas?

Dunk não sabia o que responder.

— Sor Arlan me ensinou a usar a espada e o escudo, e como investir contra anéis e estafermos.

O príncipe Baelor pareceu incomodado com a resposta.

— Meu irmão Maekar voltou ao castelo há algumas horas. Encontrou o herdeiro bêbado em uma estalagem a um dia de cavalgada para o sul. Maekar nunca admitiria isso, mas acredito que tinha a esperança secreta de que os filhos dele pudessem ofuscar os meus neste torneio. Em vez disso, ambos o envergonharam. Mas o que ele vai fazer? São sangue de seu sangue. Maekar está zangado e precisa de um alvo para a sua ira. Ele escolheu você.

— Eu? — Dunk disse, infeliz.

— Aerion já encheu o ouvido do pai. E Daeron tampouco ajudou você. Para desculpar a própria covardia, ele disse para meu irmão que um imenso cavaleiro assaltante, encontrado ao acaso na estrada, levou Aegon dele. Temo que você tenha sido elencado para ser esse cavaleiro assaltante, sor. Na história de Daeron, ele passou três dias perseguindo você de um lado para o outro para recuperar o irmão.

— Mas Egg vai contar a verdade a ele. Aegon, quero dizer.

— Egg *vai contar* para ele, disso não tenho dúvida — disse o príncipe Baelor. — Mas o menino também é conhecido por mentir, como você bem sabe. Em qual filho meu irmão vai acreditar? Quanto a esses titereiros, quando Aerion terminar sua história deturpada, serão condenados por alta traição. O dragão é o símbolo da Casa Real. Retratar um sendo morto, com sangue de serragem saindo pelo pescoço... Bem, sem dúvida é inocente, mas nem um pouco sensato. Aerion chama isso de um ataque velado à Casa Targaryen, um incitamento à revolta. Maekar concordará alegremente. Meu irmão tem uma natureza irritadiça e, desde que Daeron se tornou uma grande decepção para ele, depositou todas as esperanças em Aerion. — O príncipe tomou um gole de vinho e colocou o cálice de lado. — No que quer que meu irmão acredite ou deixe de acreditar, um fato não está em questão: você derramou sangue do dragão. Por essa ofensa, precisa ser julgado, sentenciado e punido.

— Punido? — Dunk não gostou de como aquilo soou.

— Aerion gostaria da sua cabeça, com ou sem dentes. Não a terá, prometo, mas não posso negar a ele um julgamento. Como meu real pai está a quilômetros de distância, meu irmão e eu teremos de julgar você, junto com Lorde Ashford, em cujos domínios estamos, e Lorde Tyrell de Jardim de Cima, seu suserano. Da última vez que um homem foi considerado culpado de agredir alguém de sangue real, foi decretado que ele deveria perder a mão ofensora.

— Minha *mão*? — Dunk exclamou, aterrorizado.

— E seu pé. Você o chutou também, não chutou?

Dunk ficou sem palavras.

— Certamente pedirei aos meus companheiros juízes que sejam misericordiosos. Sou a Mão do Rei e o herdeiro do trono, minha palavra tem algum peso. Mas a do meu irmão também tem. O risco existe.

— Eu, eu... — começou Dunk. — Vossa Graça, eu... — *Eles não pretendiam cometer nenhuma traição, era só um dragão de madeira, a intenção nunca foi a de representar um príncipe real*, quis dizer o cavaleiro, mas as palavras o abandonaram de uma vez por todas. Nunca fora bom com elas.

— Você tem uma alternativa, no entanto — o príncipe Baelor disse em voz baixa. — Se é melhor ou pior, não sei dizer, mas devo lembrá-lo de que qualquer cavaleiro acusado de um crime tem o direito de exigir julgamento por combate. Então, eu lhe pergunto novamente, Sor Duncan, o Alto... Quão bom cavaleiro você é? De verdade.

— Um julgamento de sete — o príncipe Aerion disse, sorrindo. — Esse é *meu* direito, acredito.

O príncipe Baelor tamborilou com os dedos na mesa, franzindo o cenho. À sua esquerda, Lorde Ashford assentiu lentamente.

— Por quê? — o príncipe Maekar exigiu saber, inclinando-se na direção do filho. — Tem medo de encarar sozinho esse cavaleiro andante e deixar os deuses decidirem a verdade de suas acusações?

— Medo? — Aerion repetiu. — De um tipo desses? Não seja absurdo, pai. Meu pensamento é por meu amado irmão. Daeron foi prejudicado por esse Sor Duncan também, e tem o direito de reclamar seu sangue. Um julgamento de sete permitirá que nós dois o encaremos.

— Não me faça favores, irmão — murmurou Daeron Targaryen. O filho mais velho do príncipe Maekar parecia ainda pior do que quando Dunk o encontrara na estalagem. Aparentemente estava sóbrio desta vez, o gibão vermelho e negro sem manchas de vinho, mas seus olhos estavam injetados de sangue e uma fina camada de suor lhe cobria a testa. — Fico satisfeito em aplaudir você quando matar o patife.

— Você é muito gentil, doce irmão — o príncipe Aerion comentou, todo sorrisos —, mas seria egoísmo meu negar a você o direito de provar a verdade de suas palavras colocando seu corpo em risco. Devo insistir no julgamento de sete.

Dunk estava perdido.

— Vossa Graça, meus senhores — disse, dirigindo-se para o tablado. — Não estou entendendo. O que é esse *julgamento de sete*?

O príncipe Baelor se mexeu com desconforto no assento.

— É outra forma de julgamento por combate. Antigo, raramente invocado. Veio do Mar Estreito com os ândalos e os sete deuses. Em qualquer julgamento por combate, o acusado e o acusador estão pedindo aos deuses que decidam a questão entre eles. Os ândalos acreditavam que se sete campeões lutassem de cada lado, os deuses, sendo assim honrados, ficariam mais dispostos a intervir e garantir que o resultado justo fosse alcançado.

— Ou talvez simplesmente tivessem gosto pela esgrima — comentou Lorde Leo Tyrell, com um sorriso cínico. — Seja como for, Sor Aerion está no direito dele. Que seja um julgamento de sete.

— Terei de lutar contra *sete homens*, é isso? — Dunk perguntou, desesperado.

— Não sozinho, sor — o príncipe Maekar respondeu, impaciente. — Não banque o tolo, não vai adiantar. Deve ser sete contra sete. Precisa encontrar mais seis cavaleiros para lutar ao seu lado.

Seis cavaleiros, Dunk pensou. Daria na mesma se tivesse pedido a ele para encontrar seis mil. Não tinha irmãos, nem primos, ou velhos companheiros que tivessem estado ao seu lado em batalha. Por que seis estranhos arriscariam a vida para defender um cavaleiro andante contra dois principezinhos reais?

— Vossa Graça, meus senhores... — começou. — E se ninguém quiser ficar ao meu lado?

Maekar Targaryen olhou para ele com frieza.

— Se a causa for justa, bons homens lutarão por ela. Se não conseguir encontrar campeões, sor, é porque é culpado. Pode algo ser mais claro?

Dunk nunca se sentira tão só como enquanto atravessava a pé o portão do Castelo de Vaufreixo e ouvia a ponte levadiça descer chocalhando atrás de si. Uma chuva suave, leve como orvalho, estava caindo em sua pele; mesmo assim, ele estremecia ao toque. Do outro lado do rio, anéis coloridos aureolavam os poucos pavilhões onde o fogo ainda ardia. Metade da noite já se fora, ele calculou. O amanhecer chegaria em poucas horas. *E, com o amanhecer, vem a morte.*

Haviam lhe devolvido sua espada e sua prata; ainda assim, enquanto atravessava o vau, seus pensamentos eram desoladores. Ele se perguntava se esperavam que selasse um cavalo e fugisse. Poderia, se quisesse. Seria o fim de sua posição como cavaleiro, certamente; a partir dali não seria mais do que um fora da lei, até o dia em que algum senhor o capturasse e lhe cortasse a cabeça. *Melhor morrer como cavaleiro do que assim*, disse a si mesmo, teimoso. Molhado até os joelhos, caminhou penosamente pelas listas vazias. A maior parte dos pavilhões estava escura, os proprietários havia muito adormecidos, mas aqui e ali algumas velas ainda queimavam. Dunk ouviu gemidos suaves e gritos de prazer vindos de uma das tendas. Isso o fez se perguntar se morreria sem ter conhecido uma donzela.

Ouviu o resfolegar de um cavalo, que de algum modo sabia ser de Trovão. Mudou de direção, correu e lá estava ele, amarrado com Castanha do lado de fora de um pavilhão redondo, iluminado por dentro com um vago brilho dourado. No mastro central, o estandarte pendia, ensopado; mesmo assim, Dunk reconheceu a curva escura da maçã Fossoway. Aquilo se parecia com esperança.

— Um julgamento por combate — Raymun disse com seriedade. — Que os deuses sejam bons, Duncan. Isso significa lanças de guerra, maças, machados de batalha... Não serão espadas cegas, entende isso?

— Raymun, o Relutante — zombou seu primo, Sor Steffon. Uma maçã feita de ouro e granadas prendia seu manto de lã amarela. — Não tenha medo, primo, isso é um combate de cavaleiros. Como você não é cavaleiro, sua pele não está em risco. Sor Duncan, você tem um Fossoway pelo menos. O maduro. Vi o que Aerion fez com aqueles titereiros. Estou com você.

— E eu também — Raymun replicou, zangado. — Só quis dizer...

O primo o interrompeu.

— Quem mais lutará conosco, Sor Duncan?

Dunk abriu as mãos, impotente.

— Não conheço mais ninguém. Bem, exceto Sor Manfred Dondarrion. Ele nem quis atestar que sou um cavaleiro, jamais arriscaria a vida por mim.

Sor Steffon pareceu pouco perturbado.

— Então precisamos de mais cinco bons homens. Felizmente, tenho mais do que cinco amigos. Leo Longthorn, Tempestade Risonha, Lorde Caron, os Lannister, Sor Otho Bracken... Sim, e os Blackwood também, embora nunca se tenha visto Blackwood e Bracken do mesmo lado de um corpo a corpo. Vou falar com alguns deles.

— Eles não ficarão felizes em ser acordados — o primo objetou.

— Ótimo — declarou Sor Steffon. — Se estiverem zangados, vão lutar com mais ferocidade. Pode contar comigo, Sor Duncan. Primo, se eu não voltar antes do amanhecer, traga minha armadura e se assegure de que Ira esteja selado e com arreios para mim. Encontro vocês no cercado dos desafiadores. — Deu uma gargalhada. — Esse dia será lembrado por muito tempo, acredito. — Quando saiu da tenda a passos largos, até parecia feliz.

Raymun, nem tanto.

— Cinco cavaleiros — disse mal-humorado depois que o primo se foi. — Duncan, não quero estragar suas esperanças, mas...

— Se seu primo conseguir trazer os homens dos quais falou...

— Leo Longthorn? O Bruto de Bracken? O Tempestade Risonha? — Raymun se levantou. — Ele conhece todos eles, não tenho dúvidas, mas não tenho tanta certeza se algum deles *o* conhece. Steffon vê isso como uma chance para a glória, mas é a sua vida que está em jogo. Você deveria encontrar seus próprios homens. Vou ajudar. Melhor ter campeões demais do que de menos. — Um ruído do lado de fora fez Raymun virar a cabeça. — Quem vem aí? — quis saber, enquanto um garoto se abaixava para entrar pela aba, seguido por um homem magro com um manto negro ensopado.

— Egg? — Dunk ficou em pé. — O que está fazendo aqui?

— Sou seu escudeiro — o menino disse. — Você vai precisar de alguém para armá-lo, sor.

— O senhor seu pai sabe que você saiu do castelo?

— Deuses sejam bons, espero que não. — Daeron Targaryen soltou a presilha do manto e o deixou escorregar pelos ombros magros.

— *Você?* Está louco, vindo até aqui? — Dunk puxou o punhal da bainha. — Eu devia enfiar isso na sua barriga.

— Provavelmente — o príncipe Daeron admitiu. — Embora eu preferisse que me servisse uma taça de vinho. Veja minhas mãos. — Levantou uma das mãos e deixou que todos vissem como estava tremendo.

Dunk deu um passo na direção dele, furioso.

— Não me importo com suas mãos. Você mentiu sobre mim.

— Eu precisava dizer *alguma coisa* quando meu pai exigiu saber onde meu irmãozinho tinha se metido — o príncipe respondeu. Sentou-se, ignorando Dunk e sua lâmina. — Verdade seja dita, nem mesmo percebi que Egg tinha ido embora. Ele não estava no fundo da minha taça de vinho, e não olhei para nenhum outro lugar, então... — Suspirou.

— Sor, meu pai vai se juntar aos sete acusadores — Egg interrompeu. — Implorei para ele não fazer isso, mas ele não me ouviu. Diz que é a única maneira de recuperar a honra de Aerion e de Daeron.

— Não que eu tenha pedido que minha honra fosse recuperada — disse o príncipe Daeron, com amargura. — Quem quer que esteja com ela pode ficar, no que me diz respeito. Mesmo assim, estamos aqui. Se serve de consolo, Sor Duncan, você tem pouco a temer da minha parte. A única coisa de que gosto menos do que cavalos são espadas. Coisas pesadas e bestialmente afiadas. Farei o melhor possível para parecer galante na primeira investida, mas depois disso... Bem, talvez você pudesse me acertar com um belo golpe na lateral do elmo. Faça-o ressoar, mas não *muito* alto, se entende o que quero dizer. Meus irmãos são melhores do que eu no que diz respeito a lutar, dançar, pensar e ler livros, mas nenhum deles chega aos meus pés quando se trata de ficar desmaiado na lama.

Dunk só conseguiu encará-lo e se perguntar se o principezinho estava tentando fazê-lo de bobo.

— Por que veio?

— Para contar o que o aguarda — Daeron disse. — Meu pai ordenou que a Guarda Real lute com ele.

— A Guarda Real? — Dunk repetiu, estarrecido.

— Bem, os três que estão aqui. Graças aos deuses, o tio Baelor deixou os outros quatro em Porto Real com nosso avô real.

Egg forneceu os nomes:

— Sor Roland Crakehall, Sor Donnel de Valdocaso e Sor Willem Wylde.

— Eles têm pouca escolha — Daeron comentou. — Juraram proteger a vida do rei e da família real, e meus irmãos e eu somos sangue do dragão, que os deuses nos ajudem.

Dunk contou nos dedos.

— Com isso são seis. Quem é o sétimo homem?

O príncipe Daeron deu de ombros.

— Aerion vai encontrar alguém. Se for preciso, comprará um campeão. Não lhe falta ouro.

— Quem você tem? — Egg perguntou.

— O primo de Raymun, Sor Steffon.

Daeron estremeceu.

— Só um?

— Sor Steffon foi atrás de alguns amigos.

— Posso trazer algumas pessoas — Egg sugeriu. — Cavaleiros. Eu consigo.

— Egg, vou estar lutando contra seus irmãos — Dunk disse.

— Mas você não vai machucar Daeron — o garoto lembrou. — Ele *disse* que vai cair. E Aerion... Lembro que, quando eu era pequeno, ele costumava entrar no meu quarto à noite e colocar uma faca entre minhas pernas. Tinha tantos irmãos homens, dizia, que talvez uma noite me transformasse em sua irmã, e aí ele poderia se casar comigo. Além disso, jogou meu gato no poço. Ele diz que não, mas é um mentiroso.

O príncipe Daeron deu de ombros, cansado.

— Egg diz a verdade. Aerion é quase um monstro. Acha que é um dragão em forma humana, sabe. E foi por isso que ficou tão furioso com o espetáculo de títeres. Uma pena que ele não tenha nascido um Fossoway, pois pensaria que é uma maçã e todos estaríamos em segurança, mas aqui estamos nós. — O príncipe se levantou, pegou o manto caído e sacudiu a chuva dele. — Preciso me esgueirar de volta ao castelo antes que meu pai se pergunte por que estou demorando tanto para amolar a espada. Antes de ir, porém, gostaria de uma palavra a sós, Sor Duncan. Poderia me acompanhar?

Por um momento, Dunk olhou para o principezinho com desconfiança.

— Como desejar, Vossa Graça. — Embainhou o punhal. — Preciso buscar meu escudo também.

— Egg e eu procuraremos cavaleiros — Raymun prometeu.

O príncipe Daeron prendeu o manto ao redor do pescoço e ergueu o capuz. Dunk o seguiu até a chuva leve. Caminharam na direção das carroças dos comerciantes.

— Sonhei com você — o príncipe disse.

— Você disse isso na estalagem.

— Disse? Bem, é verdade. Meus sonhos não são como os seus, Sor Duncan. Os meus são de verdade. Me assustam. *Você* me assusta. Sonhei com você e um dragão morto, veja. Um animal grande, imenso, com asas tão grandes que podiam cobrir esta campina. Ele tinha caído em cima de você, mas você estava vivo e o dragão estava morto.

— Eu o matei?

— Isso eu não saberia dizer, mas você estava lá, assim como o dragão. Antigamente, nós, os Targaryen, éramos os mestres dos dragões. Agora todos se foram, mas nós permanecemos. Eu não gostaria de morrer hoje. Só os deuses sabem o porquê, eu não sei. Então, me faça uma gentileza, se puder, e se assegure de que seja Aerion quem você vai matar.

— Tampouco quero morrer — Dunk comentou.

— Bem, eu não o matarei, sor. Também vou retirar minha acusação, mas isso não servirá de nada, a menos que Aerion retire a dele. — Suspirou. — Pode ser que minha mentira signifique a sua morte. Neste caso, sinto muito. Estou condenado a algum inferno, sei disso. Provavelmente, um sem vinho. — Deu de ombros, e nesses termos se separaram, ali na leve chuva fria.

Os comerciantes tinham parado as carroças no limite ocidental da campina, sob um aglomerado de bétulas e freixos. Dunk parou embaixo das árvores e olhou impotente para o lugar vazio onde a carroça dos titereiros estivera. *Sumiram*. Temera que isso acontecesse. *Eu também fugiria se não fosse tão cabeça-dura quanto uma muralha de castelo*. Ele se perguntava o que usaria como escudo agora. Tinha prata para comprar um, supunha, *se* conseguisse encontrar um à venda...

— Sor Duncan — uma voz chamou da escuridão. Dunk se virou e deu de cara com Pate de Aço parado atrás dele, segurando uma lamparina de ferro. Sob um manto curto de couro, o armeiro estava nu da cintura para cima, o peito largo e os braços grossos cobertos de pelos espessos e negros. — Se veio buscar seu escudo, ela o deixou comigo. — Olhou para Dunk de alto a baixo. — Consigo contar duas mãos e dois pés. Então será julgamento por combate?

— Um julgamento de sete. Como sabe?

— Bem, eles podiam tê-lo beijado e lhe concedido um título de lorde, mas não parecia provável; se as coisas tivessem seguido por outro caminho, você estaria sem alguns pedaços. Agora, venha comigo.

A carroça dele era fácil de distinguir pela espada e bigorna pintadas na lateral. Dunk seguiu Pate para dentro. O armeiro pendurou a lamparina em um gancho, tirou o manto molhado e vestiu uma túnica de tecido áspero pela cabeça. Uma tábua com dobradiças caiu de uma das paredes para fazer uma mesa.

— Sente-se — Pate disse, empurrando um banco baixo em sua direção. Dunk se sentou.

— Para onde ela foi?

— Foram para Dorne. O tio da garota é um homem prudente. Desaparecido é o mesmo que esquecido. Fique e seja visto, e talvez o dragão se lembre. Além disso, ele achou que ela não devia vê-lo morrer. — Pate foi até o fundo da carroça, remexeu por uns momentos na sombra e voltou com o escudo. — O rebordo era de aço barato, velho, quebradiço e enferrujado — comentou. — Fiz um novo para você, duas vezes mais grosso, e coloquei algumas faixas na parte de trás. Vai ficar mais pesado, agora, mas mais resistente também. A garota fez a pintura.

Ela havia feito um trabalho melhor do que ele jamais esperara. Mesmo sob a luz da lamparina, as cores do pôr do sol eram ricas e vivas; a árvore, alta, forte e nobre. A estrela cadente era uma pincelada de tinta brilhante através do céu de carvalho. Mas, agora que Dunk o tinha nas mãos, tudo parecia errado. A estrela estava *caindo*, que tipo de símbolo era aquele? Ele cairia tão rápido quanto ela? E o poente anunciava a noite.

— Eu devia ter ficado com o cálice — disse, sentindo-se muito infeliz. — Pelo menos tinha asas para voar para longe, e Sor Arlan disse que a taça era cheia de fé e camaradagem e coisas boas para se beber. O escudo está todo pintado em tons de morte.

— O olmo está vivo — Pate assinalou. — Vê como as folhas estão verdes? Folhas de verão, com certeza. E já vi escudos com brasões com crânios, lobos, corvos e até homens enforcados e cabeças ensanguentadas. No entanto, serviram bem o bastante. Conhece a velha rima do escudo? *Carvalho e ferro, guardem-me bem...*

— *... senão estou morto e no inferno também* — Dunk completou. Não pensava naquela rima havia anos. O velho a ensinara para ele, muito tempo antes. — Quanto lhe devo pelo novo rebordo e tudo o mais? — perguntou para Pate.

— Você? — Pate coçou a barba. — Uma moeda de cobre.

A chuva quase parara por completo quando a primeira luz pálida se derramou pelo céu oriental, mas fizera seu trabalho. Os homens de Lorde Ashford haviam removido as barreiras, e o campo do torneio era um grande pântano de lama marrom-acinzentada e relva arrancada. Tentáculos de neblina se contorciam pelo chão como pálidas serpentes brancas enquanto Dunk fazia o percurso até as listas. Pate de Aço caminhava com ele.

A arquibancada já começava a encher; os senhores e senhoras apertando os mantos contra o corpo para se proteger do frio da manhã. Os plebeus também perambulavam em direção ao campo, e centenas deles já se aglomeravam ao longo das cercas. *Toda essa gente veio me ver morrer*, Dunk pensou com amargura, mas estava sendo injusto. A alguns passos dali, uma mulher gritou:

— Boa sorte para você!

E um homem deu um passo adiante, pegou sua mão e disse:

— Que os deuses lhe deem força, sor.

Depois um irmão mendicante, em uma túnica marrom esfarrapada, abençoou sua espada, e uma donzela lhe deu um beijo no rosto. *Estão do meu lado.*

— Por quê? — perguntou a Pate. — O que *eu* sou para eles?

— Um cavaleiro que se lembra de seus votos — o ferreiro respondeu.

Encontraram Raymun do lado de fora do cercado dos desafiadores na extremidade sul das listas, esperando com o cavalo do primo e com o de Dunk. Trovão se mexia irrequieto sob o peso da testeira, da barda e da pesada manta de cota de malha. Pate inspecionou a armadura e afirmou que era um bom trabalho, embora outra pessoa a tivesse forjado. De onde quer que a armadura tivesse vindo, Dunk estava grato.

Então viu os outros: o homem caolho com a barba grisalha, o jovem cavaleiro com o casaco listrado de amarelo e negro e as colmeias no escudo. *Robyn Rhysling e Humfrey Beesbury*, pensou, espantado. *E Sor Humfrey Hardyng também*. Hardyng estava montado no corcel de guerra ruivo de Aerion, que agora tinha arreios com seus losangos vermelhos e brancos.

Foi até eles.

— Sores, estou em dívida com vocês.

— A dívida é de Aerion — Sor Humfrey Hardyng respondeu. — E pretendemos cobrá-la.

— Ouvi dizer que sua perna foi quebrada.

— Ouviu a verdade — Hardyng disse. — Não estou conseguindo andar. Mas enquanto for capaz de montar um cavalo, sou capaz de lutar.

Raymun puxou Dunk de lado.

— Eu achava que Hardyng fosse querer outra oportunidade para lutar com Aerion, e ele de fato quis. O outro Humfrey, no caso, é irmão dele pelo casamento. Egg é responsável por Sor Robyn, a quem conhecia de outros torneios. Então vocês são cinco.

— Seis — Dunk falou, assombrado, apontando para o cavaleiro que entrava no cercado, o escudeiro levando o cavalo de guerra atrás dele. — O Tempestade

Risonha. — Uma cabeça mais alto do que Sor Raymun e quase da mesma altura de Dunk, Sor Lyonel usava um casaco de samito que ostentava o veado coroado da Casa Baratheon e carregava o elmo com chifres embaixo do braço. Dunk lhe estendeu a mão. — Sor Lyonel, não posso agradecer o suficiente por ter vindo, nem a Sor Steffon por trazê-lo.

— Sor Steffon? — Sor Lyonel o fitou, intrigado. — Foi seu escudeiro quem foi atrás de mim. O menino Aegon. Meu rapaz tentou mandá-lo embora, mas ele passou por baixo de suas pernas e jogou um jarro de vinho na minha cabeça. — Deu uma gargalhada. — Não há um julgamento de sete há mais de cem anos, sabia? Eu não ia perder uma oportunidade de lutar contra os cavaleiros da Guarda Real e, de quebra, torcer o nariz do príncipe Maekar.

— Seis — Dunk disse esperançoso para Raymun Fossoway enquanto Sor Lyonel se juntava aos demais. — Seu primo me trará o último, tenho certeza.

Um rugido se ergueu da multidão. Na extremidade norte da campina, uma coluna de cavaleiros surgiu trotando em meio à neblina que cobria o rio. Os três membros da Guarda Real vinham primeiro, como fantasmas nas armaduras cintilantes esmaltadas em branco, com longos mantos também brancos esvoaçando às costas. Até mesmo os escudos eram brancos, sem adornos e limpos, como um campo coberto de neve recém-caída. Atrás deles vinham o príncipe Maekar e seus filhos. Aerion estava montado em um malhado cinzento, laranja e vermelho tremeluzindo nos arreios a cada passo do cavalo. O corcel de batalha do irmão era um baio menor, protegido por uma armadura de escamas sobrepostas negras e douradas. Uma pluma de seda verde esvoaçava presa ao elmo de Daerion. Era o pai deles, no entanto, quem tinha a aparência mais temível. Negros dentes curvos de dragão corriam por seus ombros, seguiam até o alto do elmo e desciam pelas costas, e o imenso mangual com saliências pontudas preso à sela era a arma de aspecto mais mortal que Dunk já vira.

— Seis — Raymun exclamou de repente. — São apenas seis.

Dunk percebeu que era verdade. *Três cavaleiros negros e três brancos. Estão com um homem a menos também.* Seria possível Aerion não ter sido capaz de encontrar um sétimo homem? O que aquilo significava? Lutariam seis contra seis se ninguém achasse um sétimo?

Egg surgiu ao lado de Dunk enquanto este tentava chegar a uma conclusão.

— Sor, é hora de vestir sua armadura.

— Obrigado, escudeiro. Será que faria a gentileza?

Pate de Aço deu uma mãozinha ao menino. Cota de malha e armadura para o pescoço, grevas e manoplas, touca e calção; eles logo o transformaram em puro aço, conferindo cada fivela e fecho três vezes. Sor Lyonel estava sentado a um canto afiando a espada em uma pedra de amolar enquanto os Humfrey conversavam em voz baixa, Sor Robyn rezava e Raymun Fossoway andava de um lado para o outro, perguntando-se onde o primo se metera.

Dunk já estava completamente armado quando Sor Steffon enfim apareceu.

— Raymun — chamou —, minha cota de malha, por favor. — Havia se trocado, e agora vestia um gibão almofadado para usar por baixo do aço.

— Sor Steffon, e seus amigos? — Dunk perguntou. — Precisamos de outro cavaleiro para somar sete.

— Temo que precise de dois — Sor Steffon comentou. Raymun amarrou a parte de trás da cota de malha.

— Perdão, senhor? — Dunk não entendeu. — Dois?

Sor Steffon pegou uma manopla de aço articulado de boa qualidade e a vestiu na mão esquerda, flexionando os dedos.

— Vejo cinco aqui — disse enquanto Raymun prendia seu cinturão da espada. — Beesbury, Rhysling, Hardyng, Baratheon e você.

— E você — Dunk completou. — Você é o sexto.

— Sou o sétimo — Sor Steffon falou, sorrindo. — Mas para o outro lado. Vou lutar com o príncipe Aerion e os acusadores.

Raymun estava prestes a entregar o elmo ao primo. Parou como se tivesse levado um golpe.

— Não.

— Sim — Sor Steffon deu de ombros. — Tenho certeza de que Sor Duncan compreende. Tenho um dever para com meu príncipe.

— Você disse a ele para confiar em você. — Raymun estava pálido.

— Disse? — Pegou o elmo das mãos do primo. — Não duvido de que tenha sido sincero no momento. Traga meu cavalo.

— Pegue você mesmo — Raymun respondeu, zangado. — Se acha que desejo fazer parte disso, é tão idiota quanto vil.

— Vil? — Sor Steffon fez um barulhinho de desprezo. — Dobre a língua, Raymun. Somos maçãs da mesma árvore. E você é meu escudeiro. Ou já esqueceu seus votos?

— Não. Você esqueceu os seus? Jurou ser um cavaleiro.

— Serei mais do que um cavaleiro quando o dia de hoje terminar. *Lorde* Fossoway. Gosto de como soa. — Sorrindo, vestiu a outra manopla, deu meia-volta e cruzou o cercado para pegar o cavalo. Os outros defensores o encaravam com um olhar de desprezo, mas ninguém fez um movimento sequer para impedi-lo.

Dunk observou Sor Steffon levar o corcel de guerra para o outro lado do campo. Suas mãos se fecharam em punho, mas sua garganta estava ferida demais para que pudesse falar. *Nenhuma palavra demoveria alguém como ele, de qualquer modo.*

— Me invista cavaleiro. — Raymun colocou a mão no ombro de Dunk e o virou. — Assumirei o lugar do meu primo. Sor Duncan, me invista. — Apoiou-se sobre um joelho.

Franzindo o cenho, Dunk levou a mão até o cabo de sua espada longa, mas hesitou.

— Raymun, eu... eu não devo.

— Deve, sim. Sem mim, são apenas cinco.

— O rapaz está certo — disse Sor Lyonel Baratheon. — Faça isso, Sor Duncan. Qualquer cavaleiro pode investir outro.

— Duvida da minha coragem? — Raymun perguntou.

— Não — Dunk respondeu. — Não é isso, mas... — Ainda assim hesitava.

Uma fanfarra de trombetas cortou o ar nebuloso da manhã. Egg veio correndo até eles.

— Sor, Lorde Ashford o está convocando.

Tempestade Risonha acenava, impaciente.

— Vá, Sor Duncan. Investirei Sor Raymun cavaleiro. — Desembainhou a espada e afastou Dunk com um empurrão. — Raymun da Casa Fossoway — começou solenemente, tocando a lâmina no ombro direito do escudeiro —, em nome do Guerreiro, eu o exorto a ter coragem. — A espada se moveu do ombro direito para o esquerdo. — Em nome do Pai, eu o exorto a ser justo. — De volta ao direito. — Em nome da Mãe, eu o exorto a defender os jovens e inocentes. — Para o esquerdo de novo. — Em nome da Donzela, eu o exorto a proteger todas as mulheres...

Dunk os deixou ali, sentindo-se tão aliviado quanto culpado. *Ainda temos um a menos*, pensou, enquanto Egg segurava Trovão para ele. *Onde vou encontrar outro homem?* Virou o cavalo e cavalgou devagar na direção da arquibancada, onde Lorde Ashford o esperava. Da extremidade norte das listas, o príncipe Aerion avançou para encontrá-lo.

— Sor Duncan, vejo que só tem cinco campeões — disse, alegre.

— Seis — Dunk o corrigiu. — Sor Lyonel está investindo Raymun Fossoway. Lutaremos seis contra sete. — Sabia que homens haviam vencido com perspectivas muito piores.

Mas Lorde Ashford negou com a cabeça.

— Isso não é permitido, sor. Se não for capaz de encontrar outro cavaleiro para lutar ao seu lado, deverá ser declarado culpado dos crimes de que foi acusado.

Culpado, Dunk pensou. *Culpado pela perda de um dente, e por isso devo morrer*.

— Senhor, peço um momento.

— Pois vá em frente.

Dunk cavalgou lentamente ao longo da cerca. A arquibancada estava lotada de cavaleiros.

— Senhores, alguém se lembra de Sor Arlan de Centarbor? — gritou para eles. —Eu era seu escudeiro. Ele serviu muitos de vocês. Comeu em suas mesas e dormiu em seus salões. — Viu Manfred Dondarrion sentado na fileira mais alta. — Sor Arlan foi ferido a serviço de seu pai. — O cavaleiro disse alguma coisa para a senhora ao seu lado, sem prestar atenção. Dunk foi obrigado a avançar. — Lorde Lannister, Sor Arlan o desmontou certa vez em um torneio. — O Leão Grisalho examinou a própria luva, recusando-se deliberadamente a erguer o olhar. — Era um bom homem, e me ensinou a ser um cavaleiro. Não só a lutar com a espada e a lança, mas a ter honra. Um cavaleiro defende os inocentes, ele dizia. Foi tudo o que fiz. Preciso de mais um cavaleiro para lutar ao meu lado. Um, apenas isso. Lorde Caron? Lorde Swann?

Lorde Swann deu uma risadinha quando Lorde Caron sussurrou algo em seu ouvido.

Dunk se dirigiu a Sor Otho Bracken, abaixando a voz.

— Sor Otho, todos sabemos que é um grande campeão. Junte-se a nós, eu lhe peço. Em nome dos deuses antigos e dos novos. Minha causa é justa.

— Pode até ser — disse o Bruto de Bracken, que ao menos teve a educação de responder. — Mas a causa é sua, não minha. Não o conheço, garoto.

Desolado, Dunk deu meia-volta montado em Trovão e correu de um lado para o outro diante das fileiras de homens pálidos e frios. O desespero o fez gritar:

— *NÃO HÁ CAVALEIROS DE VERDADE ENTRE VOCÊS?*

Só o silêncio respondeu.

Do outro lado do campo, o príncipe Aerion gargalhou.

— Não se zomba do dragão — gritou.

Foi quando alguém falou.

— Tomarei partido de Sor Duncan.

Um garanhão negro emergiu do meio da neblina que cobria o rio, um cavaleiro negro no dorso. Dunk viu o escudo do dragão e o espigão esmaltado de vermelho no alto do elmo com três cabeças rugindo. *O Jovem Príncipe. Deuses sejam bons, é realmente ele?*

Lorde Ashford cometeu o mesmo engano.

— Príncipe Valarr?

— Não. — O cavaleiro negro ergueu a viseira do elmo. — Não tinha a pretensão de entrar nas listas em Vaufreixo, meu senhor, então não trouxe armadura. Meu filho foi bastante gentil em me emprestar a dele. — O príncipe Baelor sorriu, quase com tristeza.

Os acusadores pareciam confusos, Dunk podia ver. O príncipe Maekar esporeou o cavalo adiante.

— Irmão, você perdeu o juízo? — Apontou um dedo revestido em cota de malha para Dunk. — Este homem atacou meu filho.

— Este homem protegeu o oprimido, como todo cavaleiro de verdade deve fazer — o príncipe Baelor respondeu. — Deixe que os deuses determinem se ele estava certo ou errado. — Deu um puxão nas rédeas, virou o imenso cavalo de guerra de Valarr e trotou para a extremidade sul do campo.

Dunk parou Trovão ao lado dele, e os outros defensores se reuniram ao redor dos dois: Robyn Rhysling e Sor Lyonel, os Humfrey. *Todos bons homens — mas será que são bons o bastante?*

— Onde está Raymun?

— *Sor* Raymun, por favor. — Ele se aproximou a meio galope, um sorriso impiedoso iluminando o rosto sob o elmo emplumado. — Minhas desculpas, sor. Precisei fazer uma pequena mudança no meu símbolo para não ser confundido com meu desonroso primo. — Mostrou o escudo para todos. O polido campo dourado permanecia o mesmo, assim como a maçã Fossoway, mas a fruta era verde em vez de vermelha. — Temo ainda não estar maduro... mas melhor verde do que bichado, não é mesmo?

Sor Lyonel gargalhou e Dunk deu um sorriso involuntário. Até o príncipe Baelor pareceu aprovar.

O septão de Lorde Ashford foi até a frente da arquibancada e ergueu sua taça para convocar a multidão para uma prece.

— Prestem atenção, todos vocês — Baelor disse em voz baixa. — Os acusadores virão armados com pesadas lanças de guerra na primeira investida. Lanças de freixo, com dois metros de comprimento, bandas para evitar que quebrem e ponta de aço suficientemente afiada para penetrar a armadura com o peso de um cavalo de guerra por trás.

— Vamos usar o mesmo — disse Sor Humfrey Beesbury. Atrás dele, o septão convocava os Sete a olharem para baixo e julgarem aquela disputa, garantindo a vitória aos homens cuja causa fosse justa.

— Não — Baelor falou. — Vamos nos armar com lanças de torneio.

— Lanças de torneio são feitas para quebrar — Raymun objetou.

— Também têm três metros de comprimento. Se nossas pontas atingirem o alvo, as deles não serão capazes de nos tocar. Mirem no elmo ou no peito. Em um torneio é galante quebrar a lança contra o escudo do adversário, mas aqui isso também significa a morte. Se pudermos desmontá-los e nos manter na sela, a vantagem será nossa. — Olhou para Dunk. — Se Sor Duncan for morto, significará que os deuses o julgaram culpado, e a disputa estará acabada. Se ambos os acusadores forem mortos ou retirarem as acusações, o mesmo acontecerá. De outro modo, todos os sete de um lado ou do outro deverão perecer ou se render para que o julgamento termine.

— O príncipe Daeron não vai lutar — Dunk falou.

— Não lutaria bem, de qualquer modo. — Sor Lyonel gargalhou. — Por outro lado, temos três das Espadas Brancas para combater.

Baelor ponderou, calmo.

— Meu irmão errou quando exigiu que a Guarda Real lutasse por seu filho. Os votos deles os proíbem de ferir um príncipe do sangue. Felizmente, é o que sou. — Deu um sorriso débil. — Mantenham os outros longe de mim durante tempo suficiente que lidarei com a Guarda Real.

— Isso é cavalheiresco, meu príncipe? — Sor Lyonel Baratheon perguntou enquanto o septão terminava sua invocação.

— Os deuses nos dirão — disse Baelor Quebra-Lança.

Um profundo silêncio de expectativa caiu sobre a campina de Vaufreixo.

A setenta metros de distância, o garanhão cinzento de Aerion relinchava impaciente e batia com a pata no chão lamacento. Trovão estava muito quieto em comparação; era um cavalo mais velho, veterano de meia centena de batalhas, sabia o que esperavam dele. Egg entregou o escudo a Dunk.

— Que os deuses estejam com você, sor — o menino disse.

A visão do olmo e da estrela cadente lhe deu ânimo. Dunk passou o braço esquerdo pela correia e apertou os dedos em volta do prendedor. *Carvalho e ferro, guardem-me bem, senão estou morto e no inferno também*. Pate de Aço lhe trouxe a lança, mas Egg insistiu que era ele quem devia colocá-la na mão de Dunk.

De ambos os lados, seus companheiros pegaram as lanças e se dispuseram em uma longa fileira. O príncipe Baelor estava à direita e Sor Lyonel à esquerda de Dunk, mas a abertura estreita do elmo limitava sua visão ao que estava diretamente adiante. A arquibancada desaparecera, assim como os plebeus que lotavam as cercas; havia apenas o campo enlameado, a bruma pálida soprada pelo vento, o rio, a vila e o castelo ao norte, e o principezinho em seu cavalo de guerra cinzento com chamas no elmo e um dragão no escudo. Dunk viu o escudeiro de Aerion lhe entregar uma lança de guerra, com dois metros de comprimento e negra como a noite. *Ele atravessará meu coração com ela se puder*.

Uma corneta soou.

Por um segundo, Dunk ficou imóvel como uma mosca presa no âmbar, mas todos os cavalos entraram em movimento. Uma pontada de pânico o atravessou. *Esqueci*, pensou enlouquecido, *esqueci tudo, vou me envergonhar, vou perder tudo*.

Trovão o salvou. O grande garanhão castanho sabia o que fazer, mesmo que seu cavaleiro não soubesse. Arrancou em um trote lento. O treinamento de Dunk enfim assumiu o controle: o cavaleiro deu um leve toque com as esporas no cavalo de guerra e posicionou a lança. Ao mesmo tempo, virou o escudo de forma a cobrir a maior parte da lateral esquerda do corpo. Segurou-o em um ângulo que defletisse os golpes para longe dele. *Carvalho e ferro, guardem-me bem, senão estou morto e no inferno também.*

O ruído da multidão não passava de um rebentar distante de ondas. Trovão começou a galopar. Os dentes de Dunk rangiam violentamente com o ritmo. Empurrou os calcanhares para baixo, apertando as pernas com toda a força e deixando que seu corpo se tornasse parte do movimento do cavalo embaixo dele. *Sou Trovão e Trovão sou eu, somos um único animal, estamos unidos, somos um.* O ar dentro do elmo já estava tão quente que ele mal conseguia respirar.

Em uma justa de torneio, seu adversário estaria à esquerda, do outro lado da barreira, e ele teria de virar a lança por cima do pescoço de Trovão. O ângulo fazia com que fosse mais provável que a madeira rompesse com o impacto. Mas o jogo daquele dia era mais mortal. Sem barreiras para separá-los, os cavalos investiam diretamente um contra o outro. O imenso cavalo negro do príncipe Baelor era muito mais rápido do que Trovão, e pelo canto do visor do elmo Dunk o vislumbrou cavalgando à sua frente. Sentia os outros mais do que os via. *Eles não importam, apenas Aerion importa, só ele.*

O dragão se aproximava. Salpicos de lama saltavam dos cascos do cavalo cinzento do príncipe Aerion, e Dunk podia ver as narinas do animal se dilatarem. A lança negra ainda estava inclinada para cima. *Um cavaleiro que segura a lança para o alto e a alinha no último momento sempre corre o risco de abaixar tarde demais*, o velho lhe dizia. Dunk mirou a ponta da arma no meio do peito do principezinho. *Minha lança é parte do meu braço*, disse para si mesmo. *É meu dedo, um dedo de madeira. Tudo o que preciso fazer é tocar o príncipe com meu longo dedo de madeira.*

Tentou não ver a ponta de ferro afiada na extremidade da lança negra de Aerion, que ficava maior a cada passo. *O dragão, olhe para o dragão*, Dunk pensou. O grande animal de três cabeças cobria o escudo do príncipe, asas vermelhas e fogo dourado. *Não, olhe só para onde pretende atingir*, lembrou-se de repente, mas sua lança já começara a deslizar para o lado. Tentou corrigi-la, mas era tarde demais. Viu a ponta acertar o escudo de Aerion, atingindo o ponto entre duas das cabeças do dragão, arrancando uma gota de chama pintada. No instante em que ouviu o estalo abafado, sentiu Trovão se retrair sob o corpo, tremendo com a força do impacto; meio segundo mais tarde, algo o atingiu no flanco com uma força inacreditável. Os cavalos colidiram violentamente, as armaduras batendo e ressoando enquanto Trovão tropeçava e a lança de Dunk caía de sua mão. No momento seguinte ele já estava além do adversário, agarrado à sela em um esforço desesperado para continuar montado. Trovão guinou para o lado na lama escorregadia e Dunk sentiu suas patas traseiras escorregarem por baixo do cavalo. Os dois deslizaram e rodopiaram até o traseiro do garanhão bater com força no chão.

— *Levante!* — Dunk rugiu, golpeando com as esporas. — *Levante, Trovão!* — E, de algum modo, o velho cavalo de guerra ficou em pé novamente.

Dunk notou a dor aguda nas costelas e o braço esquerdo pesando para baixo. Aerion conseguira fazer a lança atravessar o carvalho, a lã e o aço; um metro de freixo estilhaçado e ferro afiado se projetava da lateral do corpo de Dunk. Ele estendeu a mão direita, agarrou a lança logo atrás da ponta, travou os dentes e a arrancou com um puxão violento. O sangue a seguiu, jorrando pelos elos da cota de malha e manchando de vermelho o sobretudo. O mundo girou e ele quase caiu. Vagamente, acima da dor, podia ouvir vozes o chamando pelo nome. Seu belo escudo era inútil agora. Jogou-o de lado — olmo, estrela cadente, lança quebrada e tudo o mais — e desembainhou a espada, mas sentia tanta dor que achava que não seria capaz de brandi-la.

Virou Trovão em uma curva fechada, tentando ter uma ideia do que estava acontecendo em outros lugares do campo. Sor Humfrey Hardyng estava agarrado ao pescoço da montaria, obviamente ferido. O outro Sor Humfrey jazia imóvel em um lago de lama manchada de sangue, com uma lança quebrada saindo da virilha. Viu o príncipe Baelor passar galopando, a lança ainda intacta, e derrubar da sela um dos homens da Guarda Real. Outro cavaleiro branco já estava caído, e Maekar também fora desmontado. O terceiro cavaleiro da Guarda Real estava rechaçando Sor Robyn Rhysling.

Aerion, onde está Aerion? O som de cascos tamborilando atrás de si fez Dunk virar a cabeça rapidamente. Trovão bramiu e empinou, sacudindo os cascos inutilmente enquanto o garanhão cinzento de Aerion ia contra ele a todo galope.

Dessa vez não havia esperança de recuperação. A espada longa saiu rodopiando de suas mãos e o chão se ergueu para encontrar Dunk. O cavaleiro aterrissou com um impacto doloroso que lhe sacudiu até os ossos. A dor o apunhalou com tanta força que ele soluçou. Por um momento, tudo o que conseguiu fazer foi ficar deitado ali. O gosto de sangue lhe enchia a boca. *Dunk, o pateta, achava que podia ser um cavaleiro.* Ele sabia que tinha de ficar em pé novamente ou morreria. Gemendo, obrigou-se a apoiar o corpo nas mãos e nos joelhos. Não conseguia respirar, não conseguia ver. A fenda do elmo estava entupida de lama. Ficando em pé sem enxergar, Dunk raspou a lama com um dedo recoberto de cota de malha. *Ali, aquilo é...*

Através dos dedos, vislumbrou um dragão voando e um mangual cheio de pontas rodopiando na extremidade de uma corrente. No instante seguinte, sua cabeça pareceu explodir em pedacinhos.

Quando abriu os olhos, estava no chão de novo, estatelado de costas. A lama havia saído do elmo, mas agora tinha um dos olhos tampado por causa do sangue. Acima dele não havia nada além do céu cinza-escuro. Seu rosto latejava, e ele conseguia sentir o frio metal úmido pressionando a bochecha e as têmporas. *Ele quebrou minha cabeça, e estou morrendo.* O pior era que os outros morreriam com ele, Raymun e o príncipe Baelor e o restante. *Falhei com eles. Não sou um campeão. Não sou nem mesmo um cavaleiro andante. Não sou coisa alguma.* Lembrou-se do príncipe Daeron se gabando de que ninguém conseguia ficar desmaiado na lama tão bem quanto ele. *Ele nunca tinha visto Dunk, o pateta, certo?* A vergonha era pior do que a dor.

O dragão apareceu sobre ele.

Tinha três cabeças e asas brilhantes como chamas, vermelha, amarela e laranja. Estava gargalhando.

— Já morreu, cavaleiro andante? — perguntou. — Peça misericórdia e admita sua culpa, e talvez eu só reivindicarei uma mão e um pé. Ah, e esses dentes. Mas o que são alguns dentes? Um homem pode viver anos à base de purê de ervilhas. — O dragão gargalhou novamente. — Não? Coma *isto*, então. — A bola pontiaguda rodopiou uma e outra vez no céu e caiu na direção de sua cabeça tão rápido quanto uma estrela cadente.

Dunk rolou para o lado.

Onde encontrou forças, não saberia dizer, mas encontrou. Rolou até as pernas de Aerion, envolveu a coxa dele em um braço vestido de aço, arrastou-o xingando para a lama e rolou por cima dele. *Quero ver ele rodopiar o maldito mangual agora.* O príncipe tentou forçar a borda do escudo contra a cabeça de Dunk, mas o elmo amassado absorveu a maior parte do impacto. Aerion era forte, mas Dunk era mais forte, maior e mais pesado. Agarrou o escudo do príncipe e o torceu até as correias arrebentarem. Depois bateu com ele no topo do elmo do principezinho, uma vez, outra e depois mais outra, esmagando as chamas esmaltadas de seu espigão. O escudo era mais grosso que o de Dunk, carvalho sólido reforçado com ferro. Uma chama se quebrou. Depois outra. O príncipe ficou sem chamas muito antes que Dunk parasse de golpear.

Aerion enfim largou o cabo do mangual inútil e tentou agarrar o punhal. Conseguiu tirá-lo da bainha; quando Dunk lhe deu uma pancada na mão com o escudo, porém, a arma caiu na lama.

Ele pode até vencer Sor Duncan, o Alto, mas não Dunk da Baixada das Pulgas. O velho lhe ensinara a disputar justas e a lutar com espadas, mas *aquele* tipo de luta ele aprendera antes, nas ruelas sombrias e vielas sinuosas atrás das tavernas da cidade. Dunk jogou longe o escudo amassado e abriu a viseira do elmo de Aerion.

Uma viseira é um ponto fraco, lembrou-se do que Pate de Aço dissera. O príncipe tinha parado completamente de lutar. Seus olhos eram púrpura e estavam cheios de terror. Dunk teve uma vontade súbita de agarrar um deles e esmagá-lo como uma uva entre dois dedos de aço, mas isso não seria cavalheiresco.

— *RENDA-SE!* — gritou.

— Eu me rendo — o dragão sussurrou, os lábios pálidos mal se movendo.

Dunk pestanejou. Por um momento, não conseguiu acreditar no que ouvira. *Acabou, então?* Virou a cabeça devagar, de um lado para o outro, tentando ver. A fresta do elmo estava parcialmente fechada pelo golpe que esmagara o lado esquerdo de seu rosto. Vislumbrou o príncipe Maekar, a maça na mão, tentando abrir caminho para junto do filho. Baelor Quebra-Lança o detinha.

Dunk se levantou e colocou o príncipe Aerion em pé. Tateando os cordões do elmo, arrancou-o e o jogou longe. Mergulhou imediatamente em visões e sons; grunhidos e xingamentos, os gritos da multidão, um garanhão berrando enquanto outro corria sem cavaleiro pelos campos. Por todos os lados, aço ressoava contra aço. Raymun e o primo golpeavam um ao outro em frente à arquibancada, ambos em pé. Seus escudos estavam em frangalhos, a maçã verde e a vermelha reduzidas a nada. Um dos cavaleiros da Guarda Real carregava o irmão ferido para fora do campo. Ambos pareciam iguais em suas armaduras e seus mantos brancos. O terceiro dos cavaleiros brancos estava caído, e Tempestade Risonha se juntara ao príncipe Baelor contra o príncipe Maekar. Maça, machado de batalha e espada longa retiniam e ressoavam em elmos e escudos. Maekar recebia três golpes para cada um que dava, e Dunk percebeu que logo seria o fim dele. *Preciso colocar um fim nisso antes que mais de nós acabem mortos.*

O príncipe Aerion deu um mergulho súbito na direção do mangual. Dunk o chutou nas costas e o atirou de rosto no chão, depois agarrou uma de suas pernas e o arrastou pelo campo. Quando chegou à arquibancada onde Lorde Ashford estava, o Príncipe Brilhante estava sujo como uma latrina. Dunk o colocou em pé e o sacudiu, fazendo um pouco de lama respingar em Lorde Ashford e na bela donzela.

— Diga a ele!

Aerion Chamaviva cuspiu um bocado de relva e terra.

— Retiro minha acusação.

Depois que tudo passou, Dunk não era capaz de dizer se saíra do campo por conta própria ou se precisara de ajuda. Todo o seu corpo doía, e alguns lugares eram piores do que outros. *Sou um cavaleiro de verdade agora?*, lembrava-se de ter perguntado a si mesmo. *Sou um campeão?*

Egg o ajudava a tirar as grevas e a armadura de pescoço, junto com Raymun e até Pate de Aço. Dunk estava aturdido demais para distinguir um do outro. Eram dedos, polegares e vozes — mas sabia que Pate era o que estava reclamando.

— Olhe o que ele fez com minha armadura — falou. — Toda golpeada, amassada e riscada. Pois é, agora lhe pergunto: por que ainda me incomodo? Temo que terei de cortar esta cota de malha.

— Raymun — Dunk disse com urgência, segurando a mão do amigo. — Os outros. Como se saíram? — Precisava saber. — Alguém morreu?

— Beesbury — Raymun contou. — Morto por Donnel de Valdocaso na primeira investida. Sor Humfrey está gravemente ferido também. O resto de nós está com hematomas e ensanguentados, nada de mais. Exceto você.

— E eles? Os acusadores?

— Sor Willem Wylde da Guarda Real foi levado do campo inconsciente, e acho que quebrei algumas costelas do meu primo. Pelo menos espero que sim.

— E o príncipe Daeron? — Dunk questionou. — Sobreviveu?

— Assim que Sor Robyn o desmontou, ele ficou deitado onde caiu. Talvez tenha quebrado um pé. O próprio cavalo o pisoteou enquanto corria solto pelo campo.

Aturdido e confuso como estava, Dunk sentiu uma enorme sensação de alívio.

— O sonho dele estava errado, então. O dragão morto. A menos que Aerion morresse. Mas ele não morreu, morreu?

— Não — Egg falou. — Você o poupou. Não se lembra?

— Acho que sim. — As lembranças da luta já estavam ficando confusas e vagas. — Em um momento, sinto como se estivesse bêbado. No outro, dói tanto que sei que estou morrendo.

Eles o fizeram se deitar de costas e ficaram conversando enquanto ele fitava o turbulento céu cinzento. Dunk teve a impressão de que ainda era manhã. Perguntou-se quanto tempo teria durado a luta.

— Que os deuses sejam bons, a ponta da lança enterrou profundamente os elos na carne — ouviu Raymun dizer. — Vai necrosar, a menos que...

— Embebede ele e despeje um pouco de óleo fervendo na ferida — alguém sugeriu. — É assim que os meistres fazem.

— Vinho. — A voz tinha uma ressonância metálica. — Não *óleo*, isso vai matá-lo. É vinho fervendo. Vou mandar Meistre Yormwell dar uma olhada nele assim que ele acabar de cuidar do meu irmão.

Um cavaleiro alto assomou sobre Dunk, a armadura negra amassada e riscada por vários golpes. *Príncipe Baelor*. O dragão escarlate em seu elmo perdera uma cabeça, as duas asas e grande parte da cauda.

— Vossa Graça — Dunk disse. — Sou um homem a seu serviço. Por favor. Um homem a seu serviço.

— Um homem a meu serviço. — O cavaleiro negro colocou a mão no ombro de Raymun para se equilibrar. — Preciso de bons homens a meu serviço, Sor Duncan. O reino... — A voz dele parecia estranhamente arrastada. Talvez tivesse mordido a língua.

Dunk estava muito cansado. Era difícil permanecer acordado.

— Um homem a seu serviço — murmurou mais uma vez.

O príncipe moveu devagar a cabeça de um lado para o outro.

— Sor Raymun... meu elmo, por gentileza. A viseira... A viseira está rachada, e meus dedos... meus dedos parecem de madeira...

— Imediatamente, Vossa Graça. — Raymun pegou o elmo do príncipe com as duas mãos e grunhiu. — Mestre Pate, me ajude.

Pate de Aço arrastou um banquinho para perto.

— Está esmagado na parte de trás, Vossa Graça, do lado esquerdo. Foi esmagado para dentro da armadura de pescoço. Aço bom, esse, para deter um golpe assim.

— Foi o mangual do meu irmão, provavelmente — Baelor disse com a voz embargada. — Ele é forte. — Estremeceu. — Isso... Parece estranho, eu...

— Aí vem. — Pate ergueu o elmo amassado. — Que os deuses sejam bons. *Ah, deuses, ah, deuses, ah, deuses protejam...*

Dunk viu algo vermelho e úmido cair do elmo. Alguém gritou, um grito alto e terrível. Contra o sombrio céu cinzento, um príncipe alto de armadura negra cambaleava com metade do crânio apenas. Dunk conseguia ver o sangue vermelho, o osso claro por baixo e algo mais — algo azul-acinzentado e mole. Uma expressão estranha e perturbada passou pelo rosto de Baelor Quebra-Lança, como uma nuvem passando diante do sol. Ele levantou a mão e tocou a parte de trás da cabeça com dois dedos, ah, tão de leve. E caiu.

Dunk o segurou.

— Levante. — Dizem que ele falou, assim como fizera com Trovão no corpo a corpo. — Levante, levante. — Mas nunca se lembraria disso depois, e o príncipe não se ergueu.

Baelor da Casa Targaryen, Príncipe de Pedra do Dragão, Mão do Rei, Protetor do Reino e herdeiro legítimo do Trono de Ferro dos Sete Reinos de Westeros, foi entregue ao fogo no pátio do Castelo de Vaufreixo, na margem norte do rio Molusqueiro. Outras grandes casas podiam escolher entre enterrar seus mortos na terra escura ou afundá-los no frio mar verde — os Targaryen eram o sangue do dragão, porém, e seu final era escrito em chamas.

Fora o melhor cavaleiro da sua época, e alguns argumentaram que ele devia partir para enfrentar as trevas com cota de malha, placa de aço e uma espada em cada mão. No fim, no entanto, prevaleceram os desejos de seu real pai, e Daeron II tinha uma natureza pacífica. Quando Dunk passou pelo ataúde de Baelor arrastando os pés, o príncipe usava uma túnica negra de veludo com o dragão de três cabeças realçado com linha escarlate sobre o peito. Ao redor da garganta havia uma pesada corrente de ouro. Sua espada estava embainhada ao lado do corpo, mas ele usava um elmo, um fino elmo dourado com uma viseira aberta para que as pessoas pudessem ver seu rosto.

Valarr, o Jovem Príncipe, ficou de vigília aos pés do ataúde do pai enquanto Baelor era velado. Era uma versão mais baixa, mais magra e mais bonita do seu progenitor, sem o nariz duas vezes quebrado que fazia Baelor parecer mais humano do que régio. O cabelo de Valarr era castanho, embora atravessado por uma brilhante mecha de louro-prateado. A visão fez Dunk se lembrar de Aerion, mas sabia que não era justo. O cabelo de Egg crescia claro como o do irmão, e Egg era um garoto bem decente para um príncipe.

Quando Dunk parou para oferecer desajeitadas condolências, bem carregadas de agradecimentos, o príncipe Valarr pestanejou os frios olhos azuis para ele e disse:

— Meu pai tinha apenas trinta e nove anos. Tinha qualidades para ser um grande rei, o maior desde Aegon, o Dragão. Por que os deuses o levaram e deixaram *você*? — Balançou a cabeça. — Vá embora, Sor Duncan. Vá embora.

Sem palavras, Dunk mancou para fora do castelo e seguiu para o acampamento ao lado da lagoa verde. Não tinha resposta para Valarr. Nem para as perguntas que fazia a si mesmo. Os meistres e o vinho fervendo haviam feito seu trabalho e o ferimento do cavaleiro andante sarava de forma limpa, embora ele fosse ficar com uma profunda cicatriz franzida entre o braço esquerdo e o mamilo. Não conseguia olhar para o ferimento sem pensar em Baelor. *Ele me salvou uma vez com a espada e uma vez com uma palavra, apesar de já ser um homem morto quando estava parado ali.* O mundo não fazia sentido quando um grande príncipe morria para que um cavaleiro andante pudesse viver. Dunk se sentou sob o olmo e encarou os pés, sombrio.

Quando quatro guardas com a libré real apareceram em seu acampamento no final de uma tarde, Dunk teve certeza de que iam matá-lo apesar de tudo. Muito fraco e muito cansado para estender a mão e pegar uma espada, ficou sentado com as costas apoiadas no olmo, esperando.

— Nosso príncipe suplica o favor de uma conversa privada.

— Qual príncipe? — Dunk perguntou, cauteloso.

— Este príncipe — uma voz brusca disse antes que o capitão pudesse responder. Maekar Targaryen surgiu, saindo de trás do olmo.

Dunk se levantou devagar. *O que ele quer de mim agora?*

Maekar fez um gesto e os guardas desapareceram tão repentinamente quanto haviam aparecido. O príncipe o estudou por um longo momento, depois deu meia-volta e se afastou até parar ao lado da lagoa, olhando para o próprio reflexo na água.

— Mandei Aerion para Lys — anunciou abruptamente. — Talvez alguns anos nas Cidades Livres o mudem para melhor.

Dunk nunca estivera nas Cidades Livres, então não sabia o que responder. Estava satisfeito por Aerion ter saído dos Sete Reinos e esperava que nunca mais voltasse, mas não era coisa para dizer a um pai sobre seu filho. Ficou em silêncio.

O príncipe Maekar virou o rosto para ele.

— Alguns homens dirão que eu pretendia matar meu irmão. Os deuses sabem que é mentira, mas ouvirei os sussurros até o dia da minha morte. E foi minha maça que deu o golpe fatal, não tenho dúvidas. Os outros únicos adversários que ele enfrentou no corpo a corpo foram os três cavaleiros da Guarda Real, cujos votos proíbem que façam qualquer outra coisa além de se defender. Então, fui eu. Estranho dizer; não me lembro do golpe que arrebentou seu crânio. É uma bênção ou uma maldição? Um pouco dos dois, acho.

Pelo jeito com que olhava para Dunk, parecia que o príncipe queria uma resposta.

— Não posso dizer, Vossa Graça. — Ele talvez devesse odiar Maekar, mas, em vez disso, sentia uma estranha simpatia pelo homem. — Você o acertou com a maça, senhor, mas foi por mim que o príncipe Baelor morreu. Então eu o matei tanto quanto o senhor.

— Sim — o príncipe admitiu. — Você os ouvirá sussurrar também. O rei está velho. Quando ele morrer, Valarr assumirá o Trono de Ferro no lugar do pai. Cada vez que uma batalha for perdida ou uma colheita der errado, os tolos dirão "Baelor não deixaria isso acontecer, mas o cavaleiro andante o matou".

Dunk era capaz de ver a verdade naquilo.

— Se eu não lutasse, vocês teriam cortado minha mão. E meu pé. Algumas vezes me sento sob aquela árvore e olho para meus pés e me pergunto se não podia ter dado um deles. Como meu pé pode valer mais do que a vida de um príncipe? E os outros dois também, os Humfrey, eram bons homens. — Sor Humfrey Hardyng havia sucumbido aos ferimentos na noite anterior.

— E que resposta sua árvore dá?

— Nenhuma que eu consiga escutar. Mas o velho, Sor Arlan, dizia todos os dias ao cair da noite: "Me pergunto o que o amanhã trará". Ele nunca soube, não mais do que eu sei. Bem, pode ser que chegue algum amanhã em que eu precise do meu pé? Em que o *reino* precise desse pé ainda mais do que precisa da vida de um príncipe?

Maekar remoeu aquilo por um tempo, a boca travada sob a barba prateada que fazia seu rosto parecer tão quadrado.

— Não é nem um pouco provável — disse com dureza. — O reino tem tantos cavaleiros andantes quanto andanças, e todos têm pés.

— Se Vossa Graça tem uma resposta melhor, eu gostaria de ouvir.

Maekar franziu o cenho.

— Pode ser que os deuses gostem de piadas cruéis. Ou talvez não existam deuses. Talvez nada disso tenha significado algum. Eu perguntaria ao Alto Septão, mas, da última vez que fui até ele, ele me disse que nenhum homem pode realmente entender as obras dos deuses. Talvez ele devesse experimentar dormir embaixo de uma árvore. — Fez uma careta. — Meu filho mais novo parece ter se ligado a você, sor. É hora de ele ser um escudeiro, mas ele me diz que não servirá a nenhum cavaleiro além de você. É um rapaz indisciplinado, como deve ter notado. Ficará com ele?

— Eu? — a boca de Dunk abriu e fechou, e abriu novamente. — Egg... Aegon, quero dizer... Ele é um bom garoto, mas, Vossa Graça, sei que me honra, mas... sou só um cavaleiro andante.

— Isso pode ser mudado — Maekar falou. — Aegon vai retornar para meu castelo em Solar de Verão. Há um lugar para você, se desejar. Um cavaleiro da minha casa. Jure sua espada para mim e Aegon poderá ser seu escudeiro. Enquanto o treina, meu mestre de armas completará as instruções. — O príncipe o fitou com um olhar astuto. — Seu Sor Arlan fez tudo o que podia por você, mas você ainda tem muito o que aprender.

— Eu sei, senhor. — Dunk olhou ao redor. Para a relva verde e os juncos, o olmo alto, as ondulações dançando pela superfície da lagoa iluminada pelo sol. Outra libélula se movia sobre a água, ou talvez fosse a mesma do outro dia. *O que vai ser, Dunk?*, perguntou a si mesmo. *Libélulas ou dragões?* Alguns dias antes, teria respondido imediatamente. Era tudo com o que sempre sonhara; agora que a perspectiva estava ao seu alcance, porém, a ideia o assustava. — Imediatamente antes de o príncipe Baelor morrer, jurei ser um homem a serviço dele.

— Presunçoso de sua parte — Maekar comentou. — O que ele disse?

— Que ele precisava de bons homens a serviço dele.

— Isso é verdade. E então?

— Aceitarei seu filho como meu escudeiro, Vossa Graça, mas não em Solar de Verão. Não por um ano ou dois. Ele já viu castelos suficientes, imagino. Só o aceitarei se puder levá-lo comigo para a estrada. — Apontou para a velha Castanha. — Ele montará meu corcel, vestirá meu manto velho e manterá minha espada afiada e minha cota de malha limpa. Dormiremos em estalagens e estábulos e, de vez em quando, nos salões de algum cavaleiro com terras ou senhor de menor importância, e talvez sob as árvores quando for necessário.

O príncipe Maekar o encarou, incrédulo.

— O julgamento abalou seu juízo, homem? Aegon é um príncipe real. O sangue do dragão. Príncipes não são feitos para dormir em valas e comer carne seca dura. — Viu que Dunk hesitou. — O que tem medo de me dizer? Diga o que desejar, sor.

— Daeron nunca dormiu em uma vala, aposto — Dunk disse, muito baixinho. — E toda a carne que Aerion já comeu era grossa, tenra e ensanguentada, provavelmente.

Maekar Targaryen, Príncipe de Solar de Verão, olhou Dunk da Baixada das Pulgas por um longo tempo, a mandíbula se movendo em silêncio sob a barba prateada. Por fim, deu meia-volta e se afastou sem dizer palavra. Dunk o ouviu partir com seus homens. Quando se foram, o único som que restou foi o tênue zumbido das asas da libélula que voava rente à água.

O menino chegou na manhã seguinte, enquanto o sol nascia. Usava botas velhas, calção marrom, uma túnica de lã também marrom e um manto velho de viagem.

— O senhor meu pai diz que tenho de servi-lo.

— Servi-lo, *sor* — Dunk o recordou. — Pode começar selando os cavalos. Castanha é sua, trate a égua com gentileza. Não quero ver você montado no Trovão, a menos que eu o coloque lá.

Egg foi até as selas.

— Para onde vamos, sor?

Dunk pensou por um momento.

— Nunca fui para os lados das Montanhas Vermelhas. Gostaria de dar uma olhada em Dorne?

Egg sorriu.

— Ouvi dizer que eles têm bons espetáculos de títeres — comentou.

A Espada Juramentada

Em uma gaiola de ferro na encruzilhada, dois homens mortos apodreciam sob o sol de verão.

Egg parou embaixo dela para dar uma olhada neles.

— Quem acha que eram, sor? — A mula dele, Meistre, grata pela pausa, começou a pastar a erva-do-diabo seca e marrom na margem da estrada sem se importar com os dois imensos barris de vinho em seu lombo.

— Ladrões — Dunk falou. Montado em Trovão, ele estava muito mais perto dos mortos. — Estupradores. Assassinos. — Círculos escuros manchavam as axilas da velha túnica verde do cavaleiro andante. O céu estava azul e o sol ardia, e ele suara litros desde que haviam deixado o acampamento naquela manhã.

Egg tirou o chapéu de palha de abas largas e moles. Tinha a cabeça careca e brilhante. Usou o chapéu para afastar as moscas. Havia centenas delas rastejando sobre os mortos, e mais ainda vagando preguiçosamente pelo ar quente e parado.

— Devem ter feito algo ruim, para deixarem os dois morrerem dentro de uma gaiola de corvos.

De vez em quando, Egg era tão sábio quanto um meistre, mas em outras ocasiões ainda não passava um garoto de dez anos.

— Há senhores e senhores — Dunk comentou. — Alguns não precisam de muito motivo para mandar um homem à morte.

A gaiola de ferro quase não era grande o bastante para comportar um homem; mesmo assim, dois haviam sido enfiados lá dentro. Estavam com os rostos próximos, os braços e as pernas entrelaçados e as costas contra as barras negras de ferro quente. Um tentara comer o outro, roendo o pescoço e o ombro. Os corvos tinham comido ambos. Quando Dunk e Egg deram a volta na colina, os pássaros se ergueram como uma nuvem negra, tão espessa que Meistre se assustou.

— Quem quer que fossem, pareciam meio famintos — Dunk disse. *Pele e ossos, e a pele está verde e podre.* — Talvez tenham roubado um pouco de pão, ou caçado um cervo na floresta de algum senhor. — Com a seca entrando no segundo ano, a maior parte dos senhores se tornara menos tolerante com a caça ilegal; nunca tinham sido muito tolerantes, para começo de conversa.

— Pode ser que fossem parte de um grupo de fora da lei — propôs o garoto. Em Dosk, tinham ouvido um harpista cantar "O dia em que enforcaram o Robin Negro". Desde aquele dia, Egg via galantes fora da lei atrás de cada arbusto.

Dunk conhecera alguns fora da lei quando era escudeiro do velho. Não tinha pressa em conhecer nenhum outro. Nenhum dos que encontrara era especialmente galante. Lembrava-se de um fora da lei que Sor Arlan ajudara a enforcar, que gostava de roubar anéis. Ele cortava os dedos de homens para consegui-los; com mulheres, porém, preferia morder. Não havia canções sobre ele, pelo menos não que Dunk conhecesse. *Fora da lei ou larápios, não importa. Homens mortos são má companhia.* Deu uma volta lenta com Trovão ao redor da gaiola. Os olhos vazios pareciam segui-lo. Um dos mortos estava com a cabeça caída e a boca aberta. *Sem língua*, Dunk observou. Supôs que os corvos a tinham comido. Corvos sempre bicavam os olhos do cadáver primeiro, ouvira dizer, mas talvez a língua viesse em segundo lugar. *Ou talvez um senhor a tenha arrancado por algo que ele disse.*

Dunk passou os dedos pelo tufo de cabelo raiado de sol. Não podia fazer nada pelos mortos, mas precisavam entregar os barris de vinho em Pousoveloz.

— Por onde viemos? — perguntou o cavaleiro andante, olhando de um lado para o outro na estrada. — Me perdi.

— Pousoveloz é por ali, sor. — Egg apontou.

— É para lá que vamos, então. É possível estarmos de volta ao cair da noite, mas não se ficarmos o dia todo aqui contando moscas.

Cutucou Trovão com os calcanhares e virou o grande cavalo de batalha na direção do lado esquerdo da bifurcação. Egg colocou o chapéu mole na cabeça e deu um puxão na rédea de Meistre. A mula parou de pastar a erva-do-diabo e seguiu no mesmo instante, sem reclamar. *Ela está com calor também*, Dunk pensou, *e esses barris de vinho devem estar pesados*.

O sol de verão tinha deixado a estrada tão dura quanto tijolo. Os sulcos eram profundos o bastante para quebrar a pata de um cavalo, então Dunk tomava o cuidado de manter Trovão na parte mais alta da estrada, entre os sulcos. Ele mesmo torcera o tornozelo no dia em que haviam deixado Dosk, andando no escuro da noite, quando era mais fresco. Um cavaleiro tinha de aprender a viver com machucados e dores, o velho costumava dizer. *Sim, rapaz, e com ossos quebrados e cicatrizes. São tão parte de um cavaleiro quanto a espada e o escudo*. Se Trovão quebrasse uma pata, no entanto... bem, um cavaleiro sem um cavalo não era um cavaleiro.

Egg seguia uns cinco metros atrás dele, com Meistre e os barris de vinho. O menino andava com um pé descalço no sulco e o outro fora, então se erguia e abaixava a cada passo. A adaga estava embainhada na cintura, as botas, penduradas na trouxa que carregava nas costas e a túnica marrom esfarrapada, enrolada e amarrada na cintura. Embaixo do chapéu de palha de abas largas, seu rosto estava manchado e sujo, os olhos, largos e escuros. Tinha dez anos, e não chegava a um metro e meio de altura. Dera uma boa espichada nos últimos tempos, embora tivesse muito o que crescer antes de chegar perto de Dunk. Parecia exatamente com o cavalariço que não era, e nem um pouco com quem era de verdade.

Os mortos logo desapareceram atrás dos dois, mas Dunk se pegou pensando neles do mesmo jeito. O reino estava cheio de fora da lei naqueles dias. A seca não mostrava sinais de acabar; os plebeus, aos milhares, iam para as estradas, procurando algum lugar onde a chuva ainda caísse. Lorde Corvo de Sangue ordenara que voltassem para as próprias terras e senhores, mas poucos tinham obedecido. Muitos culpavam Corvo de Sangue e o rei Aerys pela seca. Era um castigo dos deuses, diziam, pois o fratricida era amaldiçoado. Os prudentes, no entanto, não falavam aquilo em voz alta. *Quantos olhos o Lorde Corvo de Sangue tem?*, dizia a charada que Egg ouvira em Vilavelha. *Mil olhos e mais um.*

Seis anos antes, em Porto Real, Dunk vira Corvo de Sangue com os próprios olhos enquanto andava em um cavalo claro pela Rua do Aço, com cinquenta Dentes de Corvo atrás dele. Aquilo tinha sido antes que o rei Aerys ascendesse ao Trono de Ferro e o tornasse sua Mão; mesmo na época, porém, ele era uma figura marcante, vestido em tons de fumaça e escarlate, com a Irmã Negra no quadril. A pele pálida e o cabelo branco como osso faziam com que parecesse um cadáver ambulante. Na bochecha e no queixo se espalhava uma marca de nascença cor de vinho, que supostamente lembrava a forma de um corvo vermelho, embora Dunk só visse uma mancha de forma estranha na pele descolorida. Encarou-o tão fixamente que Corvo de Sangue sentiu. O feiticeiro do rei se virou para observá-lo enquanto passava. Tinha um olho, e era vermelho. O outro era apenas uma órbita vazia, presente que Açoamargo lhe dera no Campo do Capim Vermelho. Mesmo assim, para Dunk parecia que os dois olhos atravessavam sua pele, enxergando sua alma.

Apesar do calor, a lembrança o fez estremecer.

— Sor? — Egg o chamou. — Está passando mal?

— Não — Dunk falou. — Estou com tanto calor e sede quanto eles.

Apontou para o campo ao lado da estrada, onde fileiras de melões murchavam no pé. Ao redor, ervas daninhas e tufos de erva-do-diabo ainda estavam vivos, mas as plantações não estavam nem de longe se saindo tão bem. Dunk sabia exatamente como os melões se sentiam. Sor Arlan costumava dizer que nenhum cavaleiro andante precisava sentir sede. "Não enquanto tiver seu elmo para pegar água da chuva. Água da chuva é a melhor bebida que há, rapaz", dizia. O velho nunca vira um verão como aquele, no entanto. Dunk deixara o elmo em Pousoveloz. Era muito abafado e pesado para usar, e havia pouca chuva preciosa para guardar nele. *O que um cavaleiro andante faz quando até as sebes estão marrons, secas e morrendo?*

Talvez quando chegassem ao riacho ele pudesse dar um mergulho. Sorriu, pensando no quanto seria bom pular bem no meio do riacho e sair ensopado e sorridente, com água escorrendo pelo rosto e pelo cabelo embaraçado, a túnica encharcada grudada na pele. Egg talvez quisesse aproveitar também, embora o garoto parecesse fresco e seco, mais empoeirado do que suado. Ele nunca suava muito. Gostava do calor. Em Dorne, andava de um lado para o outro de peito nu, e ficara bronzeado como um dornês. *É o sangue de dragão dele*, Dunk dizia para si mesmo. *Quem já ouviu falar de um dragão suado?* Ele teria ficado feliz de tirar a própria túnica, mas não cairia bem. Um cavaleiro andante podia andar de peito nu se quisesse, não tinha ninguém para envergonhar além de si mesmo. Era diferente quando sua espada era juramentada, porém. "Quando você aceita a comida e a bebida de um senhor, tudo o que faz respinga nele", Sor Arlan costumava dizer. "Sempre faça mais do que ele espera de você, nunca menos. Nunca recue diante de qualquer tarefa ou dificuldade. E, acima de tudo, nunca envergonhe o senhor que você serve". Em Pousoveloz, "comida e bebida" significavam frango e cerveja, mas Sor Eustace comia a mesma comida simples que ele e Egg.

Dunk manteve a túnica no corpo, mesmo sufocado pelo calor.

Sor Bennis do Escudo Marrom estava esperando na velha ponte de madeira.

— Quer dizer então que você voltou — gritou. — Demorou tanto que pensei que tinha fugido com a prata do velho. — Bennis estava sentado em seu garrano felpudo mastigando um punhado de folhamarga, o que fazia sua boca parecer cheia de sangue.

— Tivemos de ir até Dosk para encontrar vinho — Dunk disse. — As lulas-gigantes pilharam Pequena Dosk. Levaram as riquezas e as mulheres e queimaram metade do que deixaram.

— Esse Dagon Greyjoy quer ser enforcado — Bennis comentou. — Sim, mas quem vai fazer isso? Viu o velho Pate Traseiro Apertado?

— Me disseram que ele morreu. Os homens de ferro o mataram quando ele tentou impedi-los de levar sua filha.

— Malditos sete infernos. — Bennis virou a cabeça e cuspiu. — Vi essa filha uma vez. Não valia morrer por ela, se quer saber. Aquele tolo do Pate me devia meia prata.

O cavaleiro marrom parecia exatamente igual a quando o tinham deixado; o que era pior, cheirava do mesmo jeito também. Usava a mesma roupa todo dia:

calção marrom, uma túnica disforme de tecido grosso, botas de montar. Quando se armava, vestia um sobretudo solto também marrom sobre uma camisa de cota de malha enferrujada. O cinto da espada era um cordão de couro fervido, e seu rosto enrugado parecia feito do mesmo material. *A cabeça dele parece um daqueles melões murchos pelos quais passamos*. Até os dentes eram marrons embaixo das manchas deixadas pela folhamarga que ele gostava de mastigar. No meio de todo aquele marrom, os olhos dele se destacavam; eram verde-claros, vesgos e pequenos, próximos um do outro e brilhantes de malícia.

— Só dois barris — observou. — Sor Inútil queria quatro.

— Tivemos sorte de encontrar dois — Dunk respondeu. — A seca chegou à Árvore também. Ouvimos dizer que as uvas estão se transformando em passas nas videiras, e que os homens de ferro andam pirateando...

— Sor? — Egg o interrompeu. — Não tem mais água.

Dunk estivera tão concentrado em Bennis que não tinha notado. Sob as tábuas de madeira deformadas da ponte, só restavam areia e pedras. *Isso é estranho. O riacho estava baixo quando partimos, mas ainda corria*.

Bennis deu uma gargalhada. Ele tinha dois tipos de risada: algumas vezes cacarejava como uma galinha, outras zurrava mais alto do que a mula de Egg. A que deu era a gargalhada da galinha.

— Secou assim que vocês se foram, acho. A seca fez isso.

Dunk ficou consternado. *Bem, agora não vou mais dar um mergulho*. Desceu até o leito do riacho. *O que vai acontecer com as plantações?* Metade dos poços da Campina tinha secado; todos os rios estavam baixos, até mesmo o Torrente da Água Negra e o poderoso Vago.

— Água é uma coisa desagradável — Bennis comentou. — Bebi uma vez e fiquei doente como um cão. Vinho é melhor.

— Não para a aveia. Nem para a cevada. Nem para a cenoura, a cebola, a couve. Até a uva precisa de água. — Dunk balançou a cabeça. — Como pode ter secado tão rápido? Foram só seis dias.

— Não tinha muita água aqui, para começar, Dunk. Houve um tempo em que eu podia mijar jatos maiores do que esse riacho.

— Não é *Dunk* — Dunk o corrigiu. — Já falei. — Ele se perguntava por que ainda se incomodava. Bennis era bocudo e gostava de provocar os outros. — Sou chamado de Sor Duncan, o Alto.

— Por quem? Pelo seu filhote careca? — Olhou para Egg e deu sua gargalhada de galinha. — Você está mais alto do que quando trabalhava para Centarbor, mas, para mim, ainda parece um *Dunk* do mesmo jeito.

Dunk coçou a nuca e encarou as pedras.

— O que fazemos?

— Guardamos os vinhos e contamos ao Sor Inútil que o riacho secou. O poço de Pousoveloz ainda tem água, então não vamos morrer de sede.

— Não o chame de inútil. — Dunk gostava do velho cavaleiro. — Você dorme embaixo do teto dele, precisa mostrar respeito.

— Você o respeita por nós dois, Dunk — Bennis brincou. — Eu o chamo do que eu quiser.

As tábuas acinzentadas soltaram um rangido pesado quando Dunk pisou na ponte, franzindo o cenho para a areia e as pedras lá embaixo. Ele viu que algumas poucas poças de água marrom brilhavam entre as rochas, nenhuma maior do que sua mão.

— Peixes mortos, ali e ali, está vendo? — O cheiro o fez lembrar dos homens mortos na encruzilhada.

— Estou, sor — Egg confirmou.

Dunk saltou até o leito do riacho, ficou de cócoras e virou uma pedra. *Seca e quente em cima, úmida e enlameada embaixo.*

— A água não deve ter sumido há muito tempo. — Em pé, jogou a pedra na margem e ela se chocou contra uma saliência, desfazendo-a em uma nuvem de terra seca. — O solo está rachado nas margens, mas macio e enlameado no meio. Aqueles peixes estavam vivos ontem.

— Centarbor costumava chamar você de *Dunk, o pateta*. Eu me lembro. — Sor Bennis cuspiu um chumaço de folhamarga nas rochas. O monte brilhou vermelho e gosmento à luz do sol. — Patetas não deviam tentar pensar, têm a cabeça lerda demais para isso.

Dunk, o pateta, cabeça-dura como uma muralha de castelo. Vindas de Sor Arlan, as palavras eram afetuosas. Ele fora um homem gentil, mesmo quando o censurava. Na boca de Sor Bennis do Escudo Marrom, as palavras soavam diferentes.

— Sor Arlan está morto há dois anos — Dunk lembrou. — E me chamam de Sor Duncan, o Alto.

Estava muito tentado a enfiar o punho no rosto do cavaleiro marrom e quebrar aqueles dentes vermelhos e podres em pedacinhos. Bennis do Escudo Marrom podia ser um traste desagradável, mas Dunk era quase meio metro mais alto do que ele e uns vinte e cinco quilos mais pesado. Podia até ser um pateta, mas era grande. Algumas vezes parecia que batia a cabeça em metade das portas de Westeros, sem mencionar em cada viga de cada estalagem de Dorne até o Gargalo. O irmão de Egg, Aemon, havia medido Dunk em Vilavelha e descobrira que faltavam dois centímetros para ele chegar aos dois metros de altura, mas isso fora seis meses antes. Talvez tivesse crescido desde então. Crescer era algo que Dunk fazia muito bem, o velho costumava dizer.

Voltou para Trovão e montou de novo.

— Egg, volte para Pousoveloz com o vinho. Vou ver o que aconteceu com a água.

— Riachos secam o tempo todo — Bennis comentou.

— Só quero dar uma olhada...

— Como quando olhou embaixo daquela rocha? Não devia ficar virando rochas, pateta. Nunca se sabe o que vai sair rastejando de debaixo delas. Temos bons colchões de palha em Pousoveloz. Há mais dias com ovos do que sem, e não há muito o que fazer além de ouvir Sor Inútil contar o quão bom ele era. Deixe para lá, eu digo. O riacho secou, é só isso.

Se tinha algo que Dunk era, era teimoso.

— Sor Eustace está esperando o vinho — disse para Egg. — Diga a ele para onde fui.

— Direi, sor. — Egg deu um puxão na rédea de Meistre. A mula retorceu as orelhas, mas voltou a caminhar. *Ele quer se livrar daqueles barris no lombo.* Dunk não podia culpar o animal.

O riacho corria para norte e para leste, então Dunk virou Trovão para o sul e para o oeste. Não cavalgara nem dez metros quando Bennis o alcançou.

— É melhor eu ir com você para garantir que não vai ser enforcado. — Colocou um punhado de folhamargas frescas na boca. — Depois daquele grupo de salgueiros, toda a margem direita é propriedade da aranha.

— Vou ficar na nossa margem.

Dunk não queria problemas com a Senhora de Fosso Gelado. Em Pousoveloz, ouviam-se coisas ruins sobre ela. Era chamada A Viúva Vermelha por causa dos maridos que enterrara. O velho Sam Stoops dizia que era uma bruxa, uma envenenadora e coisa pior. Dois anos antes, ela mandara seus cavaleiros do outro lado do riacho para prender um homem de Osgrey por roubar uma ovelha.

"Quando o senhor cavalgou até Fosso Gelado para exigir que ele fosse solto, disseram a ele para olhar no fundo do fosso", Sam contara. "Ela costurara o pobre Dake em um saco de pedras e o afundara. Foi depois disso que Sor Eustace pegou Sor Bennis a seu serviço, para manter as aranhas fora de suas terras."

Trovão mantinha um ritmo lento e constante sob o sol escaldante.

O céu estava azul sólido, sem sinal de nuvens em parte alguma. O curso do riacho serpenteava em torno de montes rochosos e salgueiros desamparados, através de colinas marrons nuas e campos de cereais mortos ou moribundos. Depois de uma hora seguindo riacho acima a partir da ponte, cavalgavam nas margens de uma pequena floresta de Osgrey chamada Bosque de Wat. A vegetação parecia convidativa de longe e encheu a cabeça de Dunk com pensamentos de vales sombreados e córregos borbulhantes; quando alcançaram as árvores, descobriram que estavam finas e ralas, com galhos caídos. Alguns dos grandes carvalhos estavam perdendo as folhas, e metade dos pinheiros tinha ficado tão marrom quanto Sor Bennis, com anéis de folhas mortas circulando o tronco. *Cada vez pior*, Dunk pensou. *Uma faísca e isso vai acender como um pavio.*

Até o momento, no entanto, a vegetação rasteira emaranhada ao longo do Riacho Xadrez ainda estava viçosa, com trepadeiras espinhosas, urtigas, emaranhados de sarçabranca e jovens salgueiros. Em vez de se embrenharem naquilo, Dunk e Bennis atravessaram o leito seco até o lado de Fosso Gelado, onde as árvores tinham dado lugar ao pasto. Entre a relva manchada de marrom e as flores selvagens murchas, algumas ovelhas de cara preta pastavam.

— Nunca vi um animal tão estúpido quanto uma ovelha — Sor Bennis comentou. — Será que são suas parentes, pateta? — Vendo que Dunk não respondia, ele deu a gargalhada de galinha de novo.

Três quilômetros mais ao sul, chegaram à barragem.

Não era grande como costumam ser tais construções, mas parecia forte. Duas barricadas de madeira robusta haviam sido erguidas através do riacho de margem a margem, feitas de troncos de árvores ainda com a casca. O espaço entre elas tinha sido preenchido com rochas e terra e compactado com firmeza. Atrás da barragem, o fluxo da água ultrapassara as margens e enchia uma trincheira que fora aberta nos campos da Senhora Webber. Dunk ficou em pé nos estribos para ter uma visão melhor. O reflexo do sol na água revelou uma série de canais menores que corria em todas as direções, como uma teia de aranha. *Estão roubando nosso riacho.* A visão daquilo o encheu de indignação, especialmente quando se deu conta de que as árvores tinham sido tiradas do Bosque de Wat.

— Veja o que você fez, pateta — Bennis falou. — Não podia ter ficado com a história de que o riacho tinha secado? Talvez isso comece com a água, mas vai terminar com sangue. O seu e o meu, provavelmente. — O cavaleiro marrom desembainhou a espada. — Bem, não há o que fazer agora. Ali estão os escavadores, três vezes malditos. Melhor colocar um pouco de medo neles. — Acertou o garrano com as esporas e galopou pela relva.

Dunk não teve escolha senão segui-lo. Levava a espada longa de Sor Arlan no quadril, um bom pedaço de aço. *Se esses escavadores tiverem um pouco de bom senso, vão fugir.* Os cascos de Trovão levantavam nuvens de poeira.

Um homem derrubou a pá assim que viu os cavaleiros chegando, mas foi tudo. Havia um grupo deles, baixos e altos, velhos e jovens, todos morenos pelo sol. Formaram uma fileira irregular enquanto Bennis reduzia a velocidade, pegando as pás e picaretas.

— Estas terras pertencem a Fosso Gelado — um deles gritou.

— E aquele é um riacho Osgrey — Bennis apontou com a espada longa. — Quem colocou aquela maldita barragem?

— Meistre Cerrick que fez — disse um escavador mais jovem.

— Não — um homem mais velho insistiu. — O filhote cinzento apontou para lá e disse para fazer, mas fomos nós que fizemos.

— Então vocês podem muito bem desfazer.

O olhar dos escavadores era carrancudo e desafiador. Um deles secou o suor da testa com as costas da mão. Nenhum deles falou.

— Acho que vocês não escutaram direito. — Bennis disse. — Vou ter que cortar uma ou duas orelhas? Quem vai ser o primeiro?

— Estas são terras Webber. — O escavador mais velho era um indivíduo magricela, corcunda e teimoso. — Vocês não têm direito de estar aqui. Corte a orelha de alguém e a senhora vai afogar você em um saco.

Bennis cavalgou para mais perto.

— Não vejo senhora alguma aqui, só alguns camponeses bocudos. — Cutucou o peito nu moreno do escavador com a ponta da espada, com força suficiente só para tirar uma gota de sangue.

Ele está indo longe demais.

— Abaixe a arma — Dunk avisou. — Isso não é culpa deles. O meistre lhes deu a tarefa.

— É para as plantações, sor — um escavador com orelhas de abano explicou. — O trigo estava morrendo, o meistre disse. As pereiras também.

— Bem, talvez as pereiras morram. Ou talvez seja você.

— Você não nos assusta — disse o velho.

— Não? — Bennis fez a espada longa assobiar, abrindo o rosto do velho da orelha até a mandíbula. — Eu disse: as pereiras morrem, ou você. — O sangue do escavador escorreu vermelho pela lateral do rosto.

Ele não devia ter feito isso. Dunk teve de engolir a raiva. Bennis estava do lado dele naquilo.

— Vão embora daqui — gritou Dunk para os escavadores. — Voltem para o castelo da sua senhora.

— *Corram* — Sor Bennis instigou.

Três deles largaram as ferramentas e obedeceram, correndo pela relva. Mas outro homem, robusto e queimado de sol, levantou a picareta e disse:

— Eles estão em dois, apenas.

— Pá contra espada é uma luta de tolos, Jorgen — o velho disse, segurando o rosto. O sangue escorria através de seus dedos. — Isso não vai acabar assim. Não pensem que vai.

— Mais uma palavra e eu acabo com você.

— Não queríamos machucar vocês — Dunk disse para o velho com o rosto ensanguentado. — Tudo o que queremos é nossa água. Diga isso para sua senhora.

— Ah, vamos dizer para ela, sor — o homem robusto prometeu, ainda segurando a picareta. — Faremos isso.

Na volta para casa, passaram pelo meio do Bosque de Wat, gratos pela pequena quantidade de sombra proporcionada pelas árvores. Mesmo assim, assavam de calor. Supostamente, era possível encontrar veados no bosque, mas os únicos seres vivos que viram foram moscas. Elas zumbiam perto do rosto de Dunk enquanto ele cavalgava e rastejavam ao redor dos olhos de Trovão, acabando por irritar o grande cavalo de guerra. O ar estava parado, sufocante. *Pelo menos em Dorne os dias eram secos, e as noites tão frias que eu tremia sob o manto.* Na Campina, dificilmente as noites eram mais frescas do que os dias, mesmo mais para o norte.

Quando se curvou para passar por baixo de um galho caído, Dunk pegou uma folha e a esmagou entre os dedos. Ela se desfez em sua mão como um pergaminho de mil anos de idade.

— Não precisava ter cortado aquele homem — disse a Bennis.

— Uma cosquinha na bochecha, foi só isso, para ensinar o velho a controlar a língua. Eu devia ter cortado a maldita garganta dele, só que aí os outros correriam como coelhos, e teríamos de cavalgar atrás deles.

— Você mataria vinte homens? — Dunk perguntou, incrédulo.

— Vinte e dois. Eram dois homens a mais do que todos os seus dedos das mãos e dos pés, pateta. Tem de matar todo mundo, ou os homens saem por aí contando histórias. — Deram a volta em um tronco caído. — Precisamos contar para Sor Inútil que a seca acabou com o riachinho dele.

— Sor Eustace. Você estaria mentindo para ele.

— Sim, e por que não? Quem desmentiria? As moscas? — Bennis deu seu sorriso úmido e vermelho. — Sor Inútil nunca deixa a torre, exceto para ver os meninos nas amoreiras.

— Um cavaleiro juramentado deve a verdade ao seu senhor.

— Há verdades e verdades, pateta. Algumas não são boas. — Cuspiu. — Os deuses fazem as secas. Um homem não pode fazer nada a respeito dos deuses. A Viúva Vermelha, no entanto... Se contarmos ao Inútil que aquela vagabunda pegou a água dele, ele vai se sentir no dever de retaliar. Espere só e veja. Ele achará que precisa *fazer alguma coisa*.

— Ele devia. Nossos plebeus precisam de água para as plantações.

— *Nossos* plebeus? — Sor Bennis deu sua gargalhada zurrada. — Eu estava cagando quando Sor Inútil o nomeou herdeiro dele? Quantos plebeus descobriu que tem? Dez? E isso contando o filho imbecil de Jeyne Vesga, que não sabe em qual ponta do machado precisa segurar. Arme cada um deles cavaleiro e teremos metade dos cavaleiros da Viúva, sem contar os escudeiros, arqueiros e o resto. Você precisaria das mãos e dos pés para contar todos eles, e dos dedos das mãos e dos pés do seu menino careca também.

— Não preciso de dedos para contar. — Dunk estava enjoado por causa do calor, das moscas e da companhia do cavaleiro marrom.

Cavalgava com Sor Arlan, mas isso foi há muitos e muitos anos. O homem está cada vez mais mesquinho, falso e covarde. Apertou os calcanhares ao redor do cavalo e trotou adiante para deixar o cheiro do outro para trás.

Pousoveloz era chamado de castelo apenas por cortesia. Embora estivesse bravamente no alto de uma colina rochosa e pudesse ser visto a quilômetros de distância, não passava de uma casa-torre. Um desabamento parcial alguns séculos antes tinha exigido certa reconstrução, então as faces norte e oeste eram de pedra cinza-clara na parte de cima das janelas e negra e antiga na parte de baixo. Torreões haviam sido acrescentados no teto durante o reparo, mas só nos lados reformados; nos outros dois cantos, amontoavam-se antigas pedras grotescas, tão desgastadas pelo vento e pelo clima que era difícil dizer o que haviam sido. O telhado de madeira de pinho era plano, mas muito deformado e propenso a goteiras.

Um caminho torto levava do pé da colina até a torre, tão estreito que só podia ser percorrido em fila única. Dunk começou a subir, com Bennis logo atrás. Podia ver Egg acima deles, parado sobre uma saliência de rocha com o chapéu de palha mole.

Pararam os cavalos na frente do pequeno estábulo de pau a pique aninhado ao pé da torre, meio escondido sob um amontoado disforme de musgo púrpura. O castrado cinzento do velho estava em uma das baias, perto de Meistre. Aparentemente, Egg e Sam Stoops estavam tomando vinho lá dentro. Galinhas vagavam pelo pátio. Egg foi até Dunk.

— Descobriram o que aconteceu com o riacho?

— A Viúva Vermelha o represou. — Dunk desmontou e deu as rédeas de Trovão para Egg. — Não deixe que ele beba muita água de uma vez.

— Não, sor. Não deixo.

— *Garoto* — Sor Bennis chamou. — Pode levar meu cavalo também.

Egg lhe dirigiu um olhar insolente.

— Não sou seu escudeiro.

Essa língua ainda vai fazer o garoto se machucar algum dia, Dunk pensou.

— Leve o cavalo dele ou lhe darei um tapão na orelha.

Egg abriu uma careta mal-humorada, mas fez o que foi ordenado. Quando ele estendeu a mão para pegar as rédeas, no entanto, Sor Bennis escarrou e cuspiu.

Uma bola de catarro vermelho brilhante acertou o menino entre dois dedos do pé. Ele fuzilou o cavaleiro marrom com um olhar frio.

— Você cuspiu no meu pé, sor.

Bennis desmontou.

— Sim. Da próxima vez, vou cuspir na sua cara. Não quero mais saber da sua maldita língua.

Dunk podia ver a raiva nos olhos do menino.

— Cuide dos cavalos, Egg — disse, antes que a situação piorasse. — Precisamos falar com Sor Eustace.

A única entrada para Pousoveloz era uma porta de ferro e carvalho seis metros acima deles. Os degraus de baixo eram blocos de pedra negra polida, tão desgastados que tinham um sulco no meio. Mais acima, davam lugar a uma escada de madeira íngreme que podia ser recolhida como uma ponte levadiça em caso de problemas. Dunk chutou as galinhas para fora do caminho e subiu dois degraus por vez.

Pousoveloz era maior do que parecia. Suas abóbadas e porões profundos ocupavam boa parte da colina na qual o castelo se encarapitava. Acima do solo, a torre ostentava quatro andares. Os dois de cima tinham janelas e sacadas; os dois de baixo, apenas duas seteiras. Estava mais fresco lá dentro, mas tão escuro que Dunk teve que esperar até sua vista se ajustar. A esposa de Sam Stoops estava de joelhos ao lado da lareira, varrendo as cinzas.

— Sor Eustace está lá em cima ou lá embaixo? — Dunk perguntou para ela.

— Lá em cima, sor. — A velha mulher era tão encurvada que sua cabeça era mais baixa do que os ombros. — Ele acaba de voltar de uma visita aos meninos, nas amoreiras.

Os meninos eram os filhos de Eustace Osgrey: Edwyn, Harrold e Addam. Edwyn e Harrold tinham sido cavaleiros; Addam, um jovem escudeiro. Haviam morrido no Campo do Capim Vermelho fazia quinze anos, no final da Rebelião Blackfyre.

"Tiveram boas mortes, lutando bravamente pelo rei", Sor Eustace contara a Dunk. "E eu os trouxe para casa e os enterrei entre as amoreiras."

A esposa dele estava enterrada ali também. Sempre que o velho abria um novo barril de vinho, descia a colina para oferecer um trago a cada um de seus meninos. "Ao rei!", ele dizia em voz alta, e só depois bebia.

Os aposentos de Sor Eustace ocupavam o quarto andar da torre, com um solário logo abaixo. Era lá que ele seria encontrado, Dunk sabia, arrumando seus baús e barris. As grossas paredes cinzentas do solário eram enfeitadas com armamentos enferrujados e estandartes capturados, prêmios de batalhas lutadas séculos antes e agora lembradas por mais ninguém além de Sor Eustace. Metade dos estandartes estava mofada; todos estavam bem desbotados e cobertos de poeira, as cores anteriormente vivas transformadas em cinza e verde.

Quando Dunk terminou de subir a escada, encontrou Sor Eustace tirando com um pano a poeira de um escudo destruído. Bennis vinha logo atrás dele. Os olhos do velho cavaleiro pareceram se iluminar um pouco ao ver Dunk.

— Meu bom gigante — declarou — e corajoso Sor Bennis. Venham dar uma olhada nisso. Encontrei no fundo daquela arca. Um tesouro, embora terrivelmente negligenciado.

Era um escudo, ou o que restara dele. Era bem pouco. Quase metade havia sido arrancada, e o resto estava cinzento e estilhaçado. O aro de ferro era uma peça de ferrugem sólida, e a madeira estava cheia de buracos de cupim. Parte da pintura ainda resistia, mas muito pouco para sugerir um brasão de armas.

— Senhor — disse Dunk. Os Osgrey não eram senhores havia séculos; mesmo assim Sor Eustace gostava de ser chamado daquela forma, como um eco das glórias passadas de sua Casa. — O que é isso?

— O escudo do Pequeno Leão. — O velho esfregou o aro de ferro e alguns pedaços de ferrugem se soltaram. — Sor Wilbert Osgrey usava isso em batalha quando morreu. Tenho certeza de que conhecem a história.

— Não, senhor — Bennis falou. — Não conhecemos, no caso. O *Pequeno* Leão, você disse? Era algum anão ou algo do tipo?

— Certamente não. — O bigode do velho cavaleiro estremeceu. — Sor Wilbert era um homem alto e poderoso, e um grande cavaleiro. O apelido foi lhe dado na infância, já que era o mais jovem de cinco irmãos. Naquela época ainda havia sete reis nos Sete Reinos, e Jardim de Cima e o Rochedo estavam frequentemente em guerra. Os reis verdes nos governavam então, os Gardener. Eram do sangue do velho Garth Greenhand, e uma mão verde sobre um fundo branco era o estandarte real. Geles, o Terceiro, levou seu estandarte para leste, em guerra contra o Rei da Tempestade, e todos os irmãos de Wilbert foram com ele, pois naqueles dias o leão xadrez sempre ficava ao lado da mão verde quando o Rei da Campina ia para a batalha. Mesmo assim, aconteceu que, enquanto o rei Geles estava fora, o Rei do Rochedo viu sua chance de dar uma abocanhada na Campina, então reuniu um grupo de homens do oeste e caiu sobre nós. Os Osgrey eram os Marechais da Fronteira Norte, de modo que coube ao Pequeno Leão ir ao encontro deles. Era o quarto rei Lancel quem liderava os Lannister, me parece, ou talvez o quinto. Sor Wilbert bloqueou o caminho do rei Lancel e ordenou que ele parasse. "*Não continue*", ele disse. "*Você não é bem-vindo aqui. Eu o proíbo de colocar os pés na Campina.*" Mas o Lannister mandou que todos os seus vassalos avançassem. Lutaram durante meio dia, o leão dourado e o xadrez. O Lannister estava armado com uma espada valiriana para a qual nenhum aço normal era páreo, então o

Pequeno Leão sofreu muita pressão e seu escudo foi feito em pedaços. No fim, sangrando em uma dúzia de ferimentos graves, com a própria espada quebrada na mão, ele se atirou de cabeça contra seu adversário. O rei Lancel o cortou quase ao meio, dizem os bardos; enquanto morria, porém, o Pequeno Leão encontrou uma abertura na armadura do rei, embaixo do braço, e enfiou sua adaga nela. Quando o rei deles morreu, os homens do oeste deram meia-volta, e a Campina foi salva. — O velho acariciou o escudo tão ternamente como se fosse uma criança.

— Sim, senhor — Bennis resmungou. — Um homem como esse seria de muita valia hoje. Dunk e eu demos uma olhada no seu riacho, senhor. Seco como osso, e não por causa da seca.

O velho deixou o escudo de lado.

— Me contem.

Sentou-se e fez um gesto para que os dois cavaleiros fizessem o mesmo. Enquanto o cavaleiro marrom se lançava na história, ele ouvia intensamente, com o queixo erguido e os ombros para trás, ereto como uma lança.

Na juventude, Sor Eustace Osgrey devia ter sido praticamente um símbolo da cavalaria, alto, grande e bonito. O tempo e o pesar haviam exercido seu efeito sobre ele, mas era um homem aprumado, com ossos grandes, ombros largos, peito amplo e feições fortes e afiadas como as de uma velha águia. Seu cabelo curto era tão branco quanto leite, mas o bigode grosso que lhe escondia a boca permanecia cinzento. As sobrancelhas eram da mesma cor; os olhos tinham um tom mais claro de cinza, cheios de tristeza.

E pareceram ficar ainda mais tristes quando Bennis citou a barragem.

— Aquele riacho é conhecido como Riacho Xadrez há mil anos ou mais — o velho cavaleiro disse. — Eu pescava lá quando era menino, e todos os meus filhos fizeram o mesmo. Alysanne gostava de mergulhar nas águas rasas em dias quentes de verão como este. — Alysanne era a filha dele, que morrera na última primavera. — Foi nas margens do Riacho Xadrez que beijei uma garota pela primeira vez. Uma prima, a filha mais nova do meu tio, dos Osgrey do Lago Frondoso. Todos se foram agora, até ela. — O bigode dele estremeceu. — Isso não pode ser tolerado, sors. A mulher não ficará com minha água. Ela não terá o meu riacho *xadrez*.

— A construção da barragem é reforçada, senhor — Sor Bennis avisou. — Forte demais para Sor Duncan e eu derrubarmos em uma hora, mesmo com o menino careca para ajudar. Precisaremos de cordas, picaretas, machados e uma dúzia de homens. E isso só para o trabalho, não para a luta.

Sor Eustace encarou o escudo do Pequeno Leão.

Dunk limpou a garganta.

— Senhor, quanto a isso, quando deparamos com os escavadores, bem...

— Dunk, não perturbe o senhor com ninharias — Bennis o interrompeu. — Ensinei uma lição para um tolo, foi só isso.

Sor Eustace olhou para cima bruscamente.

— Que tipo de lição?

— Com minha espada, por assim dizer. Tirei um pouco de sangue do rosto dele, só isso, senhor.

O velho cavaleiro olhou demoradamente para ele.

— Isso... isso foi mal pensado, sor. A mulher tem o coração de aranha. Matou três maridos. E todos os irmãos dela morreram ainda nos panos. Eram cinco. Ou seis, talvez, não lembro. Estavam entre ela e o castelo. Ela arrancaria a pele de qualquer camponês que a desagradasse, não duvido, mas como *você* cortou um deles... Não, ela não vai tolerar tal insulto. Não se engane. Ela virá atrás de você, como veio atrás de Lem.

— Dake, senhor — Sor Bennis falou. — Peço seu nobre perdão, você o conhecia e eu não, mas o nome dele era Dake.

— Se for do seu agrado, senhor, posso ir a Bosquedouro e contar a Lorde Rowan sobre essa barragem — Dunk sugeriu. Rowan era o suserano do velho cavaleiro. A Viúva Vermelha devia vassalagem a ele também.

— Rowan? Não, não procure ajuda ali. A irmã de Lorde Rowan se casou com Wendell, primo de Lorde Wyman, então ele é parente da Viúva Vermelha. Além disso, ele não gosta de mim. Sor Duncan, pela manhã você deve fazer a ronda em todos os meus vilarejos e arrastar todo homem fisicamente capaz e em idade de lutar. Sou velho, mas não estou morto. A mulher logo vai descobrir que o leão xadrez ainda tem garras!

Duas, Dunk pensou sombriamente, *e eu sou uma delas.*

As terras de Sor Eustace abrigavam três vilarejos pequenos, não mais do que um punhado de casebres, currais e porcos. O maior ostentava um septo de um cômodo e telhado de palha, com imagens imperfeitas dos Sete rabiscadas nas paredes com carvão. Mudge, um velho guardador de porcos corcunda que já estivera em Vilavelha, liderava as devoções ali todo sétimo dia. Duas vezes por ano, um septão de verdade vinha perdoar os pecados em nome da Mãe. Os plebeus ficavam felizes pelo perdão, mas ao mesmo tempo odiavam as visitas do septão, já que tinham a obrigação de alimentá-lo.

Não pareceram mais satisfeitos ao ver Dunk e Egg. Dunk era conhecido nos vilarejos, mesmo que apenas como novo cavaleiro de Sor Eustace, mas nem um copo de água lhe foi oferecido. A maior parte dos homens estava nos campos, então foram principalmente mulheres e crianças que se arrastaram para fora dos casebres com a chegada dele, com alguns idosos fracos demais para o trabalho. Egg carregava o estandarte dos Osgrey, o leão quadriculado em verde e dourado galopando sobre um fundo branco.

— Viemos de Pousoveloz com uma convocação de Sor Eustace — Dunk disse ao povo do vilarejo. — Todo homem fisicamente capaz, com idade entre quinze e cinquenta anos, deve se reunir na torre pela manhã.

— É guerra? — perguntou uma mulher magra, com duas crianças escondidas atrás da saia e um bebê sugando seu seio. — O dragão negro voltou?

— Não há dragão algum, negro ou vermelho — Dunk respondeu. — Isso é entre o leão xadrez e as aranhas. A Viúva Vermelha está pegando nossa água.

A mulher assentiu, mas pareceu desconfiada quando Egg tirou o chapéu para abanar o rosto.

— O menino não tem cabelo. Está doente?

— Eu *raspei* — Egg falou. Colocou o chapéu novamente, virou a cabeça de Meistre e se afastou devagar.

O menino está irritadiço hoje. Mal dissera uma palavra desde que tinham saído. Dunk deu um toque com a espora em Trovão e logo alcançou a mula.

— Está zangado porque não tomei seu partido contra Sor Bennis ontem? — perguntou para o escudeiro mal-humorado enquanto seguiam para o próximo vilarejo. — Não gosto do homem mais do que você, mas ele é um cavaleiro. Você devia ser cortês com ele.

— Sou seu escudeiro, não dele — o menino disse. — Ele é sujo e bocudo, e me dá beliscões.

Se ele tivesse a mínima ideia de quem você é, estaria se mijando antes de lhe encostar um dedo.

— Ele costumava me beliscar também — Dunk tinha se esquecido disso, até que as palavras de Egg lhe trouxeram a lembrança. Sor Bennis e Sor Arlan haviam estado no grupo de cavaleiros contratado por um comerciante dornês para escoltá-lo em segurança de Lannisporto até o Passo do Príncipe. Naquela época, Dunk não era mais velho do que Egg, embora fosse mais alto. *Ele me beliscava com tanta força embaixo do braço que deixava roxo. Os dedos dele eram como pinças de ferro, mas nunca contei nada a Sor Arlan.* Um dos outros cavaleiros desaparecera perto do Septo de Pedra, e houvera o boato de que Bennis o estripara em uma briga. — Se ele beliscar você de novo, me conte que eu acabo com isso. Até lá, não custa cuidar do cavalo dele.

— Alguém tem de fazer isso — Egg concordou. — Bennis nunca o escova. Nunca limpa a baia dele. Nem mesmo deu um *nome* para ele!

— Alguns cavaleiros nunca dão nomes para seus cavalos — Dunk contou. — Assim, quando os animais morrem em batalha, o pesar não é tão difícil de suportar. Sempre há mais cavalos por aí, mas é difícil perder um amigo fiel. — *Ou era o que o velho dizia, mas nunca seguiu o próprio conselho. Ele dava nome para todos os cavalos que tinha.* Dunk fazia o mesmo. — Vamos ver quantos homens aparecerão na torre... Mas sejam cinco ou cinquenta, você terá de fazer isso para eles também.

Egg pareceu indignado.

— Eu vou ter de servir *plebeus*?

— Não servir. Ajudar. Precisamos transformá-los em lutadores. — *Se a Viúva nos der tempo bastante.* — Se os deuses forem bons, alguns terão servido como soldados antes, mas a maioria será tão verde quanto a relva de verão, mais acostumados a segurar enxadas do que lanças. Mesmo assim, talvez chegue o dia em que nossas vidas dependam deles. Quantos anos você tinha quando segurou uma espada pela primeira vez?

— Eu era pequeno, sor. A espada era feita de madeira.

— Meninos do povo lutam com espadas de madeira também, só que as deles são paus e galhos quebrados. Egg, esses homens podem parecer tolos para você. Eles não vão saber os nomes adequados para as partes da armadura, ou os brasões das Grandes Casas, ou qual rei aboliu o direito do senhor à primeira noite... Mas trate essa gente com respeito do mesmo jeito. Você é um escudeiro de sangue nobre, mas ainda é um menino. A maior parte deles será de homens adultos. Um homem tem seu orgulho, não importa o quão baixo seja seu nascimento. Você pareceria perdido e estúpido da mesma maneira nos vilarejos deles. Se duvida disso, vá arar uma terra ou tosquiar uma ovelha e me diga os nomes de todas as ervas daninhas e flores silvestres do Bosque de Wat.

O menino pensou naquilo por um momento.

— Eu podia ensinar os brasões de armas das Grandes Casas para eles, e como a rainha Alysanne convenceu o rei Jaehaerys a abolir a primeira noite. E eles podiam me ensinar quais sementes são melhores para fazer venenos e quais dessas frutinhas vermelhas são seguras para se comer.

— Podiam — Dunk concordou. — Antes de chegar ao rei Jaehaerys, porém, é melhor ensinar a eles como usar uma lança. E não coma nada que Meistre não comeria.

No dia seguinte, uma dúzia de pretensos guerreiros percorreu o caminho até Pousoveloz para se reunir em meio às galinhas. Um era velho demais, dois eram jovens demais e um garoto magrelo acabou se revelando uma garota magrela. Esses, Dunk mandou de volta para os vilarejos, o que os deixou com oito homens: três Wats, dois Wills, um Lem, um Pate e Grande Rob, o simplório. *Um grupo lamentável*, não pôde deixar de pensar. Os fortes e belos garotos camponeses que nas canções conquistavam os corações das donzelas bem-nascidas não estavam à vista. Era um homem mais sujo que o outro. Lem tinha uns cinquenta anos, se é que tinha um dia do seu nome, e Pate tinha olhos chorosos; os dois eram os únicos que tinham estado em batalha antes. Ambos tinham ido com Sor Eustace e seus filhos lutar na Rebelião Blackfyre. Os outros seis eram tão verdes quanto Dunk temia. Os oito tinham piolhos. Dois dos Wat eram irmãos.

— Acho que a mãe de vocês não sabia outro nome — Bennis disse, gargalhando.

No que se refere a armas, tinham levado uma foice, três enxadas, uma faca velha e algumas clavas de madeira resistente. Lem tinha um bastão afiado que podia servir como lança, e um dos Will confessou que era bom em arremessar pedras.

— Ótimo — Bennis falou. — Vamos arranjar um maldito trabuco.

Depois disso, o homem ficou conhecido como Buco.

— Algum de vocês tem habilidade com o arco? — Dunk perguntou.

Os homens ficaram remexendo a terra com os pés enquanto galinhas ciscavam ao redor deles. Pate dos olhos chorosos finalmente respondeu.

— Perdão, sor, mas o senhor não nos permite ter arcos. Os veados Osgrey são para os leões xadrezes, não para tipos como nós.

— Vamos ter espadas, elmos e cotas de malha? — o mais jovem dos três Wat quis saber.

— Ora, claro que vão — Bennis falou. — Assim que matarem um dos cavaleiros da Viúva e saquearem o cadáver dele. Se assegurem de enfiar o braço na traseira do cavalo também: é onde vão encontrar a prata. — Ele beliscou o jovem Wat embaixo do braço até o rapaz gritar de dor, depois levou todo o grupo ao Bosque de Wat para cortarem algumas lanças.

Quando voltaram, tinham oito lanças endurecidas no fogo de comprimentos totalmente desiguais e escudos rústicos feitos com ramos entrelaçados. Sor Bennis fez uma lança para si também e mostrou a eles como empurrar com a ponta e usar o eixo para desviar... e onde enfiar a ponta para matar.

— A barriga e a garganta são melhores, eu acho. — Bateu com o punho contra o peito. — O coração fica bem aqui, onde se pode fazer o trabalho também. O problema é que as costelas estão no caminho. A barriga é boa e macia. Estripar é lento, mas certeiro. Nunca conheci um homem que viveu depois de ter as entranhas penduradas para fora. Agora, se algum tolo der as costas para vocês, enfinquem a ponta entre as omoplatas ou nos rins. Bem aqui. Não vai viver muito tempo depois que o furarem nos rins.

Ter três Wat na companhia causou confusão quando Bennis tentou dizer a eles o que fazer.

— Devíamos dar a eles os nomes dos vilarejos, sor — Egg sugeriu. — Como Sor Arlan de Centarbor, seu antigo mestre. — Aquilo teria funcionado, mas os vilarejos tampouco tinham nome. Egg continuou: — Bem, então podemos chamar cada um deles de acordo com suas plantações, sor.

Um dos vilarejos ficava entre campos de feijão; um plantava, em grande parte, cevada; e o terceiro cultivava repolhos, cenouras, cebolas, nabos e melões. Ninguém queria ser um Repolho ou um Nabo, então o último grupo se tornou Melões. Acabaram com quatro Cevadas, dois Melões e dois Feijões. Como os dois irmãos Wat eram Cevadas, era necessária mais uma distinção. Quando o irmão mais novo mencionou que certa vez caiu no poço do vilarejo, Bennis o apelidou de "Wat Molhado", e ficou assim. Os homens estavam emocionados por terem recebido "nomes de senhor" — exceto Grande Rob, que parecia não se lembrar se era um Feijão ou uma Cevada.

Assim que todos receberam nomes e lanças, Sor Eustace saiu de Pousoveloz para se dirigir a eles. O velho cavaleiro ficou parado do lado de fora da porta da torre, vestindo cota de malha e armadura de placas sob um sobretudo longo de lã que o tempo deixara mais amarelo do que branco. Na parte da frente e na de trás, ostentava um leão xadrez, costurado em pequenos retângulos verdes e dourados.

— Rapazes, todos vocês se lembram de Dake — ele disse. — A Viúva Vermelha o enfiou em um saco e o afogou. Ela roubou a vida dele e agora acha que pode roubar nossa água também, o Riacho Xadrez que alimenta nossas plantações... Mas ela não fará isso! — Levantou a espada acima da cabeça. — Por Osgrey! — disse, a voz retumbante. — Por Pousoveloz!

— *Osgrey!* — Dunk repetiu. Egg e os recrutas acompanharam os gritos. — *Osgrey! Osgrey! Por Pousoveloz!*

Dunk e Bennis conduziram a pequena companhia entre os porcos e as galinhas enquanto Sor Eustace os observava da sacada acima. Sam Stoops enchera alguns sacos velhos com palha suja. Aqueles se tornaram os inimigos dos recrutas. Eles começaram a praticar com a lança enquanto Bennis gritava com eles.

— Enfie, gire e arranque. Enfie, gire e arranque, mas *arranque a maldita arma*! Você vai querer sair deste logo e ir para o próximo. Lento demais, Buco, lento demais. Se não consegue ir mais rápido, volte a jogar pedras. Lem, use seu peso para forçar o golpe. Muito bem. E empurra e puxa, empurra e puxa, empurra e puxa. Foda os malditos com isso, é assim que se faz, empurra e puxa, arranca, arranca, *arranca*.

Depois que os sacos foram feitos em pedaços por quinhentos ataques de lanças e toda a palha se espalhou pelo chão, Dunk vestiu a cota de malha e armadura de placas e pegou uma espada de madeira para ver como os homens se saíam contra um inimigo mais vivo.

Não muito bem, foi a resposta. Só Buco foi rápido o bastante para fazer uma lança passar pelo escudo de Dunk, e só conseguiu fazer isso uma vez. Dunk se livrou de um ataque desajeitado após o outro, empurrou as lanças deles de lado e quase os acertou. Se a espada dele fosse de aço em vez de pinho, ele teria matado cada um deles meia dúzia de vezes.

— Vocês estão *mortos* caso eu consiga passar por vocês — ele os avisou, batendo nos braços e pernas dos homens para reforçar o ensinamento.

Buco, Lem e Wat Molhado logo aprenderam a ceder terreno, pelo menos. Grande Rob largou a lança e correu, e Bennis teve de correr atrás dele e arrastá-lo de volta em lágrimas. No fim da tarde, todos estavam machucados e surrados, com bolhas frescas nascendo nas mãos calejadas onde tinham segurado as lanças. Dunk não tinha marcas, mas estava meio afogado em suor quando Egg o ajudou a tirar a armadura.

Quando o sol começou a se pôr, Dunk levou a pequena companhia até o celeiro e obrigou todos eles a tomarem banho, até mesmo aqueles que já tinham se banhado no último inverno. Depois disso, a esposa de Sam Stoops trouxe tigelas de ensopado para todos, engrossado com cenouras, cebolas e cevada. Os homens estavam cansados até os ossos, mas falavam como se cada um logo fosse se tornar duas vezes mais mortal do que um cavaleiro da Guarda Real. Mal podiam esperar para provar seu valor. Sor Bennis os encorajou, contando as alegrias da vida de soldado; saques e mulheres, principalmente. Os dois veteranos concordaram com ele. Lem trouxera uma faca e um belo par de botas da Rebelião Blackfyre, ouviram-no contar; as botas eram pequenas demais para que pudesse calçá-las, mas estavam penduradas em sua parede. E Pate não sabia dizer ao certo quantas seguidoras de acampamento conhecera ao seguir o dragão.

Sam Stoops arrumara oito pilhas de palha no porão; assim que terminaram de encher a barriga, foram todos dormir. Bennis demorou um pouco mais, tempo suficiente para dar a Dunk um olhar de desgosto.

— Sor Inútil devia ter fodido mais algumas putas camponesas enquanto ainda tinha um pouco de seiva naquelas bolas velhas — comentou. — Se tivesse semeado uma bela colheita de meninos bastardos naquela época, talvez tivéssemos alguns soldados agora.

— Eles não parecem piores que qualquer outra leva camponesa. — Dunk marchara com alguns na época em que era escudeiro de Sor Arlan.

— Sim — Sor Bennis disse. — Em uma quinzena poderiam estar prontos para enfrentar outro grupo de camponeses. Cavaleiros, no entanto? — Negou com a cabeça e cuspiu.

O poço de Pousoveloz era no porão, em um câmara úmida, com paredes de pedra e terra. Era lá que a esposa de Sam Stoops molhava, esfregava e batia as roupas antes de levá-las ao telhado para secar. A grande banheira de pedra era usada para se banhar também. Tomar banho exigia que se tirasse água do poço balde por balde, aquecendo-a sobre a lareira em uma grande caldeira de ferro, para depois começar todo o processo novamente. Eram necessários quatro baldes para encher a caldeira, e três caldeiras para encher a banheira. Quando a última caldeira terminava de ficar quente, a água da primeira já tinha esfriado até ficar morna. Sor Bennis costumava dizer que a coisa toda era muito incômoda, e era por isso que ele convivia com os piolhos e moscas e cheirava a queijo podre.

Dunk pelo menos tinha Egg para ajudá-lo quando sentia a extrema necessidade de um bom banho, como aconteceu naquela noite. O menino tirou a água do poço em um silêncio sombrio e quase não falou enquanto ela aquecia.

— Egg? — Dunk perguntou, quando a última caldeira começou a borbulhar. — Há algo errado? — Como Egg não respondeu, ele disse: — Me ajude com a caldeira.

Juntos lutaram para levar a água da lareira até a banheira, tomando cuidado para não se molhar.

— Sor, o que acha que Sor Eustace pretende fazer? — o menino perguntou.

— Destruir a barragem e lutar contra os homens da Viúva caso eles tentem nos deter. — Ele falou alto, para poder ser ouvido acima do chapinhar da banheira. O vapor subiu em uma cortina branca enquanto despejavam a água, trazendo um rubor ao seu rosto.

— Os escudos deles são de madeira entrelaçada, sor. Uma lança pode passar por eles, ou um virote de besta.

— Podemos encontrar algumas partes de armaduras para eles quando estiverem prontos. — Era o melhor que podiam esperar.

— Eles podem ser mortos, sor. Wat Molhado ainda é um menino. Will Cevada vai se casar na próxima vez que o septão vier. E Grande Rob nem mesmo sabe diferenciar o pé esquerdo do direito.

Dunk deixou a caldeira vazia cair no chão de terra batida.

— Roger de Centarbor era mais jovem do que Wat Molhado quando morreu no Campo do Capim Vermelho. Havia homens nas tropas de seu pai que tinham acabado de se casar também e outros homens que nunca haviam beijado uma garota. Havia centenas que não diferenciavam o pé esquerdo do direito. Talvez milhares.

— Aquilo era *diferente* — Egg insistiu. — Aquilo era guerra.

— Isso também. A mesma coisa, só que menor.

— Menor e mais estúpida, sor.

— Isso não é você nem sou eu quem vai dizer — Dunk respondeu. — É dever de todos eles ir para a guerra quando Sor Eustace os convoca... e morrer, se necessário.

— Então não devíamos ter dado nomes para eles, sor. Isso só vai tornar a dor mais difícil para nós quando morrerem. — Ele fez uma careta. — Se usássemos minha bota...

— Não. — Dunk ficou parado em um pé para tirar a bota do outro.

— Sim, porque meu pai...

— Não. — A segunda bota teve o mesmo destino da primeira.

— Nós...

— Não. — Dunk tirou a túnica manchada de suor pela cabeça e a jogou para Egg. — Peça para a esposa de Sam Stoops lavar isso para mim.

— Eu vou, sor, mas...

— Não, já disse. Precisa de um tapão na orelha para ouvir melhor? — Ele desamarrou o calção. Embaixo, havia apenas a própria pele; estava quente demais para roupas íntimas. — É bom que esteja preocupado com Wat, Wat, Wat e o resto deles, mas a bota é só para um caso de extrema necessidade. — *Quantos olhos Lorde Corvo de Sangue tem? Mil olhos e mais um.* — O que seu pai lhe disse quando mandou que fosse meu escudeiro?

— Para manter o cabelo raspado ou tingido e não contar a ninguém meu nome verdadeiro — o menino respondeu, com óbvia relutância.

Egg servia Dunk havia um ano e meio, embora às vezes parecesse vinte. Haviam escalado o Passo do Príncipe juntos e cruzado as areias profundas de Dorne, vermelhas e brancas. Um veleiro os tinha levado de Sangueverde à Vila Tabueira, onde haviam comprado passagem para Vilavelha na galé *Senhora Branca*. Tinham dormido em estábulos, estalagens e valas, dividido o pão com irmãos santos, putas e pantomimeiros, e seguido uma centena de espetáculos de títeres. Egg mantinha o cavalo de Dunk bem cuidado, sua espada longa afiada, sua cota de malha livre de ferrugem. Era tão boa companhia quanto qualquer homem poderia desejar, e o cavaleiro andante começara a pensar nele quase como em um irmão menor.

Ele não é, no entanto. Aquele ovo nascera de dragões, não de galinhas. *Egg* podia ser o escudeiro de um cavaleiro andante, mas Aegon da Casa Targaryen era o quarto e mais jovem filho de Maekar, príncipe de Solar de Verão, quarto filho do falecido rei Daeron, o Bom, o Segundo de Seu Nome, que se sentara no Trono de Ferro por vinte e cinco anos até ser levado pela Grande Praga da Primavera.

— No que diz respeito à maioria das pessoas, Aegon Targaryen voltou para Solar de Verão com o irmão, Daeron, depois do torneio em Campina de Vaufreixo — Dunk lembrou ao menino. — Seu pai não quer que saibam que você está vagando pelos Sete Reinos com um cavaleiro andante. Então, não quero mais ouvir falar na sua bota.

Um olhar foi toda a resposta que conseguiu. Egg tinha olhos grandes e, de algum modo, a cabeça raspada os fazia parecer ainda maiores. Na penumbra do porão iluminado por lamparinas, pareciam negros, mas em uma luz melhor era possível ver a cor verdadeira: eram olhos profundos, escuros e púrpura. *Olhos valirianos*, Dunk pensou. Em Westeros, poucos além dos de sangue do dragão tinham olhos daquela cor, ou cabelos que brilhavam como ouro polido com tiras de prata entremeadas.

Quando estavam velejando pelo Sangueverde, as meninas órfãs tinham inventado uma brincadeira de esfregar a cabeça raspada de Egg para dar sorte. Isso fazia com que o menino corasse, ficando mais vermelho do que uma romã.

— Garotas são tão *estúpidas* — dizia. — Da próxima vez, aquela que encostar em mim vai parar no rio.

Dunk tivera que dizer a ele:

— Se fizer isso, *eu* vou encostar em você. Eu vou lhe dar um tapão na orelha tão grande que você vai ouvir sinos até a próxima lua.

Aquilo só fez o menino ficar mais insolente.

— Melhor sinos do que *garotas* estúpidas — insistiu, mas nunca jogou ninguém no rio.

Dunk entrou na banheira e se abaixou para que a água o cobrisse até o queixo. Ainda estava escaldante na superfície, mas mais fria na parte de baixo. Apertou os dentes para não dar um gritinho. Se fizesse isso, o menino riria dele. Egg *gostava* da água do banho escaldante.

— Precisa de mais água fervente, sor?

— Essa é o bastante. — Dunk esfregou os braços e observou a sujeira sair em grandes manchas marrons. — Me dê o sabão. Ah, e a escova de cabo longo também. — Pensar no cabelo de Egg o fez se lembrar do quanto o próprio cabelo estava imundo. Respirou profundamente e escorregou para baixo da água para dar uma boa molhada nos fios. Quando emergiu, encharcado, Egg estava ao lado da banheira com o sabão e a escova de cavalos de cabo comprido na mão. — Tem uns pelos nascendo nas suas bochechas — Dunk observou enquanto pegava o sabão. — Dois deles. Aqui, embaixo da orelha. Se livre dos dois da próxima vez que raspar a cabeça.

— Farei isso, sor. — O menino pareceu deliciado com a descoberta.

Sem dúvida, ele acha que um pouco de barba faz dele um homem. Dunk pensara o mesmo quando encontrara um pouco de penugem crescendo sobre o lábio superior. *Tentei me barbear com minha adaga e quase cortei o nariz fora.*

— Vá dormir um pouco agora — disse para Egg. — Não vou precisar mais de você até amanhã.

Dunk levou um bom tempo para esfregar toda a sujeira e suor. Depois, deixou o sabão de lado, esticou as pernas tanto quanto possível e fechou os olhos. A água já esfriara. Depois do calor selvagem do dia, era um alívio bem-vindo. Ficou submerso até os seus pés e dedos ficarem enrugados e a água, suja e fria; só então saiu, relutante.

Embora Egg e ele tivessem grossas pilhas de palha para dormir no porão, Dunk preferia dormir no telhado. O ar era mais fresco ali, e algumas vezes tinha brisa. E não precisava ter medo da chuva. A próxima vez que chovesse lá em cima sobre eles seria a primeira.

Egg estava dormindo quando Dunk chegou ao telhado. O cavaleiro andante se deitou de costas, com as mãos atrás da cabeça, e encarou o céu. As estrelas estavam por toda parte, milhares e milhares delas. Elas o lembravam da noite em Campina de Vaufreixo, antes do começo do torneio. Ele vira uma estrela cadente naquela noite. Supostamente, estrelas cadentes traziam boa sorte, então ele pedira para Tanselle pintar uma em seu escudo. Mas Vaufreixo trouxera tudo menos sorte para ele. Antes que o torneio acabasse, ele quase perdera uma mão e um pé, e três bons homens haviam perdido a vida. *Ganhei um escudeiro, no entanto. Egg estava comigo quando deixei Vaufreixo. E essa foi a única coisa boa de tudo o que aconteceu.*

Esperava que nenhuma estrela caísse naquela noite.

Havia montanhas vermelhas à distância e areias brancas sob seus pés. Dunk estava cavando, enfiando uma pá no solo seco e quente e jogando a fina areia branca por sobre os ombros. Estava fazendo um buraco. *Uma cova*, pensou, *uma cova para a esperança*. Um trio de cavaleiros dorneses estava parado observando e zombando dele em voz baixa. Mais além, comerciantes esperavam com suas mulas, carroças e trenós de areia. Queriam ir embora, mas não partiriam até que ele enterrasse Castanha. Ele não deixaria a velha amiga para as cobras, escorpiões e cães da areia.

A égua morrera de sede, na longa travessia entre o Passo do Príncipe e Vaith, com Egg em suas costas. Suas patas dianteiras pareciam ter se dobrado sob ele e o animal ajoelhara, rolara de lado e morrera. A carcaça estava ao lado do buraco. Já estava dura. Logo começaria a feder.

Dunk chorava enquanto cavava, para diversão dos cavaleiros dorneses.

— Água é preciosa para se desperdiçar — um deles disse. — Não devia desperdiçá-la, sor.

O outro riu e disse:

— Por que está chorando? Era só uma égua, e uma bem feia.

Castanha, Dunk pensou enquanto cavava, *o nome dela era Castanha, e ela me levou nas costas por anos e nunca empacou ou mordeu.* A velha égua parecia lamentável ao lado dos corcéis de areia lustrosos que os dorneses cavalgavam, com suas cabeças elegantes, pescoços longos e crinas se agitando, mas ela dera tudo o que tinha.

— Chorando por uma égua de costas arqueadas? — Sor Arlan disse, em sua voz de velho. — Ora, rapaz, você nunca chorou por mim, que o colocou sobre as costas dela. — Deu uma risadinha, para mostrar que não queria causar mal com a censura. — Esse é Dunk, o pateta, cabeça-dura como uma muralha de castelo.

— Ele não derrubou lágrimas por mim tampouco — disse Baelor Quebra--Lança, do túmulo. — Embora eu fosse seu príncipe, a esperança de Westeros. Os deuses nunca pretenderam que eu morresse tão jovem.

— Meu pai tinha apenas trinta e nove anos — lembrou o príncipe Valarr. — Tinha qualidades para ser um grande rei, o maior desde Aegon, o Dragão. — Olhou para Dunk com frios olhos azuis. — Por que os deuses o levaram e deixaram *você*? — O Jovem Príncipe tinha o cabelo castanho-claro do pai, mas uma mecha loura-prateada o atravessava.

Vocês estão mortos, Dunk queria gritar, *vocês três estão mortos, por que não me deixam em paz?* Sor Arlan morrera de um resfriado; o príncipe Baelor, de um golpe dado pelo irmão durante o julgamento de sete de Dunk; e seu filho Valarr, durante a Grande Praga da Primavera. *Não tenho culpa por esse. Estávamos em Dorne, nem mesmo ficamos sabendo.*

— Você é louco — o velho disse para ele. — Não vamos cavar nenhuma cova para você quando se matar com essa tolice. Nas areias profundas um homem deve estocar sua água.

— Vá embora, Sor Duncan — Valarr disse. — Vá embora.

Egg o ajudava a cavar. O menino não tinha pá, só as mãos, e a areia voltava para a cova tão rápido quanto eles a tiravam. Era como tentar abrir um buraco no mar. *Preciso continuar cavando*, Dunk disse a si mesmo, embora suas costas e ombros doessem com o esforço. *Preciso enterrá-la fundo o bastante para que os cães de areia não a encontrem. Preciso...*

— ... morrer? — perguntou Grande Rob, o simplório, do fundo do túmulo.

Deitado ali, tão quieto e frio, com uma ferida vermelha irregular escancarando sua barriga, ele não parecia tão grande.

Dunk parou e o encarou.

— Você não está morto. Você está dormindo no porão. — Olhou para Sor Arlan, em busca de ajuda. — Diga para ele, sor — pediu. — Diga para ele sair do túmulo.

Só que não era Sor Arlan de Centarbor que estava parado perto dele, e sim Sor Bennis do Escudo Marrom. O cavaleiro marrom só gargalhou.

— Dunk, pateta, destripar é algo lento, certamente — disse ele. — Mas nunca conheci um homem que viveu depois de ter as entranhas penduradas para fora.

— Uma espuma vermelha borbulhou em seus lábios. Ele se virou e cuspiu, e as areias brancas beberam tudo.

Buco estava parado atrás dele com uma flecha enfincada no olho, chorando lentas lágrimas vermelhas. E lá estava Wat Molhado também, a cabeça cortada quase na metade, com o velho Lem e Pate dos olhos vermelhos e todo o resto. Todos tinham mastigado folhamarga com Bennis, Dunk pensou de início, mas depois percebeu que era sangue escorrendo da boca dos homens. *Mortos*, pensou, *todos mortos*, e o cavaleiro marrom zurrava.

— Sim, melhor se manter ocupado. Tem mais covas para cavar, pateta. Oito para eles, uma para mim, uma para o velho Sor Inútil e a última para seu menino careca.

A pá escorregou das mãos de Dunk.

— Egg, fuja! — gritou. — Precisamos *fugir*! — Mas as areias escorregavam sob seus pés. Quando o menino tentou se precipitar para fora do buraco, tudo desmoronou. Dunk viu as areias cobrirem Egg, enterrando-o enquanto ele abria a boca para gritar. Tentou abrir caminho até o escudeiro, mas as areias se erguiam por todos os lados, puxando-o para o túmulo, enchendo sua boca, o nariz, os olhos...

Com o raiar do dia, Sor Bennis começou a ensinar os recrutas a formar uma parede de escudos. Alinhou oito deles ombro a ombro, com os escudos se tocando e as pontas das lanças irrompendo por cima, como longos dentes de madeira afiados. Dunk e Egg montaram e os atacaram.

Meistre se recusou a avançar mais de três metros na direção das lanças e parou abruptamente, mas Trovão era treinado para isso. O grande cavalo de guerra seguiu em frente, ganhando velocidade. Galinhas corriam sob suas patas, batendo as asas em fuga. O pânico delas provavelmente foi contagioso: mais uma vez Grande Rob foi o primeiro a largar a lança e fugir, deixando um vazio no meio da parede. Em vez de fechar o espaço, os outros guerreiros de Pousoveloz se juntaram à fuga. Trovão pisoteou os escudos abandonados antes que Dunk pudesse detê-lo. Galhos entrelaçados rangeram e se estilhaçaram sob os cascos com ferradura. Sor Bennis desfiou uma série de xingamentos pungentes enquanto galinhas e camponeses se espalhavam para todos os lados. Egg lutou bravamente para conter o riso, mas por fim perdeu a batalha.

— Basta disso. — Dunk fez Trovão parar, soltou o elmo e o tirou. — Se eles fizerem isso em batalha, o grupo todo vai acabar morto. — *E você e eu também, provavelmente.*

A manhã já estava quente, e ele se sentia tão sujo e pegajoso como se nunca tivesse se banhado na vida. A cabeça latejava, e não conseguia esquecer o sonho que tivera na noite anterior. *Não aconteceu daquele jeito*, tentava dizer a si mesmo. Não fora daquele jeito. Castanha morrera por causa da longa cavalgada até Vaith em meio à seca, essa parte era verdade. Ela e Egg tinham cavalgado juntos até que o irmão de Egg lhe dera Meistre. O resto, no entanto...

Nunca chorei. Posso ter sentido vontade, mas nunca chorei. Ele tentara enterrar a égua também, mas os dorneses não tinham esperado.

— Cães de areia precisam alimentar seus filhotes — um dos cavaleiros dorneses dissera a ele enquanto o ajudava a tirar a sela e os arreios da égua. — A carne dela vai alimentar os cães ou as areias. Em um ano, seus ossos estarão totalmente limpos. Isso é Dorne, meu amigo.

Ao lembrar daquilo, Dunk não pôde deixar de se perguntar quem se alimentaria das carnes de Wat, Wat e Wat. *Talvez haja peixes xadrezes no Riacho Xadrez.*

Cavalgou com Trovão de volta à torre e desmontou.

— Egg, ajude Sor Bennis a reunir e trazer os homens de volta. — Jogou o elmo para ele e subiu os degraus.

Sor Eustace o encontrou na penumbra do solar.

— Isso não foi nada bom.

— Não, senhor — Dunk concordou. — Eles não servem. — *Uma espada juramentada deve serviço e obediência ao seu suserano, mas isso é loucura.*

— Foi a primeira vez deles. Seus pais e irmãos eram tão ruins ou piores quando começaram o treinamento. Meus filhos os treinaram antes que fôssemos ajudar o rei. Todos os dias, por uma boa quinzena. Fizeram deles soldados.

— E quando a batalha chegou, senhor? — Dunk perguntou. — Como se saíram? Quantos deles voltaram para casa com você?

O velho cavaleiro olhou para ele por um bom tempo.

— Lem — disse por fim —, e Pate e Dake. Dake forrageava para nós. Era o melhor forrageiro que já vi. Nunca marchamos de barrigas vazias. Três voltaram, sor. Três e eu. — O bigode dele estremeceu. — Talvez leve mais do que uma quinzena.

— Senhor... — Dunk falou — A mulher talvez caia sobre nós amanhã, com todos os homens dela. — *São bons rapazes*, pensou, *mas logo serão rapazes mortos se forem lutar contra os cavaleiros de Fosso Gelado*. — Deve haver algum outro jeito.

— Algum outro jeito. — Sor Eustace passou os dedos de leve no escudo do Pequeno Leão. — Não terei justiça de Lorde Rowan, nem deste rei... — Agarrou Dunk pelo braço. — Acaba de me ocorrer que, nos dias passados, quando os reis verdes governavam, era possível pagar a um homem um preço de sangue caso se matasse um de seus animais ou camponeses.

— Preço de sangue? — Dunk hesitou.

— Algum outro jeito, você disse. Eu tenho dinheiro guardado. Foi só um pouco de sangue na bochecha, Sor Bennis disse. Eu pagaria ao homem um veado de prata e três à mulher pelo insulto. Eu poderia, e faria isso... se ela derrubasse a barragem. — O velho franziu o cenho. — Não posso ir até ela, no entanto. Não em Fosso Gelado. — Uma mosca gorda e preta zumbiu perto de sua cabeça e pousou em seu braço. — Aquele castelo era nosso antigamente. Sabia disso, Sor Duncan?

— Sim, senhor — respondeu Dunk. Sam Stoops lhe dissera.

— Por mil anos, antes da Conquista, fomos os Marechais da Fronteira Norte. Um grupo de senhores menores nos devia fidelidade, assim como uma centena de cavaleiros com terras. Tínhamos quatro castelos naquela época, além de torres de vigia nas colinas para avisar da chegada dos nossos inimigos. Fosso Gelado era a maior de nossas sedes. Lorde Perwyn Osgrey o ergueu. Perwyn, o Orgulhoso, era chamado. Depois do Campo de Fogo, Jardim de Cima deixou de ter reis para ter intendentes; os Osgrey foram rebaixados e diminuíram. Foi o filho do rei Maegor, Aegon, quem tomou Fosso Gelado de nós, quando Lorde Ormond Osgrey se posicionou contra a supressão das Estrelas e Espadas, como os Pobres Irmãos e os Filhos do Guerreiro eram chamados. — A voz do homem ficou mais rouca. — Havia um leão xadrez esculpido na pedra acima dos portões de Fosso Gelado. Meu pai me mostrou, na primeira vez que me levou com ele para falar com o velho Reynard Webber. Mostrei aos meus filhos, por minha vez. Addam... Addam serviu em Fosso Gelado como pajem e escudeiro, e um... um certo... carinho surgiu entre ele e a filha de Lorde Wyman. Então, em um dia de inverno, vesti meu traje mais suntuoso e fui até Lorde Wyman para propor casamento. A recusa dele foi cortês, mas, quando parti, eu o ouvi rindo com Sor Lucas Inchfield. Nunca voltei a Fosso Gelado depois disso, exceto uma vez, quando aquela mulher supostamente levou um dos meus. Quando me disseram para procurar o pobre Lem no fundo do fosso...

— Dake — Dunk o corrigiu. — Bennis disse que o nome dele era Dake.

— Dake? — A mosca rastejava pela luva dele, parando para esfregar uma pata na outra, como moscas faziam. Sor Eustace a espantou e coçou o lábio sob o bigode. — Dake. Foi o que eu disse. Um companheiro leal. Ele forrageava para nós durante a guerra. Nunca marchamos de barriga vazia. Quando Sor Lucas me informou o que fora feito ao meu pobre Dake, fiz um juramento sagrado de nunca mais colocar os pés naquele castelo novamente, exceto para tomar posse dele. Então, veja, Sor Duncan, não posso ir até lá. Não para pagar o preço de sangue, ou por qualquer outro motivo. *Não posso.*

Dunk compreendeu.

— Eu poderia ir, senhor. Não fiz juramento algum.

— Você é um bom homem, Sor Duncan. Um cavaleiro corajoso e verdadeiro. — Sor Eustace apertou o braço de Dunk. — Eu gostaria que os deuses tivessem poupado minha Alysanne. Você é o tipo de homem com quem sempre esperei que ela se casasse. Um cavaleiro de verdade, Sor Duncan. Um cavaleiro de verdade.

Dunk estava ficando vermelho.

— Direi à Senhora Webber o que você disse, sobre o preço de sangue, mas...

— Você salvará Sor Bennis de ter o mesmo destino que Dake. Sei disso. Não pretendo julgar os homens, e você é puro aço. Fará com que parem, sor. Simplesmente ao vê-lo. Quando aquela mulher vir que Pousoveloz tem tal campeão, ela talvez derrube a barragem por conta própria.

Dunk não soube o que responder para aquilo. Ajoelhou-se.

— Senhor, irei até lá pela manhã e farei o melhor possível.

— Pela manhã. — A mosca começou a voar ao redor deles e pousou na mão esquerda de Sor Eustace. Ele ergueu a direita e esmagou o inseto. — Sim, pela manhã.

— *Outro* banho? — Egg perguntou, consternado. — Você se lavou ontem.

— E depois passei o dia inteiro na armadura, nadando em suor. Feche a boca e encha a caldeira.

— Você se lavou na noite em que Sor Eustace nos aceitou a seu serviço — Egg apontou. — E noite passada, e agora. Isso dá *três vezes*, sor.

— Vou tratar com uma senhora de alto nascimento. Quer que eu apareça diante do trono dela cheirando como Sor Bennis?

— Você teria de rolar em uma banheira cheia de excrementos do Meistre para cheirar tão mal assim, sor. — Egg encheu a caldeira. — Sam Stoops diz que o castelão de Fosso Gelado é tão grande quanto você. Lucas Inchfield é o nome dele, mas é chamado de Longo Inch por causa do tamanho. Acha que ele é tão grande quanto você, sor?

— Não. — Há anos Dunk não conhecia ninguém tão alto quanto ele. Pegou a caldeira e a pendurou sobre o fogo.

— Vai lutar com ele?

— Não. — Dunk quase desejava que fosse de outro jeito. Ele podia não ser o maior guerreiro do reino, mas seu tamanho e força compensavam outras carências. *Não a falta de inteligência, no entanto.* Ele não era bom com as palavras, e pior com as mulheres. Aquele tal gigante Lucas Longo Inch não o assustava nem metade do que a perspectiva de encarar a Viúva Vermelha. — Vou conversar com a Viúva Vermelha, é só isso.

— O que vai dizer para ela, sor?

— Que ela precisa derrubar a barragem — *Você precisa derrubar a barragem, senhora, senão...* — Vou pedir para ela derrubar a barragem, quero dizer. — *Por favor, devolva nosso Riacho Xadrez.* — Se for do agrado dela. — *Um pouco de água, senhora, se for do seu agrado.* Sor Eustace não iria querer que ele implorasse. *O que falo, então?*

A água logo começou a soltar vapor e borbulhar.

— Me ajude a arrastar isso até a banheira — Dunk disse para o menino. Juntos, ergueram a caldeira da lareira e cruzaram o porão até a grande banheira de madeira. — Não sei como falar com senhoras nobres — ele confessou enquanto despejavam a água. — Nós dois podíamos ter sido mortos em Dorne por causa do que eu disse para a Senhora Vaith.

— A Senhora Vaith era louca — Egg lembrou —, mas você podia ter sido mais galante. Senhoras gostam quando você é galante. Se salvasse a Viúva Vermelha do jeito que salvou aquela titereira de Aerion...

— Aerion está em Lys, e a Viúva não precisa ser salva. — Ele não queria falar de Tanselle. *Tanselle, a Alta Demais, era o nome dela, mas ela não era alta demais para mim.*

— Bem... — o menino prosseguiu. — Alguns cavaleiros cantam canções galantes para suas senhoras, ou tocam um alaúde.

— Não tenho alaúde. — Dunk parecia sombrio. — E, naquela noite em que bebi demais em Vila Tabueira, você me disse que eu cantava como um boi chafurdando na lama.

— Eu tinha esquecido, sor.

— Como pôde esquecer?

— Você me disse para esquecer, sor — Egg disse, todo inocente. — Disse que me daria um tapão na orelha da próxima vez que eu mencionasse isso.

— Nada de canto.

Mesmo se tivesse voz para isso, a única canção que Dunk conhecia inteira era "O urso e a bela donzela". Duvidava que aquilo fosse conquistar a Senhora Webber. A caldeira estava fervendo de novo. Eles a arrastaram até a banheira e despejaram a água.

Egg tirou água para encher a caldeira pela terceira vez, depois subiu de novo no poço.

— Seria bom não beber ou comer nada em Fosso Gelado, sor. A Viúva Vermelha envenenou todos os maridos.

— Não vou me casar com ela. Ela é uma senhora nobre, e eu sou apenas Dunk da Baixada das Pulgas, lembra? — Franziu o cenho. — Quantos maridos ela já teve, você sabe?

— Quatro — Egg falou. — Mas nenhum filho. Sempre que ela dá à luz, um demônio vem à noite se encarregar do assunto. A esposa de Sam Stoops diz que ela vende os bebês por nascer para o Senhor dos Sete Infernos, e em troca ele ensina a ela suas artes negras.

— Senhoras nobres não se misturam com artes negras. Elas dançam, cantam e bordam.

— Talvez ela dance com demônios e borde feitiços malignos — Egg sugeriu com satisfação. — E o que você sabe sobre senhoras nobres, sor? A Senhora Vaith é a única que já conheceu.

Aquilo era insolente, embora verdadeiro.

— Talvez eu não saiba sobre senhoras nobres, mas conheço um menino que está pedindo por um bom tapão na orelha. — Dunk esfregou a nuca. Um dia usando cota de malha sempre o deixava duro como madeira. — Você conhece rainhas e princesas. Elas dançam com demônios e praticam artes negras?

— A Senhora Shiera, sim. Amante de Lorde Corvo de Sangue. Ela se banha em sangue para manter a beleza. E uma vez minha irmã Rhae colocou uma poção do amor na minha bebida para eu me casar com ela em vez de com minha irmã Daella.

Egg falava como se tais incestos fossem a coisa mais natural do mundo. *Para ele, são.* Os Targaryen casavam irmão com irmã havia centenas de anos, para manter o sangue do dragão puro. Ainda que o último dragão de verdade tivesse morrido antes de Dunk nascer, os reis dragões continuavam. *Talvez os deuses não se incomodem que se casem com as irmãs.*

— A poção funcionou? — Dunk perguntou.

— Teria funcionado, mas eu cuspi — Egg falou. — Não quero uma esposa, quero ser um cavaleiro da Guarda Real e viver só para servir e defender o rei. Os cavaleiros da Guarda Real juram não se casar.

— É nobre, mas, quando você for mais velho, talvez descubra que prefere ter uma garota em vez de um manto branco. — Dunk estava pensando em Tanselle, a Alta Demais, e no jeito como ela sorrira para ele em Vaufreixo. — Sor Eustace disse que sou o tipo de homem que ele esperava que tivesse se casado com sua filha. O nome dela era Alysanne.

— Ela está morta, sor.

— Eu sei que ela está morta — Dunk respondeu, irritado. — Se ela estivesse viva, ele disse. Se ela estivesse viva, ele gostaria que ela se casasse comigo. Ou com alguém como eu. Nunca nenhum senhor me ofereceu a filha antes.

— A filha *morta*. E os Osgrey podem ter sido senhores nos tempos antigos, mas Sor Eustace é só um cavaleiro com terras.

— Sei o que ele é. Quer um tapão na orelha?

— Bem, eu prefiro ganhar um tapão a uma *esposa* — Egg respondeu. — Especialmente uma esposa morta, sor. A caldeira está fervendo.

Levaram a água até a banheira e Dunk tirou a túnica pela cabeça.

— Vou usar minha túnica dornesa para ir a Fosso Gelado. — Era de sedareia, a vestimenta mais elegante que ele possuía, pintada com o olmo e a estrela cadente.

— Se a usar para cavalgar, vai chegar todo suado, sor — Egg comentou. — Vista a que usou hoje. Eu levo a outra, e você pode trocar quando chegarmos ao castelo.

— *Antes* de chegar ao castelo. Eu pareceria um tolo trocando de roupa na ponte levadiça. E quem disse que você vai comigo?

— Um cavaleiro impressiona mais com um escudeiro a seu serviço.

Aquilo era verdade. O menino tinha bom senso para aquelas coisas. *E tem mesmo que ter. Serviu dois anos como pajem em Porto Real.* Mesmo assim, Dunk estava relutante em colocar Egg em perigo. Não tinha ideia do tipo de recepção que esperava por ele em Fosso Gelado. Se essa Viúva Vermelha fosse tão perigosa quanto diziam, ele podia acabar em uma gaiola de corvos, como aqueles dois homens que tinham visto na estrada.

— Você vai ficar e ajudar Bennis com os plebeus — disse para Egg. — E não faça essa cara de mal-humorado. — Jogou o calção longe e entrou na banheira de água quente. — Agora, vá dormir e me deixe tomar banho. Você não vai, e não se fala mais nisso.

Egg já tinha se levantado e deixado o telhado quando Dunk despertou com a luz do sol da manhã no rosto. *Que os deuses sejam bons, como pode estar tão quente já tão cedo?* Sentou-se e se espreguiçou, bocejando, depois ficou em pé e cambaleou sonolento até o poço; lá, acendeu uma vela de gordura, jogou um pouco de água fria no rosto e se vestiu.

Quando saiu para a luz do sol, Trovão estava esperando no estábulo, selado e com arreios. Egg estava esperando também, com Meistre, a mula.

O menino tinha calçado as botas. Pela primeira vez parecia um escudeiro de verdade, em um belo gibão quadriculado em verde e dourado e um calção justo de lã branca.

— O calção estava rasgado no traseiro, mas a esposa de Sam Stoops costurou para mim — ele anunciou.

— As roupas eram de Addam — Sor Eustace falou, trazendo o próprio castrado cinzento da baia. Um leão xadrez adornava o manto de seda desfiada que fluía dos ombros do velho. — O gibão está um pouco mofado de ficar guardado no baú, mas deve servir. Um cavaleiro impressiona mais com um escudeiro a seu serviço, então decidi que Egg deve acompanhá-lo até Fosso Gelado.

Enganado por um menino de dez anos. Dunk olhou para Egg e, em silêncio, moveu a boca com as palavras *tapão na orelha*. O menino sorriu.

— Tenho algo para você também, Sor Duncan. Venha. — Sor Eustace pegou um manto e o sacudiu com um floreio.

Era de lã branca, com a barra enfeitada com quadrados de cetim verde e samito. Um manto de lã era a última coisa de que ele precisava naquele calor, mas, quando Sor Eustace o colocou em seus ombros, Dunk viu o orgulho em seu rosto e foi incapaz de recusar.

— Obrigado, senhor.

— Cai bem em você. Gostaria de poder lhe dar mais. — O bigode do velho se contorceu. — Mandei Sam Stoops até o porão para vasculhar as coisas antigas dos meus filhos, mas Edwyn e Harrold eram homens menores, mais estreitos no peito e muito mais curtos nas pernas. Nada do que deixaram serviria em você, sinto dizer.

— O manto é o bastante, senhor. Não vou envergonhá-lo.

— Não duvido disso. — Deu um tapinha no próprio cavalo. — Pensei em cavalgar com vocês parte do caminho, se não fizer objeção.

— Nenhuma, senhor.

Egg os levou colina abaixo, sentado ereto em Meistre.

— Ele precisa usar aquele chapéu de palha mole? — Sor Eustace perguntou a Dunk. — Parece um pouco tolo, não acha?

— Não tão tolo como quando sua cabeça está despelando, senhor.

Mesmo àquela hora, com o sol pouco acima do horizonte, estava quente. *À tarde, as selas estarão quentes o bastante para levantar bolhas.* Egg podia parecer elegante nas roupas do menino morto, mas estaria cozido ao cair da noite. Dunk, pelo menos, podia se trocar; levava a túnica boa no alforje e a velha, verde, nas costas.

— Tomaremos o caminho oeste — Sor Eustace anunciou. — Vem sendo menos usado nos últimos anos, mas ainda é o caminho mais curto de Pousoveloz até o Castelo de Fosso Gelado. — O caminho os fez contornar a parte de trás da colina, passando pelos túmulos onde o velho cavaleiro colocara a esposa e os filhos para descansar em meio a um emaranhado de amoreiras. — Eles adoravam pegar amoras aqui, meus meninos. Quando eram pequenos, voltavam com o rosto pegajoso e arranhões nos braços, e eu sabia exatamente onde tinham estado. — Sorriu com carinho. — Seu Egg me lembra meu Addam. Um menino corajoso para alguém tão jovem. Addam estava tentando proteger o irmão ferido, Harrold, quando a batalha caiu sobre eles. Um homem das terras fluviais com seis bolotas no escudo arrancou o braço do garoto com um machado. — Seus tristes olhos cinzentos encontraram os de Dunk. — Esse seu antigo mestre, o cavaleiro de Centarbor... ele lutou na Rebelião Blackfyre?

— Lutou, senhor, antes que me pegasse a seu serviço. — Dunk não tinha mais do que três ou quatro anos naquela época, correndo seminu pelos becos da Baixada das Pulgas, mais animal do que menino.

— Ele lutou pelo dragão vermelho ou pelo negro?

Vermelho ou negro? Era uma pergunta perigosa, mesmo agora. Desde os dias de Aegon, o Conquistador, o brasão de armas da Casa Targaryen ostentava um dragão de três cabeças, vermelho em fundo negro. Daemon, o Pretendente, invertera as cores em seu próprio estandarte, como muitos bastardos faziam. *Sor Eustace é meu suserano*, Dunk lembrou a si mesmo. *Tem o direito de perguntar.*

— Ele lutou sob o estandarte de Lorde Hayford, senhor.

— Uma treliça verde em fundo dourado, uma pala ondeada verde?

— Talvez, senhor. Egg saberia dizer. — O garoto era capaz de recitar os brasões de armas de metade dos cavaleiros de Westeros.

— Lorde Hayford era um conhecido *legalista*. O rei Daeron o fez sua Mão bem antes da batalha. Butterwell fizera um trabalho tão ruim que muitos questionaram sua lealdade, mas Lorde Hayford foi resoluto desde o início.

— Sor Arlan estava ao lado dele quando ele caiu. Um senhor com três castelos no escudo o retalhou.

— Muitos homens bons caíram naquele dia, dos dois lados. O capim não era vermelho antes da batalha. Sor Arlan lhe contou isso?

— Sor Arlan nunca gostava de falar sobre a batalha. O escudeiro dele morreu lá também. Roger de Centarbor era o nome dele, filho da irmã de Sor Arlan.

Até dizer o nome do menino fazia Dunk se sentir vagamente culpado. *Roubei o lugar dele.* Só príncipes e grandes senhores tinham meios para manter dois escudeiros. Se Aegon, o Indigno, tivesse dado sua espada para seu herdeiro, Daeron, em vez de para seu bastardo, Daemon, talvez nunca tivesse havido uma Rebelião Blackfyre, e Roger de Centarbor poderia estar vivo. *Ele seria um cavaleiro em algum lugar, um cavaleiro mais verdadeiro do que eu. Eu teria terminado na forca, ou teria sido mandado para a Patrulha da Noite, para andar pela Muralha até a morte.*

— Uma grande batalha é algo terrível — o velho cavaleiro disse. — Mas, no meio de todo o sangue e carnificina, algumas vezes há certa beleza, beleza que pode partir seu coração. Nunca vou esquecer do sol sobre o Campo do Capim Vermelho... Dez mil homens mortos, e o ar estava repleto de gemidos e lamentações, mas sobre nós o céu ficou dourado, vermelho e laranja, tão bonito que me fez chorar por saber que meus filhos nunca veriam aquilo. — Suspirou. — Naqueles dias, a coisa chegou mais perto do que querem fazer acreditar. Se não fosse por Corvo de Sangue...

— Sempre ouvi dizer que foi Baelor Quebra-Lança quem ganhou a batalha — Dunk comentou. — Ele e o príncipe Maekar.

— O martelo e a bigorna? — O bigode do velho se contorceu. — Os bardos deixam muita coisa de fora. Daemon encarnou o próprio Guerreiro naquele dia. Nenhum homem permanecia em pé depois de lutar com ele. Ele fez a linha de frente de Lorde Arryn em pedaços e matou o Cavaleiro das Novestrelas e Wyl Selvagem

Waynwood antes de enfrentar Sor Gwayne Corbray, da Guarda Real. Por quase uma hora, eles dançaram nos cavalos, rodopiando, circulando e atacando um ao outro enquanto homens morriam ao redor deles. Dizem que sempre que a Blackfyre e a Senhora Desespero se enfrentavam, era possível ouvir o som a cinco quilômetros dali. Era metade canção e metade grito, dizem. Mas, quando a Senhora enfim vacilou, a Blackfyre entrou pelo elmo de Sor Gwayne e o deixou cego e sangrando.

"Daemon desmontou para garantir que seu inimigo não fosse pisoteado e ordenou que Presa Vermelha o levasse até os meistres na retaguarda. E esse foi seu erro mortal, pois os Dentes de Corvo tinham chegado ao alto do Cume Chorão; Corvo de Sangue viu o estandarte real do meio-irmão parado a quinhentos metros de distância, e Daemon e os filhos embaixo dele. Corvo de Sangue matou Aegon primeiro, o mais velho dos gêmeos, pois sabia que Daemon nunca abandonaria o menino enquanto seu corpo estivesse quente, mesmo com projéteis brancos caindo como chuva. E ele não saiu do lado do filho, mesmo depois de ser acertado por sete flechas, guiadas tanto pela feitiçaria quanto pelo arco de Corvo de Sangue. O jovem Aemon pegou a Blackfyre quando a espada caiu dos dedos de seu pai moribundo, então Corvo de Sangue o matou também, o mais jovem dos gêmeos. Assim pereceram o dragão negro e seus filhos.

"Houve muito mais depois disso, eu sei. Vi um pouco com meus próprios olhos... Os rebeldes fugindo, Açoamargo superando a derrota e liderando o ataque louco... Sua batalha com Corvo de Sangue, perdendo apenas para aquela que Daemon lutou com Gwayne Corbray... Os golpes de martelo do príncipe Baelor contra a retaguarda rebelde, os dorneses gritando enquanto enchiam o ar de lanças... Mas, no fim das contas, não fez diferença alguma. A guerra acabou quando Daemon morreu.

"Chegou tão perto... Se Daemon tivesse cavalgado sobre Gwayne Corbray e o deixado ao próprio destino, poderia ter penetrado pelo flanco esquerdo de Maekar antes que Corvo de Sangue tomasse o cume. O dia teria sido dos dragões negros, com a Mão morta e a estrada para Porto Real aberta diante deles. Daemon estaria sentado no Trono de Ferro quando o príncipe Baelor chegasse com os senhores da tempestade e os dorneses.

"Os bardos podem ficar com o martelo e a bigorna, sor, mas foi o fratricida quem virou a maré com a flecha branca e a magia negra. Ele nos governa agora, mas não se engane. O rei Aerys é um joguete dele. Não se surpreenda em saber que Corvo de Sangue enfeitiçou Sua Graça para dobrá-lo às suas vontades. Não admira que estejamos amaldiçoados."

Sor Eustace balançou a cabeça e caiu em um silêncio melancólico. Dunk se perguntou o quanto Egg tinha escutado da conversa, mas não havia como perguntar para ele. *Quantos olhos Lorde Corvo de Sangue tem?*, pensou.

O dia já estava ficando mais quente. *Até as moscas fugiram*, Dunk notou. *Moscas têm mais juízo do que cavaleiros. Ficam fora do sol.* Ele se perguntava se Fosso Gelado lhes ofereceria hospitalidade. *Um caneco de cerveja gelada cairia bem.* Dunk considerava aquela perspectiva com prazer quando se lembrou do que Egg dissera sobre a Viúva Vermelha envenenar os maridos. Sua sede sumiu imediatamente. Havia coisas piores do que gargantas secas.

— Houve uma época em que a Casa Osgrey era dona de todas as terras a muitos quilômetros no entorno, de Nunny até Barqueiras — Sor Eustace contou. — Fosso Gelado era nosso, assim como a Colina Ferradura, as cavernas na Encosta Derring, os vilarejos de Dosk, Pequena Dosk e Fundo da Aguardente, ambas as margens do Lago Frondoso... As donzelas Osgrey se casavam com Florent, Swann e Tarbeck, até mesmo com Hightower e Blackwood.

O limite do Bosque de Wat surgira no horizonte. Dunk cobriu os olhos com a mão e os estreitou na direção da vegetação. Pela primeira vez, invejou o chapéu mole de Egg. *Pelo menos teria um pouco de sombra.*

— Antigamente, o Bosque de Wat se estendia até Fosso Gelado — Sor Eustace contou. — Não me lembro quem era Wat. Antes da Conquista, era possível encontrar auroques no bosque e grandes alces de dois metros ou mais. Havia mais veados vermelhos do que qualquer homem poderia caçar na vida; mas ninguém, além do rei e do leão xadrez, tinha permissão de caçar aqui. Até mesmo na época do meu pai, havia árvores nas duas margens do riacho, mas as aranhas desmataram o bosque para plantar pastos para suas vacas, suas ovelhas e seus cavalos.

Um dedo fino de suor escorreu pelo peito de Dunk. Ele se pegou desejando ardentemente que seu suserano ficasse quieto. *Está quente demais para falar. Está quente demais para cavalgar. Está quente demais.*

No bosque, encontraram a carcaça de um grande gato-das-árvores marrom, cheio de vermes.

— Eca — Egg disse, enquanto dava a volta no animal com Meistre. — Essa coisa fede mais do que Sor Bennis.

Sor Eustace puxou as rédeas.

— Um gato-das-árvores. Eu sabia que ainda restavam alguns na floresta. O que será que o matou? — Quando ninguém respondeu, continuou: — Voltarei daqui. Simplesmente continuem para oeste, e isso os levará direto até Fosso Gelado. Está com as moedas? — perguntou, e Dunk assentiu. — Bom. Volte para casa com minha água, sor. — O velho cavaleiro deu meia-volta, trotando pelo caminho de onde vieram.

Quando ele se foi, Egg disse:

— Pensei sobre como deve falar com a Senhora Webber, sor. Você deve conquistá-la com elogios galantes. — O menino parecia tão fresco e vívido em sua túnica xadrez quanto Sor Eustace em seu manto.

Sou o único que transpira?

— Elogios galantes — Dunk repetiu. — Que tipo de elogios galantes?

— Você sabe, sor. Diga para ela o quão jovem e bonita ela é.

Dunk tinha dúvidas.

— Ela sobreviveu a quatro maridos, deve ser tão velha quanto a Senhora Vaith. Se eu disser que ela é jovem e bonita sendo que ela é velha e cheia de verrugas, ela vai me tomar por mentiroso.

— Só precisa encontrar algo verdadeiro para dizer sobre ela. É o que meu irmão Daeron faz. Até putas velhas e feias têm cabelos bonitos e orelhas bem desenhadas.

— Orelhas bem desenhadas? — As dúvidas de Dunk aumentavam.

— Ou belos olhos. Diga para ela que o vestido dela destaca a cor de seus olhos. — O garoto refletiu por um momento. — A menos que ela tenha só um olho, como Lorde Corvo de Sangue.

Minha senhora, esse vestido destaca a cor do seu único olho. Dunk ouvira cavaleiros e nobres falarem tais galanteios para outras senhoras. Nunca eram colocados tão sem rodeio, no entanto. *Boa senhora, que vestido bonito. Destaca a cor dos seus olhos encantadores.* Algumas senhoras eram velhas e enrugadas, ou gordas e coradas, ou marcadas pela varíola e desajeitadas, mas todas usavam vestidos e tinham dois olhos — e, até onde Dunk se lembrava, ficavam bem satisfeitas com palavras floreadas. *Que vestido adorável, minha senhora. Ele destaca a encantadora beleza de seus olhos de cor tão formosa.*

— A vida de um cavaleiro andante é mais simples — Dunk disse melancolicamente. — Se eu disser a coisa errada, ela vai me enfiar em um saco de pedras, costurar e jogar no fosso.

— Duvido que ela tenha um saco tão grande, sor — Egg comentou. — Podíamos usar minha bota, em vez disso.

— Não — Dunk rosnou. — Não podíamos.

Quando saíram do Bosque de Wat, deram de cara com a montante da barragem. As águas tinham subido o bastante para Dunk dar o mergulho que sonhava. *Profunda o bastante para afogar um homem*, ele pensou. No outro lado, a margem tinha sido cortada por uma vala que levava parte da água para oeste. A vala corria ao longo da estrada, alimentando uma infinidade de canais menores que serpenteavam pelos campos. *Assim que cruzarmos o riacho, estaremos sob o poder da Viúva.* Dunk se perguntou onde estava se metendo. Era um homem só, com um menino de dez anos para proteger sua retaguarda.

Egg abanou o rosto.

— Sor? Por que paramos?

— Não paramos. — Dunk apertou a montaria com os calcanhares e entrou no riacho.

Egg o seguiu com a mula. A água subiu até a barriga de Trovão antes de começar a baixar novamente. Emergiram pingando no lado da Viúva. Adiante, a vala corria reta como uma lança, brilhando verde e dourada ao sol.

Quando vislumbraram as torres de Fosso Gelado, várias horas mais tarde, Dunk parou para vestir a boa túnica dornesa e soltar a espada longa da bainha. Não queria que a lâmina ficasse presa caso precisasse desembainhá-la. Egg deu uma mexida no cabo da adaga também, o rosto solene sob o chapéu mole. Cavalgaram lado a lado, Dunk no grande cavalo de guerra, o menino sobre a mula, o estandarte Osgrey tremulando a esmo no mastro.

Fosso Gelado foi uma espécie de decepção depois de tudo o que Sor Eustace dissera. Comparado com Ponta Tempestade, Jardim de Cima ou outras sedes nobres que Dunk vira, era um castelo modesto... Mas *era* um castelo, não uma torre de vigia fortificada. As muralhas exteriores, com ameias, tinham nove metros de altura e torres em cada canto, cada uma delas com metade do tamanho de Pousoveloz. De cada torre e pináculo pendia um pesado estandarte Webber, cada um deles estampando uma aranha manchada sobre uma teia prateada.

— Sor? — Egg falou. — A água. Olhe para onde ela está indo.

A vala terminava na muralha ocidental de Fosso Gelado, derramando-se no fosso que dava nome ao castelo. O murmúrio da água caindo fez Dunk ranger os dentes. *Ela não vai ficar com minha água xadrez.*

— Venha — disse para Egg.

Sobre o arco do portão principal, uma fileira de estandartes da aranha pendia no ar parado sobre o brasão mais velho esculpido na rocha. Séculos de vento e da ação do clima o tinham desgastado, mas o formato ainda era visível: um furioso leão axadrezado. Os portões estavam abertos. Enquanto atravessavam a ponte levadiça, Dunk notou o quão fundo o fosso era. *Dois metros, pelo menos*, julgou.

Dois lanceiros barraram o caminho deles no portão levadiço. Um tinha uma grande barba negra; o outro, não. O barbudo quis saber quais eram as intenções deles ali.

— Meu senhor de Osgrey me mandou para tratar com a Senhora Webber — Dunk lhe disse. — Sou Sor Duncan, o Alto.

— Bem, eu sabia que você não era Bennis. — O guarda sem barba comentou. — Teríamos sentido o cheiro dele chegando. — Faltava um dente em sua boca, e ele ostentava sobre o coração um distintivo com uma aranha manchada costurada.

O barbudo olhava desconfiado para Dunk.

— Ninguém vê Sua Senhoria a menos que Longo Inch dê permissão. Venha comigo. Você, cavalariço, pode ficar com os cavalos.

— Sou um escudeiro, não um cavalariço — Egg corrigiu. — Você é cego ou apenas estúpido?

O guarda sem barba caiu na gargalhada. O barbudo colocou a ponta da lança na garganta do menino.

— Diga isso de novo.

Dunk deu um tapão na orelha de Egg.

— Não. Cale a boca e cuide dos cavalos. — Desmontou. — Verei Sor Lucas agora.

O barbudo abaixou a lança.

— Ele está no pátio.

Passaram por baixo de um portão levadiço de ferro encimado por lanças e sobre um buraco assassino antes de saírem na ala externa. Cães de caça latiam nos canis, e Dunk podia ouvir canto vindo dos vitrais de um septo de madeira de sete lados. Diante da forja, um ferreiro colocava a ferradura em um cavalo de guerra, com um aprendiz assistindo. Ali perto, um escudeiro disparava flechas em um alvo, enquanto uma jovem sardenta, com uma trança comprida, o acompanhava disparo após disparo. O estafermo girava também, enquanto meia dúzia de cavaleiros em roupas almofadadas se revezavam para atacá-lo.

Encontraram Sor Lucas Longo Inch entre os observadores do estafermo, conversando com um grande septão gordo, que suava mais do que Dunk; era um homem branco rechonchudo, em uma túnica tão molhada que parecia ter entrado com ela no banho. Inchfield era uma lança ao lado dele, ereto, rígido e muito alto... embora não tão alto quanto Dunk. *Um metro e oitenta*, Dunk julgou, *e cada centímetro mais orgulhoso que outro*. Embora usasse seda negra e pano de prata, Sor Lucas parecia tão fresco quanto se estivesse caminhando na Muralha.

— Meu senhor — o guarda o saudou. — Este aqui vem da torre das galinhas, pedindo uma audiência com Sua Senhoria.

O septão se virou primeiro, com um assobio de prazer que fez Dunk se perguntar se ele estaria bêbado.

— E o que é isso? Um cavaleiro andante? Pelo jeito a Campina tem cavaleiros bem altos. — O septão fez um sinal de bênção. — Que o Guerreiro sempre lute ao seu lado. Sou o Septão Sefton. Um nome infeliz, mas meu. E você?

— Sor Duncan, o Alto.

— Um camarada modesto, este aqui — o septão disse para Sor Lucas. — Se eu fosse tão grande quanto ele, eu me chamaria Sor Sefton, o Imenso. Sor Sefton, a Torre. Sor Sefton, Com Nuvens Batendo nas Orelhas. — Seu rosto redondo estava corado, e havia manchas de vinho em sua túnica.

Sor Lucas examinou Dunk. Era um homem mais velho; quarenta anos pelo menos, talvez perto dos cinquenta, vigoroso em vez de musculoso, com um rosto extremamente feio. Os lábios eram grossos; os dentes, um emaranhado amarelo; o nariz, largo e carnudo; os olhos, salientes. *E está com raiva*, Dunk pressentiu antes mesmo que o homem dissesse:

— Cavaleiros andantes são pedintes com espadas, na melhor das hipóteses; fora da lei, na pior. Vá embora. Não queremos ninguém como você aqui.

A expressão de Dunk ficou mais séria.

— Sor Eustace Osgrey me mandou de Pousoveloz para tratar com a senhora do castelo.

— Osgrey? — O septão olhou para Longo Inch. — Osgrey, o leão xadrez? Pensei que a Casa Osgrey estivesse extinta.

— Perto o bastante disso para não fazer diferença. O velho é o último deles. Deixamos que mantenha uma casa de torre caindo aos pedaços a alguns quilômetros a leste. — Sor Lucas franziu o cenho para Dunk. — Se Sor Eustace quer falar com Sua Senhoria, que venha ele mesmo. — Os olhos do homem se estreitaram. — Era você quem estava com Bennis na barragem. Nem tente negar. Eu devia enforcar você.

— Que os Sete nos salvem. — O septão secou o suor da testa com a manga. — Ele é um bandido? E um dos grandes. Sor, se arrependa dos maus caminhos e a Mãe terá misericórdia. — O apelo piedoso do septão foi interrompido por um barulho de peido. — Ah, deuses. Perdoe meus gases, sor. É o que feijão e pão de centeio provocam.

— Não sou um bandido — Dunk disse para os dois, com toda a dignidade que conseguiu reunir.

Longo Inch não se comoveu com a negação.

— Não teste minha paciência, sor... Se é que é um sor. Corra para sua torre de galinhas e diga para Sor Eustace entregar Sor Bennis Fedor Marrom. Se ele nos poupar o trabalho de arrancá-lo de Pousoveloz, Sua Senhoria talvez fique mais inclinada à clemência.

— Falarei com Sua Senhoria sobre Sor Bennis e o problema na barragem, e sobre o roubo da nossa água também.

— Roubo? — Sor Lucas disse. — Diga isso para nossa senhora e estará nadando em um saco antes que o sol se ponha. Tem certeza de que deseja vê-la?

A única coisa de que Dunk tinha certeza era que queria enfiar o punho nos dentes amarelos e tortos de Lucas Inchfield.

— Eu já disse o que quero.

— Ah, deixe-o falar com ela — o septão instou. — Que mal pode fazer? Sor Duncan fez uma longa cavalgada sob este sol bestial. Deixe o camarada falar o que quer.

Sor Lucas estudou Dunk novamente.

— Nosso septão é um homem sagrado. Venha. Eu agradeceria se fosse breve. — Ele atravessou o pátio, e Dunk foi forçado a correr atrás dele.

As portas do septo do castelo estavam abertas, e os adoradores saíam pela escadaria. Havia cavaleiros e escudeiros, uma dúzia de crianças, vários velhos, três septãs em túnicas brancas com capuz... e uma senhora nobre, de aparência delicada e rechonchuda. Usava um vestido adamascado azul com bainhas de renda de Myr, tão longo que a barra arrastava na terra. Dunk julgou que ela tivesse quarenta anos. Sob uma teia de fios de prata, seu cabelo ruivo estava preso no alto, mas a coisa mais vermelha nela era o rosto.

— Minha senhora — Sor Lucas disse, parando diante dela e das septãs. — Este cavaleiro andante afirma trazer uma mensagem de Sor Eustace Osgrey. Pode escutá-lo?

— Se é o que deseja, Sor Lucas.

Ela olhou para Dunk com tanta intensidade que ele não pôde deixar de lembrar da conversa de Egg sobre feitiçaria. *Não acho que essa aqui se banhe em sangue para manter a beleza*. A Viúva era forte e angulosa, com uma cabeça estranhamente pontuda que o cabelo não conseguia esconder. O nariz era muito grande; a boca, muito pequena. Tinha dois olhos, ele estava aliviado em ver, mas todos os pensamentos galantes o tinham abandonado.

— Sor Eustace me pede para conversar com a senhora sobre os problemas recentes na barragem.

Ela pestanejou.

— A... barragem, você diz?

A multidão se reunia ao redor deles. Dunk podia sentir olhares pouco amistosos sobre ele.

— O riacho — ele disse. — O Riacho Xadrez. Vossa senhoria construiu uma barragem nele...

— Ah, tenho certeza de que não fiz isso — ela respondeu. — Ora, estive nas minhas devoções a manhã toda, sor.

Dunk ouviu Sor Lucas rir.

— Não quis dizer que vossa senhoria construiu a barragem com as próprias mãos, só que... sem a água, todas as nossas plantações vão morrer... Os plebeus plantam feijão e centeio nos campos, e melões.

— Verdade? Gosto muito de melões. — Sua boca pequena fez uma curva feliz. — Que tipos de melões eles têm?

Inquieto, Dunk olhou de soslaio para os rostos que o cercavam e sentiu o próprio rosto corar. *Algo está errado aqui. Longo Inch está me fazendo de tolo.*

— Senhora, será que podemos continuar nossa conversa em algum... lugar mais privado?

— Vai dizer que o grande imbecil quer ir para *a cama com ela*? — alguém brincou, e o estrondo de gargalhadas o cercou.

A senhora se encolheu, meio aterrorizada, e levantou as mãos para cobrir o rosto. Uma das septãs se aproximou rápido dela e colocou um braço protetor em seus ombros.

— Que animação toda é essa? — A mesma voz interrompeu os risos, fria e firme. — Ninguém vai rir da piada? Sor cavaleiro, por que está incomodando minha cunhada?

Era a jovem que ele vira antes no treino de arco e flecha. Trazia uma aljava de flechas em um dos lados do quadril e segurava um arco longo, do tamanho dela. Não era muito alta. Se Dunk tinha quase dois metros, a arqueira devia ter cerca de um metro e meio. Ele seria capaz de fechar as mãos ao redor da cintura dela. O cabelo ruivo estava preso para cima, em uma trança tão longa que ultrapassava as coxas da mulher; tinha uma covinha no queixo, um nariz arrebitado e sardas espalhadas nas bochechas.

— Perdoe-nos, Senhora Rohanne. — Quem falava era um belo e jovem senhor com o centauro dos Caswell bordado no gibão. — Esse grande imbecil tomou a Senhora Helicent por você.

Dunk olhou de uma senhora para a outra.

— Você é a Viúva Vermelha? — Ouviu-se dizendo, sem conseguir se controlar. — Mas é tão...

— Jovem? — A garota jogou o arco para o rapaz magrela que ele vira atirando com ela. — Acontece que tenho vinte e cinco anos. Ou era *pequena* que pretendia dizer?

— ... bonita. Era *bonita* que eu pretendia dizer. — Dunk não sabia de onde tinha tirado aquilo, mas ficou feliz de fazê-lo. Ele gostava do nariz dela, da cor louro-avermelhada de seus cabelos, dos pequenos seios bem formados sob o justilho de couro. — Pensei que seria... Quero dizer... Dizem que é viúva quatro vezes, então...

— Meu primeiro marido morreu quando eu tinha dez anos. Ele tinha doze, era escudeiro do meu pai, e se foi cavalgando no Campo do Capim Vermelho. Meus maridos raramente duram muito, receio. O último morreu na primavera.

Era o que sempre diziam daqueles que tinham perecido durante a Grande Praga da Primavera, dois anos atrás. *Ele morreu na primavera.* Dezenas de milhares tinham morrido na primavera, entre eles um velho e sábio rei e dois jovens príncipes muito promissores.

— Eu... Eu sinto muito por todas as suas perdas, senhora. — *Uma coisa galante, seu pateta, diga para ela uma coisa galante.* — Digo... Seu vestido...

— Vestido? — Ela olhou para as botas e para o calção, para a túnica de linho solta e o justilho de couro. — Não estou usando vestido.

— Seu cabelo, quero dizer... É macio e...

— E como sabe disso, sor? Se já tivesse tocado meu cabelo, acho que eu me lembraria.

— Não macio — Dunk disse, se sentindo lamentável. — Vermelho, quero dizer. Seu cabelo é muito vermelho.

— *Muito* vermelho, sor? Ah, não tão vermelho quanto seu rosto, espero. — Ela gargalhou, e os espectadores gargalharam com ela.

Todos, menos Sor Lucas Longo Inch.

— Minha senhora, este homem é um dos mercenários de Pousoveloz — ele interrompeu. — Estava com Bennis do Escudo Marrom quando ele atacou nossos escavadores na barragem e marcou o rosto de Wolmer. O velho Osgrey o mandou para tratar com você.

— Mandou, senhora. Sou chamado de Sor Duncan, o Alto.

— Sor Duncan, o Opaco, é mais provável — disse um cavaleiro barbudo que ostentava os três raios de Leygood.

Mais gargalhadas soaram. Até mesmo a Senhora Helicent tinha se recuperado o suficiente para dar uma risadinha.

— A cortesia de Fosso Gelado morreu com o senhor meu pai? — a garota perguntou. *Não, não uma garota, uma mulher crescida.* — Como o Sor Duncan veio cometer tal erro, me pergunto?

Dunk fuzilou Inchfield com um olhar perverso.

— A culpa foi minha — disse.

— Foi? — A Viúva Vermelha olhou Dunk dos pés à cabeça, demorando-se mais em seu peito. — Uma árvore e uma estrela cadente. Nunca vi esse brasão de armas antes. — Ela tocou a túnica dele, traçando um galho do elmo com dois dedos. — E pintado, não bordado. Os dorneses pintam suas sedas, ouvi dizer, mas você parece grande demais para ser dornês.

— Nem todos os dorneses são pequenos, senhora. — Dunk podia sentir os dedos dela através da seda. Suas mãos eram sardentas também. *Aposto que ela é toda sardenta.* Ele sentia a boca estranhamente seca. — Passei um ano em Dorne.

— Todos os carvalhos são tão altos por lá? — ela disse, enquanto os dedos traçavam outro galho da árvore ao redor do coração do cavaleiro.

— É um olmo, senhora.

— Vou me lembrar disso. — Ela tirou a mão, solene. — O pátio é muito quente e empoeirado para uma conversa. Septão, leve Sor Duncan até minha câmara de audiências.

— Será meu maior prazer, cunhada.

— Nosso convidado deve estar com sede. Mande uma jarra de vinho também.

— Devo? — O gordo sorriu. — Bem, se isso lhe agrada.

— Eu me juntarei a vocês assim que me trocar. — Soltou o cinto e a aljava e os entregou para o companheiro. — Quero Meistre Cerrick também. Sor Lucas, peça para ele me atender.

— Eu o buscarei imediatamente, minha senhora — disse Lucas Longo Inch.

Ela dirigiu um olhar tranquilo ao castelão.

— Não precisa. Sei que tem muitos deveres a cumprir no castelo. Basta que mande Meistre Cerrick até meus aposentos.

— Senhora — Dunk a chamou. — Meu escudeiro está esperando nos portões. Ele pode se juntar a nós também?

— Seu escudeiro? — Quando ela sorria, parecia uma garota de quinze anos, não uma mulher de vinte e cinco. *Uma garota bonita, cheia de travessuras e gargalhadas.* — Se lhe agradar, certamente.

— Não beba o vinho, sor — Egg sussurrou para ele enquanto esperavam com o septão na câmara de audiências. O chão de pedra era coberto com esteiras de junco perfumadas, e as paredes exibiam várias tapeçarias com cenas de torneios e batalhas.

Dunk bufou.

— Ela não tem por que me envenenar — sussurrou de volta. — Ela acha que sou um grande caipira com purê de ervilhas dentro da cabeça, se me entende.

— Acontece que minha cunhada gosta de purê de ervilhas — disse o Septão Sefton, reaparecendo com um jarro de vinho, um jarro de água e três taças. — Sim, sim, eu ouvi. Sou gordo, não surdo. — Encheu duas taças com vinho e uma com água. Deu a terceira para Egg, que a encarou com um longo olhar de dúvida e a deixou de lado. O septão nem percebeu. — Este vinho é de uma safra da Árvore — dizia para Dunk. — Muito boa, e o veneno dá um sabor especial. — Piscou para Egg. — Raramente experimento as uvas, mas foi o que ouvi dizer. — Deu uma taça para Dunk.

O vinho era exuberante e doce, mas Dunk bebeu devagar — e só depois que o septão tinha bebido metade da própria taça em três longos goles de estalar os lábios. Egg cruzou os braços e continuou a ignorar sua água.

— Ela gosta de purê de ervilha — o septão prosseguiu — e de você também, sor. Conheço minha cunhada. Quando eu o vi pela primeira vez no pátio, meio que esperei que fosse algum pretendente, vindo de Porto Real para pedir a mão da minha senhora.

Dunk franziu a testa.

— Como sabia que eu era de Porto Real, septão?

— As pessoas de Porto Real têm certo jeito de falar. — O septão tomou um gole de vinho, bochechou a bebida, engoliu e suspirou de prazer. — Servi lá por muitos anos, atendendo ao Alto Septão no Grande Septo de Baelor. — Suspirou. — A cidade está irreconhecível desde a primavera. Os incêndios a mudaram. Um quarto das casas se foi e outro quarto está vazio. Os ratos se foram também. Isso é o mais estranho. Nunca achei que veria a cidade sem ratos.

Dunk ouvira aquilo também.

— Estava lá durante a Grande Praga da Primavera?

— Ah, estava. Uma época terrível, sor, terrível. Homens fortes acordavam saudáveis ao amanhecer e estavam mortos ao cair da noite. Eram tantas pessoas morrendo rápido que não havia tempo para enterrá-las. Em vez disso, os mortos eram empilhados no Poço dos Dragões; quando os montes de cadáveres alcançavam três metros, Lorde Rivers ordenava que os piromantes os queimassem. A luz das fogueiras refletia nas janelas, como acontecia outrora, quando os dragões vivos ainda se aninhavam sob a cúpula. À noite, era possível ver o brilho por toda a cidade, o brilho verde-escuro do fogovivo. O verde ainda me assombra até os dias de hoje. Dizem que a primavera foi ruim em Lannisporto, e pior em Vilavelha, mas em Porto Real matou quatro a cada dez. Nem jovens nem velhos foram poupados, nem ricos nem pobres, nem nobres nem humildes. Nosso bom Alto Septão foi levado, a própria voz dos deuses na terra, com um terço dos Mais Devotos e quase todas as nossas irmãs silenciosas. Sua Graça, o rei Daeron, o doce Matarys e o ousado Valarr, a Mão... Ah, foi uma época terrível. No fim, metade da cidade estava rezando para o Estranho. — Pegou outra bebida. — E onde você estava, sor?

— Em Dorne — Dunk falou.

— Agradeça à Mãe pela misericórdia, então. — A Grande Praga da Primavera nunca chegara a Dorne; provavelmente porque os dorneses tinham fechado as fronteiras e os portos assim como o Vale de Arryn, que também fora poupado. — Toda essa conversa sobre morte é o suficiente para afastar um homem do vinho, mas a alegria é algo difícil nestes tempos em que vivemos. A seca continua, apesar de todas as nossas orações. A mata do rei é um grande barril inflamável, e os incêndios espalham sua fúria noite e dia. Açoamargo e os filhos e Daemon Blackfyre conspiram em Tyrosh, e as lulas-gigantes de Dagon Greyjoy espreitam o Mar do Poente como lobos, atacando ao sul até a Árvore. Levaram metade da riqueza da Ilha Bela, dizem, e uma centena de mulheres também. Lorde Farman está reconstruindo suas defesas; se bem que, para mim, isso é como o homem que coloca um cinto de castidade na filha grávida depois que a barriga dela já está tão grande quanto a minha. Lorde Bracken está morrendo lentamente no Tridente, e seu filho mais velho pereceu na primavera. Isso significa que Sor Otho deve sucedê-lo. Os Blackwood nunca vão aguentar o Bruto de Bracken como vizinho. Isso significará guerra.

Dunk sabia sobre a antiga inimizade entre os Blackwood e os Bracken.

— O suserano deles não forçará a paz?

— Quem dera — disse o Septão Sefton. — Lorde Tully é um menino de oito anos, cercado de mulheres. Correrrio fará pouco, e o rei Aerys fará menos ainda. A menos que algum meistre escreva um livro sobre isso, o assunto todo vai passar despercebido pela atenção real. Não é provável que Lorde Rivers deixe algum Bracken vê-lo. Se você se recorda, nossa Mão nasceu meio Blackwood. Se ele tomar qualquer atitude, será apenas para ajudar o primo a levar o Bruto para a baía. A Mãe marcou Lorde Rivers no dia em que ele nasceu, e Açoamargo o marcou novamente no Campo do Capim Vermelho.

Dunk sabia que ele falava de Corvo de Sangue. Brynden Rivers era o nome verdadeiro da Mão. Sua mãe fora uma Blackwood; seu pai, o rei Aegon, o Quarto.

O gordo bebeu o vinho e continuou:

— Quanto a Aerys, Sua Graça se importa mais com pergaminhos antigos e profecias empoeiradas do que com senhores e leis. Ele nem se mexe para gerar um herdeiro. A rainha Aelinor reza diariamente no Grande Septo, rogando à Mãe de Cima que a abençoe com uma criança, mas mesmo assim permanece donzela. Aerys mantém aposentos separados, e dizem que prefere levar um livro a qualquer mulher para a cama. — Encheu a taça novamente. — Não se engane, é este Lorde Rivers quem nos governa, com feitiços e espiões. Não há uma pessoa que se oponha a ele. O príncipe Maekar fica amuado em Solar de Verão, nutrindo suas queixas contra o irmão real. O príncipe Rhaegal é tão manso quanto louco, e seus filhos são... Bem, crianças. Amigos e preferidos de Lorde Rivers ocupam todos os cargos, os senhores do pequeno conselho lambem sua mão, e este novo Grande Meistre é tão impregnado em feitiçaria quanto ele. A Fortaleza Vermelha é guarnecida pelos Dentes de Corvo, e nenhum homem vê o rei sem a permissão dele.

Dunk se mexeu desconfortavelmente no assento. *Quantos olhos Lorde Corvo de Sangue tem? Mil olhos e mais um.* Esperava que a Mão do Rei não tivesse mil ouvidos e mais um também. Algumas coisas que o Septão Sefton dizia soavam como traição. Olhou para Egg, para ver como ele estava encarando tudo aquilo. O menino lutava com toda sua força para conter a língua.

O septão ficou em pé.

— Minha cunhada vai demorar um pouco ainda. Como todas as grande senhoras, os primeiros dez vestidos que experimentar não vão combinar com seu humor. Aceita mais vinho? — Sem esperar uma resposta, encheu as duas taças.

— Aquela senhora que eu confundi — disse Dunk, ansioso em falar sobre outro assunto. — Ela é sua irmã?

— Somos todos filhos dos Sete, sor, mas fora isso... Deuses, não. A Senhora Helicent era irmã de Sor Rolland Uffering, quarto marido da Senhora Rohanne, que morreu na primavera. Meu irmão era o predecessor dele, Sor Simon Staunton, que teve o grande azar de se engasgar com um osso de galinha. Fosso Gelado é cheio de fantasmas, devo dizer. Os maridos morrem e, mesmo assim, os parentes ficam para beber o vinho de minha senhora e comer suas guloseimas, como uma praga de gordos gafanhotos-rosa vestidos em seda e veludo. — Limpou a boca. — E, mesmo assim, ela deve se casar novamente, e logo.

— Deve? — Dunk perguntou.

— O senhor pai dela exigiu isso. Lorde Wyman queria netos para levar sua linhagem adiante. Quando ele adoeceu, tentou casar a filha com Longo Inch para poder morrer sabendo que ela teria um homem forte para protegê-lo, mas Rohanne o recusou. Sua Senhoria se vingou no testamento. Se ela permanecesse sem se casar até o segundo aniversário da morte do pai, Fosso Gelado passaria para o primo dele, Wendell. Talvez você o tenha visto no pátio. Um homem baixo, com um bócio no pescoço, muito dado à flatulência. Embora eu não possa dizer nada sobre isso: também sou amaldiçoado com excesso de gases. Seja como for, Sor Wendell é ganancioso e estúpido, mas a senhora sua esposa é irmã de Lorde Rowan... e abominavelmente fértil, não dá para negar. Ela dá à luz com a mesma frequência que ele peida. Os filhos deles são tão maus quanto ele, as filhas piores, e todos eles começaram a contar os dias. Lorde Rowan confirmou o testamento, então Sua Senhoria tem só até a próxima lua.

— Por que ela esperou tanto tempo? — Dunk questionou em voz alta.

O septão deu de ombros.

— Verdade seja dita, houve uma escassez de pretendentes. Minha cunhada não é desagradável de se olhar, como você já deve ter notado, e um castelo robusto e terras amplas são um acréscimo ao seu charme. Seria de imaginar que filhos mais jovens e cavaleiros sem terras cairiam sobre Sua Senhoria como moscas. Errado. Os quatro maridos mortos os deixaram cautelosos, e há aqueles que dizem que ela é estéril também... Embora nunca na frente dela, a menos que quisessem ver o lado de dentro de uma gaiola de corvos. Ela carregou duas crianças até o fim, um menino e uma menina, mas nenhum deles viveu para ver um dia do nome. Os poucos que não acreditam nas conversas sobre envenenamento e feitiçaria não querem problemas com Longo Inch. Lorde Wyman o encarregou, em seu leito de morte, de proteger a filha de pretendentes indignos, que é como ele considera *todos* os pretendentes. Qualquer homem que pretenda ter a mão dela precisa encarar a espada dele antes. — Ele terminou o vinho e deixou a taça de lado. — Isso não quer dizer que não houve ninguém. Cleyton Caswell e Simon Leygood têm sido os mais persistentes, embora pareçam mais interessados nas terras do que na pessoa dela. Se eu fosse dado a apostas, colocaria meu ouro em Gerold Lannister. Ele ainda precisa aparecer por aqui, mas dizem que tem cabelos dourados e é rápido de raciocínio, e tem mais de um metro e oitenta...

— ... e a Senhora Webber aprecia muito as cartas dele. — A senhora em questão estava parada na porta, ao lado de um jovem meistre desajeitado e com um grande nariz adunco. — Você perderia a aposta, cunhado. Gerold nunca vai deixar voluntariamente os prazeres de Lannisporto e o esplendor do Rochedo Casterly em troca de uma propriedade pequena. Ele tem mais influência como irmão de Lorde Tybolt e seu conselheiro do que jamais poderia esperar ter como meu marido. Quanto aos outros, Sor Simon precisaria vender metade das minhas terras para pagar suas dívidas, e Sor Cleyton treme como uma folha ao vento cada vez que Longo Inch se digna a olhar em sua direção. Além disso, ele é mais bonito do que eu. E você, septão, tem a maior boca de Westeros.

— Uma barriga grande exige uma boca grande — respondeu o Septão Sefton, totalmente imperturbável. — De outro modo, ela logo se torna pequena.

— *Você* é a Viúva Vermelha? — Egg perguntou, atônito. — Sou quase tão alto quanto você!

— Outro menino fez o mesmo comentário há seis meses. Eu o mandei para a mesa de estiramento para que ficasse mais alto. — Quando a Senhora Rohanne se acomodou em sua cadeira de espaldar alto sobre o tablado, puxou a trança por sobre o ombro esquerdo. Era tão longa que ficava enrolada em seu colo, como um gato adormecido. — Sor Duncan, eu não devia ter provocado você no pátio, considerando o quanto estava se esforçando para ser gracioso. É que ficou tão enrubescido... Não havia garotas para provocá-lo no vilarejo onde cresceu até ficar tão alto?

— O vilarejo era Porto Real. — Ele não mencionou a Baixada das Pulgas. — Havia garotas, mas... — O tipo de provocação que acontecia na Baixada das Pulgas algumas vezes envolvia cortar um dedo do pé.

— Imagino que tinham medo de provocá-lo. — A Senhora Rohanne acariciou a trança. — Não tenho dúvidas de que ficavam assustadas com seu tamanho. Não pense mal da Senhora Helicent, lhe peço. Minha cunhada é uma criatura simplória, mas não há maldade dentro dela. É tão cheia de pudores que não seria capaz de se vestir sem as septãs.

— Não foi culpa dela. O engano foi meu.

— Você mente muito galantemente. Sei que foi Sor Lucas. Ele é um homem de humor cruel, e você o ofendeu logo que ele o viu.

— Como? — Dunk disse, intrigado. — Nunca causei mal a ele.

Ela sorriu um sorriso que o fez desejar que ela fosse mais clara.

— Eu o vi parado ao lado dele. É um palmo mais alto, ou quase isso. Já faz muito tempo desde que Sor Lucas encontrou alguém para quem não tivesse que olhar para baixo. Quantos anos tem, sor?

— Quase vinte, se for do seu agrado, senhora. — Dunk gostava de ter *vinte*, embora o mais provável era que fosse um ano mais jovem, talvez dois. Ninguém sabia com certeza, muito menos ele. Devia ter tido uma mãe e um pai como todo mundo, mas nunca os conhecera; nem mesmo sabia o nome deles, e ninguém na Baixada das Pulgas jamais se importara muito com quando ele nascera ou de quem.

— É tão forte quanto aparenta?

— Quão forte eu aparento ser, senhora?

— Ah, forte o bastante para incomodar Sor Lucas. Ele é meu castelão, embora não por escolha minha. Assim como Fosso Gelado, ele é um legado do meu pai. Foi armado cavaleiro em alguma batalha, Sor Duncan? Seu discurso sugere que não nasceu de sangue nobre, se me perdoa dizer.

Nasci do sangue da sarjeta.

— Um cavaleiro andante chamado Sor Arlan de Centarbor me pegou como seu escudeiro quando eu era apenas um garoto. Ele me ensinou a cavalaria e as artes da guerra.

— E esse mesmo Sor Arlan o armou cavaleiro?

Dunk remexeu os pés. Viu que uma de suas botas estava meio desamarrada.

— Ninguém mais faria isso.

— Onde está Sor Arlan agora?

— Morreu. — Ergueu os olhos. Podia amarrar a bota mais tarde. — Eu o enterrei em uma encosta.

— Ele caiu corajosamente em batalha?

— Era época de chuva. Ele pegou um resfriado.

— Velhos são frágeis, eu sei. Aprendi isso com meu segundo marido. Eu tinha treze anos quando nos casamos. Ele faria cinquenta e cinco no próximo dia do seu nome, se tivesse vivido tempo bastante para isso. Quando ele estava enterrado havia meio ano, eu lhe dei um filho, mas o Estranho o levou de mim também. O septão disse que o pai o queria ao seu lado. O que acha, sor?

— Bem... — Dunk começou, hesitante. — Pode ser, senhora.

— Bobagem — ela disse. — O menino nasceu muito fraco. Uma coisinha tão pequena... Mal tinha forças o suficiente para mamar. Mesmo assim, se os deuses deram ao pai dele cinquenta e cinco anos, seria de imaginar que garantiriam mais do que três dias para o filho.

— Seria. — Dunk não sabia era nada sobre os deuses. Ia ao septo de vez em quando e rezava para o Guerreiro dar força para seus braços; fora isso, porém, deixava os Sete em paz.

— Sinto muito que seu Sor Arlan tenha morrido — ela disse. — E sinto mais ainda que tenha ficado a serviço de Sor Eustace. Nem todos os velhos são iguais, Sor Duncan. Você faria bem em voltar para sua casa em Centarbor.

— Não tenho outra casa além daquela para a qual juro minha espada. — Dunk nunca conhecera Centarbor; nem mesmo era capaz de dizer se ficava na Campina.

— Jure sua espada aqui, então. Os tempos são incertos. Preciso de cavaleiros. Você parece ter um apetite saudável, Sor Duncan. Quantas galinhas consegue comer? Em Fosso Gelado, vai se encher de carne rosada e quente e tortas de frutas doces. Seu escudeiro parece precisar de sustento também. Está tão magro que perdeu todo o cabelo. Faremos com que divida um aposento com outros meninos de sua idade. Ele vai gostar. Meu mestre de armas pode treiná-lo nas artes da guerra.

— Eu o treino — Dunk falou, na defensiva.

— E quem mais? Bennis? O velho Osgrey? As galinhas?

Houvera dias em que Dunk colocara Egg para perseguir as galinhas. *Isso o ajuda a ficar mais rápido*, ele pensou, mas sabia que, se dissesse isso, ela daria risada. Ela o estava distraindo, com o nariz arrebitado e as sardas. Dunk tinha de se lembrar do motivo pelo qual Sor Eustace o mandara ali.

— Minha espada é juramentada ao meu senhor de Osgrey, senhora — disse. — E é assim que vai ficar.

— Então que seja, sor. Vamos falar de assuntos menos agradáveis. — A Senhora Rohanne deu um puxão na trança. — Nós não aceitamos ataques contra Fosso Gelado ou seu povo. Então me diga por que não devo costurá-lo em um saco.

— Vim negociar — ele a lembrou — e bebi seu vinho. — O gosto ainda persistia em sua boca, rico e doce. Até ali, não o envenenara. Talvez fosse o vinho que o tornava ousado. — E você não tem um saco grande o bastante para mim.

Para alívio dele, a piada de Egg a fez sorrir.

— Tenho vários que são grandes o bastante para Bennis, no entanto. Meistre Cerrick diz que o rosto de Wolmer foi cortado quase até o osso.

— Sor Bennis perdeu a cabeça com o homem, senhora. Sor Eustace me mandou aqui para pagar o preço de sangue.

— Preço de sangue? — Ela gargalhou. — Ele é um velho, eu sei, mas eu não tinha percebido o quanto. Ele acha que estamos vivendo na Era dos Heróis, quando a vida de um homem estava fadada a não valer mais do que um saco de prata?

— O escavador não morreu, senhora — Dunk lhe lembrou. — Ninguém foi morto, que eu tenha visto. O rosto dele foi cortado, só isso.

Os dedos dela dançavam preguiçosamente ao longo da trança.

— Quanto Sor Eustace considera que a bochecha de Wolmer vale, posso saber?

— Um veado de prata. E três para a senhora.

— Sor Eustace define um preço sovina pela minha honra, embora três veados de prata sejam melhores do que três galinhas, eu lhe garanto. Ele faria melhor em me entregar Bennis para que eu possa castigá-lo.

— Isso envolveria o saco que mencionou?

— Talvez. — Ela enrolou a trança em volta da mão. — Osgrey pode ficar com sua prata. Só sangue pode pagar por sangue.

— Bem — Dunk comentou —, talvez seja como diz, senhora, mas por que não chama o homem que Bennis cortou e lhe pergunta se ele prefere um veado de prata ou Bennis em um saco?

— Ah, ele escolheria a prata, se não pudesse ter ambos. Não duvido disso, sor. A escolha não é dele. Agora, isso diz respeito ao leão e à aranha, não à bochecha de um camponês. É Bennis quem eu quero, e é Bennis quem terei. Ninguém entra em minhas terras, machuca um dos meus e escapa para rir disso.

— Vossa Senhoria entrou nas terras de Pousoveloz e feriu um dos homens de Sor Eustace — Dunk disse, sem parar para pensar.

— Foi? — Ela puxou a trança novamente. — Se está falando do ladrão de ovelhas, o homem tinha má fama. Reclamei duas vezes com Osgrey e, mesmo assim, ele não fez nada. Não reclamei uma terceira. A lei do rei me garante o poder do fosso e da forca.

Foi Egg quem respondeu.

— Em suas próprias terras — o menino insistiu. — A lei do rei dá aos senhores o poder do fosso e da forca em suas próprias terras.

— Menino esperto — ela falou. — Se sabe tanto, também deve saber que cavaleiros com terras não têm o direito de punir sem a permissão de seu suserano. Sor Eustace detém Pousoveloz de Lorde Rowan. Bennis rompeu a paz do rei quando derramou sangue, e deve responder por isso. — Ela olhou para Dunk. — Se Sor Eustace me entregar Bennis, cortarei o nariz dele, e isso acaba por aí. Se eu tiver de ir atrás dele, não posso prometer nada.

Dunk sentiu um mal-estar súbito na boca do estômago.

— Direi a ele, mas ele não entregará Sor Bennis. — Hesitou. — A barragem foi a causa de todos os problemas. Se vossa senhoria consentir em derrubá-la...

— Impossível — declarou o jovem meistre ao lado da Senhora Rohanne. — Fosso Gelado mantém vinte vezes mais plebeus do que Pousoveloz. Sua Senhoria tem campos de trigo, milho e cevada, todos morrendo pela seca. Tem uma meia dúzia de pomares, com pés de maçã, damasco e três tipos de pera. Tem vacas prestes a parir, quinhentas cabeças de ovelhas de cara preta e cria os melhores cavalos da Campina. Temos dúzias de éguas com potros.

— Sor Eustace tem ovelhas também — Dunk comentou. — Tem melões nos campos, feijões e cevada, e...

— Vocês estão pegando água para o *fosso*! — Egg disse em voz alta.

Eu estava chegando ao fosso, Dunk pensou.

— O fosso é essencial para as defesas de Fosso Gelado — o meistre insistiu. — Você sugere que a Senhora Rohanne fique aberta ao ataque, em tempos incertos como estes?

— Bem, um fosso seco ainda é um fosso — Dunk falou devagar. — E a senhora tem muralhas fortes, com muitos homens para defendê-las.

— Sor Duncan, eu tinha dez anos de idade quando o dragão negro se ergueu — a Senhora Rohanne começou. — Implorei ao meu pai para não se colocar em risco, ou ao menos para permitir que meu marido ficasse. Quem me protegeria se ambos se fossem? Então ele me levou até o alto das muralhas e indicou os pontos fortes de Fosso Gelado. "Mantenha-os fortalecidos", ele disse, "e eles a manterão em segurança. Se cuidar de suas defesas, nenhum homem poderá fazer mal a você." A primeira coisa que ele apontou foi o fosso. — Ela acariciou a bochecha com a ponta da trança. — Meu primeiro marido morreu no Campo do Capim Vermelho. Meu pai me encontrou outros, mas o Estranho os levou também. Não confio mais nos homens, não importa o quão *amplos* possam parecer. Confio na pedra, no aço e na água. Eu confio em fossos, sor, e o meu *não* vai ficar seco.

— O que seu pai disse foi certo e bom — Dunk comentou. — Ainda assim, isso não lhe dá o direito de pegar a água de Osgrey.

Ela puxou a trança.

— Suponho que Sor Eustace tenha lhe dito que o riacho é dele.

— Por mil anos — Dunk confirmou. — É *chamado* Riacho Xadrez. Isso é claro.

— Assim é. — Ela puxou novamente o cabelo; uma, duas, três vezes. — Da mesma forma que o rio é chamado Vago, embora os Manderly tenham deixado as margens há mil anos. Jardim de Cima ainda é Jardim de Cima, ainda que o último Gardener tenha morrido no Campo de Fogo. Rochedo Casterly fervilha de Lannister, e em nenhum lugar um Casterly é encontrado. O mundo muda, sor. Esse Riacho Xadrez nasce na Colina Ferradura, que era inteiramente minha quando olhei pela última vez. A água é minha também. Meistre Cerrick, mostre a ele.

O meistre desceu do tablado. Não devia ser muito mais velho do que Dunk, mas a túnica cinza e a corrente em volta do pescoço lhe davam um ar de sabedoria sombria que desmentiam sua idade. Em suas mãos havia um velho pergaminho.

— Veja você mesmo, sor — ele disse, enquanto o desenrolava e o oferecia para Dunk.

Dunk, o pateta, cabeça-dura como uma muralha de castelo. Sentiu as bochechas corarem de novo. Cautelosamente, pegou o pergaminho do meistre e fez uma careta para a escrita. Nem uma palavra era inteligível para ele, mas conhecia o selo de cera sob a assinatura elaborada; o dragão de três cabeças da Casa Targaryen.

O selo do rei. Estava olhando para um decreto real de algum tipo. Dunk moveu a cabeça de lado a lado, para que pensassem que estava lendo.

— Há uma palavra aqui que não consigo decifrar — resmungou, depois de um momento. — Egg, venha dar uma olhada, você tem olhos mais afiados do que os meus.

O menino disparou para o lado dele.

— Qual palavra, sor? — Dunk apontou. — Esta aqui? Ah. — Egg leu rapidamente, depois ergueu os olhos para Dunk e assentiu de leve.

O riacho é dela. Ela tem um papel. Dunk sentiu como se tivesse sido apunhalado no estômago. *O selo do próprio rei*.

— Isso... Deve haver algum engano. Os filhos do velho morreram a serviço do rei. Por que Sua Graça tiraria o riacho dele?

— Se o rei Daeron fosse um homem menos misericordioso, ele teria pedido a cabeça do homem também.

Por um instante, Dunk ficou confuso.

— O que quer dizer?

— Ela quer dizer — Meistre Cerrick disse — que Sor Eustace Osgrey é um rebelde e um traidor.

— Sor Eustace escolheu o dragão negro em vez do vermelho, na esperança de que um rei Blackfyre pudesse restaurar as terras e os castelos que os Osgrey tinham perdido sob o reinado Targaryen — a Senhora Rohanne explicou. — Principalmente, ele queria Fosso Gelado. Os filhos dele pagaram pela traição com sangue. Quando ele trouxe os ossos dos rapazes para casa e entregou a filha para os homens do rei como refém, a esposa dele se jogou do alto da torre de Pousoveloz. Sor Eustace lhe contou isso? — O sorriso dela era triste. — Não, não acho que tenha contado.

— O dragão negro. — *Você jurou sua espada para um traidor, pateta. Você comeu o pão de um traidor e dormiu sob o teto de um traidor*. — Senhora... — ele começou, hesitante. — O dragão negro... foi há quinze anos. Isso é agora, e há uma seca. Mesmo que tenha sido um rebelde antigamente, Sor Eustace ainda precisa de água.

A Viúva Vermelha se levantou e alisou a saia.

— Melhor que reze por chuva, então.

Foi quando Dunk se lembrou das palavras de despedida de Osgrey no bosque.

— Se não quiser lhe dar uma parte da água para o próprio bem do velho, faça isso pelo filho dele.

— O filho dele?

— Addam. Ele serviu aqui como pajem e escudeiro do seu pai.

O rosto da Senhora Rohanne permaneceu imóvel como uma pedra.

— Se aproxime.

Ele não sabia o que mais fazer além de obedecer. O tablado acrescentava quase meio metro à altura dela; mesmo assim, Dunk era mais alto.

— Ajoelhe-se — ela disse.

Ele se ajoelhou.

Ela lhe deu um tapa com toda sua força, e era muito mais forte do que parecia. A bochecha dele ardeu, e ele sentiu o gosto de sangue na boca, de um lábio cortado, mas ela não o machucou de verdade. Por um momento, tudo em que Dunk conseguiu pensar foi em agarrá-la pela longa trança ruiva, colocá-la no colo e lhe dar uns tapas no traseiro, como alguém faria com uma criança mimada. *Se eu fizer isso, no entanto, ela vai gritar e vinte cavaleiros entrarão aqui para me matar.*

— Ousa apelar para mim em nome de *Addam*? — As narinas dela se inflaram. — Retire-se de Fosso Gelado, sor. Imediatamente.

— Não era minha intenção...

— Vá, ou encontrarei um saco grande o bastante para você, e eu o costurarei lá dentro com as próprias mãos. Diga a Sor Eustace para me trazer Bennis do Escudo Marrom pela manhã, ou eu mesma irei atrás dele com fogo e espada. Você me entendeu? *Fogo e espada!*

Septão Sefton pegou Dunk pelo braço e o puxou rapidamente para fora da sala. Egg os seguiu de perto.

— Isso foi muito insensato, sor — o gordo septão sussurrou, levando-os até a escada. — *Muito* insensato. Mencionar Addam Osgrey...

— Sor Eustace me disse que ela gostava muito do menino.

— Gostava? — O septão bufou pesadamente. — Ela amava o menino, e ele a ela. Nunca passou de um beijo ou dois, mas... foi por Addam que ela chorou após o Campo do Capim Vermelho, não pelo marido que mal conheceu. Ela culpa Sor Eustace pela morte dele, e corretamente. O menino tinha doze anos.

Dunk sabia o que era ter uma ferida aberta. Sempre que alguém falava da Campina de Vaufreixo, ele pensava nos três bons homens que tinham morrido para salvar seu pé, e nunca deixava de doer.

— Diga à senhora que não foi meu desejo magoá-la. Peça-lhe perdão.

— Farei tudo o que puder, sor — o Septão Sefton assegurou. — No entanto, diga a Sor Eustace para trazer Bennis para ela, e *rápido*. Caso contrário, vai ficar difícil para ele. Vai ficar muito difícil.

Foi só depois que as muralhas e torres de Fosso Gelado desapareceram no oeste atrás deles que Dunk se virou para Egg e perguntou:

— Que palavras estavam escritas naquele papel?

— Era uma garantia de direitos, sor. Para Lorde Wyman Webber, emitida pelo rei. Pelos serviços leais dele na rebelião recente, Lorde Wyman e seus descendentes têm garantidos todos os direitos sobre o Riacho Xadrez, desde a nascente na Colina Ferradura até a foz, no Lago Frondoso. Também diz que Lorde Wyman e seus descendentes têm o direito de caçar veados vermelhos, javalis e coelhos no Bosque de Wat sempre que desejarem, e de cortar vinte árvores do bosque a cada ano. — O menino limpou a garganta. — A garantia é só por um tempo, no entanto. O papel diz que, se Sor Eustace morrer sem um herdeiro do sexo masculino do seu sangue, Pousoveloz reverterá para a Coroa, e os privilégios de Lorde Webber acabarão.

Eles foram Marechais da Fronteira Norte por mil anos.

— Tudo o que deixaram para o velho foi uma torre na qual morrer.

— E a própria vida — Egg comentou. — Sua Graça deixou o homem vivo, sor. Mesmo ele sendo um rebelde.

Dunk deu uma olhada no menino.

— Você teria tirado isso dele?

Egg teve de pensar a respeito.

— Algumas vezes, na corte, eu servia no pequeno conselho do rei. Eles costumavam brigar por causa disso. Tio Baelor dizia que a clemência era melhor quando se lidava com um adversário honrado. Se um homem derrotado acredita que será perdoado, ele vai abaixar a espada e dobrar o joelho. Caso contrário, ele lutará até a morte, e matará mais homens leais e inocentes. Mas Lorde Corvo de Sangue dizia que quando se perdoam rebeldes só está se plantando sementes para a próxima rebelião. — A voz dele era cheia de dúvidas. — Por que Sor Eustace se levantou contra o rei Daeron? Ele era um bom rei, todo mundo diz isso. Trouxe Dorne para o reino e fez dos dorneses nossos amigos.

— Você teria que perguntar a Sor Eustace, Egg.

Dunk achava que sabia a resposta, mas não era a que o garoto gostaria de ouvir. *Ele queria um castelo com um leão no portão de entrada, mas tudo o que conseguiu foram túmulos entre as amoreiras.* Quando alguém jurava a espada para um homem, prometia servir e obedecer, lutar por ele, se necessário, não se intrometer em seus assuntos nem questionar sua lealdade... Mas Sor Eustace o fizera de tolo. *Ele disse que os filhos morreram lutando pelo rei, e me fez acreditar que o riacho era dele.*

A noite os pegou no Bosque de Wat.

A culpa era de Dunk. Ele devia ter ido direto para casa pelo caminho da ida; em vez disso, ele tinha virado para norte para dar outra olhada na barragem. Chegou a pensar em derrubar tudo com as próprias mãos. Mas os Sete e Sor Lucas Longo Inch tinham provado não ser tão obsequiosos. Quando Dunk e Egg chegaram à barragem, encontraram-na guardada por um par de besteiros com emblemas da aranha costurados nos justilhos. Um estava sentado com os pés descalços na água roubada. Dunk poderia tê-lo estrangulado com alegria apenas por isso, mas o homem os ouviu chegando e rapidamente pegou a besta. Seu companheiro, ainda mais rápido, engatilhou a arma e se preparou. O melhor que Dunk pôde fazer foi olhar para eles ameaçadoramente.

Depois disso, não havia mais nada a fazer além de voltar por onde tinham ido. Dunk não conhecia aquelas terras tão bem quanto Sor Bennis; teria sido humilhante se perder em um bosque tão pequeno quanto o de Wat. Quando enfim chegaram ao outro lado do riacho, o sol estava baixo no horizonte e as primeiras estrelas surgiram, junto com nuvens de cupins. Entre as altas árvores negras, Egg encontrou a língua outra vez.

— Sor? Aquele septão gordo disse que meu pai fica amuado em Solar de Verão.

— Palavras são vento.

— Meu pai não fica amuado.

— Bem, ele devia — Dunk comentou. — *Você* fica amuado.

— Eu não, sor. — Franziu o cenho. — Fico?

— Um pouco. Não com muita frequência, no entanto. De outro modo, eu lhe daria mais tapões na orelha do que já dou.

— Você me deu um tapão na orelha no portão.

— Aquilo foi meio tapão, na melhor das hipóteses. Se eu lhe der um tapão inteiro, você saberá.

— A Viúva Vermelha deu um tapão inteiro em *você*.

Dunk tocou o lábio inchado.

— Não precisa soar tão deliciado com isso. — *Ninguém deu um tapão na orelha do seu pai, no entanto. Talvez por isso o príncipe Maekar seja como é.* — Quando o rei nomeou Lorde Corvo de Sangue sua Mão, o senhor seu pai se recusou a fazer parte do conselho e partiu de Porto Real para a própria sede — ele relembrou Egg. — Está em Solar de Verão há um ano inteiro mais metade de outro. Como chama isso, além de "ficar amuado"?

— Chamo isso de ficar irritado — Egg declarou com arrogância. — Sua Graça devia ter feito de meu pai sua Mão. Ele é *irmão* dele, e o melhor comandante em batalha no reino desde que tio Baelor morreu. Lorde Corvo de Sangue não é nem mesmo um lorde de verdade, isso é só algum tipo de *cortesia* estúpida. Ele é um feiticeiro, e ainda de baixo nascimento.

— Nascimento bastardo, não baixo nascimento. — Corvo de Sangue podia não ser um lorde de verdade, mas era nobre de ambos os lados. Sua mãe fora uma das várias amantes do rei Aegon, o Indigno. Os bastardos de Aegon tinham sido banidos dos Sete Reinos desde que o velho rei morrera. Ele os legitimara em seu leito de morte; não só os Grandes Bastardos, como Corvo de Sangue, Açoamargo e Daemon Blackfyre, cujas mães eram senhoras, mas também os menos importantes, que gerara com putas e vadias de tavernas, filhas de comerciantes, donzelas de pantomimeiros e cada camponesa bonita sobre a qual tivera a chance de botar o olho. *Fogo e Sangue* era o lema da Casa Targaryen, mas certa vez Dunk ouvira Sor Arlan dizer que as de Aegon deviam ter sido *Lave-a e traga-a para minha cama*. — O rei Aegon deixou Corvo de Sangue limpo da bastardia — ele recordou Egg. — E fez o mesmo com o restante deles.

— O velho Alto Septão disse para meu pai que as leis do rei são uma coisa, e que as leis dos deuses são outra — o garoto respondeu, teimoso. — Filhos legítimos são gerados em um leito nupcial e abençoados pelo Pai e pela Mãe, mas bastardos nascem da luxúria e da fraqueza, ele disse. O rei Aegon decretou que seus bastardos não eram bastardos, mas não pôde mudar a natureza deles. O Alto Septão dizia que todos os bastardos nascem para trair... Daemon Blackfyre, Açoamargo e até Corvo de Sangue. Lorde Rivers era mais esperto do que os outros dois, ele dizia, mas no fim também provaria ser um traidor. O Alto Septão aconselhou meu pai a nunca confiar nele, nem em outros bastardos, grandes ou pequenos.

Nascidos para trair, Dunk pensou. *Nascidos da luxúria e da fraqueza. Nunca se deve confiar neles, grandes ou pequenos.*

— Egg... — ele começou. — Já passou pela sua cabeça que eu posso ser um bastardo?

— Você, sor? — Aquilo pegou o menino de surpresa. — Você não é.

— Posso ser. Nunca conheci minha mãe, ou soube o que foi feito dela. Talvez eu tenha nascido grande demais e a matado. É mais provável que ela fosse alguma puta ou garota de taverna. Não se encontram senhoras bem-nascidas na Baixada das Pulgas. E se ela chegou a se casar com meu pai... bem, o que aconteceu com *ele*? — Dunk não gostava de lembrar de sua vida antes de Sor Arlan o ter encontrado. — Havia uma casa de pasto em Porto Real onde eu costumava vender ratos, gatos e pombos para o guisado. O cozinheiro sempre dizia que meu pai era algum ladrão ou larápio. "É provável que eu o tenha visto enforcado", ele costumava me dizer, "mas talvez só o tenham mandado para a Muralha." Quando era escudeiro de Sor Arlan, eu perguntava para ele se não podíamos passar por lá algum dia, para pegar algum serviço em Winterfell ou em algum outro castelo nortenho. Eu tinha essa ideia de que, se conseguisse chegar à Muralha, talvez encontrasse algum velho, um homem realmente alto que se parecesse comigo. Nunca fomos, no entanto. Sor Arlan dizia que não havia trabalho para cavaleiros andantes no norte, e que todas as florestas eram cheias de lobos. — Ele balançou a cabeça. — Resumindo, é provável que você seja escudeiro de um bastardo.

Pela primeira vez, Egg não tinha nada a dizer. A escuridão se aprofundava ao redor deles. Vaga-lumes se moviam devagar pelas árvores; suas luzinhas eram como muitas estrelas vagantes. Havia estrelas no céu também, mais estrelas do que qualquer homem conseguiria contar, mesmo se vivesse até ficar tão velho quanto o rei Jaehaerys. Dunk precisava só erguer os olhos para encontrar amigos conhecidos: o Garanhão e a Porca, a Coroa do Rei e a Lanterna da Velha, a Galé, o Fantasma e a Donzela da Lua. Mas havia nuvens ao norte, e o olho azul do Dragão de Gelo estava escondido dele, o olho azul que apontava para o norte.

A lua já tinha nascido quando chegaram a Pousoveloz, escuro e alto no topo da colina. Uma pálida luz amarela se derramava pelas janelas superiores da torre, ele viu. Na maior parte das noites, Sor Eustace ia para a cama assim que jantava — mas não naquela, ao que parecia. *Está esperando por nós*, Dunk sabia.

Bennis do Escudo Marrom os esperava também. Encontraram-no sentado nos degraus da torre, mastigando folhamarga e amolando a espada longa à luz da lua. O ruído lento da pedra contra o metal percorria um longo caminho. Por mais que Sor Bennis negligenciasse suas roupas e a si mesmo, mantinha as armas em ordem.

— O pateta voltou — Bennis disse. — Eu estava amolando meu aço para resgatar você daquela Viúva Vermelha.

— Onde estão os homens?

— Buco e Wat Molhado estão no telhado de vigia, caso a viúva apareça. O resto se arrastou para a cama, choramingando. Estão doloridos como o pecado. Trabalhei duro com eles. Tirei um pouco de sangue daquele simplório grande, só para deixá-lo enlouquecido. Ele luta melhor quando está enlouquecido. — Deu seu sorriso marrom e vermelho. — Belo lábio sangrando você tem. Da próxima vez, não caia nas pedras. O que a mulher disse?

— Ela pretende ficar com a água, e quer você também, por cortar aquele escavador na barragem.

— Achei que ela fosse querer. — Bennis cuspiu. — Muito incômodo por um camponês qualquer. Ele devia me agradecer. Mulheres gostam de homens com cicatrizes.

— Não vai se incomodar se ela cortar seu nariz, então.

— Nem ferrando. Se eu quisesse meu nariz cortado, eu mesmo o cortaria. — Apontou com o polegar para cima. — Vai encontrar Sor Inútil em seus aposentos, pensando no quão grande ele costumava ser.

— Ele lutou pelo dragão negro — Egg falou.

Dunk teria dado um tapão no menino, mas o cavaleiro marrom só gargalhou.

— Claro que sim. Olhe para ele. Parece o tipo que escolhe o lado vencedor?

— Não mais do que você. Caso contrário, não estaria aqui conosco. — Dunk se virou para Egg. — Cuide de Trovão e de Meistre e depois se junte a nós.

Quando Dunk passou pelo alçapão, o velho cavaleiro estava sentado ao lado da lareira, em seu roupão de dormir, embora não houvesse fogo algum nela. Estava com a taça do pai na mão, uma pesada copa de prata que fora feita para algum Lorde Osgrey de antes da Conquista. Um leão xadrez adornava o cálice, feito de escamas de jade e ouro, embora algumas das de jade estivessem faltando. Ao ouvir os passos de Dunk, o velho cavaleiro levantou os olhos e pestanejou, como um homem despertando de um sonho.

— Sor Duncan, você voltou. Será que ver você fez Lucas Inchfield se deter, sor?

— Não que eu tenha visto, senhor. É mais provável que o tenha deixado irado.

Dunk lhe contou o que acontecera da melhor forma possível — mas omitiu a parte sobre a Senhora Helicent, que fazia dele um completo tolo. Deixaria de lado o tapão também, mas seu lábio cortado estava inchado a ponto de ter duas vezes o tamanho normal, e Sor Eustace não deixaria de notar.

Quando percebeu, o velho franziu o cenho.

— Seu lábio...

Dunk o tocou cautelosamente.

— Sua Senhoria me deu um tapa.

— Ela *bateu* em você? — A boca dele abriu e fechou. — Ela bateu no meu enviado, que foi até ela sob o estandarte do leão xadrez? Ela ousou colocar as mãos em sua pessoa?

— Só uma mão, sor. Parou de sangrar antes que deixássemos o castelo. — Ele fechou a mão em um punho. — Ela quer Sor Bennis, não sua prata, e não vai derrubar a barragem. Ela me mostrou um pergaminho com alguns escritos nele, e o selo do próprio rei. Lá diz que o riacho é dela. E... — ele hesitou. — Ela disse que você é... que você se...

— ... que me rebelei junto com o dragão negro? — Sor Eustace pareceu se afundar. — Temi que ela fizesse isso. Se desejar deixar meus serviços, não o deterei. — O velho cavaleiro olhou para a taça, mas Dunk não saberia dizer o que ele estava vendo.

— Você me disse que seus filhos morreram lutando pelo rei.

— E foi o que aconteceu. O rei *legítimo*, Daemon Blackfyre. O Rei que Ostentava a Espada. — O bigode do velho estremeceu. — Os homens do dragão vermelho chamavam a si mesmos de *legalistas*, mas nós, que escolhemos o negro, éramos leais do mesmo jeito. Embora agora... Todos os homens que marcharam ao meu lado para colocar o príncipe Daemon no Trono de Ferro desapareceram como orvalho da manhã. Talvez eu tenha sonhado com eles. Ou, mais provável, Lorde Corvo de Sangue e seus Dentes de Corvo colocaram medo neles. Não podem estar todos mortos.

Dunk não podia negar a verdade daquilo. Até aquele momento, nunca tinha conhecido um homem que lutara pelo Pretendente. *Devo ter conhecido, no entanto. Havia milhares deles. Metade do reino era pelo dragão vermelho, e metade pelo negro.*

— Ambos os lados lutaram corajosamente, Sor Arlan sempre disse. — Ele achou que o velho cavaleiro iria querer ouvir aquilo.

Sor Eustace agarrou a taça de vinho com as duas mãos.

— Se Daemon tivesse cavalgado sobre Gwayne Corbray... Se Bola de Fogo não tivesse sido morto na véspera da batalha... Se Hightower, Tarbeck, Oakheart e Butterwell tivessem nos enviado todas as suas forças, em vez de tentar manter um pé em cada campo... Se Manfred Lothston tivesse se provado verdadeiro, em vez de traidor... Se tempestades não tivessem atrasado a frota de Lorde Bracken com os besteiros de Myr... Se Dedoligeiro não tivesse sido pego com os ovos de dragão roubados... Tantos *ses*, sor... E qualquer um teria feito diferença, teria virado o jogo. Então nós poderíamos nos chamar de legalistas, e os dragões vermelhos seriam lembrados como homens que lutaram para manter o usurpador Daeron, o Falso Herdeiro, sobre o trono roubado e falharam.

— Pode ser que sim, senhor — Dunk comentou. — Mas as coisas foram do jeito que foram. Foi há muitos anos, e vocês foram perdoados.

— Sim, fomos perdoados. Desde que dobrássemos o joelho e lhe déssemos um refém para garantir nossa lealdade futura, Daeron perdoava os traidores e rebeldes. — A voz dele soava amarga. — Comprei minha cabeça de volta com a vida da minha filha. Alysanne tinha sete anos quando a levaram para Porto Real, e vinte quando morreu, uma irmã silenciosa. Fui uma vez a Porto Real para vê-la e ela nem sequer falou comigo, o próprio pai. A misericórdia de um rei é um presente envenenado. Daeron Targaryen me deixou vivo, mas levou meu orgulho, meus sonhos e minha honra. — Suas mãos tremiam, e vinho manchou seu colo de vermelho, mas o velho não pareceu notar. — Eu devia ter ido com Açoamargo para o exílio, ou morrido ao lado dos meus filhos e do meu doce rei. Teria sido uma morte digna de um leão xadrez, descendente de tantos senhores orgulhosos e guerreiros poderosos. A misericórdia de Daeron me fez menor.

Em seu coração, o dragão negro nunca morreu, Dunk percebeu.

— Senhor?

Era a voz de Egg. O menino entrara enquanto Sor Eustace falava de sua morte. O velho cavaleiro piscou para ele como se o visse pela primeira vez.

— Sim, rapaz? O que é?

— Se me permite... A Viúva Vermelha disse que o senhor se rebelou para ficar com o castelo dela. Isso não é verdade, é?

— O castelo? — Ele pareceu confuso. — Fosso Gelado... Fosso Gelado me foi prometido por Daemon, sim, mas... Não foi pelo ganho, não...

— Então por quê? — Egg perguntou.

— Por quê? — Sor Eustace franziu o cenho.

— Por que se tornou um traidor, se não foi só pelo castelo?

Sor Eustace olhou para Egg por um longo tempo antes de responder.

— Você é só um menino. Não entenderia.

— Bem, talvez eu entenda — Egg falou.

— Traição... é só uma palavra. Quando dois príncipes lutam por um trono onde só um homem pode se sentar, tanto grandes senhores quanto homens do povo precisam escolher. E, quando a batalha acaba, os vitoriosos vão ser aclamados como homens leais e verdadeiros, enquanto os que foram derrotados serão conhecidos para sempre como rebeldes e traidores. Esse foi meu destino.

Egg pensou naquilo por um momento.

— Sim, meu senhor. É que... o rei Daeron era um bom homem. Por que escolheu Daemon?

— Daeron... — Sor Eustace quase arrastou a palavra, e Dunk percebeu que o velho estava meio bêbado. — Daeron era esguio e de ombros caídos, com uma barriguinha que balançava enquanto ele caminhava. Daemon andava ereto e orgulhoso, e seu abdome era tão reto e duro quanto um escudo de carvalho. E ele *lutava*. Com o machado, a lança ou o mangual ele era tão bom quanto qualquer cavaleiro que já vi, mas, com *a espada*, era o próprio Guerreiro. Quando o príncipe Daemon estava com a Blackfyre nas mãos, não havia homem páreo para ele... Nem Ulrick Dayne com a Alvorada, não, nem mesmo o Cavaleiro do Dragão com a Irmã Negra.

"É possível conhecer um homem por seus amigos, Egg. Daeron se cercava de meistres, septões e cantores. Sempre havia mulheres sussurrando em seu ouvido, e a corte estava cheia de dorneses. Como não, se ele levara uma mulher dornesa para sua cama e vendera a própria doce irmã para o príncipe de Dorne, embora fosse Daemon quem ela amava? Daeron tinha o mesmo nome do Jovem Dragão, mas, quando sua esposa dornesa lhe deu um filho, ele chamou a criança de Baelor, como o rei mais fraco que já se sentou no Trono de Ferro.

"Daemon, no entanto... Daemon não era mais devoto do que um rei precisa ser, e todos os grandes cavaleiros do reino se reuniam ao redor dele. Convém a Lorde Corvo de Sangue que os nomes de todos eles sejam esquecidos, então ele proibiu que cantássemos sobre eles, mas *eu* me lembro. Robb Reyne, Gareth, o Cinza, Sor Aubrey Ambrose, Lorde Gormon Peake, o Negro Byren Flowers, Presa Vermelha, Bola de Fogo... *Açoamargo*! Eu lhe pergunto, já houve uma companhia tão nobre, tal rol de heróis?

"*Por quê*, rapaz? Você me pergunta por quê? Porque Daemon era o melhor homem. O velho rei viu isso também. Ele deu a espada a Daemon. *Blackfyre*, a espada de Aegon, o Conquistador, a lâmina que todo rei Targaryen empunhou desde a Conquista... Ele colocou a espada na mão de Daemon, no dia em que o sagrou cavaleiro, um menino de doze anos."

— Meu pai diz que foi porque Daemon era um espadachim, algo que Daeron nunca foi — Egg comentou. — Por que dar um cavalo para um homem que não sabe cavalgar? A espada não era o reino, ele diz.

A mão do cavaleiro estremeceu com tanta força que o vinho espirrou da taça.

— Seu pai é um tolo.

— Ele *não* é — o menino respondeu.

O rosto de Osgrey se retorceu de raiva.

— Você fez uma pergunta e eu respondi, mas não aceitarei insolência. Sor Duncan, devia espancar esse menino com mais frequência. A cortesia dele deixa muito a desejar. Se for necessário que eu mesmo o faça, eu...

— Não — Dunk o interrompeu. — Não precisa, sor. — Ele tomara sua decisão. — Está escuro. Partiremos com a primeira luz.

Sor Eustace o encarou, chocado.

— Partir?

— De Pousoveloz. Do seu serviço.

Você mentiu para nós. Chame como quiser, não há honra nisso. Ele soltou o manto, enrolou o tecido e o colocou no colo do velho.

Os olhos de Osgrey se estreitaram.

— A mulher ofereceu pegar você a serviço dela? Está me deixando pela cama daquela puta?

— Não sei se ela é uma puta, ou uma feiticeira, ou uma envenenadora ou nada disso — Dunk falou. — Mas o que quer que ela seja, não importa. Estamos partindo para as andanças, não para Fosso Gelado.

— As valas, você quer dizer. Está me deixando para espreitar nas matas como lobos, para atacar de surpresa homens honestos nas estradas. — A mão dele tremia. A taça caiu de seus dedos, derramando vinho enquanto rolava pelo chão. — Vão, então. Vão. Não quero nenhum de vocês. Nunca devia tê-los aceitado. *Vão!*

— Como queira, sor. — Dunk fez um gesto, e Egg o seguiu.

Naquela última noite, Dunk queria ficar o mais distante possível de Eustace Osgrey, então ele e Egg dormiram no porão, entre o resto do exército mirrado de Pousoveloz. Foi uma noite agitada. Lem e Pat dos olhos vermelhos roncavam — o primeiro bem alto, e o segundo de modo constante. Vapores úmidos enchiam o porão, vindos das câmaras mais profundas abaixo. Dunk se revirava na cama áspera, mergulhando em um sono leve até despertar de repente na escuridão. As picadas que levara no bosque coçavam ferozmente, e havia pulgas na palha também. *Farei bem em ir embora deste lugar, bem em me afastar do velho, de Sor Bennis e do restante deles.* Talvez fosse a hora de levar Egg de volta a Solar de

Verão, para ver o pai. Perguntaria ao menino sobre aquilo pela manhã, quando estivessem bem longe dali.

A manhã parecia muito distante, no entanto. A cabeça de Dunk estava cheia de dragões, vermelho e negro... cheia de leões xadrezes, escudos antigos, botas surradas... cheia de riachos, fossos e barragens, e papéis estampados com o grande selo real que ele não conseguia ler.

E *ela* estava lá também, a Viúva Vermelha, Rohanne de Fosso Gelado. Ele podia ver o rosto sardento dela, os braços delgados, a longa trança ruiva. Aquilo o fez se sentir culpado. *Eu devia sonhar com Tanselle. Tanselle, a Alta Demais, eles a chamavam, mas ela não era alta demais para mim.* Ela tinha pintado o brasão de armas em seu escudo, e ele a salvara do Príncipe Brilhante, mas ela desaparecera bem antes do julgamento de sete. *Ela não podia suportar me ver morrer*, Dunk dizia para si mesmo com frequência, mas o que ele sabia? Ele era cabeça-dura como uma muralha de castelo. Só o fato de estar pensando na Viúva Vermelha era prova o bastante disso. *Tanselle sorriu para mim, mas nunca nos abraçamos, nunca nos beijamos, nem mesmo no rosto.* Rohanne pelo menos tocara nele; e ele tinha um lábio inchado para provar isso. *Não seja idiota. Ela não é para pessoas como você. É muito pequena, muito esperta e muito, muito perigosa.*

Quando enfim adormeceu, Dunk sonhou. Estava correndo por uma clareira no coração do Bosque de Wat, correndo na direção de Rohanne, e ela disparava flechas nele. Cada flecha que ela soltava voava certeira e o atingia no peito. Mesmo assim, a dor era estranhamente doce. Ele devia se virar e fugir, mas, em vez disso, corria na direção dela — correndo devagar, como sempre acontecia nos sonhos, como se o ar tivesse se transformado em mel. Outra flecha veio, e mais outra. As flechas na aljava dela pareciam não ter fim. Seus olhos eram cinzentos e verdes e cheios de malícia. *Seu vestido destaca a cor dos seus olhos*, ele queria dizer, mas ela não estava usando vestido, ou roupa de espécie alguma. Seus pequenos seios eram salpicados de sardas, e os mamilos eram vermelhos e duros como pequenas amoras. As flechas o faziam parecer um grande porco-espinho quando cambaleou aos pés dela, mas de algum modo ele ainda encontrou forças para agarrar sua trança. Com um puxão, ele a fez cair em cima dele e a beijou.

Acordou de repente, com o som de um grito.

No porão escuro, tudo era confusão. Xingamentos e reclamações ecoavam por todos os lados, e os homens tropeçavam uns nos outros enquanto buscavam suas lanças e seus calções. Ninguém sabia o que estava acontecendo. Egg encontrou uma vela de sebo e a acendeu para iluminar um pouco na cena. Dunk foi o primeiro a alcançar a escada. Quase colidiu com Sam Stoops, que descia correndo, bufando como um fole e balbuciando de modo incoerente. Dunk teve de segurá-lo pelos ombros para impedi-lo de cair.

— Sam, o que houve?

— O céu — o velho choramingou. — O *céu*!

Ninguém conseguiu tirar dele mais nada que fizesse sentido, então todos subiram ao telhado para olhar. Sor Eustace estava diante deles, parado nos parapeitos com seu roupão de dormir, encarando a distância.

O sol estava nascendo no oeste.

Demorou um tempo até que Dunk percebesse o que aquilo significava.

— O Bosque de Wat está em chamas — disse em voz baixa.

Da base da torre veio o som de Bennis xingando, uma jorrada incomparável de sujeiras que teria feito até Aegon, o Indigno, corar. Sam Stoops começou a rezar.

Estavam longe demais para distinguir as chamas, mas o brilho vermelho envolvia metade do horizonte ocidental e, acima da luz, as estrelas desapareciam. A Coroa do Rei já quase se fora, obscurecida atrás de um véu de fumaça que se erguia.

Fogo e espada, ela tinha dito.

O fogo ardeu até a manhã. Ninguém em Pousoveloz dormiu naquela noite. Não demorou muito para que pudessem sentir a fumaça e ver as chamas dançando como garotas distantes em saias escarlate. Todos se perguntavam se o fogo chegaria até eles. Dunk ficou parado atrás dos parapeitos, os olhos ardendo, observando os cavaleiros na noite.

— Bennis — disse quando o cavaleiro marrom subiu, mascando sua folhamarga. — É você quem ela quer. Talvez devesse ir embora.

— O quê? Fugir? — ele zurrou. — No *meu* cavalo? Faria melhor em tentar voar como uma dessas malditas galinhas.

— Então se entregue. Ela só vai cortar seu nariz.

— Gosto do meu nariz do jeito que está, pateta. Deixe que ela tente me levar, e veremos o que vai ficar cortado. — Sentou-se de pernas cruzadas, com as costas contra uma ameia, e pegou a pedra de amolar do alforje para cuidar do fio da espada. Sor Eustace parou diante dele. Em voz baixa, conversaram sobre como lutar a guerra.

— Longo Inch vai nos esperar na barragem. — Dunk ouviu o velho cavaleiro dizer. — Então, enquanto isso, vamos queimar as plantações dela. Fogo por fogo.

Sor Bennis achava que seria a única alternativa, mas talvez pudessem colocar fogo no moinho dela também.

— Ele fica a trinta quilômetros do outro lado do castelo; Longo Inch não nos procurará ali. Queime o moinho e mate o moleiro, isso vai lhe custar caro.

Egg ouvia também. Ele tossiu e olhou para Dunk com olhos arregalados.

— Sor, você precisa detê-los.

— Como? — Dunk perguntou. *A Viúva Vermelha vai detê-los. Ela e aquele Lucas Longo Inch.* — Estão só fazendo barulho, Egg. É isso ou mijar nos calções. E não temos nada a ver com isso agora.

O amanhecer veio com um céu cinzento e nebuloso que queimava os olhos. Dunk pretendia partir cedo, mas depois da noite insone não sabia o quão longe conseguiriam chegar. Egg e ele quebraram o jejum com ovos cozidos enquanto Bennis reunia os outros do lado de fora para mais treinos. *Eles são homens de Osgrey, e nós não*, disse para si mesmo. Comeu quatro ovos. Sor Eustace lhe devia aquilo, na opinião dele. Egg comeu dois. Empurraram tudo para baixo com cerveja.

— Podíamos ir para a Ilha Bela, sor — o menino disse, enquanto juntavam suas coisas. — Se estão sendo saqueados pelos homens de ferro, Lorde Farman talvez esteja procurando algumas espadas.

Era uma boa ideia.

— Já esteve na Ilha Bela?

— Não, sor — Egg respondeu. — Mas dizem que é um lugar belo. A sede de Lorde Farman é bela também. Chama-se Belcastro.

Dunk riu.

— Então que seja Belcastro. — Sentia como se um grande peso tivesse sido tirado de seus ombros. — Vou cuidar dos cavalos — disse, depois de prender as peças da armadura em um fardo preso com corda de cânhamo. — Vá até o telhado e pegue nossos sacos de dormir, escudeiro. — A última coisa que queria naquela manhã era outro confronto com o leão xadrez. — Se encontrar Sor Eustace, deixe-o para lá.

— Deixarei, sor.

Do lado de fora, Bennis tinha alinhado os recrutas portando lanças e escudos, e tentava fazê-los avançar ao mesmo tempo. O cavaleiro marrom não prestou a menor atenção em Dunk quando passou por ele no pátio. *Ele vai levar todos eles para a morte. A Viúva Vermelha pode chegar a qualquer momento.* Egg irrompeu pela porta da torre, arrastando os sacos de dormir pelos degraus de madeira. Acima dele, Sor Eustace estava parado rigidamente na sacada, as mãos descansando no parapeito. Quando os olhos dele encontraram os de Dunk, seu bigode estremeceu, e ele rapidamente se afastou. O ar estava nebuloso por causa da fumaça.

Bennis estava com o escudo pendurado nas costas — um escudo alto e triangular, de madeira sem pintar, escurecido pelas incontáveis camadas de verniz velho e todo cingido com ferro. Não tinha emblema algum, só um entalhe central, que a Dunk lembrava um grande olho, bem fechado. *Tão cego quanto ele.*

— Como pretende lutar contra ela? — Dunk perguntou.

Sor Bennis olhou para os soldados, a boca vermelha de folhamarga.

— Não dá para guardar a colina com tão poucas lanças. Tem de ser a torre. Todos nós buraco adentro. — Assentiu na direção da porta. — Só há um jeito de entrar. Tire os degraus de madeira e não há como nos alcançarem.

— Até construírem a própria escada. Talvez também tragam cordas e arpéus e invadam pelo telhado. A menos que simplesmente fiquem atrás com os besteiros e encham vocês de virotes enquanto tentam proteger a porta.

Os Melões, Feijões e Cevadas ouviam tudo o que eles estavam dizendo. Toda a bravata fora soprada para longe, embora não houvesse vento algum. Estavam parados, agarrando os bastões afiados, olhando para Dunk e Bennis e um para o outro.

— Esse grupo não vai servir de nada — Dunk disse, com o aceno de cabeça na direção do esfarrapado exército Osgrey. — Os cavaleiros da Viúva Vermelha vão fazê-los em pedaços se deixá-los em campo aberto, e as lanças não servirão de nada dentro daquela torre.

— Eles podem jogar coisas do telhado — Bennis sugeriu. — Buco é bom jogando pedras.

— Talvez ele consiga jogar uma pedra ou duas, suponho — Dunk concordou. — Até um dos besteiros da Viúva o acertar com um virote.

— Sor? — Egg estava parado ao lado dele. — Sor, se pretendemos partir, é melhor irmos, caso a Viúva venha.

O menino estava certo. *Se nos demorarmos mais, ficaremos presos aqui.* Mesmo assim, Dunk ainda hesitava.

— Deixe os homens ir embora, Bennis.

— O quê? Perder nossos valentes rapazes? — Bennis olhou para os camponeses e gargalhou. — Vocês não fiquem tendo ideias — advertiu o grupo. — Estriparei qualquer homem que tentar fugir.

— Tente, e eu estripo você — Dunk desembainhou a espada. — Vão para casa, todos vocês — disse para os plebeus. — Voltem para seus vilarejos e se assegurem de que o fogo não chegue a suas casas ou plantações.

Ninguém se moveu. O cavaleiro marrom o encarava, mascando. Dunk o ignorou.

— Vão — disse novamente para os plebeus. Era como se algum deus tivesse colocado a palavra em sua boca. *Não o Guerreiro. Há um deus dos tolos?* — VÃO! — falou mais uma vez, rugindo desta vez. — Peguem suas lanças e escudos mas *vão*, ou não viverão para ver o amanhã. Querem beijar sua esposa novamente? Querem segurar seus filhos no colo? *Vão para casa!* Ficaram todos surdos?

Não estavam surdos: começaram a correr como loucos entre as galinhas. Grande Rob pisou em uma enquanto fugia, e Pate ficou a meio metro de estripar Will Feijão quando tropeçou em sua própria lança, mas os dois partiram às pressas. Os Melões seguiram em uma direção, os Feijões em outra, as Cevadas em uma terceira. Sor Eustace gritava para eles lá de cima, mas ninguém prestava atenção. *São surdos ao que ele diz, ao menos*, Dunk pensou.

Quando o velho cavaleiro saiu da torre e veio tropeçando nos degraus, só Dunk, Egg e Bennis permaneciam entre as galinhas.

— Voltem! — Sor Eustace gritou para seu grupo fugitivo. — Não têm minha permissão para irem embora. *Não têm minha permissão!*

— Não adianta, senhor — Bennis falou. — Eles se foram.

Sor Eustace circundou Dunk, o bigode tremendo de raiva.

— Você não tinha o direito de mandá-los embora. *Nenhum direito!* Eu disse para não irem, eu *proibi* isso. *Proibi* você de dispensá-los.

— Não ouvimos você, senhor — Egg tirou o chapéu para abanar a fumaça. — As galinhas estavam cacarejando alto demais.

O velho se largou no degrau mais baixo de Pousoveloz.

— O que aquela mulher ofereceu para você me entregar a ela? — ele perguntou a Dunk com voz sombria. — Quanto ouro ela lhe deu para me trair, para mandar meus rapazes embora e para me deixar aqui sozinho?

— Não está sozinho, senhor. — Dunk embainhou a espada. — Eu dormi sob seu teto e comi seus ovos esta manhã. Ainda lhe devo algum serviço. Não vou me esgueirar com o rabo entre as pernas. Minha espada ainda está aqui. — Tocou o punho da arma.

— Uma espada. — O velho cavaleiro se levantou lentamente. — O que uma espada pode fazer contra aquela mulher?

— Tentar mantê-la longe de suas terras, para começar. — Dunk desejava ter tanta certeza quanto suas palavras faziam crer.

O bigode do velho cavaleiro tremia cada vez que ele inspirava.

— Sim — disse enfim. — Melhor avançar com ousadia do que se esconder atrás de paredes de pedra. Melhor morrer como um leão do que como um coelho. Fomos os Marechais da Fronteira Norte por mil anos. Preciso pegar minha armadura. — Começou a subir os degraus.

Egg estava olhando para Dunk.

— Não sabia que tinha rabo, sor — o menino comentou.

— Quer um tapão na orelha?

— Não, sor. Quer sua armadura?

— Sim — Dunk falou. — E mais uma coisa.

Chegaram a cogitar que Sor Bennis fosse com eles, mas, no fim, Sor Eustace ordenou que ele ficasse e protegesse a torre. Sua espada teria pouco uso na disputa que iriam encarar, e a visão dele talvez inflamasse a Viúva ainda mais.

O cavaleiro marrom não discutiu de modo muito convincente. Dunk o ajudou a soltar os pinos de ferro que prendiam os degraus superiores no lugar. Bennis subiu neles, desamarrou a velha corda de cânhamo cinzenta e a puxou com toda a força. Rangendo e gemendo, a escada de madeira oscilou para cima, deixando um vão de três metros entre o topo dos degraus de pedra e a única entrada da torre. Sam Stoops e a esposa estavam lá dentro também. As galinhas teriam de se defender sozinhas. Sentado sobre seu castrado cinzento, Sor Eustace gritou para eles:

— Se não retornarmos até o cair da noite...

— ... eu cavalgarei até Jardim de Cima, senhor, e direi a Lorde Tyrell como aquela mulher queimou seu bosque e o matou.

Dunk seguiu Egg e Meistre colina abaixo. O velho vinha logo atrás, a armadura rangendo de leve. O vento estava ficando mais forte, e era possível ouvir seu manto se agitando.

Onde o Bosque de Wat ficava, encontraram uma terra devastada e fumegante. Grande parte do fogo já se consumira quando chegaram ao bosque, mas aqui e ali havia partes que ainda queimavam, ilhas ardentes em um mar de cinzas. Por todos os lados, troncos de árvores carbonizadas irrompiam da terra como lanças enegrecidas apontando para o céu. Outras árvores tinham caído e estavam largadas no meio do caminho para oeste, com os galhos queimados e quebrados e brasas vermelho-escuras ardendo nos ocos. Havia pontos quentes no chão da floresta também, e lugares em que a fumaça subia pelo ar como uma névoa cinza e quente. Sor Eustace foi acometido de um ataque de tosse e, por um momento, Dunk teve medo de que o velho tivesse de voltar para casa, mas finalmente passou.

Passaram cavalgando pela carcaça de um veado vermelho e, mais tarde, pelo que devia ter sido um texugo. Não havia nada vivo, exceto as moscas. As moscas sobreviviam a tudo, ao que parecia.

— O Campo de Fogo deve ter sido parecido com isso — Sor Eustace comentou. — Foi quando nosso infortúnio começou, há duzentos anos. O último dos reis verdes pereceu naquele campo, com as mais finas flores da Campina ao redor dele. Meu pai dizia que o fogo de dragão ardia tão quente que as espadas deles derretiam nas mãos. Depois, as lâminas foram reunidas e usadas para fazer o Trono de Ferro. Jardim de Cima passou de reis para intendentes, e os Osgrey minguaram e diminuíram até os Marechais da Fronteira Norte não passarem de cavaleiros com terras ligados por vassalagem aos Rowan.

Dunk não tinha nada a dizer sobre aquilo, então cavalgaram em silêncio por um tempo, até que Sor Eustace tossiu e disse:

— Sor Duncan, se lembra daquela história que lhe contei?

— Talvez — Dunk respondeu. — Qual delas?

— A do Pequeno Leão.

— Lembro. Era o mais jovem de cinco filhos.

— Isso. — Ele tossiu novamente. — Quando ele matou Lancel Lannister, os homens do oeste deram meia-volta. Sem o rei, não havia guerra. Entende o que estou dizendo?

— Sim — Dunk respondeu, relutante.

Eu seria capaz de matar uma mulher? Pela primeira vez, Dunk desejou ser cabeça-dura como uma muralha de castelo. *Não pode chegar a isso. Eu não posso deixar chegar a isso.*

Umas poucas árvores verdes ainda estavam em pé onde o caminho a oeste cruzava o Riacho Xadrez. Os troncos estavam queimados e enegrecidos em um dos lados. Logo além, a água reluzia escura. *Azul e verde*, Dunk pensou, *mas todo o dourado se foi.* A fumaça tinha encoberto o sol.

Sor Eustace parou quando chegaram à beira da água.

— Fiz um voto sagrado. Não vou cruzar o riacho. Não enquanto as terras depois dele forem *dela.* — O velho cavaleiro usava cota de malha e placas de ferro sob o sobretudo amarelo. A espada estava em seu quadril.

— E se ela nunca vier, sor? — Egg perguntou.

Com fogo e espada, Dunk pensou.

— Ela virá.

E veio, em uma hora. Eles ouviram os cavalos primeiro e, em seguida, o som metálico da armadura tinindo cada vez mais alto. A fumaça no ar tornava difícil dizer a que distância estavam, até que o porta-estandarte cruzou a irregular cortina cinzenta. O mastro era coroado por uma aranha de ferro pintada de branco e vermelho, com o estandarte negro dos Webber pendurado com displicência logo abaixo. Quando os viu do outro lado da água, ele parou à margem. Sor Lucas Inchfield apareceu meio segundo depois, armado da cabeça aos pés.

Só então a Senhora Rohanne apareceu, montada em uma égua negra como carvão decorada com fios de seda prateados que lembravam uma teia de aranha. O manto da Viúva era feito do mesmo material. Saía tremulando de seus ombros e pulsos, leve como o ar. Ela estava de armadura também, um traje verde de escamas esmaltadas entalhado com ouro e prata. Caía como uma luva no corpo dela e a fazia parecer como se estivesse vestida com folhas de verão. A comprida trança ruiva pendia ao lado do corpo, balançando enquanto ela cavalgava. Septão Sefton cavalgava com o rosto vermelho ao lado dela, montado em um grande castrado cinzento. Do outro lado, estava o jovem meistre, Cerrick, montado em uma mula.

Mais cavaleiros vieram na sequência, meia dúzia deles, atendidos pela mesma quantidade de escudeiros. Uma coluna de besteiros montados vinha na retaguarda, espalhando-se de lado a lado da estrada quando chegaram ao Riacho

Xadrez e viram Dunk esperando do outro lado. Eram trinta e três guerreiros ao todo, excluindo o septão, o meistre e a própria Viúva. Um dos cavaleiros chamou a atenção de Dunk: um homem quadrado e careca, em cota de malha e couro, com o rosto zangado e um bócio feio no pescoço.

A Viúva Vermelha levou a égua até a margem.

— Sor Eustace, Sor Duncan — falou, do outro lado do riacho. — Vimos fogo ardendo durante a noite.

— Viram? — Sor Eustace gritou de volta. — Sim, você viu... depois que o acendeu.

— Essa é uma acusação vil.

— Para um ato vil.

— Eu estava dormindo em minha cama a noite passada, com todas as minhas senhoras ao meu redor. Os gritos vindos das muralhas me despertaram, como fizeram com quase todos. Velhos subiram na escada da torre para olhar, e bebês de peito viram a luz vermelha e choraram de medo. É tudo o que sei sobre seu incêndio, sor.

— O incêndio é seu, mulher — Sor Eustace insistiu. — Meu bosque se foi. *Se foi*, digo!

Septão Sefton limpou a garganta.

— Sor Eustace — disse, retumbante —, há incêndios na Mata de Rei também, e até na Mata de Chuva. A seca transformou todas as nossas matas em lenha.

A Senhora Rohanne levantou o braço e apontou.

— Olhe para meus campos, Osgrey, como estão secos. Eu teria de ser uma tola para colocar fogo em alguma coisa. Se o vento tivesse mudado de direção, as chamas poderiam muito bem ter atravessado o riacho e queimado metade das minhas plantações.

— Poderia? — Sor Eustace gritou. — Foi o meu bosque que queimou, e foi você quem o queimou. É mais provável que tenha feito algum feitiço para comandar o vento, assim como usou a magia sombria para matar seus maridos e irmãos!

O rosto da Senhora Rohanne ficou mais duro. Dunk vira aquele olhar em Fosso Gelado, bem antes de ela esbofeteá-lo.

— Disparates — ela disse para o velho. — Não vou desperdiçar mais palavras com você, sor. Traga Bennis do Escudo Marrom, ou iremos buscá-lo.

— Isso você não fará — Sor Eustace declarou em um tom de voz vibrante. — Isso você *nunca* fará. — O bigode dele se contorceu. — Não avance. Este lado do riacho é meu, e você não é bem-vinda aqui. Não lhe devo hospitalidade. Nenhum pão ou sal, nem mesmo sombra ou água. Você vem como intrusa. Eu a proíbo de colocar os pés nas terras Osgrey.

A Senhora Rohanne jogou a trança por sobre o ombro.

— Sor Lucas — foi tudo o que disse. Longo Inch fez um gesto, os besteiros desmontaram, pegaram as armas com a ajuda de um gancho e do estribo e tiraram virotes das aljavas.

— Agora, sor... — Sua Senhoria gritou depois que todas as bestas foram carregadas, erguidas e colocadas a postos. — O que é que me proíbe?

Dunk ouvira o bastante.

— Se cruzar o riacho sem permissão, estará rompendo a paz do rei.

O Septão Sefton fez o cavalo dar um passo adiante.

— O rei nunca saberá ou se importará — falou. — Somos todos filhos da Mãe, sor. Pelo amor d'Ela, fique fora disso.

Dunk franziu o cenho.

— Não sei muito sobre deuses, septão... Mas não somos filhos do Guerreiro também? — Esfregou a nuca. — Se tentarem cruzar, eu os deterei.

Sor Lucas Longo Inch deu uma gargalhada.

— Eis um cavaleiro andante que anseia por se tornar um ouriço, minha senhora — ele disse à Viúva Vermelha. — Dê a ordem e colocaremos uma dúzia de virotes nele. A esta distância, vão atravessar a armadura como se ela fosse feita de cuspe.

— Não. Ainda não, sor. — A Senhora Rohanne os estudou do outro lado do riacho. — Vocês são dois homens e um menino. Somos trinta e três. Como pretendem nos impedir de atravessar?

— Bem, eu lhe direi — Dunk falou. — Mas só para você.

— Como queira. — Ela pressionou os calcanhares contra o flanco da montaria e cavalgou para dentro do riacho. Quando a água alcançou a barriga da égua, ela parou, esperando. — Aqui estou. Se aproxime, sor. Prometo não enfiar você em um saco.

Sor Eustace agarrou Dunk pelo braço antes que ele pudesse responder.

— Vá até ela — o velho cavaleiro disse. — Mas se lembre do Pequeno Leão.

— Como queira, senhor. — Dunk levou Trovão para dentro da água. Parou ao lado dela e disse: — Senhora.

— Sor Duncan. — Ela estendeu a mão e colocou dois dedos no lábio inchado dele. — Eu fiz isso, sor?

— Ninguém mais esbofeteou meu rosto ultimamente, senhora.

— Isso foi desagradável da minha parte. Uma quebra de hospitalidade. O bom septão tem me repreendido. — Ela entendeu o olhar além do corpo d'água, fitando Sor Eustace. — Mal me lembro de Addam agora. Foi mais do que metade da minha vida atrás. Lembro que o amei, no entanto. E não amei mais ninguém.

— O pai dele o colocou nas amoreiras, com os irmãos — Dunk contou. — Ele gostava de amoras.

— Eu me lembro. Ele costumava colher as frutinhas para mim, e comíamos com uma tigela de creme.

— O rei perdoou o velho por Daemon — Dunk falou. — Já passou da hora de perdoá-lo por Addam.

— Me entregue Bennis e vou considerar isso.

— Bennis não é meu para que possa entregá-lo.

Ela suspirou.

— Não seria de bom grado que eu mataria você.

— Não seria de bom grado que eu morreria.

— Então me entregue Bennis. Vamos cortar o nariz dele e devolvê-lo, e isso será o fim dessa história.

— Não será, no entanto — Dunk falou. — Ainda há a questão da barragem para resolver, e o fogo. A senhora nos entregará os responsáveis?

— Há vaga-lumes naquele bosque — ela disse. — Pode ser que eles tenham causado o fogo com suas pequenas luzes.

— Sem provocações agora, senhora — Dunk a advertiu. — Não há tempo para isso. Derrube a barragem e deixe Sor Eustace ter água para compensar o bosque. É justo, não é?

— Pode ser, se eu tivesse queimado o bosque. O que não fiz. Eu estava em Fosso Gelado, na segurança da minha cama. — Ela olhou para a água. — O que há aqui para nos impedir de cavalgar até o outro lado do riacho? Espalhou estrepes entre as rochas? Escondeu arqueiros nas cinzas? Me diga o que acha que vai nos deter.

— Eu mesmo. — Tirou uma das manoplas. — Na Baixada das Pulgas, eu sempre era maior e mais forte do que os outros meninos, então me acostumei a espancá-los até deixá-los sangrando e roubar deles. O velho me ensinou a não fazer isso. Era errado, ele dizia, e, além disso, algumas vezes meninos pequenos têm irmãos grandes. Aqui, dê uma olhada nisso. — Dunk torceu o anel para tirá-lo do dedo e o entregou para ela. Ela teve de soltar a trança para pegá-lo.

— Ouro? — ela perguntou, sentindo o peso da joia. — O que é isso, sor? — Revirou o anel na mão. — Um sinete. Ouro e ônix. — Seus olhos verdes se estreitaram enquanto ela estudava o selo.

— Onde encontrou isso, sor?

— Em uma bota. Envolto em trapos e enfiado no bico.

Os dedos da Senhora Rohanne se fecharam ao redor do anel. Ela olhou para Egg e para o velho Sor Eustace.

— Corre um grande risco em me mostrar este anel, sor. Mas como isso nos beneficia? Se eu ordenasse que meus homens atravessassem...

— Bem — Dunk começou —, isso significaria que eu teria de lutar.

— E morrer.

— É muito provável — ele disse. — E aí Egg voltaria para o lugar de onde veio e contaria o que aconteceu aqui.

— Não se ele morresse também.

— Não acho que mataria um menino de dez anos — ele disse, esperando estar certo. — Não *este* menino de dez anos, você não faria isso. Está com trinta e três homens aqui, como disse. Homens falam. Aquele gordo em especial. Não importa o quão fundos sejam os túmulos, as histórias correm. E então, bem... Talvez a mordida de uma aranha manchada possa matar um leão, mas um dragão é um tipo diferente de fera.

— Eu preferiria ser amiga do dragão. — Ela experimentou o anel no dedo. Era grande demais até mesmo para seu polegar. — Dragão ou não, Bennis do Escudo Marrom deve ser entregue a mim.

— Não.

— Você tem dois metros de teimosia.

— Menos dois centímetros.

Ela lhe devolveu o anel.

— Não posso voltar para Fosso Gelado de mãos vazias. Dirão que a Viúva Vermelha perdeu sua picada, que está fraca demais para fazer justiça, que não é mais capaz de proteger seus plebeus. Você não entende, sor.

— Talvez entenda. — *Melhor do que imagina*. — Lembro que, uma vez, um pequeno senhor nas terras da tempestade pegou Sor Arlan a seu serviço para ajudá-lo a lutar contra algum outro pequeno senhor. Quando perguntei ao velho pelo que estavam lutando, ele disse: "Por nada, rapaz. É só um concurso para ver quem mija mais longe".

A Senhora Rohanne o fitou com espanto, mas não conseguiu sustentar o olhar por mais de meio segundo antes que se transformasse em um sorriso.

— Já ouvi milhares de cortesias vazias em minha vida, mas você é o primeiro cavaleiro a dizer *mijo* na minha presença. — Seu rosto sardento assumiu uma expressão séria. — Esses concursos para ver quem mija mais longe são como os senhores julgam a força um do outro, e coitado do homem que mostra sua fraqueza. Uma mulher precisa mijar duas vezes mais longe caso queira governar. E se acontece de a mulher ser *pequena*... Lorde Stackhouse cobiça minha Colina Ferradura, Sor Clifford Conklyn tem uma antiga reivindicação do Lago Frondoso, aqueles tristes Durwell vivem de roubar gado... E, sob meu próprio teto, tenho Longo Inch. Todo dia acordo me perguntando se esse será o dia em que ele se casará comigo obrigada. — Sua mão apertou a trança com força, forte como se fosse uma corda e ela estivesse pendurada em um precipício. — Ele quer isso, eu sei. Se contém por medo da minha fúria, assim como Conklyn, Stackhouse e Durwell pisam com cuidado quando se trata da Viúva Vermelha. Se um deles achar por um momento sequer que me tornei fraca e branda...

Dunk colocou o anel no dedo e desembainhou a adaga.

Os olhos da viúva se arregalaram ao ver o aço.

— O que está fazendo? — ela disse. — Perdeu o *juízo*? Há dúzias de besteiros mirando em você.

— Você queria sangue por sangue. — Ele colocou a adaga contra a própria bochecha. — Contaram errado para você. Não foi Bennis que cortou o escavador, fui eu. — Ele pressionou a borda do aço no rosto e o cortou com um movimento descendente. Quando sacudiu o sangue da lâmina, um pouco espirrou no rosto da Senhora. *Mais sardas*, ele pensou. — Pronto, a Viúva Vermelha teve a dívida paga. Uma bochecha por uma bochecha.

— Você é bem louco. — A fumaça enchera os olhos dela de lágrimas. — Se fosse bem-nascido, me casaria com você.

— Sim, senhora. E se porcos tivessem asas, escamas e soltassem fogo pelas ventas, seriam tão bons quanto dragões. — Dunk guardou a faca na bainha. Seu rosto começava a latejar. O sangue corria pela bochecha e pingava em sua armadura de pescoço. O cheiro fez Trovão bufar e bater a pata na água. — Agora me entregue os homens que queimaram o bosque.

— Ninguém queimou o bosque — ela disse. — Mas, se um dos meus homens fez isso, deve ter sido para me agradar. Como eu entregaria um homem desses para você? — Ela olhou para trás, para a escolta. — Seria melhor se Sor Eustace simplesmente retirasse sua acusação.

— Aqueles porcos soltariam fogo pelas ventas antes disso, senhora.

— Neste caso, devo afirmar minha inocência diante dos olhos dos deuses e dos homens. Diga a Sor Eustace que exijo desculpas... ou um julgamento. A escolha é dele. — Ela deu meia-volta com o cavalo e voltou para seus homens.

O riacho seria o campo de batalha.

Septão Sefton foi bamboleando até ele e fez uma oração, rogando ao Pai de Cima que olhasse por aqueles dois homens e os julgasse com justiça, pedindo ao Guerreiro para fortalecer aquele cuja causa fosse justa e verdadeira, implorando à Mãe misericórdia para o mentiroso e que ele fosse perdoado por seus pecados. Quando a oração acabou, ele se virou para Sor Eustace Osgrey uma última vez.

— Sor, eu lhe imploro novamente — disse. — Retire a acusação.

— Não farei isso — o velho disse, com o bigode tremendo.

O septão gordo se voltou para a Senhora Rohanne.

— Cunhada, se você fez isso, confesse sua culpa e ofereça ao bom Sor Eustace alguma restituição pelo bosque. Caso contrário, sangue deve ser derramado.

— Meu campeão provará minha inocência diante dos olhos dos deuses e dos homens.

— Julgamento por combate não é o único jeito de resolver as coisas — o septão falou, com água na altura do peito. — Vamos até Bosquedouro, eu imploro a ambos, e levemos a questão diante de Lorde Rowan, para julgamento dele.

— *Nunca* — falou Sor Eustace. A Viúva Vermelha negou com a cabeça.

Sor Lucas Inchfield olhou para a Senhora Rohanne, o rosto sombrio de fúria.

— *Você* vai se casar comigo quando esta farsa acabar. Como o senhor seu pai desejava.

— O senhor meu pai nunca o conheceu como eu o conheço — ela replicou.

Dunk se apoiou em um joelho diante de Egg e colocou o sinete na mão do menino; quatro dragões de três cabeças, dois e dois — o brasão de armas de Maekar, príncipe de Solar de Verão.

— Coloque isso de novo na bota — ele começou. — Mas, se acontecer de eu morrer, vá até o amigo mais próximo de seu pai e faça ele levar você de volta a Solar de Verão. Não cruze toda a Campina por conta própria. Não vá esquecer, ou meu fantasma virá dar um tapão na sua orelha.

— Sim, sor — Egg concordou. — Mas prefiro que não morra.

— Está quente demais para morrer. — Dunk colocou o elmo e Egg o ajudou a prendê-lo à armadura de pescoço. O sangue estava grudento em seu rosto, embora Sor Eustace tivesse rasgado um pedaço de seu manto para ajudar a fazer o sangue parar de escorrer. Ele se levantou e foi até Trovão. Ao subir na sela, viu que a maior parte da fumaça tinha se esvaído, mas o céu ainda estava escuro. *Nuvens*, pensou, *nuvens escuras.* Fazia tanto tempo. *Talvez seja um presságio. Mas será um bom presságio para ele ou para mim?* Dunk não era bom em interpretar presságios.

Do outro lado do riacho, Sor Lucas montou também. Seu cavalo era um corcel alazão; um animal esplêndido, rápido e forte, mas não tão grande quanto Trovão. O que faltava em tamanho, o cavalo compensava em armadura, no entanto; estava vestido com proteção de crina e de cabeça e um manto de cota de malha leve. O próprio Longo Inch usava armadura preta esmaltada e cota de malha prateada. Uma aranha de ônix se encarapitava maligna no alto de seu elmo, mas seu escudo mostrava o próprio brasão de armas: uma banda sinistra quadriculada em preto e branco sobre um fundo cinza-claro. Dunk viu Sor Lucas entregar o escudo ao escudeiro. *Ele não pretende usá-lo.* Quando outro escudeiro lhe entregou uma alabarda, ele soube o motivo. A lâmina era comprida e letal, com um cabo enfaixado, um espigão pesado e uma ponta maligna na parte de trás, mas era uma arma de duas mãos. Longo Inch teria de confiar em sua armadura para protegê-lo. *Preciso fazer o homem lamentar essa escolha.*

O escudo de Dunk estava no braço esquerdo, o que Tanselle pintara com seu olmo e a estrela cadente. Uma rima de criança ecoou em sua cabeça. *Carvalho e ferro, guardem-me bem, senão estou morto e no inferno também.* Desembainhou a espada longa. O peso dela em suas mãos era agradável.

O cavaleiro andante bateu com os calcanhares nos flancos de Trovão e levou o grande cavalo de guerra até a água. Do outro lado do riacho, Sor Lucas fez o mesmo. Dunk se posicionou à direita, para que pudesse enfrentar Longo Inch com o lado esquerdo, protegido pelo escudo. Aquilo não era algo que Sor Lucas estava disposto a lhe conceder. Ele virou seu corcel rapidamente, e se chocaram em um tumulto de aço cinzento e água verde voando para todos os lados. Sor Lucas atacou com a alabarda. Dunk teve de girar na sela para pegar o golpe com o escudo. A força do golpe fez seu braço baixar e sacudiu seus dentes. Ele balançou a espada em resposta, um corte lateral que acertou o outro cavaleiro embaixo do braço levantado. Aço gritou contra aço, e foi isso.

Longo Inch fez o corcel girar em um círculo, tentando dar a volta até o lado desprotegido de Dunk, mas Trovão girou no mesmo sentindo e atrapalhou o outro cavalo. Sor Lucas dava golpe atrás de golpe, em pé nos estribos para empregar todo seu peso e sua força na arma. Dunk movia o escudo para aparar cada golpe. Meio encolhido atrás do carvalho, ele atingia os braços, a lateral do corpo e as pernas de Longo Inch, mas a armadura repelia cada golpe. Deram uma volta e depois mais outra, com água na altura das pernas. Longo Inch atacava e Dunk defendia, procurando uma fraqueza.

Ele enfim a encontrou. Cada vez que Sor Lucas erguia a alabarda para dar outro golpe, uma fenda aparecia embaixo de seu braço. Havia cota de malha e couro ali, e acolchoamento por baixo, mas nenhuma placa de aço. Dunk manteve o escudo levantado, tentando conseguir tempo para o ataque. *Ainda não. Ainda não.* A alabarda golpeava, se soltava, subia. *Agora!* Ele esporeou Trovão, chegando mais perto, e atacou com a espada longa para enfiar a ponta pela abertura.

Mas a fenda desapareceu tão rapidamente quanto apareceu. A ponta da espada raspou em uma saliência, e Dunk, com o corpo estendido, quase caiu da sela. A alabarda desceu com um estrondo, entortando o rebordo de ferro do escudo de Dunk e se esmagando contra a lateral do seu elmo, e acertando Trovão com um golpe de raspão no pescoço.

O cavalo de guerra berrou e empinou sobre as patas traseiras, os olhos revirando de dor enquanto um cortante odor acobreado de sangue enchia o ar. Atacou com os cascos de ferro bem quando Longo Inch se aproximou. Uma pata acertou Sor Lucas no rosto, a outra no ombro. Então o pesado cavalo de guerra caiu sobre o corcel.

Tudo aconteceu em um segundo. Os dois cavalos despencaram enroscados, escoiceando e mordendo um ao outro, espalhando a água e a lama abaixo deles. Dunk tentou se jogar da sela, mas um pé ficou preso no estribo. Ele caiu de cara primeiro, sugando um gole de ar desesperado antes que o riacho invadisse o elmo pela abertura do olho. Seu pé ainda estava preso, e ele sentiu um puxão violento quando Trovão tentou se desvencilhar, quase arrancando sua perna no processo. Com a mesma rapidez, ele se viu livre, virando e afundando. Por um momento, debateu-se impotente na água. O mundo era azul, verde e marrom.

O peso de sua armadura o puxou para o fundo até o ombro bater no leito do riacho. *Se aqui é embaixo, o outro lado é para cima*. As mãos revestidas de aço de Dunk tatearam as pedras e na areia, e ele de algum modo conseguiu posicionar as pernas para se levantar. Estava cambaleando, pingando lama, com água escorrendo pelos buracos do seu elmo amassado — mas estava em pé. Arfou por ar.

O escudo golpeado ainda estava pendurado no braço esquerdo, mas sua bainha estava vazia e a espada tinha sumido. Havia sangue dentro de seu elmo, assim como água. Quando tentou apoiar o peso do corpo na outra perna, o tornozelo irradiou uma pontada de dor. Os dois cavalos tinham conseguido ficar em pé novamente, ele viu. Virou a cabeça, estreitando um olho através de um véu de sangue, procurando o adversário. *Ele se foi*, Dunk pensou. *Ele se afogou ou Trovão esmagou seu crânio*.

Sor Lucas irrompeu da água bem diante dele, com a espada na mão. Deu um golpe selvagem no pescoço de Dunk, e foi só a grossura da armadura que lhe permitiu manter a cabeça sobre os ombros. Ele não tinha lâmina com a qual responder, só o escudo. Recuou para ceder terreno e Longo Inch veio atrás, gritando e golpeando. O braço levantado de Dunk levou um golpe entorpecente acima do cotovelo. Um corte no quadril o fez grunhir de dor. Enquanto retrocedia, uma pedra virou sob seu pé e ele caiu sobre um joelho, com água na altura do peito. Conseguiu levantar o escudo, mas desta vez Sor Lucas o acertou com tanta força que rachou a grossa peça de carvalho bem ao meio, lançando lascas no rosto de Dunk. Seus ouvidos zumbiam e a boca estava cheia de sangue, mas em algum lugar ao longe ouvia Egg gritar:

— Pegue ele, sor, pegue ele, pegue ele, ele está *bem ali*!

Dunk mergulhou para a frente. Sor Lucas tinha puxado a espada de volta e preparava outro golpe. Dunk bateu nele na altura do peito e o fez perder o equilíbrio. O riacho engoliu os dois novamente, mas desta vez Dunk estava pronto. Manteve o braço ao redor de Longo Inch e o forçou a ir para o fundo. Bolhas vinham de trás da viseira golpeada e retorcida de Inchfield, mas mesmo assim ele lutava. O homem encontrou uma pedra no fundo do riacho e começou a martelar a cabeça e as mãos de Dunk. Dunk tateava o cinturão da espada. *Perdi a adaga também?*, perguntou-se. Não, ela estava lá. Sua mão se fechou ao redor do cabo e Dunk puxou a adaga da bainha, levando-a lentamente através da água agitada, dos anéis de ferro e do couro fervido embaixo do braço de Lucas Longo Inch, girando a lâmina ao empurrá-la. Sor Lucas estremeceu e se contorceu, e a força o deixou. Dunk o empurrou para longe e flutuou. Seu peito estava em chamas. Um peixe passou diante de seu rosto, comprido, branco e esguio. *O que é isso?*, ele se perguntou. *O que é isso? O que é isso?*

Ele acordou no castelo errado.

Quando abriu os olhos, não sabia onde estava. Estava abençoadamente fresco. Ainda sentia gosto de sangue na boca, e tinha um tecido sobre os olhos, um pano grosso e perfumado com algum unguento. Cheirava a cravo, ele pensou.

Dunk tateou o rosto, arrancando o tecido. Acima dele, a luz de tochas brincava contra um teto alto. Corvos andavam nas vigas sobre sua cabeça, olhando para baixo com pequenos olhos negros, e crocitavam para ele. *Pelo menos não estou cego*. Estava em uma torre de meistre. As paredes eram cheias de prateleiras com ervas e poções em frascos de barro e frascos de vidro verde. Uma longa mesa de cavalete ali perto estava coberta com pergaminhos, livros e estranhos instrumentos de bronze, todos salpicados com excrementos dos corvos nas vigas. Dunk podia ouvi-los resmungando uns para os outros.

Tentou se sentar. Isso se mostrou um grave erro. Sua cabeça rodopiou e a perna esquerda gritou em agonia quando ele colocou o menor peso sobre ela. Seu tornozelo estava enfaixado com linho, ele viu, e havia faixas do mesmo material ao redor do peito e dos ombros também.

— Fique quieto. — Um rosto apareceu sobre ele, jovem e descarnado, com olhos castanho-escuros e um nariz adunco. Dunk conhecia aquele rosto. O homem que o possuía estava todo de cinza e usava uma corrente pendurada em volta do pescoço, uma corrente de meistre com muitos metais. Dunk o agarrou pelo pulso.

— Onde...?

— Fosso Gelado — o meistre respondeu. — Você estava ferido demais para voltar a Pousoveloz, então a Senhora Rohanne ordenou que o trouxéssemos para cá. Beba isto. — Levantou uma taça com... alguma coisa... até os lábios de Dunk. A poção tinha um sabor amargo, como vinagre, mas pelo menos lavou o gosto de sangue.

Dunk se obrigou a beber tudo. Em seguida, flexionou os dedos da mão da espada, e depois os da outra mão. *Pelo menos minhas mãos ainda funcionam, e meus braços*.

— O que... O que eu machuquei?

— O que não? — O meistre bufou. — Uma lesão no tornozelo, uma entorse no joelho, uma clavícula quebrada, hematomas... A parte superior do seu torso está, em grande parte, verde e amarela, e seu braço direito está roxo-escuro. Pensei que seu crânio estivesse rachado também, mas parece que não. Há um corte em seu rosto, sor. Temo que ficará com uma cicatriz. Ah, e você estava afogado quando o tiramos da água.

— Afogado? — Dunk perguntou.

— Nunca suspeitei que um homem pudesse engolir tanta água, nem mesmo um tão grande quanto você, sor. Considere-se afortunado por eu ser um nascido no ferro. Os sacerdotes do Deus Afogado sabem como afogar um homem e o trazer de volta, e estudei sobre essas crenças e costumes.

Eu me afoguei. Dunk tentou se sentar novamente, mas estava sem forças. *Eu me afoguei em uma água que não chegava nem no meu pescoço*. Gargalhou, depois gemeu de dor.

— Sor Lucas?

— Morto. Tinha alguma dúvida disso?

Não. Dunk duvidava de muitas coisas, mas não daquilo. Ainda se lembrava de como a força abandonara os membros de Longo Inch de uma vez.

— Egg — ele falou. — Quero ver Egg, meu escudeiro...

— Ah, seu escudeiro? É um garoto corajoso, e mais forte do que parece. Foi ele quem o tirou do riacho. Ajudou a tirar sua armadura também e o acompanhou na carroça quando o trouxemos para cá. Ele não dormiu, mas ficou sentado ao seu lado com sua espada no colo, caso alguém tentasse lhe fazer mal. Suspeitou até de *mim* e insistiu que eu provasse tudo o que pretendia dar para você. Uma criança estranha, mas devotada.

— Onde ele está?

— Sor Eustace pediu ao garoto para o servir durante o banquete de casamento. Não havia mais ninguém ao lado dele. Teria sido descortês para o rapazote recusar.

— Banquete de casamento? — Dunk não entendia nada.

— Você não saberia, é claro. Fosso Gelado e Pousoveloz se reconciliaram depois da batalha. A Senhora Rohanne pediu a permissão do velho Sor Eustace para cruzar suas terras e visitar o túmulo de Addam, e ele lhe deu esse direito. Ela se ajoelhou diante das amoreiras e começou a chorar, e ele ficou tão tocado que foi confortá-la. Passaram a noite toda conversando sobre o jovem Addam e o nobre pai da minha senhora. Lorde Wyman e Sor Eustace eram antigos amigos antes da Rebelião Blackfyre. Sua Senhoria e minha senhora foram casados esta manhã, pelo nosso bom Septão Sefton. Eustace Osgrey é o senhor de Fosso Gelado, e seu leão xadrez tremula ao lado da aranha Webber em todas as torres e muralhas.

O mundo de Dunk girava lentamente. *Aquela poção. Ele vai me colocar para dormir.* Fechou os olhos e deixou toda a dor se esvair dele. Podia ouvir os corvos crocitando e gritando uns com os outros, e o som da própria respiração, e algo mais também... Um som mais suave, firme e forte, de algum modo reconfortante.

— O que é? — murmurou sonolento. — Esse som...?

— Esse? — O meistre parou para escutar. — É apenas chuva.

Ele não a viu até o dia em que se despediram.

— Isso é tolice, sor — Septão Sefton reclamou, enquanto Dunk mancava pesadamente pelo pátio, balançando o pé enfaixado e se apoiando em uma muleta. — Meistre Cerrick diz que ainda não está nem meio curado, e esta chuva... É provável que pegue um resfriado, isso se não se afogar de novo. Pelo menos espere a chuva passar.

— Pode demorar anos. — Dunk estava grato ao gordo septão, que o visitara quase todo dia... para orar por ele, aparentemente, embora a maior parte do tempo fosse ocupada por histórias e fofocas. Ele sentiria falta da língua solta e vivaz e da companhia alegre, mas aquilo não mudava nada. — Preciso ir.

A chuva cai ao redor deles como açoites, mil chicotes frios e cinzentos sobre suas costas. Seu manto já estava encharcado. Era o manto de lã branca que Sor Eustace lhe dera, com a borda quadriculada em verde e dourado. O velho cavaleiro lhe entregara a vestimenta de novo, como um presente de despedida.

— Por sua coragem e serviço leal, sor — disse.

O broche que prendia o manto em seu ombro era um presente também; tinha formato de aranha, o corpo em marfim e as patas de prata. Aglomerados de fragmentos de granada formavam as manchas em suas costas.

— Espero que não esteja planejando sair em alguma busca maluca por Bennis — o Septão Sefton disse. — Você está tão machucado e com tantos hematomas que eu temeria por você se aquele lá o encontrasse nesse estado.

Bennis, Dunk pensou com amargura, *maldito Bennis*. Enquanto o cavaleiro andante lutava no riacho, Bennis tinha amarrado Sam Stoops e sua esposa, saqueado Pousoveloz de cima a baixo e recolhido todos os itens de valor que pudera encontrar — de velhas roupas e armas até a antiga taça de prata de Osgrey, além de um pequeno esconderijo de moedas que o velho tinha no solário, atrás de uma tapeçaria mofada. Um dia Dunk esperava encontrar Sor Bennis do Escudo Marrom novamente, e quando isso acontecesse...

— Bennis vai esperar.

— Para onde você vai? — O septão estava ofegante. Mesmo com Dunk usando uma muleta, ele era gordo demais para acompanhar seu passo.

— Ilha Bela. Harrenhal. O Tridente. Há andanças em todos os lugares. — Deu de ombros. — Sempre quis ver a Muralha.

— A Muralha? — O septão se deteve. — Eu me aflijo por você, Sor Duncan! — gritou, parado na lama com as mãos erguidas enquanto a chuva caía ao redor deles. — Ore, sor, ore para a Velha iluminar seu caminho!

Dunk continuou andando.

Ela estava esperando por ele dentro dos estábulos, de pé ao lado dos fardos de feno amarelo, em um vestido tão verde quanto o verão.

— Sor Duncan — ela disse quando ele passou pela porta. Sua trança vermelha estava pendurada na frente do corpo, a ponta roçando nas coxas. — É bom ver você em pé.

Você nunca me viu deitado de costas, ele pensou.

— Senhora. O que a traz até os estábulos? O dia está úmido demais para uma cavalgada.

— Posso dizer o mesmo a você.

— Egg lhe contou? — *Devo a ele outro tapão na orelha.*

— Fique feliz que ele tenha feito isso, ou eu mandaria homens atrás de você para o arrastar de volta. É muito cruel de sua parte tentar se esgueirar sem nem mesmo um adeus.

Ela não fora vê-lo enquanto ele estivera sob os cuidados de Meistre Cerrick, nem uma vez.

— Esse verde lhe cai bem, senhora — ele disse. — Destaca a cor dos seus olhos. — Mudou o peso desajeitadamente para a muleta. — Vim buscar meu cavalo.

— Você não precisa ir. Há um lugar para você aqui, quando se recuperar. Como capitão dos meus guardas. E Egg pode se juntar aos meus outros escudeiros. Ninguém jamais saberá quem ele é.

— Obrigado, senhora, mas não. — Trovão estava a doze baias de distância. Dunk começou a mancar na direção dele.

— Por favor, reconsidere, sor. Estes são tempos perigosos, mesmo para dragões e seus amigos. Fique até estar curado. — Ela caminhou ao lado dele. — Seria do agrado de Lorde Eustace também. Ele gosta muito de você.

— Gosta muito — Dunk concordou. — Se a filha dele não estivesse morta, ele gostaria que ela se casasse comigo. Então você poderia ser a senhora minha mãe. Nunca tive uma mãe, muito menos uma mãe *senhora*.

Por meio segundo, a Senhora Rohanne pareceu prestes a esbofeteá-lo novamente. *Talvez ela apenas chute minha muleta para longe.*

— Está zangado comigo, sor — ela disse, em vez disso. — Precisa me deixar compensá-lo.

— Bem... — ele começou. — Você podia me ajudar a colocar a sela em Trovão.

— Eu tinha outra coisa em mente. — Ela estendeu a mão até pegar a dele, uma mão sardenta de dedos fortes e delgados. *Aposto que é sardenta por todo lado.* — Quão bem conhece cavalos?

— Cavalgo um.

— Um velho cavalo de guerra, criado para batalha, lento e mal-humorado. Não é um cavalo para ir de um lugar ao outro.

— Se eu precisar ir de um lugar ao outro, é ele ou isso. — Dunk apontou para os próprios pés.

— Você tem pés grandes — ela observou. — Mãos grandes também. Acho que deve ser todo grande. Grande demais para a maioria dos palafréns. Devem parecer pôneis com você no dorso deles. Mesmo assim, uma montaria mais rápida iria atendê-lo bem. Um grande corcel, com algum sangue dornês para resistência. — Ela apontou para a baia diante da de Trovão. — Um cavalo como aquele.

Era um baio de raça com olhos brilhantes e uma longa crina cor de fogo. A Senhora Rohanne tirou uma cenoura da manga do vestido e acariciou a cabeça do animal enquanto o alimentava.

— A cenoura, não os dedos — disse para o cavalo antes de se virar para Dunk. — Eu dei a ela o nome Chama, mas pode trocar pelo que for do seu agrado. Chame-a de Compensação, se assim quiser.

Por um momento, ele ficou sem palavras. Apoiou-se na muleta e olhou para o baio de raça com novos olhos. O animal era magnífico. Uma montaria melhor do que qualquer outra que o velho possuíra. Era só olhar para as patas longas e esguias para ver o quão rápida devia ser.

— Eu a criei para que tivesse beleza e velocidade.

Ele se virou para Trovão.

— Não posso aceitar.

— Por que não?

— É um cavalo bom demais para mim. É só olhar para ela.

Um rubor percorreu o rosto de Rohanne. Ela agarrou a trança, torcendo-a entre os dedos.

— Eu precisei me casar, você sabe disso. O testamento do meu pai... Ah, não seja tão tolo.

— O que mais eu poderia ser? Sou cabeça-dura como uma muralha de castelo, e de nascimento baixo também.

— Aceite o cavalo. Me recuso a deixar você partir sem alguma coisa para se lembrar de mim.

— Eu me lembrarei de você, senhora. Não tema isso.

— *Aceite o cavalo!*

Dunk agarrou a trança dela e puxou seu rosto até o dele. Era estranho com a muleta e a diferença de altura. Ele quase caiu antes de colocar os lábios sobre os dela. Beijou-a com força. Uma das mãos dela foi atrás de seu pescoço, a outra o enlaçou pelas costas. Ele aprendeu mais sobre beijos em um segundo do que jamais ficara sabendo ao observar. Mas, quando enfim se separaram, ele desembainhou a adaga.

— Eu sei o que quero para me lembrar de você, senhora.

Egg estava esperando por ele no portão, montado em um novo e belo palafrém alazão e segurando as rédeas de Meistre. Quando Dunk trotou até eles em cima de Trovão, o menino pareceu surpreso.

— Ela disse que queria lhe dar um cavalo novo, sor.

— Nem senhoras nobres conseguem tudo o que querem — Dunk disse enquanto cavalgavam pela ponte levadiça. — Não era um cavalo que eu queria. — O fosso estava tão cheio que ameaçava transbordar. — Peguei outra coisa para me lembrar dela. Uma mecha daquele cabelo vermelho. — Levou a mão por sob o manto, pegou a trança e sorriu.

Na gaiola de ferro na encruzilhada, os cadáveres ainda se abraçavam. Pareciam solitários e esquecidos. Até as moscas os tinham abandonado, assim como os corvos. Só alguns pedaços de pele e cabelo permaneciam sobre os ossos dos mortos.

Dunk parou, franzindo o cenho. Seu tornozelo doía por causa da cavalgada, mas não importava. A dor era tão parte da cavalaria quanto espadas e escudos.

— Para que lado é o sul? — perguntou para Egg. Era difícil saber quando o mundo era todo chuva e lama, e o céu estava cinza como uma muralha de granito.

— Aquele é o sul, sor — Egg apontou. — Aquele é o norte.

— Solar de Verão é para o sul. Seu pai.

— A Muralha é para o norte.

Dunk olhou para ele.

— É um longo caminho a percorrer.

— Tenho um cavalo novo, sor.

— É verdade. — Dunk teve de sorrir. — E por que quer ver a Muralha?

— Bem — Egg respondeu. — Ouvi dizer que é alta.

O Cavaleiro Misterioso

Caía uma leve chuva de verão quando Dunk e Egg se despediram do Septo de Pedra.

Dunk andava em seu velho cavalo de guerra, Trovão, com Egg ao seu lado no jovem palafrém animado que ele batizara de Chuva, levando a mula deles, Meistre. No dorso de Meistre estavam empacotados a armadura de Dunk e os livros de Egg, os sacos de dormir, a tenda, as roupas, vários pedaços de carne salgada dura, meio jarro de hidromel e dois odres de água. O velho chapéu de palha de Egg, de abas largas e frouxas, mantinha a chuva longe da cabeça da mula. O garoto cortara buracos para as orelhas de Meistre. O novo chapéu de palha de Egg estava na cabeça dele. Para Dunk, exceto pelos buracos das orelhas, os dois chapéus eram muito parecidos.

Quando se aproximaram dos portões da cidade, Egg deu um puxão brusco nas rédeas. Acima da entrada, a cabeça de um traidor fora empalada em uma haste de ferro. Pela aparência, era recente, a carne mais rosada do que verde, mas os corvos carniceiros já haviam feito seu trabalho. Os lábios e as bochechas do morto estavam lacerados e esfarrapados; seus olhos eram dois buracos marrons chorando lentas lágrimas vermelhas conforme as gotas de chuva se misturavam ao sangue seco. A boca do morto estava aberta, como se ele estivesse discursando para os viajantes que passavam pelo portão abaixo.

Dunk já vira cenas como aquela.

— Em Porto Real, quando eu era menino, certa vez roubei uma cabeça do alto da haste — contou para Egg. Na verdade, fora Furão quem escalara a muralha para surrupiar a cabeça, depois que Rafe e Pudim disseram que ele não teria coragem; quando os guardas vieram correndo, porém, ele a jogara lá embaixo e Dunk a pegara. — Devia ser algum senhor rebelde ou cavaleiro ladrão. Ou talvez apenas um assassino comum. Uma cabeça é uma cabeça. Todas parecem iguais depois de alguns dias em uma haste. — Os três amigos e ele haviam usado a cabeça para aterrorizar as garotas da Baixada das Pulgas. Eles as perseguiam pelos becos e as faziam dar um beijo na cabeça antes de as deixar ir embora. Aquela cabeça fora muito beijada, ele se lembrava. Não havia uma garota em Porto Real que pudesse correr mais rápido do que Rafe. Mas era melhor Egg não ouvir essa parte. *Furão, Rafe e Pudim. Pequenos monstros aqueles três, e eu era o pior de todos.* Os amigos e ele tinham ficado com a cabeça até a carne enegrecer e começar a se desfazer. Aquilo acabou com a graça de perseguir as garotas, então numa noite invadiram uma casa de pasto e jogaram o que restava dentro de uma caldeira. — Os corvos sempre vêm atrás dos olhos — contou para Egg. — Depois as bochechas ficam fundas, a carne se torna verde... — Apertou os olhos. — Espere. Conheço este rosto.

— Conhece, sor — Egg confirmou. — Há três dias. É o septão corcunda que ouvimos pregar contra Lorde Corvo de Sangue.

Ele se lembrou. *Era um homem santo juramentado aos Sete, mesmo que tenha pregado traição.*

"Suas mãos estão escarlate com o sangue do irmão, e com o sangue de seus jovens sobrinhos também", o corcunda declarara para a multidão que se reunia na praça do mercado. "Uma sombra veio ao seu comando para estrangular os filhos do corajoso príncipe Valarr no útero da mãe. Onde está nosso Jovem Príncipe agora? Onde está o irmão dele, o doce Matarys? Para onde foram o bom rei Daeron e o destemido Baelor Quebra-Lança? O túmulo os reivindicou, cada um deles, e ainda assim ele resiste, esta ave pálida com bico sangrento que se empoleira no ombro do rei Aerys e grasna em seu ouvido. A marca do inferno está em seu rosto e em seu olho vazio, e ele nos tem trazido seca, pestilência e morte. Levantem-se, eu digo, e se lembrem do nosso rei verdadeiro do outro lado do mar. São sete deuses, e sete reinos, e o Dragão Negro gerou sete filhos! Levantem-se, meus senhores e senhoras. Levantem-se, bravos cavaleiros e resistentes fazendeiros, e derrubem Corvo de Sangue, aquele feiticeiro vil, para que seus filhos e os filhos de seus filhos não sejam amaldiçoados para sempre."

Cada palavra era traição. Mesmo assim, foi um choque vê-lo ali, com buracos onde antes estavam os olhos.

— É ele, sim — Dunk concordou. — Outra boa razão para deixar esta cidade para trás. — Deu um toque com a espora em Trovão e eles passaram pelos portões de Septo de Pedra, ouvindo o som suave da chuva. *Quantos olhos o Lorde Corvo de Sangue tem?*, dizia a charada. *Mil olhos e mais um.* Alguns alegavam que a Mão do Rei era um aluno das artes das trevas que podia mudar seu rosto, ficar parecido com um cachorro de um olho só, até mesmo se transformar em bruma. Dizia-se que matilhas de lobos cinzentos cadavéricos caçavam seus inimigos, e corvos carniceiros espiavam para ele e sussurravam segredos em seus ouvidos. A maior parte das histórias era só história, Dunk tinha certeza, mas ninguém podia duvidar que Corvo de Sangue tinha informantes em todas as partes.

Vira o homem uma vez com os próprios olhos, em Porto Real. Brancos como ossos eram a pele e o cabelo de Brynden Rivers, e seu olho — ele só tinha um, o outro tinha perdido para o meio-irmão Açoamargo no Campo do Capim Vermelho — era vermelho como sangue. Na bochecha e no pescoço ele tinha uma marca de nascença cor de vinho que dera origem ao seu apelido.

Quando a cidade ficou bem para trás, Dunk limpou a garganta e disse:

— Cortar a cabeça de septões é um mau negócio. Tudo o que ele fez foi falar. Palavras são vento.

— Algumas palavras são vento, sor. Algumas são traição. — Egg era magro como uma vara, todo costelas e cotovelos, mas tinha uma boca grande.

— Agora você fala como um principezinho de verdade.

Egg tomou aquilo como insulto, e era.

— Ele pode ter sido um septão, mas estava pregando mentiras, sor. A seca não foi culpa de Lorde Corvo de Sangue, nem a Grande Praga da Primavera.

— Pode ser, mas se começarmos a cortar cabeças de todos os tolos e mentirosos, metade das cidades dos Sete Reinos ficará vazia.

Seis dias mais tarde, a chuva era apenas uma lembrança.

Dunk tirara a túnica para desfrutar o calor do sol contra a pele. Quando uma brisa suave apareceu, calma, fresca e perfumada como o hálito de uma donzela, ele suspirou.

— Água — anunciou. — Sente o cheiro? O lago não deve estar longe agora.

— Tudo o que consigo sentir é o cheiro de Meistre, sor. Ela fede. — Egg deu um puxão na rédea da mula. Meistre se deteve para pastar na relva ao lado da estrada, como fazia de tempos em tempos.

— Há uma velha estalagem na margem do lago. — Dunk parara ali uma vez, quando era escudeiro do velho. — Sor Arlan dizia que fabricavam uma boa cerveja escura. Talvez pudéssemos provar um pouco enquanto esperamos a balsa.

Egg lhe deu um olhar esperançoso.

— Para empurrar a comida para baixo, sor?

— Que comida poderia ser?

— Um pedaço de assado? — o menino sugeriu. — Um pouco de pato, uma tigela de ensopado? O que quer que tenham, sor.

A última refeição quente deles fora três dias antes. Desde então, estavam vivendo à base de frutas caídas e tiras de carne salgada velha, tão duras quanto madeira. *Seria bom colocar um pouco de comida de verdade na barriga antes de começarmos o longo caminho na direção da Muralha, no norte.*

— Podíamos passar a noite também — sugeriu Egg.

— Meu senhor quer uma cama de penas?

— Palha seria o bastante para mim, sor — Egg respondeu, ofendido.

— Não temos dinheiro para camas.

— Temos vinte e duas moedas, três estrelas, um veado e aquela granada lascada, sor.

Dunk coçou a orelha.

— Pensei que tivéssemos duas pratas.

— Tínhamos, até você comprar a tenda. Agora temos uma.

— Não teremos nenhuma se começarmos a dormir em estalagens. Quer dividir a cama com um mascate qualquer e acordar com pulgas? — Dunk bufou. — Eu não. Tenho minhas próprias pulgas, e elas não se dão bem com estranhos. Dormiremos sob as estrelas.

— As estrelas são boas — Egg concordou. — Mas o chão é duro, sor, e de vez em quando é bom ter um travesseiro sob a cabeça.

— Travesseiros são para príncipes. — Egg era tão bom escudeiro quanto qualquer cavaleiro poderia desejar, mas de vez em quando parecia agir como um príncipe. *O garoto tem o sangue do dragão, nunca se esqueça.* Dunk, por sua vez, tinha sangue de mendigo... Ou era o que costumavam dizer para ele na Baixada das Pulgas, quando lhe falavam que era certo que seria enforcado. — Talvez possamos pagar um pouco de cerveja e uma refeição quente, mas não vou desperdiçar dinheiro bom com uma cama. Precisamos economizar para a balsa. — Da última vez que cruzara o lago, a balsa custava apenas algumas moedas; no entanto isso fora seis anos antes, talvez sete. Tudo ficara mais caro desde aquela época.

— Bem, podíamos usar minha bota para atravessar — Egg sugeriu.

— Podíamos — Dunk concordou —, mas não vamos. — Usar a bota era perigoso. *A notícia poderia se espalhar. As notícias sempre se espalham.* O escudeiro não era careca por acaso. Egg tinha os olhos púrpura da antiga Valíria e o cabelo que brilhava como ouro velho e fios de prata entretecidos. Deixar aquele cabelo crescer daria na mesma que usar um broche com um dragão de três cabeças. Aqueles eram tempos perigosos em Westeros e... Bem, era melhor não arriscar. — Outra palavra sobre sua maldita bota e eu a acerto na sua orelha com tanta força que você vai chegar do outro lado do lago *voando*.

— Eu preferiria nadar, sor. — Egg nadava bem, mas Dunk não. O menino se virou na sela. — Sor? Alguém está vindo na estrada atrás de nós. Escuta os cavalos?

— Não sou surdo. — Dunk podia ver a poeira também. — Um grupo grande. E com pressa.

— Acha que podem ser fora da lei, sor? — Egg se ergueu nos estribos, mais ansioso do que assustado. O garoto era assim.

— Fora da lei seriam mais silenciosos. Só senhores fazem tanto barulho. — Dunk sacudiu o punho da espada para soltar a lâmina da bainha. — Mesmo assim, vamos sair da estrada e deixá-los passar. Há senhores e senhores. — Não custava ser um pouco cauteloso. As estradas não eram tão seguras quanto na época em que o bom rei Daeron se sentava no Trono de Ferro.

Egg e ele se esconderam atrás de um espinheiro. Dunk pegou o escudo e o colocou no braço. Era uma coisa velha, alta e pesada, com formato triangular, feito de pinho e contornado com ferro. Ele o comprara no Septo de Pedra para substituir o que Longo Inch havia feito em pedaços durante a luta. Dunk não tivera tempo de pintar o novo com seu olmo e a estrela cadente, então a peça ainda ostentava o brasão de armas do último dono: um homem enforcado balançando triste e cinzento embaixo de uma árvore. Não era um símbolo que ele teria escolhido para si, mas o escudo fora barato.

Os primeiros cavaleiros passaram galopando poucos segundos depois; dois jovens fidalgos montados em um par de corcéis. O que montava o baio usava um elmo de aço dourado, com o rosto aberto e três plumas altas: uma branca, uma vermelha e uma dourada. Plumas das mesmas cores adornavam a proteção sobre a crina do cavalo. O garanhão negro ao seu lado estava com arreios azuis e dourados. Seus enfeites tremulavam ao vento quando passaram trovejando. Lado a lado, os cavaleiros coloriam o percurso, gritando e rindo, os longos mantos flutuando atrás de si.

Um terceiro senhor os seguia mais serenamente, na dianteira de uma grande coluna. Havia duas dúzias de pessoas no grupo: cavalariços, cozinheiros e criados destinados a atender aos três cavaleiros, além de homens de armas e besteiros montados. Também vinha uma dúzia de pesadas carroças carregadas com armaduras, tendas e provisões. Pendurado na sela do senhor estava o escudo, laranja escuro, ostentando três castelos negros.

Dunk conhecia aquele brasão, mas de onde? O senhor que as usava era um velho, sombrio e de boca contorcida em uma expressão amarga, com uma barba grisalha cortada rente. *Ele deve ter estado na Campina de Vaufreixo*, Dunk pensou. *Ou talvez tenhamos servido em seu castelo quando eu era escudeiro de Sor Arlan*. O velho cavaleiro andante prestara serviços em tantas fortalezas e castelos distintos ao longo dos anos que Dunk não se lembrava nem de metade deles.

O senhor puxou as rédeas abruptamente, olhando feio para os espinheiros.

— Você. Nos arbustos. Se apresente. — Atrás dele, dois besteiros deslizaram os virotes até o encaixe das armas. O restante seguiu caminho.

Dunk saiu da relva alta, o escudo sobre o braço, a mão direita repousando sobre o cabo da espada longa. Seu rosto era uma máscara marrom-avermelhada da poeira que os cavalos levantavam, e estava nu da cintura para cima. Tinha uma aparência desalinhada, ele sabia — mas seu tamanho, como era de esperar, fez com que o outro se detivesse.

— Não queremos encrenca, senhor. Há só dois de nós, meu escudeiro e eu. — Fez sinal para que Egg avançasse.

— Escudeiro? Afirma ser um cavaleiro?

Dunk não gostava do jeito que o estranho olhava para ele. *Esses olhos podem esfolar um homem*. Parecia prudente tirar a mão da espada.

— Sou um cavaleiro andante à procura de serviço.

— Todos os cavaleiros ladrões que enforquei afirmaram o mesmo. Seu escudo pode ser profético, sor... Se é que é *sor*. Uma forca e um homem enforcado. Esse é seu brasão?

— Não, senhor. Preciso pintar novamente o escudo.

— Por quê? Você o roubou de um cadáver?

— Eu o comprei, por um bom dinheiro. — *Três castelos, negro sobre laranja, onde já vi isso antes?* — Não sou ladrão.

Os olhos do senhor lembravam lascas de pedra.

— Como conseguiu essa cicatriz na bochecha? Um corte de chibata?

— Uma adaga. Embora meu rosto não seja problema seu, senhor.

— Eu julgarei o que é problema meu.

A essa altura, os dois cavaleiros mais jovens haviam trotado de volta para ver o que tinha atrasado o grupo.

— Aí está você, Gormy — chamou o cavaleiro de negro, um jovem magro e ágil, com o rosto bem escanhoado e traços elegantes. O cabelo negro caía reluzente até o colarinho. Seu gibão era feito de seda azul-escura com acabamento em cetim dourado. Em seu peito, uma cruz serrilhada fora bordada com fio dourado, com um violino também dourado no primeiro e terceiro quadrantes, e uma espada dourada no segundo e no quarto. Seus olhos tinham o mesmo azul-escuro do gibão e brilhavam de diversão. — Alyn ficou com medo de que tivesse caído do cavalo. Uma desculpa palpável, me parece, já que eu estava prestes a fazê-lo comer poeira.

— Quem são esses dois bandidos? — perguntou o cavaleiro no baio.

Egg se eriçou com o insulto.

— Não tem motivo para nos chamar de bandidos, meu senhor. Quando vimos a poeira que levantavam, pensamos que *vocês* pudessem ser os fora da lei; foi o único motivo pelo qual nos escondemos. Este é Sor Duncan, o Alto, e eu sou seu escudeiro.

Os fidalgos não prestaram mais atenção do que teriam prestado ao coaxar de um sapo.

— Acho que é o maior desajeitado que já vi — declarou o cavaleiro das três penas. Tinha um rosto rechonchudo e cabelo cacheado da cor de melaço. — Aposto que tem mais de dois metros. Vai fazer um baita estrondo se cair da cela.

Dunk sentiu o rubor crescer no rosto. *Você perderia a aposta*, pensou. Da última vez que fora medido, o irmão de Egg, Aemon, afirmara que faltavam dois centímetros para que alcançasse dois metros.

— Esse é seu cavalo de guerra, Sor Gigante? — disse o senhor das penas. — Imagino que podemos abatê-lo pela carne.

— Lorde Alyn com frequência esquece a cortesia — o cavaleiro de cabelo negro disse. — Por favor, perdoe as palavras grosseiras dele, sor. Alyn, você vai pedir desculpas a Sor Duncan.

— Já que insiste... Pode me perdoar, sor? — Sem esperar resposta, deu meia--volta no baio e trotou de volta para a estrada.

O outro continuou onde estava.

— Está indo para o casamento, sor?

Algo no tom de voz dele fez Dunk querer fazer uma reverência. Resistiu ao impulso e disse:

— Estamos indo para a balsa, senhor.

— Assim como nós... Mas os únicos senhores por aqui são Gormy e aquele esbanjador que acaba de nos deixar, Alyn Cockshaw. Sou um cavaleiro andante vagabundo como você. Sor John, o Violinista, me chamam. — Era o tipo de nome que um cavaleiro andante até escolheria, mas Dunk nunca vira um enfeitado, armado ou montado com tal esplendor. *O cavaleiro andante de ouro*, pensou.

— Já sabe meu nome. Meu escudeiro se chama Egg.

— Muito prazer, sor. Venha, cavalgue conosco até Alvasparedes e quebre algumas lanças para ajudar Lorde Butterwell a celebrar o novo casamento. Aposto que pode se dar muito bem.

Dunk não participava de uma justa desde a Campina de Vaufreixo. *Se eu puder ganhar alguns resgates, comeremos bem durante a cavalgada para o norte*, pensou, mas o senhor com os três castelos no escudo disse:

— Sor Duncan precisa continuar viagem, assim como nós.

John, o Violinista, não prestou atenção no velho.

— Eu adoraria cruzar espadas com você, sor. Combati homens de muitas terras e raças, mas nunca um do seu tamanho. Seu pai era tão grande quanto você?

— Nunca conheci meu pai, sor.

— Fico triste em ouvir isso. Meu próprio pai foi tirado de mim cedo demais. — O Violinista se virou para o senhor dos três castelos. — Devíamos convidar Sor Duncan para se juntar à nossa alegre companhia.

— Não precisamos de um tipo desses.

Dunk ficou sem palavras. Cavaleiros andantes sem dinheiro não eram convidados com frequência para cavalgar com senhores bem-nascidos. *Eu tenho mais em comum com os criados deles*. A julgar pelo comprimento da coluna, Lorde

Cockshaw e o Violinista tinham trazido cavalariços para cuidar dos cavalos, cozinheiros para alimentá-los, escudeiros para limpar as armaduras, guardas para defendê-los. Dunk tinha Egg.

— Um tipo desses? — O Violinista deu uma gargalhada. — Qual é o tipo dele? O tipo grande? Olhe para o *tamanho* dele. Queremos homens fortes. Espadas jovens valem mais do que nomes velhos, ouço isso com frequência.

— Dos tolos. Não sabe nada sobre este homem. Ele pode ser um bandido, ou um dos espiões de Lorde Corvo de Sangue.

— Não sou espião de ninguém — Dunk respondeu. — E o senhor não precisa falar de mim como se eu fosse surdo, morto ou estivesse em Dorne.

Aqueles olhos de pedra o fitaram.

— Dorne seria um bom lugar para você, sor. Tem minha permissão para ir para lá.

— Não dê ouvidos a ele — o Violinista disse. — É uma velha alma azeda, suspeita de todo mundo. Gormy, tenho um bom pressentimento sobre este camarada. Sor Duncan, virá conosco para Alvasparedes?

— Senhor, eu... — Como poderia dividir um acampamento com pessoas assim? Os criados levantariam os pavilhões, os cavalariços escovariam os cavalos, os cozinheiros serviriam um capão ou um pedaço de carne para cada um, enquanto Dunk e Egg ficariam roendo tiras de carne seca salgada. — Eu não poderia.

— Veja — começou o senhor dos três castelos —, ele sabe qual é o lugar dele, e não é conosco. — Deu meia-volta no cavalo, na direção da estrada. — A essa altura, Lorde Cockshaw está três quilômetros à frente.

— Acho que posso alcançá-lo de novo. — O Violinista deu a Dunk um sorriso de desculpas. — Talvez nos encontremos novamente algum dia. Espero que sim. Eu adoraria experimentar minha lança em você.

Dunk não sabia o que responder.

— Boa sorte nas listas, sor — finalmente conseguiu dizer, mas Sor John já estava dando meia-volta para seguir a coluna.

O senhor mais velho cavalgou atrás dele. Dunk ficou feliz em vê-lo partir. Não gostara dos olhos impiedosos nem da arrogância de Lorde Alyn. O Violinista fora bem agradável, mas havia algo estranho nele também.

— Dois violinos e duas espadas, uma cruz dentada — disse para Egg enquanto observavam o pó da partida deles. — Que casa é essa?

— Nenhuma, sor. Nunca vi aquele escudo em nenhuma relação de brasões de armas.

Talvez, no fim das contas, fosse um cavaleiro andante. Dunk tinha inventado seu próprio brasão em Campina de Vaufreixo, quando uma titereira chamada Tanselle, a Alta Demais, perguntara a ele o que queria pintar em seu escudo.

— O senhor mais velho era algum parente da Casa Frey? — Os Frey ostentavam castelos nos escudos, e suas terras não eram muito longe dali.

Egg revirou os olhos.

— O brasão de armas dos Frey tem duas *torres* azuis conectadas por uma ponte, em um fundo cinza. Aqueles eram três *castelos*, negro sobre laranja, sor. Viu alguma ponte?

— Não. — *Ele faz isso só para me irritar.* — E da próxima vez que revirar os olhos para mim, vou dar um tapão tão forte na sua orelha que seus olhos vão virar para dentro da sua cabeça para sempre.

Egg pareceu arrependido.

— Eu nunca pretendi...

— Não importa o que pretendeu. Só me diga quem ele é.

— Gormon Peake, Lorde de Piquestrela.

— Isso é na Campina, não é? Ele realmente tem três castelos?

— Só no escudo, sor. A Casa Peake já teve três castelos no passado, mas dois deles foram perdidos.

— Como alguém perde dois castelos?

— Lutando do lado do dragão negro, sor.

— Ah. — Dunk se sentiu estúpido. *Isso de novo.*

Duzentos anos antes, o reino vinha sendo governado pelos descendentes de Aegon, o Conquistador, e as irmãs, que tinham unificado os Sete Reinos e forjado o Trono de Ferro. O estandarte real ostentava o dragão de três cabeças da Casa Targaryen, vermelho sobre fundo negro. Sessenta anos antes, um filho bastardo do rei Aegon IV, chamado Daemon Blackfyre, erguera-se em revolta contra o irmão legítimo. Daemon decidira usar o dragão de três cabeças em seu estandarte também, mas invertera as cores, como muitos bastardos faziam. Sua revolta terminara no Campo do Capim Vermelho, onde Daemon e os filhos gêmeos tinham morrido sob a chuva de flechas de Lorde Corvo de Sangue. Os rebeldes sobreviventes que dobraram os joelhos foram perdoados, mas alguns perderam terras, títulos e algum ouro. Todos deram reféns para garantir a lealdade futura.

Três castelos, negro sobre laranja.

— Eu me lembro agora. Sor Arlan nunca gostou de falar do Campo do Capim Vermelho, mas uma vez, em suas bebedeiras, me contou como o filho de sua irmã tinha morrido. — Ele quase podia ouvir a voz do velho outra vez, sentir o cheiro do vinho em seu hálito. — Roger de Centarbor, era o nome dele. Teve a cabeça esmagada por uma maça empunhada por um lorde com três castelos em seu escudo. — *Lorde Gormon Peake. O velho nunca soube o nome dele. Ou nunca quis saber.* Àquela altura, Lorde Peake, John, o Violinista, e o grupo deles não passavam de uma mancha de pó vermelho ao longe. *Foi há dezesseis anos. O Pretendente morreu, e aqueles que o seguiram foram exilados ou perdoados. De qualquer modo, não tem nada a ver comigo.*

Por algum tempo, cavalgaram sem falar, escutando os gritos lamentosos das aves. Três quilômetros depois, Dunk limpou a garganta e disse:

— Ele falou Butterwell. As terras dele são perto daqui?

— Do outro lado do lago, sor. Lorde Butterwell era o mestre da moeda quando o rei Aegon se sentava no Trono de Ferro. O rei Daeron o fez sua Mão, mas não por muito tempo. Seu brasão de armas tem ondas verdes, brancas e amarelas, sor. — Egg adorava exibir seus conhecimentos em heráldica.

— É amigo do seu pai?

Egg fez uma careta.

— Meu pai nunca gostou dele. Na Rebelião, o segundo filho de Lorde Butterwell lutou pelo pretendente; o mais velho, pelo rei. Assim ele tinha certeza de estar do lado vencedor. Lorde Butterwell em si não lutou por ninguém.

— Alguns chamariam isso de prudência.

— Meu pai chama de covardia.

Sim, chama. O príncipe Maekar era um homem duro, orgulhoso e cheio de desprezo.

— Temos de passar por Alvasparedes para chegar à estrada do rei. Por que não encher a barriga? — Só o pensamento era o bastante para que suas entranhas roncassem. — Pode ser que um dos convidados do casamento precise de escolta para voltar para casa.

— Você disse que estávamos indo para o Norte.

— A Muralha está em pé há oito mil anos, e ainda vai durar um bom tempo. São mais de cinco mil quilômetros daqui até lá, que poderíamos percorrer com mais prata na bolsa.

Dunk estava se imaginando em cima de Trovão, enfrentando aquele velho senhor de rosto azedo com os três castelos no escudo. Seria bom. *"Foi o escudeiro do velho Sor Arlan quem o derrotou", eu poderia dizer para ele quando viesse pagar o resgate por suas armas e armadura. "O menino que substituiu o menino que você matou." O velho gostaria disso.*

— Não está pensando em entrar nas listas, está, sor?

— Talvez seja hora.

— Não é, sor.

— Talvez seja hora de lhe dar um bom tapão na orelha. — *Eu só precisaria ganhar duas disputas. Se conseguisse dois resgates e pagasse só um, poderíamos comer como reis durante um ano.* — Se tiver um corpo a corpo, posso entrar nele. — O tamanho e a força de Dunk seriam mais úteis em um corpo a corpo do que nas listas.

— Não é costume fazer um corpo a corpo em um casamento, sor.

— Mas é costume ter um banquete. Temos um longo caminho a percorrer. Por que não partir com a barriga cheia pelo menos uma vez?

O sol estava baixo no oeste quando viram o lago, as águas reluzindo avermelhadas e douradas, brilhantes como uma folha de cobre polido. Quando vislumbraram as pequenas torres da estalagem acima de alguns salgueiros, Dunk vestiu a túnica suada de novo e parou para jogar um pouco de água no rosto. Limpou a poeira da estrada o melhor que pôde, depois passou os dedos molhados no emaranhado grosso de cabelos raiados pelo sol. Não havia o que fazer a respeito de seu tamanho ou da cicatriz que marcava seu rosto, mas queria, de algum modo, parecer menos um cavaleiro ladrão selvagem.

A estalagem era maior do que esperava; um lugar cinzento, grande e espaçoso, feito de madeira e com torres, metade construída em palafitas sobre a água. Um caminho de tábuas cortadas grosseiramente fora feito sobre a margem lodosa do lago para o desembarque da balsa, mas nem a balsa nem o balseiro estavam à vista. Do outro lado do caminho havia um estábulo com telhado de palha. Um muro de pedra seca separava o pátio, mas o portão estava aberto. Lá dentro, encontraram um poço e um bebedouro.

— Cuide dos animais — Dunk disse a Egg. — Mas se assegure de que não bebam muito. Vou pedir um pouco de comida.

Encontrou a estalajadeira varrendo os degraus.

— Vieram pegar a balsa? — a mulher perguntou. — Chegaram tarde demais. O sol está se pondo, e Ned não gosta de atravessar à noite, a menos que a lua esteja cheia. Ele vai estar de volta no primeiro horário da manhã.

— Sabe quanto ele cobra?

— Três moedas de cada um de vocês e dez por cavalo.

— Temos dois cavalos e uma mula.

— São dez moedas para a mula também.

Dunk fez as contas de cabeça e chegou a trinta e seis, mais do que esperava gastar.

— Da última vez que fiz esse caminho eram só duas moedas por pessoa e seis por cavalo.

— Veja com Ned, não tenho nada a ver com isso. Se está procurando uma cama, não tenho nenhuma para oferecer. Lorde Shawney e Lorde Costayne trouxeram seus séquitos. Estou lotada até a tampa.

— Lorde Peake está aqui também? — *Ele matou o escudeiro de Sor Arlan.* — Ele estava com Lorde Cockshaw e John, o Violinista.

— Ned os levou para o outro lado na última viagem. — Ela olhou Dunk de cima a baixo. — Você era parte do grupo deles?

— Nós nos encontramos na estrada, só isso. — Um cheiro bom que vinha das janelas da estalagem fez a boca de Dunk se encher de água. — Gostaríamos de um pouco do que está assando, se não for muito caro.

— É javali — a mulher falou. — Bem temperado e servido com cebolas, cogumelos e purê de nabos.

— Podemos passar sem o purê. Algumas fatias do javali e uma caneca da sua boa cerveja escura seriam o bastante para nós. Quanto custaria? E talvez pudéssemos conseguir um lugar no chão do estábulo para dormir à noite?

A última parte foi um erro.

— Os estábulos são para os cavalos. É por isso que chamamos de estábulos. Você é tão grande quanto um cavalo, isso eu garanto, mas só vejo duas pernas. — Ela varreu na direção dele para o enxotar. — Não posso esperar alimentar todos os Sete Reinos. O javali é para meus convidados. Assim como minha cerveja. Não quero ter senhores dizendo que fiquei sem comida ou bebida antes que ficassem satisfeitos. O lago está cheio de peixes, e você vai encontrar outros velhacos acampando perto dos tocos. Cavaleiros andantes, se acredita na existência deles. — Seu tom de voz deixava claro que ela não acreditava. — Talvez tenham comida para dividir. Não é da minha conta. Vá embora agora, tenho trabalho a fazer. — A porta se fechou com um baque sólido atrás dela antes que Dunk sequer pensasse em perguntar onde ficavam os tais tocos.

O cavaleiro andante encontrou Egg sentado na tina dos cavalos, molhando os pés na água e abanando o rosto com o grande chapéu mole.

— Estão assando porco, sor? Sinto cheiro de carne de porco.

— Javali — Dunk respondeu em um tom de voz triste. — Mas quem quer javali quando temos uma boa carne seca?

Egg fez uma careta.

— Posso, por favor, comer minhas botas em vez disso, sor? Faço um par novo com a carne seca. É mais dura.

— Não — Dunk falou, tentando não sorrir. — Não pode comer suas botas. Mais uma palavra e vai comer meu punho. Tire os pés dessa tina. — Encontrou o elmo na mula e o jogou para Egg. — Tire um pouco de água do poço e encharque a carne. — Se não mergulhassem a carne seca em água por um bom tempo, era provável que quebrasse o dente de alguém. O gosto ficava melhor quando era embebida em cerveja, mas água também servia. — Mas não use a tina, não quero que fique com gosto do seu pé.

— Meu pé só melhoraria o sabor, sor — Egg disse, remexendo os dedos na água. Mas fez como lhe fora pedido.

* * *

Não foi difícil encontrar os cavaleiros andantes. Egg vislumbrou a fogueira deles tremeluzindo na mata ao longo da margem do lago, então foram até lá levando os animais. O menino carregava o elmo de Dunk embaixo do braço, derramando água a cada passo que dava. A essa altura, o sol era uma lembrança vermelha no oeste. Não demorou muito para que as árvores se abrissem e eles se deparassem com o que antigamente devia ter sido um bosque de represeiros. Só um anel de tocos brancos e um emaranhado de raízes claras como ossos permaneciam para mostrar onde as árvores haviam estado na época em que os Filhos da Floresta governavam Westeros.

Entre os tocos dos represeiros, encontraram dois homens agachados perto de uma fogueira, passando um odre de vinho de mão em mão. Seus cavalos estavam pastando na relva além do bosque, e eles tinham arrumado as armas e armaduras em pilhas organizadas. Um homem muito mais jovem estava sentado separado dos outros dois, as costas apoiadas em uma castanheira.

— Prazer em conhecê-los, sores — Dunk falou com voz alegre. Não era prudente pegar homens armados desprevenidos. — Me chamam de Sor Duncan, o Alto. O garoto é Egg. Podemos compartilhar a fogueira de vocês?

Um homem corpulento de meia-idade se levantou para recebê-los, vestido com uma elegância esfarrapada. Um extravagante bigode ruivo emoldurava seu rosto.

— Prazer em conhecê-lo, Sor Duncan. Você é bem grande... e muito bem-vindo, certamente, assim como seu rapaz. Egg, é isso? Que tipo de nome é esse, posso saber?

— É um apelido, sor. — Egg sabia que não devia admitir que Egg era apelido de Aegon. Não para homens que não conhecia.

— É o que parece. O que aconteceu com seu cabelo?

Vermes, Dunk pensou. *Diga que foram vermes, garoto.*

Era a história mais segura, a história que contavam com mais frequência... embora algumas vezes Egg resolvesse fazer alguma brincadeira infantil.

— Eu o raspei, sor. Pretendo ficar careca até ganhar minhas esporas.

— Um voto nobre. Sou Sor Kyle, o Gato do Pântano Nebuloso. Aquele ali na castanheira é Sor Glendon, é, Ball. E este aqui é o bom Sor Maynard Plumm.

Egg se aprumou ao ouvir o último nome.

— Plumm... É parente de Lorde Viserys Plumm, sor?

— Distante — confessou Sor Maynard, um homem alto, magro, de ombros inclinados e longos cabelos louros e lisos. — Embora eu duvide que Sua Senhoria admita isso. Pode-se dizer que ele é dos Plumm que se deram bem; já eu, não sou. — O manto de Plumm era púrpura, mas desbotado e desgastado nas pontas. Um broche de pedra da lua do tamanho de um ovo de galinha prendia o manto em seu ombro. Além disso, ele vestia um traje de tecido grosso de cor parda e couro marrom manchado.

— Temos carne seca — Dunk ofereceu.

— Sor Maynard tem um saco de maçãs — disse Kyle, o Gato. — E eu tenho ovos em conserva e cebolas. Ora, juntos temos os ingredientes para um banquete! Sente-se, sor. Temos uma bela variedade de tocos para seu conforto. Ficaremos aqui até metade da manhã, a menos que eu erre meu palpite. Há apenas uma balsa, e não é grande o bastante para todos nós. Os lordes e suas comitivas devem cruzar primeiro.

— Me ajude com os cavalos — Dunk disse para Egg. Juntos tiraram as selas de Trovão, Chuva e Meistre.

Só depois de garantir que os animais tinham se alimentado, bebido água e sido amarrados para passar a noite é que Dunk aceitou o odre de vinho que Sor Maynard lhe ofereceu.

— Até vinho azedo é melhor do que vinho nenhum — disse Kyle, o Gato. — Beberemos safras melhores em Alvasparedes. Dizem que Lorde Butterwell tem as melhores vinhas ao norte da Árvore. Antigamente ele era Mão do Rei, assim como seu pai antes dele, e, além disso, dizem que é um homem devoto e muito rico.

— Sua riqueza vem toda das vacas — Maynard Plumm comentou. — Ele deve ter um úbere inchado no lugar dos braços. Esses Butterwell têm leite correndo nas veias, e os Frey não são melhores. Este será um casamento de ladrões de gado e coletores de pedágio, um monte de bolsos cheios se juntando uns aos outros. Quando o Dragão Negro se ergueu, esse senhor das vacas mandou um filho para Daemon e um para Daeron, para ter certeza de que haveria um Butterwell no lado vencedor. Ambos pereceram no Campo do Capim Vermelho, e o caçula morreu na primavera. É por isso que ele está celebrando esse novo casamento. A menos que a nova esposa lhe dê um filho, o nome de Butterwell morrerá com ele.

— Como devia. — Sor Glendon Ball fez a pedra de amolar correr de novo pela espada. — O Guerreiro odeia covardes.

O desdém em sua voz fez Dunk dar uma boa olhada no jovem. As roupas de Sor Glendon eram de tecido bom, mas bem gastas e descombinadas, e aparentavam ser de segunda mão. Tufos de cabelo castanho-escuro saíam por baixo do meio elmo de ferro. O rapaz era baixo e robusto, com olhos pequenos e próximos, ombros grossos e braços musculosos. Suas sobrancelhas eram desgrenhadas como duas lagartas após uma primavera úmida; o nariz, bulboso; o queixo, belicoso. E era jovem. *Dezesseis anos, talvez. Não mais do que dezoito*. Dunk podia tê-lo tomado por escudeiro de Sor Kyle se não o tivessem chamado de "sor". O rapaz tinha espinhas no rosto em vez de bigodes.

— Há quanto tempo é um cavaleiro? — Dunk lhe perguntou.

— O bastante. Seis meses, quando a lua virar. Fui armado por Sor Morgan Dunstable da Cascata do Acrobata, umas vinte pessoas viram, mas venho treinando para ser cavaleiro desde que nasci. Cavalguei antes de andar e arranquei um dente da boca de um adulto antes de perder um dos meus. Pretendo fazer meu nome em Alvasparedes e reivindicar o ovo do dragão.

— O ovo do dragão? É o prêmio do campeão? De verdade?

O último dragão perecera havia meio século. No entanto, Sor Arlan vira uma ninhada de ovos. Eram duros como pedra, mas bonitos de se ver, o velho contara para Dunk.

— Como Lorde Butterwell conseguiu um ovo de dragão?

— O rei Aegon deu o ovo de presente para o pai de seu pai depois de ser hospedado no velho castelo por uma noite — contou Sor Maynard Plumm.

— Foi uma recompensa por algum ato de valor? — Dunk perguntou.

Sor Kyle riu.

— Alguns podem chamar assim. Supostamente, o velho Lorde Butterwell tinha três jovens filhas donzelas quando Sua Graça dormiu por lá. Na manhã seguinte, todas as três tinham bastardos reais em suas pequenas barrigas. Uma quente noite de trabalho, isso é o que foi.

Dunk já ouvira aquela história. Aegon, o Indigno, tinha deitado com metade das donzelas do reino, e supostamente gerado bastardos em várias delas. Pior, o velho rei legitimara todos eles em seu leito de morte; os ilegítimos nascidos das moças de tavernas, das putas e das pastoras e os Grandes Bastardos, cujas mães eram bem-nascidas.

— Todos seríamos filhos bastardos do velho rei Aegon se metade dessas histórias fosse verdade.

— E quem diz que não somos? — Sor Maynard brincou.

— Devia ir conosco para Alvasparedes, Sor Duncan — Sor Kyle incentivou. — Seu tamanho é perfeito para chamar a atenção de algum nobre. Talvez encontre um bom trabalho por lá. Sei que vou. Joffrey Caswell estará no casamento, o Lorde de Ponteamarga. Quando ele tinha três anos, eu lhe fiz sua primeira espada. Esculpi em pinho, para caber na mão dele. Quando eu era mais jovem, minha espada era juramentada para o pai dele.

— Essa também era esculpida em pinho? — Sor Maynard perguntou.

Kyle, o Gato, teve a graça de rir.

— Aquela espada era de bom aço, eu lhe garanto. Eu ficaria feliz em oferecê-la mais uma vez a serviço do centauro. Sor Duncan, mesmo se escolher não participar do torneio, junte-se a nós para o banquete de casamento. Teremos cantores, músicos, malabaristas, acrobatas e uma trupe de anões comediantes.

Dunk franziu o cenho.

— Egg e eu temos uma longa jornada pela frente. Vamos para o norte, até Winterfell. Lorde Beron Stark está reunindo espadas para espantar as lulas-gigantes de sua costa.

— Lá é frio demais para mim — disse Sor Maynard. — Se quer matar lulas-gigantes, vá para oeste. Os Lannister estão construindo navios para contra-atacar os homens de ferro em suas ilhas natais. É assim que se coloca um fim em Dagon Greyjoy. Lutar com ele em terra firme é infrutífero, ele simplesmente escorrega de volta para o mar. É preciso derrotá-lo na água.

Aquilo tinha um fundo de verdade, mas a perspectiva de lutar contra homens de ferro no mar não era uma que agradava Dunk. Tivera uma amostra daquilo no *Senhora Branca*, navegando de Dorne até Vilavelha, quando vestira a armadura para ajudar a tripulação a repelir alguns corsários. A batalha havia sido desesperada e sangrenta, e ele quase caíra na água uma hora. Teria sido seu fim.

— O trono devia aprender uma lição com os Stark e os Lannister — Sor Kyle, o Gato, declarou. — Pelo menos eles lutam. O que os Targaryen fazem? O rei Aerys se esconde entre seus livros, o príncipe Rhaegel se exibe nu nos salões da Fortaleza Vermelha, e o príncipe Maekar medita em Solar de Verão.

Egg cutucava o fogo com uma vareta, fazendo faíscas voarem pela noite. Dunk ficou feliz ao vê-lo ignorar a menção ao nome de seu pai. *Talvez ele tenha finalmente aprendido a controlar a língua.*

— Eu culpo Corvo de Sangue — Sor Kyle prosseguiu. — Ele é a Mão do Rei e mesmo assim não faz nada enquanto as lulas-gigantes espalham fogo e terror de norte a sul no Mar do Poente.

Sor Maynard deu de ombros.

— Os olhos deles estão fixos em Tyrosh, onde Açoamargo está exilado, tramando com os filhos de Daemon Blackfyre. Então eles mantêm os navios do rei por perto, para que não tentem cruzar o mar.

— Sim, pode muito bem ser isso — Sor Kyle disse. — Mas muitos celebrariam o retorno de Açoamargo. Corvo de Sangue é a raiz de todos os nossos males, um verme branco roendo o coração do reino.

Dunk franziu o cenho, lembrando-se do septão corcunda de Septo de Pedra.

— Palavras como essas podem custar a cabeça de um homem. Alguns podem achar que o que você está falando é traição.

— Como a verdade pode ser traição? — Kyle, o Gato, perguntou. — Na época do rei Daeron, homem algum precisava ter medo de falar o que pensava, mas e agora? — Fez um ruído rude. — Corvo de Sangue colocou o rei Aerys no Trono de Ferro, mas por quanto tempo? Aerys é fraco e, quando ele morrer, vai ter uma guerra sangrenta entre Lorde Rivers e o príncipe Maekar pela coroa, a Mão contra o herdeiro.

— Você se esqueceu do príncipe Rhaegel, meu amigo — Sor Maynard objetou, em um tom de voz brando. — Ele é o próximo na linha de sucessão de Aerys, não Maekar, e seus filhos depois dele.

— Rhaegel é fraco de espírito. Ora, não acho que tenha má vontade, mas o homem é bom morto, assim como aqueles gêmeos dele. Agora, se vão morrer pela maça de Maekar ou pelos feitiços de Corvo de Sangue...

Que os Sete nos salvem, Dunk pensou quando Egg falou em alto e bom tom:

— O príncipe Maekar é *irmão* do príncipe Rhaegel. Ele o ama. Nunca faria mal a ele ou aos filhos dele.

— Quieto, garoto — Dunk rosnou para ele. — Esses cavaleiros não querem sua opinião.

— Posso falar se eu quiser.

— Não — Dunk respondeu. — Não pode. — *Essa boca vai matar o garoto um dia desses. E a mim também, provavelmente.* — A carne seca está na água há tempo suficiente, acho. Sirva uma tira para todos os nossos amigos, e ande rápido com isso.

Egg corou, e por meio segundo Dunk teve medo de que o menino retrucasse. Em vez disso, ele se contentou em disparar um olhar mal-humorado, irritado como só um garoto de onze anos conseguia ficar.

— Sim, sor — disse, pegando a carne no fundo do elmo de Dunk. A cabeça raspada brilhava sob a luz avermelhada da fogueira enquanto ele distribuía a carne seca.

Dunk pegou seu pedaço e ficou preocupado. A água tinha transformado a carne de madeira em couro, mas era tudo. Ele chupou uma tira no canto, provando o sal e tentando não pensar no javali assado na estalagem, estalando na grelha e escorrendo gordura.

Conforme o anoitecer se aprofundava, moscas e pernilongos vinham zumbindo do lago. As moscas preferiam amolar os cavalos, mas os pernilongos gostavam mais de carne humana. O único modo de não ser picado era se sentar perto do fogo, respirando fumaça. *Ser cozido ou ser devorado*, Dunk pensou sombrio, *não há muita escolha*. Coçou o braço e se aproximou do fogo.

O odre de vinho logo deu a volta novamente. A bebida era azeda e forte. Dunk deu um bom gole e passou o odre adiante, enquanto o Gato do Pântano Nebuloso começava a contar como salvara a vida de Lorde de Ponteamarga durante a Rebelião Blackfyre.

— Quando o porta-estandarte de Lorde Armond caiu, saltei do meu cavalo, com traidores por todos os lados...

— Sor — Glendon Ball o interrompeu. — Quem eram esses *traidores*?

— Os homens de Blackfyre, quero dizer — respondeu Kyle, o Gato.

A luz do fogo reluzia no aço que estava na mão de Sor Glendon. As marcas de varíola em seu rosto ardiam vermelhas como feridas abertas, e cada um de seus tendões estava repuxado como a corda de uma besta.

— Meu pai lutou pelo dragão negro — disse Sor Glendon.

Isso de novo, Dunk bufou. "*Vermelho ou negro?*" não era algo que se perguntava a um homem. Sempre causava problemas.

— Tenho certeza de que Sor Kyle não pretendeu insultar seu pai.

— Não mesmo — Sor Kyle concordou. — Essa é uma história antiga, a do dragão vermelho e do negro. Não faz sentido brigar por causa disso agora, rapaz. Somos todos irmãos de andanças aqui.

Sor Glendon pareceu pesar as palavras do Gato para ver se estava sendo ridicularizado.

— Daemon Blackfyre não era um traidor. O velho rei deu a espada *para ele*. Viu merecimento em Daemon, mesmo tendo nascido bastardo. Por que mais colocaria Blackfyre em sua mão em vez de na de Daeron? O rei queria que Daemon ficasse com o reino também. Daemon era o melhor homem.

Um silêncio caiu sobre eles. Dunk podia ouvir o crepitar suave do fogo. Sentia pernilongos rastejando na nuca. Deu um tapa neles, observando Egg, desejando que o menino ficasse quieto.

— Eu era apenas um menino quando lutaram no Campo do Capim Vermelho — começou Dunk, quando parecia que ninguém mais falaria —, mas fui escudeiro de um cavaleiro que lutou pelo dragão vermelho e mais tarde servi outro que lutou pelo negro. Havia homens corajosos nos dois lados.

— Homens corajosos — repetiu Kyle, o Gato, de um jeito um pouco débil.

— Heróis. — Glendon Ball virou o escudo para que todos pudessem ver o símbolo pintado ali: uma bola de fogo vermelha e amarela ardendo em um fundo negro como a noite. — Venho do sangue do herói.

— Você é filho do *Bola de Fogo* — Egg falou.

Era a primeira vez que viam Sor Glendon sorrir.

Sor Kyle, o Gato, estudou o garoto com mais atenção.

— Como pode ser? Quantos anos você tem? Quentyn Ball morreu...

— ... antes que eu nascesse — Sor Glendon completou. — Mas, em mim, ele vive novamente. — Colocou a espada na bainha. — Mostrarei para todos vocês em Alvasparedes, quando eu reivindicar o ovo do dragão.

O dia seguinte provou que a profecia de Sor Kyle era verdadeira. A balsa de Ned de modo algum era grande o bastante para acomodar todos aqueles que desejavam cruzar para o outro lado, então os lordes Costayne e Shawney foram primeiro junto com seus séquitos. Isso exigiu várias viagens, cada uma levando mais do que uma hora. Havia o lamaçal para enfrentar, cavalos e carroças para descer pelas tábuas, serem carregados na embarcação e depois descarregados do outro lado do lago. Os dois senhores atrasaram ainda mais o processo quando começaram uma discussão aos gritos sobre quem tinha preferência. Shawney era mais velho, mas Costayne afirmava ser o mais bem-nascido.

Não havia nada que Dunk pudesse fazer além de esperar e morrer de calor.

— Podíamos ir na frente se você me deixasse usar minha bota — Egg sugeriu.

— Podíamos, mas não vamos — Dunk respondeu. — Lorde Costayne e Lorde Shawney chegaram aqui antes de nós. Além disso, são senhores.

Egg fez uma careta.

— Senhores rebeldes.

Dunk franziu o cenho para ele.

— O que quer dizer?

— Eles estavam do lado do dragão negro. Bem, Lorde Shawney estava, assim como o pai de Lorde Costayne. Aemon e eu costumávamos lutar a batalha na mesa verde do Meistre Melaquin, com soldadinhos pintados e pequenos estandartes. O brasão de armas de Costayne é dividido em quatro, duas partes com um cálice prateado em fundo negro e duas com uma rosa negra em fundo dourado. Este estandarte estava à esquerda do exército de Daemon. Shawney estava com Açoamargo à direita, mas morreu.

— História morta e enterrada. Estão aqui agora, não estão? Então dobraram o joelho e o rei Daeron lhes concedeu o perdão.

— Sim, mas...

Dunk apertou os lábios do menino para calá-lo.

— Controle a língua.

Egg controlou a língua.

Nem bem o último carregamento de homens de Shawney deixou a margem e o senhor e a senhora Smallwood apareceram no embarcadouro com seu séquito, então precisaram esperar de novo.

A camaradagem dos cavaleiros andantes não sobrevivera à noite, estava claro. Sor Glendon se isolou, irritadiço e mal-humorado. Kyle, o Gato, achou que seria meio-dia antes que tivessem permissão para subir na balsa, então decidiu se separar dos outros e tentou cair nas boas graças de Lorde Smallwood, a quem conhecia por alto. Sor Maynard passou o tempo fofocando com a estalajadeira.

— Fique bem longe daquele ali — Dunk avisou Egg. Havia algo em Plumm que o incomodava. — Até onde sabemos, ele pode muito bem ser um cavaleiro ladrão.

O aviso só pareceu tornar Sor Maynard mais interessante para Egg.

— Nunca conheci um cavaleiro ladrão. Acha que ele pretende roubar o ovo de dragão?

— Lorde Butterwell deve manter o ovo bem guardado, tenho certeza. — Dunk coçou as picadas de pernilongo no pescoço. — Acha que ele vai mostrar o item no banquete? Gostaria de dar uma olhada em um desses ovos.

— Eu lhe mostraria o meu, sor, mas está em Solar de Verão.

— O seu? Seu *ovo de dragão*? — Dunk franziu o cenho para o garoto, se perguntando se aquilo era algum tipo de brincadeira. — De onde veio?

— De um dragão, sor. Colocaram em meu berço.

— Quer um tapão na orelha? Não há dragões.

— Não, mas há ovos. O último dragão deixou uma ninhada de cinco, e existem mais em Pedra do Dragão, mais antigos, de antes da Dança. Todos os meus irmãos também têm um. O de Aerion parece ter sido feito de ouro e prata, com veios de sangue correndo por ele. O meu é branco e verde, todo mesclado.

— Seu ovo de dragão. — *Colocaram no berço dele*. Dunk estava tão acostumado com Egg que algumas vezes esquecia que Aegon era um príncipe. *É claro que colocaram um ovo de dragão no berço dele*. — Bem, se assegure de não mencionar esse ovo em nenhum lugar que alguém possa ouvir.

— Não sou *estúpido*, sor. — Egg abaixou a voz. — Algum dia os dragões vão voltar, meu irmão Daeron sonhou com isso, e o rei Aerys leu na profecia. Talvez seja meu ovo o que vai eclodir. Isso seria *esplêndido*.

— Seria? — Dunk tinha suas dúvidas.

Egg não tinha.

— Aemon e eu costumávamos fingir que nossos ovos eram os que vão eclodir. Se isso acontecesse, poderíamos voar pelo céu no dorso de um dragão, como o primeiro Aegon e suas irmãs.

— Sim, e se todos os outros cavaleiros do reino morressem, eu seria o Senhor Comandante da Guarda Real. Se esses ovos são tão preciosos, por que Lorde Butterwell vai dar o dele?

— Para mostrar ao reino o quanto é rico?

— Suponho que sim. — Dunk coçou o pescoço novamente e olhou de relance para Sor Glendon Ball, que estava apertando as presilhas da sela enquanto esperava a balsa. *Aquele cavalo nunca servirá*. A montaria de Sor Glendon era um castrado de dorso arqueado, demasiado pequeno e velho. — O que sabe sobre o pai dele? Por que o chamam de Bola de Fogo?

— Por causa da cabeça quente e do cabelo vermelho. Sor Quentyn Ball foi o mestre de armas da Fortaleza Vermelha. Ele ensinou meu pai e meus tios a lutar. Os Grandes Bastardos também. O rei Aegon prometeu promovê-lo à Guarda Real, então Bola de Fogo fez a esposa se juntar às irmãs silenciosas. Acontece que, na época em que uma vaga se abriu, o rei Aegon já estava morto e o rei Daeron nomeou Sor Willam Wylde em vez dele. Meu pai diz que foi tanto Bola de Fogo quanto Açoamargo quem convenceram Daemon Blackfyre a reivindicar a coroa, e Bola de Fogo resgatou o dragão negro quando Daeron mandou a Guarda Real prendê-lo. Mais tarde, Bola de Fogo matou Lorde Lefford nos portões de Lanisporto e fez o Leão Grisalho voltar correndo para se esconder dentro do Rochedo. Ao cruzar o Vago, matou os filhos da Senhora Penrose um a um. Dizem que poupou a vida do mais jovem como uma gentileza à mãe dele.

— Isso foi cavalheiresco da parte dele — Dunk teve de admitir. — Sor Quentyn morreu no Campo do Capim Vermelho?

— Antes, sor — Egg respondeu. — Um arqueiro acertou uma flecha na garganta dele enquanto ele desmontava perto de um córrego para tomar água. Um homem comum, ninguém sabe quem foi.

— Esses homens comuns podem ser perigosos quando colocam na cabeça que devem começar a matar lordes e heróis. — Dunk viu a balsa se arrastando lentamente pelo lago. — Lá vem ela.

— Que lenta. Vamos para Alvasparedes, sor?

— Por que não? Quero ver esse ovo de dragão — Dunk sorriu. — Se eu vencer o torneio, nós *dois* teremos ovos de dragão.

Egg lhe disparou um olhar de dúvida.

— O que é? Por que está me olhando desse jeito?

— Eu poderia dizer, sor — o menino disse de modo solene. — Mas preciso aprender a controlar minha língua.

Acomodaram os cavaleiros andantes na área menos nobre do salão, mais perto da porta do que do tablado.

Alvasparedes era quase novo para os padrões de um castelo, erguido havia meros quarenta anos pelo avô do senhor atual. Os plebeus das redondezas chamavam o lugar de Casa do Leite, pois suas muralhas, fortalezas e torres eram elegantemente revestidas de pedra branca, extraída do Vale e trazida pelas montanhas a altos custos. Do lado de dentro, os pisos e os pilares eram de mármore branco leitoso com veios de ouro; as vigas no teto eram esculpidas em troncos de represeiros, claros como ossos. Dunk não podia sequer imaginar quanto tudo aquilo custara.

O salão não era tão grande quanto outros que conhecera, no entanto. *Pelo menos tivemos permissão para ficar sob o teto do lugar*, Dunk pensou, enquanto tomava seu lugar no banco entre Sor Maynard Plumm e Kyle, o Gato. Ainda que não tivessem sido convidados, os três haviam sido bem recebidos no banquete com bastante rapidez; dava azar recusar hospitalidade a um cavaleiro no dia de um casamento.

O jovem Sor Glendon, entretanto, passou por momentos mais difíceis.

— Bola de Fogo nunca teve um filho — Dunk ouviu o intendente de Lorde Butterwell dizer em voz alta.

O rapaz respondeu com veemência, e o nome de Sor Morgan Dunstable foi mencionado várias vezes, mas o intendente permaneceu inflexível. Quando Sor Glendon tocou o punho da espada, uma dúzia de homens de armas apareceu com lanças em punho e, por um momento, pareceu que poderia haver derramamento de sangue. Só a intervenção de um grande cavaleiro louro chamado Kirby Pimm salvou a situação. Dunk estava longe demais para escutar, mas viu Pimm passar o braço ao redor do ombro do intendente e murmurar algo em seu ouvido, rindo. O intendente franziu o cenho e disse algo para Sor Glendon que fez o rosto do rapaz ficar vermelho. *Ele parece prestes a chorar*, Dunk pensou, observando. *Prestes a chorar ou a matar alguém*. Depois de tudo isso, o jovem cavaleiro finalmente foi admitido no salão do castelo.

O pobre Egg não teve tanta sorte.

— O grande salão é para senhores e cavaleiros — um subintendente informou com arrogância quando Dunk tentou levar o menino para dentro. — Montamos mesas no pátio interno para escudeiros, cavalariços e homens de armas.

Se tivesse ideia de quem ele é, você o colocaria sentado no tablado em um trono almofadado. Dunk não gostara muito da aparência dos outros escudeiros. Alguns eram meninos da idade de Egg, mas a maior parte era mais velha, lutadores experientes que havia muito tinham escolhido servir cavaleiros em vez de se tornar um. *Será que tiveram escolha?* O título de cavaleiro exigia mais do que cavalheirismo e habilidades nas armas; exigia cavalo, espada e armadura também, e tudo isso era caro.

— Controle sua língua — disse para Egg antes de deixá-lo na companhia dos outros. — Aqueles são homens crescidos, não vão ser gentis com suas insolências. Sente, coma e escute, pode ser que aprenda algumas coisas.

De sua parte, Dunk estava feliz em ficar fora do sol quente, com uma taça de vinho diante de si e a chance de encher a barriga. Até mesmo um cavaleiro andante se cansava de mastigar cada pedaço de comida por meia hora. Ali, na área mais simples do salão, a comida seria mais simples do que elegante, mas não haveria escassez. A área mais simples era boa o bastante para Dunk.

Mas o orgulho do mendigo é a vergonha do nobre, o velho costumava dizer.

— Não é possível que este seja o lugar adequado para mim — Sor Glendon Ball disse com veemência para o subintendente. Ele vestira um gibão limpo para o banquete, uma roupa antiga e bonita, com renda dourada nos punhos e no colarinho, e o V invertido vermelho com os círculos brancos da Casa Ball costurados no peito. — Sabe quem era meu pai?

— Um cavaleiro nobre e senhor poderoso, não tenho dúvidas, mas isso é verdade para muitos aqui — disse o subintendente. — Por favor, tome seu assento ou vá embora, sor. Dá no mesmo para mim.

No fim, o rapaz aceitou seu lugar na área simples com o restante deles, mal-humorado. O longo salão branco estava enchendo, conforme mais cavaleiros lotavam os bancos. A multidão era maior do que Dunk previra e, pela aparência, dava para dizer que alguns convidados tinham percorrido um longo caminho. Dunk e Egg não se misturavam a tantos senhores e cavaleiros desde Campina de Vaufreixo, e não dava para adivinhar quem mais apareceria a seguir. *Devíamos ter ficado lá fora, nas sebes, dormindo embaixo das árvores. Se eu for reconhecido....*

Quando um criado colocou pão preto na toalha de mesa diante de cada um deles, Dunk ficou grato pela distração. Cortou o pão no sentido do comprimento, usou a metade de baixo para fazer uma cunha e comeu a de cima. Estava dormido, mas era um manjar se comparado à carne seca. Pelo menos não tinha de ser embebido em cerveja, leite ou água para ficar macio o bastante para mastigar.

— Sor Duncan parece estar atraindo bastante atenção — Sor Maynard Plumm observou, enquanto Lorde Vyrwel e seu grupo passaram por eles na direção dos lugares de honra no alto do salão. — Aquelas garotas no tablado não conseguem tirar os olhos de você. Aposto que nunca viram um homem tão grande. Mesmo sentado, você é meia cabeça mais alto do que qualquer outro homem no salão.

Dunk deu de ombros. Estava acostumado a ser encarado, mas isso não significava que gostasse.

— Deixe que olhem.

— Ali está o Boi Velho, embaixo do tablado — Sor Maynard comentou. — Todos falam que é um homem imenso, mas para mim parece que a barriga é a maior coisa nele. Você é um maldito gigante perto dele.

— De fato, sor — disse um dos companheiros de banco, um homem pálido e sombrio vestido de cinza e verde. Seus olhos eram pequenos e astutos, sob sobrancelhas finas e arqueadas. Uma barba bem-feita emoldurava a boca, para compensar o cabelo que retrocedia. — Em um campo como este, só seu tamanho pode fazer de você um dos competidores mais formidáveis.

— Ouvi dizer que talvez o Bruto de Bracken venha — disse outro homem, um pouco mais além no banco.

— Acho que não — respondeu o homem em verde e cinza. — São só algumas justas para celebrar as núpcias de Sua Senhoria. Um golpe de lança no pátio para marcar o golpe de lança entre os lençóis. Dificilmente vale o incômodo para aqueles como Otho Bracken.

Sor Kyle, o Gato, tomou um gole de vinho.

— Aposto que meu senhor de Butterwell tampouco vai para o campo. Vai celebrar seus campeões de seu camarote de senhor, nas sombras.

— Então ele verá seus campeões caírem — gabou-se Sor Glendon Ball. — E, no fim, vai dar o ovo para mim.

— Sor Glendon é filho do Bola de Fogo — Sor Kyle explicou para o homem novo. — Podemos ter a honra de saber seu nome, sor?

— Sor Uthor Underleaf. Filho de ninguém importante. — As roupas de Underleaf eram de tecido bom, limpas e bem cuidadas, mas de corte simples. Um broche de prata com o formato de um caracol prendia seu manto. — Se sua lança for igual a sua língua, Sor Glendon, você pode dar um bom trabalho até para esse camarada grandão aqui.

Sor Glendon olhou para Dunk enquanto o vinho era servido.

— Se nos encontrarmos, ele vai cair. Não me importa o quão grande é.

Dunk observou enquanto um criado enchia sua taça.

— Sou melhor com uma espada do que com uma lança — admitiu —, e até mesmo melhor com um machado de batalha. Vai haver corpo a corpo aqui? — Seu tamanho e força lhe dariam uma boa vantagem em uma disputa corpo a corpo, e ele sabia que poderia dar o máximo de si. Justas eram outra história.

— Corpo a corpo? Em um casamento? — Sor Kyle pareceu surpreso. — Isso seria indecoroso.

Sor Maynard deu uma risada.

— Um casamento *é* um corpo a corpo, como qualquer homem casado pode lhe dizer.

Sor Uthor riu.

— Serão apenas justas, creio. Mas, além do ovo de dragão, Lorde Butterwell prometeu trinta dragões de ouro para o perdedor da disputa final e dez para cada cavaleiro derrotado na rodada anterior.

Dez dragões não são nada mal. Com dez dragões era possível comprar um palafrém, o que significava que Dunk não precisaria cavalgar Trovão quando não estivesse em batalha. Com dez dragões era possível comprar uma vestimenta de placa de metal para Egg e um pavilhão adequado para um cavaleiro, costurado com a árvore e a estrela cadente de Dunk. *Dez dragões significariam ganso assado, presunto e torta de pombo.*

— Haverá resgates para serem coletados também, para aqueles que vencerem as disputas — Sor Uthor disse enquanto esvaziava o miolo do pão para fazer uma cunha. — Também ouvi rumores de que alguns homens apostam nas disputas. Lorde Butterwell não gosta de correr riscos, mas entre seus convidados há alguns que apostam pesado.

Nem bem tinha terminado de falar e Ambrose Butterwell fez sua entrada com uma fanfarra de trombetas da galeria do menestrel. Dunk ficou em pé com os demais enquanto Butterwell levava sua nova noiva de braços dados por um tapete com padrões de Myr até o tablado. A garota tinha quinze anos, recém-florescida; o senhor seu marido tinha cinquenta e era recém-viúvo. Ela era rosada e ele era cinzento. Seu manto de noiva se arrastava atrás dela em ondas verdes, brancas e amarelas. Parecia tão quente e pesado que Dunk se perguntou como ela conseguia vestir aquilo. Lorde Butterwell parecia quente e pesado também, com bochechas caídas e cabelo louro fino.

O pai da noiva seguia logo atrás, de mãos dadas com o jovem filho. Lorde Frey da Travessia era um homem magro e elegante vestido em azul e cinza; seu herdeiro, um menino sem queixo de quatro anos de cujo nariz escorria catarro. Os lordes Costayne e Risley vinham na sequência, cada qual com sua senhora e esposa, ambas filhas de Lorde Butterwell com a primeira esposa. As filhas de Frey seguiam com os maridos. Depois entraram Lorde Gormon Peake; lordes Smallwood e Shawney; vários senhores menores e cavaleiros com terras. Entre eles, Dunk vislumbrou John, o Violinista, e Alyn Cockshaw. Lorde Alyn parecia ter exagerado na bebida, embora o banquete propriamente dito ainda não tivesse começado.

Quando todos chegaram ao tablado, as mesas principais estavam tão lotadas quanto os bancos. Lorde Butterwell e sua esposa se sentaram em grandes almofadas felpudas em um trono duplo de carvalho dourado. O resto se acomodou em cadeiras de espaldar alto com braços caprichosamente esculpidos. Na parede atrás deles, dois estandartes enormes estavam pendurados nas vigas: as torres gêmeas dos Frey, azul sobre cinza, e as ondas verdes, brancas e amarelas dos Butterwell.

Coube a Lorde Frey comandar os brindes.

— *Ao rei!* — ele começou, simplesmente. Sor Glendon ergueu a taça de vinho. Dunk bateu a taça na dele, na de Sor Uthor e nas dos demais. Todos beberam.

— *A Lorde Butterwell, nosso bondoso anfitrião* — Frey proclamou na sequência. — Que o Pai lhe garanta vida longa e muitos filhos.

Beberam novamente.

— *À Senhora Butterwell, a bela noiva, minha querida filha*. Que a Mãe a faça fértil. — Frey deu um sorrisinho para a garota. — Vou querer um neto antes do final do ano. Gêmeos seriam ainda melhores, então bata bem a manteiga esta noite, querida.

Risadas soaram contra as vigas e os convidados beberam mais uma vez. O vinho era saboroso, tinto e doce.

Então Lorde Frey disse:

— Um brinde à Mão de Rei, Brynden Rivers. Que a lanterna da Velha ilumine seu caminho com sabedoria. — Ergueu o cálice bem alto e bebeu, juntamente com Lorde Butterwell e sua noiva e os demais no estrado. Na área mais simples do salão, Sor Glendon virou a taça para derramar o conteúdo no chão.

— Um triste desperdício de vinho bom — disse Maynard Plumm.

— Não brindo a fratricidas — disse Sor Glendon. — Lorde Corvo de Sangue é um feiticeiro e um bastardo.

— Nasceu bastardo — Sor Uthor concordou parcialmente. — Mas seu real pai o legitimou em seu leito de morte. — Deu um grande gole, assim como Sor Maynard e muitos outros no salão.

Quase a mesma quantidade abaixou a taça ou a virou de cabeça para baixo, como Ball fizera. A taça de Dunk estava pesada em suas mãos. *Quantos olhos Lorde Corvo de Sangue tem?*, a charada dizia. *Mil e mais um.*

Brindes se seguiram a brindes, alguns propostos por Lorde Frey e alguns por outras pessoas. Beberam ao jovem Lorde Tully, suserano de Lorde Butterwell, que se desculpara por não ter ido ao casamento. Beberam à saúde de Leo Espinholongo, Senhor de Jardim de Cima, sobre quem havia rumores de estar doente. Beberam à memória de seus mortos valentes. *Sim*, Dunk pensou, lembrando. *Bebo alegremente por eles.*

Sor John, o Violinista, propôs o brinde final.

— *Aos meus corajosos irmãos!* Sei que estão sorrindo esta noite!

Dunk não tinha a intenção de beber tanto, com as justas na manhã seguinte, mas as taças eram enchidas de novo após cada brinde e ele descobriu que estava com sede.

"Nunca recuse uma taça de vinho ou um corno de cerveja", Sor Arlan lhe dissera uma vez. "Pode levar um ano até que veja outra."

Teria sido uma descortesia não brindar à noiva e ao noivo, disse para si mesmo, *e perigoso não beber ao rei e à sua Mão, com estranhos por todos os lados.*

Felizmente, o brinde do Violinista foi o último. Lorde Butterwell se levantou pesadamente para agradecer a todos e prometer boas justas pela manhã.

— Que o banquete comece!

Um leitão foi servido na mesa principal, assim como um pavão assado na própria plumagem e um grande lúcio com crosta de amêndoas moídas. Nem um pedaço daquilo chegou na área mais simples do salão. Em vez do leitão, foram servidos com carne de porco salgada, embebida em leite de amêndoas e agradavelmente apimentada. No lugar do pavão, receberam capões, bem crocantes e dourados, recheados com cebolas, ervas, cogumelos e castanhas assadas. No lugar do lúcio, comeram empadão com lascas de bacalhau branco, com algum tipo de molho marrom saboroso que Dunk não conseguiu identificar. Além disso, havia purê de ervilhas, nabos amanteigados, cenouras regadas com mel e um queijo branco maduro que cheirava tão forte quanto Bennis do Escudo Marrom. Dunk comeu bem, mas todo o tempo se perguntava o que Egg estaria comendo no pátio. Só para garantir, escondeu meio capão no bolso do manto, junto com um pedaço de pão e um pouco de queijo fedorento.

Enquanto comiam, flautas e violinos enchiam o ar com melodias alegres, e a conversa se voltou para as justas da manhã seguinte.

— Sor Franklyn Frey é bem-visto ao longo do Ramo Verde — disse Sor Uthor Underleaf, que parecia conhecer bem os heróis locais. — É aquele no tablado, o tio da noiva. Lucas Nayland é do Atoleiro da Bruxa, não deve ser desconsiderado. Nem Sor Mortimer Boggs, de Ponta da Garra Rachada. Fora isso, esse deve ser um torneio de cavaleiros da casa e heróis da vila. Kirby Pimm e Galtry, o Verde, são os melhores da casa, embora nenhum deles seja páreo para o genro de Lorde Butterwell, Negro Tom Heddle. Um serzinho desagradável, aquele lá. Ganhou a mão da filha mais velha de Sua Senhoria matando os outros três pretendentes dela, dizem, e certa vez desmontou o Senhor de Rochedo Casterly.

— O quê? O jovem Lorde Tybolt? — Sor Maynard perguntou.

— Não, o velho Leão Grisalho, aquele que morreu na primavera.

Era como os homens falavam daqueles que haviam perecido durante a Grande Praga da Primavera. *Ele morreu na primavera*. Dezenas de milhares haviam morrido na primavera, entre eles um rei e dois jovens príncipes.

— Não subestime Sor Buford Bulwer — disse Kyle, o Gato. — O Boi Velho matou quarenta homens no Campo do Capim Vermelho.

— E a cada ano a conta dele fica maior — comentou Sor Maynard. — Os dias de Bulwer se foram. Olhe para ele. Passou dos sessenta, está lento e gordo e o olho direito está praticamente cego.

— Não se incomodem em vasculhar o salão em busca de campeões — uma voz atrás de Dunk falou. — Aqui estou, sors. Um banquete para seus olhos.

Dunk se virou e se deparou com Sor John, o Violinista, em pé atrás dele, com um meio sorriso nos lábios. Seu gibão de seda branca tinha mangas longas e caídas forradas com cetim vermelho, tão compridas que as pontas passavam dos joelhos. Uma pesada corrente de prata pendia em seu peito, cravejada com imensas ametistas escuras cuja cor combinava com seus olhos. *Essa corrente vale praticamente tudo o que possuo*, Dunk pensou.

O vinho tinha colorido as bochechas de Sor Glendon e inflamado suas espinhas.

— Quem é você para se gabar desse jeito?

— Me chamam de John, o Violinista.

— É um músico ou um guerreiro?

— Posso fazer belas músicas tanto com a lança quanto com o arco resinado, tanto faz. Todo casamento precisa de um cantor e todo torneio precisa de um cavaleiro misterioso. Posso me juntar a vocês? Butterwell foi gentil o bastante para me colocar no tablado, mas prefiro a companhia de meus companheiros cavaleiros andantes à de senhoras gordas e rosadas e homens velhos. — O Violinista deu uma batidinha no ombro de Dunk. — Seja um bom camarada e abra espaço, Sor Duncan.

Dunk abriu espaço.

— Está atrasado para comer, sor.

— Não importa. Sei onde é a cozinha de Butterwell. Ainda tem um pouco de vinho, imagino? — O Violinista cheirava a laranjas e limas, com um toque de algum estranho tempero oriental por baixo. Noz-moscada, talvez. Dunk não saberia dizer. O que sabia sobre noz-moscada?

— O jeito como se gaba é impróprio — Sor Glendon disse para o Violinista.

— Sério? Então devo implorar seu perdão, sor. Nunca ofenderia um filho de Bola de Fogo.

Aquilo pegou o jovem de surpresa.

— Sabe quem sou?

— Filho de seu pai, espero.

— Olhem, a torta de casamento — disse Sor Kyle, o Gato.

Seis ajudantes de cozinha empurravam a torta pela porta, em cima de um carrinho amplo. Ela era dourada, de aparência crocante e imensa, e havia ruídos vindo de dentro dela, guinchos, grasnidos e pancadas. O senhor e a senhora Butterwell desceram do tablado para ir até a torta, de espada na mão. Quando a cortaram, meia centena de pássaros irromperam de dentro, voando pelo salão. Em outros banquetes de casamento em que Dunk estivera, as tortas eram recheadas com pombos ou passarinhos, mas dentro daquela havia gaios-azuis, cotovias, pombos, sabiás e rouxinóis, pequenos pardais marrons e uma grande arara-vermelha.

— Vinte e um tipos de pássaros — comentou Sor Kyle.

— Vinte e um tipos de cocôs de pássaros — complementou Sor Maynard.

— Você não tem poesia no coração, sor.

— Você tem merda sobre os ombros.

— Esse é o jeito correto de rechear uma torta — Sor Kyle fungou, limpando a túnica. — Essa torta representa o casamento, e um casamento de verdade tem muitos tipos de coisas... Alegrias e tristezas, dor e prazer, amor, luxúria e lealdade. Então é adequado que haja vários tipos de pássaros. Nenhum homem sabe de verdade o que uma nova esposa lhe trará.

— A boceta — Plumm começou —, ou qual seria o ponto?

Dunk se afastou da mesa.

— Preciso de um pouco de ar. — Queria mijar, verdade fosse dita, mas em uma companhia elegante como aquela era mais cortês falar que precisava de ar. — Por favor, me deem licença.

— Volte logo, sor — disse o Violinista. — Os malabaristas ainda vão se apresentar, e você não vai querer perder as núpcias.

Lá fora, o vento da noite lambia Dunk como a língua de algum grande animal. A terra endurecida do pátio parecia se mover embaixo de seus pés… Ou talvez fosse ele que estivesse balançando.

As listas haviam sido erguidas no meio do pátio exterior. Uma arquibancada de madeira de três níveis fora construída junto à muralha, de forma que Lorde Butterwell e seus convidados bem-nascidos ficassem à sombra em seus assentos acolchoados. Havia tendas nos dois lados das listas onde os cavaleiros poderiam vestir as armaduras, cheias de cavaletes com lanças prontas para uso. Quando o vento tremulou os estandartes por um instante, Dunk pôde sentir o cheiro da caiação na barreira das justas. Saiu em busca do pátio interno. Precisava encontrar Egg e mandar o menino até o mestre dos jogos para inscrever Dunk nas listas. Aquele era o dever de um escudeiro.

Mas Dunk não conhecia Alvasparedes e, de algum modo, acabou voltando ao ponto de partida. Quando deu por si, estava do lado de fora dos canis; os cães de caça sentiram o seu cheiro e começaram a latir e uivar. *Querem rasgar minha garganta*, pensou, *ou então querem o capão no meu manto*. Voltou pelo mesmo caminho que viera, passando pelo septo. Uma mulher passou correndo por ele, sem fôlego de tanto rir, um cavaleiro careca correndo atrás dela. O homem ficava caindo, até a mulher enfim ter de voltar para ajudá-lo a se levantar. *Eu devia entrar no septo e pedir aos Sete que façam daquele cavaleiro meu primeiro oponente*, Dunk pensou, mas aquilo teria sido ímpio. *O que preciso realmente é de uma latrina, não de uma oração*. Havia alguns arbustos ali perto, embaixo de uma escadaria de pedra clara. *Vai servir*. Tateou o caminho até lá e soltou o calção. Sua bexiga estava prestes a explodir. O mijo saía sem parar.

Em algum lugar acima dele, uma porta se abriu. Dunk ouviu passos na escada, o roçar de botas nas pedras.

— … banquete de mendigo que você colocou diante de nós. Sem Açoamargo…

— Açoamargo que se foda — insistiu uma voz familiar. — Nenhum bastardo é de confiança, nem mesmo ele. Algumas poucas vitórias vão trazê-lo à tona bem rápido.

Lorde Peake. Dunk segurou a respiração… e o mijo.

— É mais fácil falar de vitórias do que conquistá-las. — Esse que falava tinha uma voz mais profunda do que a de Peake, um retumbar baixo com um toque de raiva. — O velho Sangue de Leite espera que o garoto consiga, assim como o resto de nós. Palavras levianas e charme não podem compensar isso.

— Um dragão poderia. O príncipe insiste que o ovo vai eclodir. Sonhou com isso, assim como certa vez sonhou com a morte dos irmãos. Um dragão vivo ganharia todas as estadas de que precisamos.

— Um dragão é uma coisa, um sonho é outra. Garanto a você que Corvo de Sangue não se importa com sonhos. Precisamos de um guerreiro, não de um sonhador. O menino é filho do pai?

— Apenas faça sua parte como combinado e deixe que eu me preocupo com isso. Assim que tivermos o ouro de Butterwell e as espadas da Casa Frey, Harrenhal virá em seguida, e depois os Bracken. Otho sabe que não podemos ter esperança de nos manter...

As vozes foram desaparecendo conforme os dois homens se afastavam. O mijo de Dunk começou a fluir novamente. Sacudiu o pau e amarrou o calção.

— Filho do pai — murmurou. *De quem estavam falando? Do filho de Bola de Fogo?*

Quando saiu de debaixo da escada, os dois senhores estavam bem do outro lado do pátio. Quase gritou por eles para fazê-los mostrar os rostos, mas pensou melhor. Estava sozinho e desarmado e, além disso, meio bêbado. *Talvez mais do que meio.* Ficou parado ali, franzindo o cenho por um momento, depois voltou para o salão.

Lá dentro, o último prato fora servido e as brincadeiras tinham começado. Uma das filhas de Lorde Frey tocou "Dois corações que batem como um" em uma harpa, muito mal. Alguns malabaristas jogaram tochas de fogo um para o outro por algum tempo, e alguns acrobatas fizeram piruetas no ar. O sobrinho de Lorde Frey começou a cantar "O urso e a bela donzela", enquanto Sor Kirby Pimm batia com uma colher de pau na mesa, marcando o compasso. Outros se juntaram a eles, até que todo o salão estava gritando "*Um urso! Um urso! Preto e castanho e coberto de pelos!*". Lorde Caswell desmaiou na mesa com o rosto em uma poça de vinho e a Senhora Vyrwel começou a chorar, embora ninguém tivesse muita certeza da causa de sua aflição.

Enquanto isso, o vinho continuava a fluir. Os ricos tintos da Árvore deram lugar às safras locais, ou pelo menos foi o que o Violinista disse; verdade fosse dita, Dunk não conseguia ver diferença. Havia hipocraz também, e ele teve que provar uma taça. *Pode levar um ano até que eu consiga tomar outra.* Os outros cavaleiros andantes, todos camaradas elegantes, tinham começado a falar das mulheres que conheciam. Dunk se pegou pensando onde Tanselle estaria naquela noite. Sabia onde estava a Senhora Rohanne — na cama no Castelo de Fosso Gelado, com o velho Sor Eustace ao lado dela, roncando por sob o bigode —, então tentou não pensar nela. *Será que elas pensam em mim?*, perguntou-se.

Suas ponderações melancólicas foram rudemente interrompidas quando uma trupe de anões pintados irrompeu da barriga de um porco de madeira com rodas para perseguir o bobo de Lorde Butterwell ao redor das mesas, batendo nele com bexigas de porco infladas que faziam ruídos grosseiros cada vez que acertavam um golpe. Era a coisa mais engraçada que Dunk vira em anos, e ele gargalhou com os demais. O filho de Lorde Frey ficou tão empolgado com as travessuras deles que se juntou à brincadeira, batendo nos convidados do casamento com uma bexiga que tomara de um anão. A criança tinha a risada mais irritante que Dunk já ouvira, mais um soluço alto e estridente do que uma gargalhada, que lhe dava vontade de colocar o menino em seus joelhos para lhe dar uma surra ou então jogá-lo em um poço. *Se ele me acertar com aquela bexiga, pode ser que eu faça isso.*

— Lá está o garoto que garantiu esse casamento — Sor Maynard disse, enquanto o moleque sem queixo passava gritando.

— Como assim? — O Violinista levantou a taça de vinho vazia e um criado que passava a encheu novamente.

Sor Maynard olhou na direção do tablado, onde a noiva colocava cerejas na boca do marido.

— Sua Senhoria não será o primeiro a passar manteiga naquele biscoito. Dizem que a noiva foi deflorada por um ajudante de cozinha nas Gêmeas. Ela se esgueirava até a cozinha para se encontrar com ele. Infelizmente, certa noite o irmãozinho se esgueirou atrás dela. Quando o menino viu os dois fazendo o animal de duas cabeças, deu um berro, e as cozinheiras e os guardas vieram correndo e encontraram a senhora e o criado copulando no balcão de mármore onde a cozinheira abre a massa, os dois nus como no dia de seu nome e enfarinhados da cabeça aos pés.

Isso não pode ser verdade, Dunk pensou. Lorde Butterwell tinha muitas terras e potes de ouro. Por que se casaria com uma garota que fora maculada por um ajudante de cozinha e daria seu ovo de dragão para marcar a união? Os Frey da Travessia não eram mais nobres do que os Butterwell. Eram donos de uma ponte em vez de vacas, era a única diferença. *Senhores. Quem consegue entendê-los?* Dunk comeu algumas nozes e ponderou sobre o que escutara enquanto mijava. *Dunk, o bêbado, o que acha que ouviu?* Pegou outra taça de hipocraz, já que a primeira tinha um gosto bom. Depois deitou a cabeça sobre os braços dobrados e fechou os olhos só por um instante para descansá-los da fumaça.

Quando os abriu novamente, metade dos convidados do casamento estava em pé, gritando "Para a cama! Para a cama!". Estavam fazendo tamanho alvoroço que despertaram Dunk de um sonho agradável envolvendo Tanselle, a Alta Demais, e a Viúva Vermelha. "Para a cama! Para a cama!", os gritos soavam. Dunk se sentou e esfregou os olhos.

Sor Franklyn Frey estava com a noiva nos braços e a carregava pelo corredor, com homens e meninos os rodeando. As senhoras na mesa principal haviam cercado Lorde Butterwell. A Senhora Vyrwel se recuperara de seu pesar e tentava tirar Sua Senhoria da cadeira enquanto uma de suas filhas desamarrava as botas do homem e uma das Frey tirava sua túnica. Butterwell tentava impedi-las, sem sucesso, gargalhando. Estava bêbado, Dunk percebeu, e Sor Franklyn não ficava atrás... Estava tão embriagado que quase derrubou a noiva. Antes mesmo que Dunk percebesse o que estava acontecendo, John, o Violinista, já o puxara para que ficasse em pé.

— Aqui! — gritou. — Deixe que o gigante a carregue!

Quando deu por si, estava subindo a escada da torre com a noiva se contorcendo em seus braços. Como conseguia se manter em pé era um mistério até para ele. A garota não ficava quieta, e os homens estavam por todos os lados, fazendo piadas irreverentes sobre a deflorar e a amassar bem enquanto tiravam as roupas dela. Os anões se juntaram a eles também. Amontoaram-se ao redor das pernas de Dunk, gritando, gargalhando e batendo na panturrilha deles com as bexigas. Tudo o que podia fazer era não tropeçar neles.

Dunk não tinha ideia de onde encontrar o quarto de dormir de Lorde Butterwell, mas os outros homens o empurraram e o cutucaram até que chegou lá. A essa altura, a noiva estava com o rosto vermelho, dando risadas, e quase nua, exceto por uma meia na perna esquerda que, de alguma forma, sobrevivera à subida. Dunk estava carmesim também, e não pelo esforço. Sua ereção seria óbvia para qualquer um que olhasse — felizmente, porém, todas as atenções estavam voltadas para a noiva. A Senhora Butterwell não se parecia em nada com Tanselle, mas ter uma mulher seminua se contorcendo em seus braços fez Dunk pensar na outra. *Tanselle, a Alta Demais, esse era o seu nome, mas ela não era alta demais para mim.* Ele se perguntava se algum dia a veria novamente. Havia noites em que pensava que devia ter sonhado com ela. *Não, pateta, você só sonhou que ela gostava de você.*

Assim que encontrou o quarto de Lorde Butterwell, viu como ele era grande e luxuoso. Tapetes de Myr cobriam o chão, uma centena de velas perfumadas queimava em recantos e nichos, e um traje de placas de ouro e pedras preciosas estava exposto ao lado da porta. O quarto tinha até uma latrina privativa em uma pequena alcova de pedra na parede externa.

Quando Dunk enfim deixou a noiva em seu leito conjugal, um anão saltou ao lado dela e segurou um de seus seios para acariciá-lo um pouco. A garota deu um grito, os homens urraram de tanto rir, e Dunk pegou o anão pelo colarinho e o arrastou para longe da senhora. Estava carregando o homenzinho pelo quarto para jogá-lo porta afora quando viu o ovo do dragão.

Lorde Butterwell o colocara em uma almofada de veludo negro no alto de um pedestal de mármore. Era muito maior do que um ovo de galinha, embora não tão grande quanto Dunk imaginava. Finas escamas vermelhas cobriam a superfície, reluzindo como joias sob a luz das lamparinas e velas. Dunk largou o anão e pegou o ovo, só para senti-lo por um momento. Era mais pesado do que esperava. *Dá para esmagar a cabeça de um homem com isso sem rachar a casca.* As escamas eram suaves sob seus dedos, e o vermelho rico e profundo parecia tremeluzir enquanto ele girava o ovo nas mãos. *Fogo e sangue*, pensou, mas também havia manchas douradas e espirais escuras como a meia-noite.

— Ei, você! O que acha que está fazendo, sor? — Um cavaleiro que Dunk não conhecia o fuzilava com o olhar, um homem grande com uma barba negra como carvão e furúnculos, mas foi a voz que o fez pestanejar; uma voz profunda, grossa de raiva. *É ele, o homem que estava conversando com Peake*, Dunk percebeu, enquanto o homem dizia: — Coloque isso de volta no lugar. Ficarei grato se mantiver seus dedos gordurosos longe dos tesouros de Sua Senhoria, ou, pelos Sete, você vai desejar ter feito isso.

O outro cavaleiro não estava nem de perto tão bêbado quanto Dunk, então pareceu prudente fazer o que ele dizia. Dunk colocou o ovo de volta na almofada, muito cuidadosamente, e esfregou os dedos na manga.

— Não era minha intenção causar danos, sor — *Dunk, o pateta, cabeça-dura como uma muralha de castelo.* Passou esbarrando no homem de barba negra e saiu pela porta.

Havia barulhos na escadaria, gritos alegres e risadas femininas. As mulheres estavam levando Lorde Butterwell até a noiva. Dunk não queria encontrá-los, então subiu em vez de descer e foi parar no telhado da torre sob as estrelas, com o pálido castelo cintilando na luz da lua ao redor dele.

Estava se sentindo tonto pelo vinho, então se apoiou em um parapeito. *Será que vou passar mal?* Por que tocara no ovo de dragão? Recordou-se do espetáculo de títeres de Tanselle e do dragão de madeira que começara todos os problemas em Vaufreixo. A lembrança fez Dunk se sentir culpado, como sempre acontecia. *Três bons homens mortos para salvar o pé de um cavaleiro andante.* Não fazia sentido e nunca fizera. *Aprenda a lição, pateta. Não é para gente como você se meter com dragões e seus ovos.*

— Quase parece que é feito de neve.

Dunk se virou. John, o Violinista, estava parado ao lado dele, sorrindo em seda e samito.

— O que é feito de neve?

— O castelo. Toda essa pedra branca sob a luz da lua. Já esteve ao norte do Gargalo, Sor Duncan? Me disseram que lá neva até no verão. Já viu a Muralha?

— Não, senhor. — *Por que ele está falando da Muralha?* — Era para onde estávamos indo, Egg e eu. Para o norte, para Winterfell.

— Será que eu poderia acompanhá-los? Você poderia me mostrar o caminho.

— O caminho? — Dunk franziu o cenho. — Ela fica no fim da estrada do rei. Se permanecer na estrada e seguir para o norte, não tem como errar.

O Violinista deu uma gargalhada.

— Suponho que não... Mas você ficaria surpreso com o que alguns homens conseguem perder. — Foi até o parapeito e olhou para fora, para o castelo. — Dizem que esses nortenhos são um povo selvagem, e que suas florestas são cheias de lobos.

— Senhor, por que veio até aqui em cima?

— Alyn estava procurando por mim e eu não queria ser encontrado. Ele fica cansativo quando bebe, esse Alyn. Vi você se esgueirar para fora da câmara dos horrores e me esgueirei atrás de você. Bebi demais, garanto, mas não o suficiente para encarar um Butterwell nu. — Deu um sorriso enigmático para Dunk. — Sonhei com você, Sor Duncan. Antes mesmo de conhecê-lo. Quando o vi na estrada, reconheci seu rosto imediatamente. Era como se fôssemos velhos amigos.

Dunk teve uma sensação muito estranha, como se já tivesse vivido tudo aquilo antes. *Sonhei com você, ele disse. Meus sonhos não são como os seus, Sor Duncan. Os meus são de verdade.*

— *Sonhou* comigo? — disse o cavaleiro andante, com a voz engrossada pelo vinho. — Que tipo de sonho?

— Ora, sonhei que você estava todo de branco, da cabeça aos pés, com um longo manto pálido fluindo desses ombros largos — o Violinista falou. — Você era uma Espada Branca, sor, um Irmão Juramentado da Guarda Real, o maior cavaleiro de todos os Sete Reinos, e vivia com o único propósito de guardar, servir e agradar a seu rei. — Colocou a mão no ombro de Dunk. — Você teve o mesmo sonho, sei que teve.

Ele tivera, era verdade. *Na primeira vez que o velho me deixou segurar sua espada.*

— Todo garoto sonha em servir a Guarda Real.

— No entanto, só sete garotos crescem para usar o manto branco. Gostaria de ser um deles?

— Eu? — Dunk sacudiu os ombros para se livrar da mão do fidalgo, que tinha começado a massageá-lo. — Gostaria. Ou não. — Os cavaleiros da Guarda Real serviam por toda a vida e juravam não ter esposa nem terras. *Eu talvez encontre Tanselle algum dia. Por que não poderia ter esposa e filhos?* — Não importa com o que sonho. Só um rei pode armar um cavaleiro da Guarda Real.

— Suponho que isso significa que terei de tomar o trono, então. Eu preferiria ensiná-lo a tocar violino.

— O senhor está bêbado. — Falou o roto do esfarrapado.

— Maravilhosamente bêbado. O vinho torna tudo possível, Sor Duncan. Você pareceria um deus de branco, acho, mas se a cor não lhe cair bem, talvez prefira ser um lorde?

Dunk gargalhou na cara do homem.

— Não, eu preferiria que grandes asas azuis brotassem nas minhas costas e eu voasse. Uma coisa é tão provável quanto a outra.

— Agora você zomba de mim. Um verdadeiro cavaleiro nunca deve zombar de seu rei. — O Violinista pareceu magoado. — Espero que coloque mais fé no que eu lhe digo quando o ovo de dragão eclodir.

— Um ovo de dragão vai eclodir? Um dragão *vivo*? O quê? Aqui?

— Sonhei com isso. Com esse castelo pálido, você, um dragão irrompendo de um ovo, sonhei com tudo isso, assim como um dia sonhei com meus irmãos morrendo. Eles tinham doze anos, e eu só tinha sete, então riram de mim e morreram. Tenho vinte e dois agora, e acredito nos meus sonhos.

Dunk começou a se lembrar de outro torneio, recordando como caminhara pela chuva suave de primavera com outro principezinho. *Sonhei com você e um dragão morto*, o irmão de Egg, Daeron, dissera a ele. *Um animal grande, imenso, com asas tão grandes que podiam cobrir esta campina. Tinha caído em cima de você, mas você estava vivo e o dragão estava morto.*

E assim fora, pobre Baelor. Sonhos eram um terreno traiçoeiro sobre o qual se construir algo.

— Como queira, senhor — disse para o Violinista. — Por favor, me dê licença.

— Para onde *está* indo, sor?

— Para minha cama, dormir. Estou bêbado como um cão.

— Seja meu cão, sor. A noite está viva com a promessa. Podemos uivar juntos e acordar os próprios deuses.

— O que quer de mim?

— Sua espada. Gostaria de torná-lo meu homem e fazer com que suba na vida. Meus sonhos não mentem, Sor Duncan. Você terá aquele manto branco, e eu devo ter o ovo de dragão. *É preciso*, meus sonhos tornaram isso claro. Talvez o ovo ecloda, ou então...

Atrás deles, uma porta se abriu com violência.

— *Aqui está ele, meu senhor.* — Um par de homens de armas chegou ao telhado. Lorde Gormon Peake estava bem atrás deles.

— *Gormy* — o Violinista falou devagar. — Ora, o que está fazendo em meus aposentos, meu senhor?

— Isto é um telhado, sor, e você tomou vinho demais. — Lorde Gormon fez um gesto cortante e os guardas avançaram. — Permita que o ajudem a ir para a cama. Vai disputar as justas amanhã, devo lembrá-lo. Kirby Pimm pode se mostrar um adversário perigoso.

— Eu esperava disputar uma justa com o bom Sor Duncan, aqui.

Peake deu a Dunk um olhar antipático.

— Talvez mais tarde. Na sua primeira disputa, vai enfrentar Sor Kirby Pimm.

— Então Pimm cairá!! Assim como todos os outros!! O cavaleiro misterioso prevalecerá contra todos os desafiantes e dançará em seu despertar. — Um guarda pegou o Violinista pelo braço. — Sor Duncan, parece que precisamos nos separar — gritou, enquanto o ajudavam a descer os degraus.

Só Lorde Gormon permaneceu no telhado com Dunk.

— Cavaleiro andante — grunhiu —, sua mãe nunca o ensinou a não colocar a mão na boca do dragão?

— Não conheci minha mãe, senhor.

— Isso explica tudo. O que ele lhe prometeu?

— Um título de nobreza. Um manto branco. Grandes asas azuis.

— Aqui está minha promessa: um metro de aço frio atravessando sua barriga se disser uma palavra do que acabou de acontecer.

Dunk balançou a cabeça para clarear o juízo. Não pareceu ajudar. Dobrou o corpo e vomitou.

Um pouco do vômito respingou nas botas de Peake. O lorde o amaldiçoou.

— Cavaleiros andantes — exclamou, desgostoso. — Não tem lugar aqui para você. Nenhum cavaleiro de verdade seria tão descortês para aparecer sem ser convidado, mas vocês, criaturas das andanças...

— Não somos desejados em lugar algum e aparecemos em todos os lugares, senhor. — O vinho deixara Dunk audacioso, caso contrário teria controlado a língua. Limpou a boca com as costas da mão.

— Tente se lembrar do que eu lhe disse, sor. Será pior para você se não fizer isso. — Lorde Peake sacudiu o vômito da bota e se foi.

Dunk se inclinou contra o parapeito mais uma vez. Perguntou-se quem era mais louco, Lorde Gormon ou o Violinista.

Quando encontrou o caminho de volta ao salão, de seus companheiros, só Maynard Plumm permanecia lá.

— Havia farinha nas tetas dela quando você tirou suas roupas íntimas? — ele quis saber.

Dunk negou com a cabeça, serviu-se de outra taça de vinho, provou-a e decidiu que tinha bebido o suficiente.

Os intendentes de Butterwell haviam arrumado quartos na fortaleza para os senhores e senhoras e camas nas barracas para seus séquitos. O restante dos convidados podia escolher entre um colchão de palha no porão ou um pedaço de chão junto à muralha ocidental para erguer seu pavilhão. A modesta tenda de lona que Dunk adquirira em Septo de Pedra não era um pavilhão, mas mantinha a chuva e o sol afastados. Alguns de seus vizinhos ainda estavam acordados; as paredes de seda dos pavilhões brilhavam como lanternas coloridas na noite. Gargalhadas vinham de dentro de um azul coberto de girassóis, e os sons do amor de um listrado de branco e púrpura. Egg montara a tenda deles um pouco afastada das demais. Meistre e os dois cavalos estavam amarrados ali perto, e as armas e a armadura de Dunk estavam cuidadosamente empilhadas contra a muralha do castelo. Quando se arrastou para dentro da tenda, encontrou o escudeiro sentado de pernas cruzadas diante de uma vela, a cabeça brilhando enquanto espiava as páginas de um livro.

— Ler livros à luz de velas vai deixá-lo cego — A leitura permanecia um mistério para Dunk, embora o menino tivesse tentado ensiná-lo.

— Preciso da luz da vela para ver as palavras, sor.

— Quer um tapão na orelha? Que livro é esse? — Dunk viu as cores vivas na página, pequenos escudos pintados escondidos no meio das letras.

— Uma relação de brasão de armas, sor.

— Procurando pelo Violinista? Não vai encontrá-lo. Não colocam cavaleiros andantes nessas relações, só senhores e campeões.

— Não estava procurando por ele. Vi alguns outros símbolos no pátio... Lorde Sunderland está aqui, sor. Ele usa as cabeças de três senhoras pálidas sobre um fundo ondulado verde e azul.

— Um homem das Irmãs? De verdade?

As Três Irmãs eram ilhas na Dentada. Dunk ouvira septões dizerem que as ilhas eram sumidouros do pecado e da avareza. Vilirmã era o mais notório esconderijo de contrabandistas em toda Westeros. — Ele vem de bem longe. Deve ser parente da nova esposa de Butterwell.

— Não é, sor.

— Então está aqui pelo banquete. Eles comem peixe nas Três Irmãs, não comem? Um homem fica enjoado de peixe. Você conseguiu comer direito? Eu lhe trouxe meio capão e um pouco de queijo. — Dunk remexeu no bolso do manto.

— Eles nos serviram costelas, sor. — O nariz de Egg estava enfiado no livro. — Lorde Sunderland lutou pelo dragão negro, sor.

— Como o velho Sor Eustace? Ele não era tão mau, era?

— Não, sor — Egg concordou. — Mas...

— Eu vi o ovo do dragão. — Dunk guardou a comida com o pão velho e a carne seca. — Era vermelho, em grande parte. Lorde Corvo de Sangue tem um ovo de dragão também?

Egg abaixou o livro.

— Por que teria? Ele é de baixo nascimento.

— De nascimento bastardo, não baixo. — Corvo de Sangue nascera do lado errado do cobertor, mas era nobre de ambos os lados. Dunk estava prestes a contar para Egg o que escutara os homens falando quando notou seu rosto. — O que aconteceu com sua boca?

— Uma briga, sor.

— Me deixe ver isso.

— Só sangrou um pouco. Coloquei um pouco de vinho.

— Com quem esteve brigando?

— Com outros escudeiros. Eles disseram que...

— Não importa o que disseram. O que eu lhe disse?

— Para controlar minha língua e não me meter em encrencas. — O menino tocou o lábio machucado. — Mas chamaram meu pai de *fratricida*.

E ele é, garoto, embora eu não ache que tivesse a intenção. Dunk dissera a Egg meia centena de vezes para não levar aquele tipo de coisa a sério. *Você sabe a verdade. Deixe que isso seja o bastante*. Já tinham ouvido aquela conversa antes, em casas de vinho e tavernas, e ao redor de fogueiras nos bosques. Todo o reino sabia que a maça do príncipe Maekar derrubara o irmão, Baelor Quebra-Lança, em Campina de Vaufreixo. Era de esperar que falassem de conspirações.

— Se soubessem que o príncipe Maekar é seu pai, nunca diriam essas coisas. — *Pelas suas costas, sim, mas nunca na sua cara*. — E o que *você* falou para esses outros escudeiros em vez de controlar a língua?

Egg pareceu envergonhado.

— Que a morte do príncipe Baelor foi apenas um acidente. Só que quando eu disse que o príncipe Maekar amava seu irmão Baelor, o escudeiro de Sor Addam disse que o amava até a morte, e o escudeiro de Sor Mallor disse que ele pretendia amar seu irmão Aerys do mesmo jeito. Foi quando bati nele. Acertei ele com força.

— Eu devia acertar você com força. Uma orelha inchada ia combinar com a boca inchada. Seu pai faria o mesmo se estivesse aqui. Acha que o príncipe Maekar precisa que um garotinho o defenda? O que ele lhe disse quando mandou você vir comigo?

— Para servi-lo fielmente como seu escudeiro e não recuar diante de nenhuma tarefa ou dificuldade.

— E o que mais?

— Para obedecer às leis do rei, às regras da cavalaria e a você.

— E o que mais?

— Para manter meu cabelo cortado ou tingido — o menino disse, com óbvia relutância. — E não contar para ninguém meu nome verdadeiro.

Dunk assentiu.

— Quanto vinho esse menino bebeu?

— Ele estava bebendo cerveja de cevada.

— Vê? Era a cerveja de cevada falando. As palavras são vento, Egg. Deixe-as passar soprando por você.

— *Algumas* palavras são vento. — O menino não era nada senão teimoso. — Algumas palavras são traição. Este é um torneio de traidores, sor.

— O quê? Todos eles? — Dunk balançou a cabeça. — Se isso foi verdade algum dia, já faz muito tempo. O dragão negro está morto, e aqueles que lutaram com ele fugiram ou foram perdoados. E isso não é verdade. Os filhos de Lorde Butterwell lutaram em ambos os lados.

— O que o torna *meio* traidor, sor.

— Isso foi há dezesseis anos. — A suave neblina de vinho que cercava Dunk se fora. Estava zangado, e quase sóbrio. — O intendente de Lorde Butterwell é o mestre dos jogos, um homem chamado Cosgrove. Encontre-o e coloque meu nome nas listas. Não, espere... não revele meu nome. — Com tantos lordes por perto, um deles poderia se lembrar de Sor Duncan, o Alto, de Campina de Vaufreixo. — Me inscreva como o Cavaleiro da Forca. — Os plebeus adoravam quando um cavaleiro misterioso aparecia em um torneio.

Egg passou o dedo no lábio inchado.

— O Cavaleiro da Forca, sor?

— Por causa do escudo.

— Sim, mas...

— Vá e faça como eu disse. Já leu o bastante por uma noite. — Dunk apagou a vela com os dedos.

O sol nasceu quente e duro, implacável.

Ondas de calor emanavam das paredes de pedra branca do castelo. O ar cheirava a terra cozida e relva cortada, e nenhum sopro de vento agitava os estandartes pendurados no alto da fortaleza e na portaria, verdes, brancos e amarelos.

Trovão estava inquieto de um jeito que Dunk raramente vira antes. O garanhão jogava a cabeça de um lado para o outro enquanto Egg apertava a cilha da sela. O animal até mostrou os grandes dentes quadrados para o menino. *Está quente demais*, Dunk pensou, quente demais para homens e montarias. Cavalos de guerra não tinham um temperamento plácido nem mesmo em seus melhores momentos. *A própria Mãe ficaria mal-humorada com esse calor.*

No centro do pátio, os participantes das justas começaram outra disputa. Sor Harbert cavalgava um corcel dourado com arreios negros e decorado com as serpentes vermelhas e brancas da Casa Paege, e Sor Franklyn estava em um alazão cujos enfeites de seda cinza ostentavam as torres gêmeas dos Frey. Quando se encontraram, a lança vermelha e branca se quebrou em duas partes e a azul explodiu em lascas, mas nenhum dos homens caiu. Aplausos vieram das arquibancadas e dos guardas nas muralhas do castelo, mas foram curtos, baixos e ocos. *Está quente demais para aplaudir.* Dunk secou o suor da testa. *Está quente demais para disputar uma justa.* Sua cabeça latejava como um tambor. *Se eu ganhar esta disputa e mais uma, ficarei satisfeito.*

Os cavaleiros levaram os cavalos até a extremidade das listas e jogaram de lado os restos das lanças, o quarto par que quebravam. *Três é demais.* Dunk tinha postergado o máximo possível o momento de vestir sua armadura, mesmo assim já conseguia sentir as roupas grudando na pele por baixo do aço. *Há coisas piores do que ficar empapado de suor*, disse para si mesmo, lembrando da luta no *Senhora Branca*, quando os homens de ferro tinham chegado fervilhando pela lateral do barco. Ao fim daquele dia, ele estivera empapado de sangue.

Com lanças novas em mãos, Paege e Frey apertaram as esporas nas montarias mais uma vez. Torrões de terra seca rachada se espalhavam embaixo dos cascos dos cavalos a cada passo. O barulho das lanças se quebrando fez Dunk estremecer. *Vinho demais noite passada, e comida demais.* Tinha uma vaga lembrança de ter carregado a noiva pela escada e de encontrar John, o Violinista, e Lorde Peake no telhado. *O que eu estava fazendo no telhado?* Tinha falado sobre dragões, ele se lembrava, ou de ovos de dragões, ou algo assim, mas...

Um ruído interrompeu seu devaneio, parte rugido, parte gemido. Dunk viu o cavalo dourado trotar até o final das listas enquanto Sor Harbert Paege rolava debilmente no chão. *Mais dois antes da minha vez.* Quanto mais cedo derrubasse Sor Uthor, mais cedo pegaria a armadura dele, poderia tomar uma bebida gelada e descansar. Ele teria pelo menos uma hora antes que o chamassem novamente.

O corpulento arauto de Lorde Butterwell subiu no alto da arquibancada para chamar o próximo par de adversários.

— *Sor Argrave, o Desafiante* — gritou —, *um cavaleiro de Nunny, a serviço de Lorde Butterwell de Alvasparedes. Sor Glendon Flowers, o Cavaleiro do Salgueiro. Venham adiante e provem seu valor.*

Gargalhadas irromperam nas arquibancadas.

Sor Argrave era um homem esguio e curtido, um experiente cavaleiro da casa em uma armadura cinza amassada, cavalgando um cavalo sem arreios. Dunk conhecera tipos assim antes; aqueles homens eram durões como raízes velhas, e conheciam seu ofício. Seu adversário era o jovem Sor Glendon, montado em seu palafrém miserável e armado com uma pesada cota de malha e meio elmo de ferro com o rosto aberto. No braço, o escudo mostrava o símbolo ardente do pai. *Ele precisa de uma placa peitoral e de um elmo adequado*, Dunk pensou. *Vestido desse jeito, um golpe na cabeça ou no peito pode matá-lo.*

Sor Glendon ficou claramente furioso com sua apresentação. Com raiva, fez sua montaria dar um círculo e gritou:

— Sou Glendon *Ball*, não Glendon Flowers. Ouse zombar de mim, arauto. Aviso que tenho sangue de herói. — O arauto não se dignou a responder, mas mais gargalhadas saudaram o protesto do cavaleiro.

— Por que estão rindo dele? — Dunk se perguntou em voz alta. — Qual é o problema em ser um bastardo? — *Flowers* era o sobrenome dado aos bastardos nascidos de pais nobres na Campina. — E que história é essa de Salgueiro?

— Posso descobrir, sor — Egg sugeriu.

— Não. Não é da nossa conta. Está com meu elmo?

Sor Argrave e Sor Glendon abaixaram as lanças diante do senhor e da senhora Butterwell. Dunk viu Butterwell se inclinar e sussurrar algo no ouvido da noiva. A garota começou a rir.

— Sim, sor.

Egg estava usando seu chapéu mole para fazer sombra nos olhos e manter o sol longe da cabeça raspada. Dunk gostava de provocar o garoto por causa daquele chapéu, mas no momento tudo o que desejava era ter um igual. Embaixo daquele sol, era melhor um chapéu de palha do que um de ferro. Dunk afastou o cabelo dos olhos, ajudou a colocar o grande elmo no lugar com as duas mãos e prendeu a proteção do pescoço. O revestimento emanava um fedor velho, e ele podia sentir o peso de todo aquele ferro no pescoço e nos ombros. Sua cabeça latejava por causa do vinho da noite anterior.

— Sor, não é tarde demais para se retirar — Egg falou. — Se perder Trovão e sua armadura...

Eu estaria acabado como cavaleiro.

— Por que eu perderia? — Dunk exigiu saber. Sor Argrave e Sor Glendon tinham cavalgado para os extremos opostos das listas. — Não é como se eu fosse encarar o Tempestade Risonha. Há algum cavaleiro aqui que poderia me causar problemas?

— Quase todos eles, sor.

— Eu devia lhe dar um tapão na orelha por isso. Sor Uthor é dez anos mais velho do que eu e tem a metade do meu tamanho.

Sor Argrave abaixou a viseira. Sor Glendon não tinha nem viseira para abaixar.

— Você não participa de uma justa desde Campina de Vaufreixo, sor.

Garoto insolente.

— Tenho treinado. — Não tão fielmente quando deveria, é verdade. Quando podia, investia contra estafermos e anéis eventualmente disponíveis. E algumas vezes mandava Egg subir em uma árvore e pendurar um escudo ou barril sobre um apoio bem colocado para que pudesse investir contra ele.

— Você é melhor com uma espada do que com uma lança — Egg comentou. — Com um machado ou uma maça, poucos são páreos para sua força.

Havia verdade suficiente naquilo para incomodar Dunk ainda mais.

— Não há competição com espadas ou maças — apontou, enquanto o filho de Bola de Fogo e Sor Argrave, o Desafiante, começavam a investida. — Vá buscar meu escudo.

Egg fez uma careta, depois foi buscar o escudo.

Do outro lado do pátio, a lança de Sor Argrave acertou o escudo de Sor Glendon e resvalou para fora, deixando um sulco atravessado sobre o cometa. Mas a lança de Ball encontrou o centro da placa peitoral do adversário com tamanha força que arrebentou a cilha da sela. Tanto cavaleiro quanto sela despencaram no chão de terra. Dunk ficou impressionado mesmo sem querer. *O menino luta quase tão bem quanto fala.* Perguntou-se se aquilo faria com que parassem de rir dele.

Uma trombeta tocou, alto o bastante para fazer Dunk estremecer. Mais uma vez o arauto subiu à plataforma.

— *Sor Joffrey da Casa Caswell, Lorde de Ponteamarga e Defensor dos Vaus. Sor Kyle, o Gato do Pântano Nebuloso. Venham adiante e provem seu valor.*

A armadura de Sor Kyle era de boa qualidade, mas velha e usada, com muitos amassados e arranhões.

— Que a Mãe seja misericordiosa comigo, Sor Duncan — Sor Kyle disse para Dunk e Egg enquanto se dirigia para as listas. — Vou lutar contra Lorde Caswell, justamente a pessoa que vim ver.

Se algum homem naquele campo se sentia pior do que Dunk naquela manhã, esse alguém era Lorde Caswell, que bebera até cair no banquete.

— É incrível ele conseguir montar um cavalo depois da noite passada — Dunk comentou. — A vitória é sua, sor.

— Ah, não — Sor Kyle deu um sorriso sedoso. — O gato que quer uma tigela de leite precisa saber quando ronronar e quando mostrar as garras, Sor Duncan. Se a lança de Sua Senhoria chegar a tocar meu escudo, devo despencar na terra. Mais tarde, quando levar meu cavalo e minha armadura para ele, cumprimentarei Sua Senhoria por como seu talento cresceu desde que lhe fiz sua primeira espada. Isso o fará se lembrar de mim e antes que o dia acabe serei um homem de Caswell novamente, um cavaleiro de Ponteamarga.

Não há honra nisso, Dunk quase disse, mas mordeu a língua. Sor Kyle não seria o primeiro cavaleiro andante a trocar a honra por um lugar quente ao fogo.

— Como queira — murmurou. — Boa sorte para você. Ou má, se preferir.

Lorde Joffrey Caswell era um jovem magricela de vinte anos; era necessário admitir, porém, que parecia muito mais impressionante em sua armadura do que na noite anterior, quando estivera com a cara em uma poça de vinho. Tinha um centauro amarelo pintado no escudo, puxando a corda de um arco longo. O mesmo centauro adornava as peças de seda branca de seu cavalo e brilhava em ouro amarelo sobre seu elmo. *Um homem que tem um centauro como símbolo deveria cavalgar melhor do que aquilo.* Dunk não sabia o quão bem Sor Kyle empunhava uma lança, mas o jeito com que Lorde Caswell se sentava no cavalo fazia parecer que uma tosse seria capaz de derrubá-lo. *Tudo o que o Gato precisa fazer é passar cavalgando por ele bem rápido.*

Egg segurou as rédeas de Trovão enquanto ele se ajeitava pesadamente na sela alta e rígida. Sentado ali, podia sentir olhares sobre si. *Estão se perguntando se o grande cavaleiro andante é bom.* Dunk se perguntava o mesmo. Descobriria em pouco tempo.

O Gato do Pântano Nebuloso foi fiel ao que dissera. A lança de Lorde Caswell balançava de um lado para o outro através do campo, e a de Sor Kyle estava mal apontada. Nenhum dos dois fez o cavalo passar do trote. Mesmo assim, o Gato despencou quando a ponta da lança de Lorde Caswell resvalou em seu ombro. *Achei que todos os gatos caíam graciosamente em pé*, Dunk pensou, enquanto o cavaleiro rolava na poeira. A lança de Lorde Caswell não quebrou. Enquanto fazia o cavalo dar a volta, levantou-a bem alto no ar, repetidas vezes, como se tivesse acabado de derrubar Leo Espinholongo ou Tempestade Risonha. O Gato tirou o elmo e saiu correndo atrás de seu cavalo.

— Meu escudo — Dunk disse para Egg.

O menino o entregou. Dunk passou o braço esquerdo pela correia e fechou a mão ao redor do punho. O peso do escudo triangular era reconfortante, embora seu tamanho o tornasse desajeitado para manejar, e ver o homem enforcado mais uma vez lhe deu uma sensação inquietante. *Esse é um brasão de armas de mau agouro.* Resolveu pintar o escudo novamente assim que possível. *Que o Guerreiro me garanta uma investida suave e uma vitória rápida*, rezou enquanto o arauto de Butterwell subia os degraus mais uma vez.

— *Sor Uthor Underleaf* — sua voz soou. — *O Cavaleiro da Forca. Venham adiante e provem seu valor.*

— Seja cuidadoso, sor — Egg advertiu enquanto entregava para Dunk uma lança de torneio, uma haste de madeira de três metros e meio de comprimento que terminava em uma ponta de ferro arredondada no formato de um punho fechado. — Os outros escudeiros dizem que Sor Uthor cavalga bem. E é rápido.

— Rápido? — Dunk bufou. — Ele tem um caracol no escudo. Quão rápido pode ser?

Apertou os calcanhares no flanco de Trovão e avançou lentamente com o cavalo, a lança erguida. *Uma vitória, e não fico pior do que antes. Duas vão nos deixar bem. Duas vitórias não é esperar demais nesta companhia.* Tinha tido sorte no sorteio, ao menos. Poderia facilmente ter tirado o Boi Velho ou Sor Kirby Pimm ou algum dos outros heróis locais. Dunk se perguntou se o mestre dos jogos tinha deliberadamente combinado os cavaleiros andantes uns contra os outros para que nenhum nobre precisasse sofrer a ignomínia de perder para um deles na primeira rodada. *Não importa. Um adversário de cada vez, era o que o velho sempre dizia. Sor Uthor é minha única preocupação agora.*

Eles se encontraram sob a arquibancada na qual o senhor e a senhora Butterwell estavam sentados em suas almofadas, à sombra da muralha do castelo. Lorde Frey estava ao lado deles, embalando no joelho o filho com o nariz cheio de ranho. Uma fileira de criadas os abanava; mesmo assim, a túnica adamascada de Lorde Butterwell estava manchada sob os braços, e o cabelo de sua senhora estava escorrido por causa da transpiração. Ela parecia acalorada, entediada e desconfortável, mas quando viu Dunk arfou de um jeito que o deixou vermelho sob o elmo. Ele abaixou a lança diante dela e do senhor seu marido. Sor Uthor fez o mesmo. Butterwell lhes desejou uma boa justa. Sua esposa mostrou a língua.

Chegara a hora. Dunk trotou para a extremidade sul das listas. A menos de quarenta metros dali, seu oponente também tomava posição. O garanhão cinzento era menor do que Trovão, mas mais jovem e mais espirituoso. Sor Uthor usava metal verde esmaltado e cota de malha prateada. Flâmulas de seda verde e cinza fluíam de seu elmo arredondado, e seu escudo verde ostentava um caracol prateado. *Uma boa armadura e um bom cavalo significam um bom resgate caso eu consiga desmontá-lo.*

Uma trombeta soou.

Trovão começou a avançar em um trote lento. Dunk balançou a lança para a esquerda e a abaixou, inclinando-a sobre a cabeça do cavalo e a barreira de madeira entre ele e seu adversário. O escudo protegia o lado esquerdo de seu corpo. Tombou para a frente, apertando as pernas, enquanto Trovão percorria as listas. *Somos um. Homem, cavalo, lança; somos uma besta de sangue, madeira e ferro.*

Sor Uthor avançava rápido, nuvens de pó saindo dos cascos do cavalo cinzento. Quando havia vinte metros entre eles, Dunk esporou Trovão para que galopasse e mirou a ponta da lança bem no caracol de prata. O sol mal-humorado, a poeira, o calor, o castelo, Lorde Butterwell e sua noiva, o Violinista e Sor Maynard, os cavaleiros, escudeiros, cavalariços, plebeus, todos desapareceram. Só o adversário permanecia. A espora novamente. Trovão começou a correr. O caracol se aproximava em disparada; crescendo a cada passo das pernas compridas do cavalo cinzento... mas na frente vinha a lança de Sor Uthor com seu punho de ferro. *Meu escudo é forte, meu escudo vai aguentar o golpe. Só o caracol importa. Acerto o caracol e a disputa é minha.*

Quando restavam cinco metros entre eles, Sor Uthor levantou a ponta da lança.

Um estalo alto soou nos ouvidos de Dunk quando a própria lança atingiu o inimigo. Sentiu o impacto no braço e no ombro, mas não chegou a ver onde o golpe tinha pegado. O punho de ferro de Uthor o acertou bem entre os olhos, com toda a força do homem e do cavalo atrás dele.

Dunk despertou de costas, encarando os arcos de um teto abobadado. Por um momento, não sabia onde estava ou como chegara ali. Vozes ecoavam em sua cabeça e rostos passavam por ele; o velho Sor Arlan, Tanselle, a Alta Demais, Dennis do Escudo Marrom, a Viúva Vermelha, Baelor Quebra-Lança, Aerion, o Príncipe Brilhante, a louca e triste Senhora Vaith. Depois se lembrou de toda a justa de uma vez: o calor, o caracol, o punho de ferro acertando seu rosto. Gemeu e rolou para se apoiar sobre um cotovelo. O movimento fez seu crânio latejar como um monstruoso tambor de guerra.

Seus olhos pareciam estar funcionando, pelo menos. Tampouco sentia algum buraco na cabeça, o que só podia ser um bom sinal. Estava em algum tipo de porão, com barris de vinho e cerveja por todos os lados. *Pelo menos está fresco aqui*, pensou, *e a bebida está à mão*. Sentia o gosto de sangue na boca. Uma ponta de medo afligiu Dunk. Se tivesse mordido a língua, estaria mudo, além de inchado.

— Bom dia — resmungou, só para ouvir a própria voz. As palavras ecoaram no porão. Dunk tentou ficar em pé, mas o esforço fez o aposento girar.

— Devagar, devagar — disse uma voz trêmula, bem próxima. Um velho encurvado apareceu ao lado de sua cama, vestido com uma túnica tão cinza quanto seu cabelo comprido. Ao redor do pescoço, usava uma corrente de meistre com muitos metais. Seu rosto era envelhecido e enrugado, com vincos profundos em ambos os lados e um grande nariz pontudo. — Fique quieto e me deixe ver seus olhos. — Espiou o olho esquerdo de Dunk, depois o direito, mantendo-os abertos entre o polegar e o indicador.

— Minha cabeça dói.

O meistre bufou.

— Fique grato por ela ainda estar sobre os ombros, sor. Aqui, isto vai ajudar um pouco. Beba.

Dunk se obrigou a engolir cada gota da poção nauseabunda, tentando não a cuspir.

— O torneio — disse, secando a boca com as costas da mão. — Me diga, o que aconteceu?

— A mesma loucura que sempre acontece nesses alvoroços. Homens batendo uns nos outros com cavalos e varas. O sobrinho de Lorde Smallwood quebrou o pulso, e a perna de Sor Eden Risley foi esmagada sob o cavalo, mas ninguém morreu ainda. Embora eu tema por você, sor.

— Eu fui desmontado? — Sua cabeça ainda parecia estar cheia de lã, ou ele jamais teria feito uma pergunta tão estúpida. Dunk se arrependeu no instante em que as palavras saíram de sua boca.

— Com um estrondo que sacudiu os baluartes mais altos. Aqueles que haviam apostado um bom dinheiro em você foram os que ficaram mais perturbados, e seu escudeiro parecia fora de si. Ele ainda estaria sentado aqui com você se eu não o tivesse mandado embora. Não preciso de uma criança aos meus pés. Eu o lembrei de seu dever.

Dunk descobriu que ele também precisava ser lembrado.

— Que dever?

— Sua montaria, sor. Suas armas e sua armadura.

— Sim — Dunk falou, recordando. O menino era um bom escudeiro; sabia o que era exigido dele. *Perdi a espada do velho e a armadura que Pate de Aço forjou para mim.*

— Seu amigo violinista também perguntou por você. Ele me disse que precisava receber os melhores cuidados. Eu o mandei embora também.

— Há quanto tempo está cuidando de mim? — Dunk flexionou os dedos da mão da espada. Todos pareciam funcionar. *Só minha cabeça dói, e Sor Arlan costumava dizer que eu nunca a usava mesmo.*

— Há quatro horas, segundo o relógio solar.

Quatro horas não era tão mal. Certa vez ouvira a história de um cavaleiro atingido com tanta força que dormira por quarenta anos, e depois despertara para se encontrar velho e sem vigor.

— Sabe se Sor Uthor venceu sua segunda disputa?

Talvez o Caracol tivesse vencido o torneio. A derrota seria menos amarga se Dunk pudesse dizer a si mesmo que tinha perdido para o melhor cavaleiro em campo.

— Aquele lá? De fato, venceu. Contra Sor Addam Frey, um primo da noiva, e um jovem lanceiro promissor. Sua Senhoria desmaiou quando Sor Addam caiu. Ela teve de ser levada para seus aposentos.

Dunk se obrigou a ficar em pé, cambaleando enquanto se levantava, mas o meistre o ajudou a recuperar o equilíbrio.

— Onde estão minhas roupas? Preciso ir. Preciso... Devo...

— Se não consegue se lembrar, não deve ser muito urgente. — O meistre fez um gesto irritado. — Sugiro que evite comidas apimentadas, bebidas fortes e futuros golpes entre os olhos... Mas aprendi há muito tempo que cavaleiros são surdos ao bom senso. Vá, vá. Tenho outros tolos dos quais cuidar.

* * *

Do lado de fora, Dunk vislumbrou um falcão voando em círculos amplos no brilhante céu azul. Ele o invejou. Algumas nuvens se juntavam no leste, escuras como o humor de Dunk. Enquanto encontrava seu caminho de volta até o campo das justas, o sol batia em sua cabeça como um martelo sobre uma bigorna. A terra parecia se mover sob seus pés... ou talvez fosse simplesmente ele quem estava cambaleando. Quase caiu duas vezes enquanto subia a escada do porão. *Eu devia ter escutado Egg.*

Caminhou devagar pela ala externa, margeando a multidão. No campo, o gordo Lorde Alyn Cockshaw mancava entre dois escudeiros, a última conquista do jovem Glendon Ball. Um terceiro escudeiro levava seu elmo, as três orgulhosas penas quebradas.

— *Sor John, o Violinista* — o arauto gritou. — *Sor Franklin da Casa Frey, um cavaleiro das Gêmeas, jurado ao Senhor da Travessia. Venham adiante e provem seu valor.*

Tudo o que Dunk conseguiu fazer foi ficar parado, observando enquanto o grande cavalo negro do Violinista trotava pelo campo em um redemoinho de seda azul e espadas e violinos dourados. Sua placa peitoral era esmaltada de azul também, assim como as proteções de joelho e cotovelo, as grevas e a armadura de pescoço. A cota de malha por baixo era dourada. Sor Franklyn montava um cinzento malhado, com uma crina prateada e fluida para combinar com o cinza de suas sedas e o prata de sua armadura. O escudo, o sobretudo e os adornos do cavalo ostentavam as torres gêmeas dos Frey. Eles atacaram, depois atacaram novamente. Dunk ficou assistindo, mas não viu nada. *Dunk, o pateta, cabeça-dura como uma muralha de castelo*, repreendia a si mesmo. *Ele tinha um caracol no escudo. Como consegui perder para um homem com um caracol no escudo?*

Aplausos irromperam ao seu redor. Quando Dunk levantou o olhar, viu que Franklyn Frey estava no chão. O Violinista tinha apeado para ajudar o adversário caído a ficar em pé. *Ele está um passo mais perto do ovo do dragão*, Dunk pensou, *e onde eu estou?*

Enquanto se aproximava do portão traseiro, Dunk encontrou a companhia de anões do banquete da noite passada se preparando para partir. Estavam prendendo um pônei ao porco de madeira com rodas, e um segundo a uma carroça de formato mais convencional. Eram seis, Dunk viu, um menor e mais malformado do que o outro. Talvez alguns fossem crianças, mas eram todos tão pequenos que era difícil dizer. À luz do dia, vestidos com calções de montar e mantos com capuz de tecido grosso, pareciam menos engraçados do que quando estavam com as roupas de retalhos.

— Bom dia para vocês — Dunk disse para ser cortês. — Vão pegar a estrada? Há nuvens a leste, pode significar chuva.

A única resposta que conseguiu foi um olhar do anão mais feio. *Foi ele quem colocou o seio da Senhora Butterwell para fora noite passada?* De perto, o homenzinho tinha cheiro de latrina. Uma lufada foi o suficiente para fazer Dunk apressar o passo.

Para Dunk, a travessia da Casa de Leite parecia tão longa quanto a que fizera com Egg pelas areias de Dorne. Manteve a muralha ao seu lado e de tempos em tempos se apoiava nela. Cada vez que virava a cabeça, o mundo rodopiava. *Uma bebida*, ele pensou. *Preciso de um pouco de água, ou então vou despencar.*

Um cavalariço de passagem lhe disse onde encontrar o poço mais próximo. Foi lá que encontrou Kyle, o Gato, conversando em voz baixa com Maynard Plumm. Os ombros de Sor Kyle estavam caídos de desânimo, mas ele levantou o olhar quando Dunk se aproximou.

— Sor Duncan? Tínhamos ouvido que estava morto, ou morrendo.

Dunk esfregou as têmporas.

— Gostaria de estar.

— Conheço bem essa sensação — Sor Kyle suspirou. — Lorde Caswell não me reconheceu. Quando lhe disse que construí sua primeira espada, ele me encarou como se eu tivesse perdido o juízo. Disse que não havia lugar em Ponteamarga para cavaleiros tão fracos quanto eu demonstrara ser. — O Gato deu uma risada amarga. — Mas ficou com minhas armas e minha armadura. Com minha montaria também. O que vou fazer?

Dunk não tinha resposta para ele. Até mesmo um cavaleiro sem vínculos precisava de um cavalo para cavalgar; mercenários precisavam de espadas para vender seus serviços.

— Você vai encontrar outro cavalo — Dunk disse, pegando o balde. — Os Sete Reinos são cheios de cavalos. E vai encontrar outro senhor para armá-lo. — Colocou as mãos em forma de concha, encheu-as de água e bebeu.

— Outro senhor. Sim. Conhece algum? Não sou tão jovem ou forte quanto você. Nem tão grande. Homens grandes são sempre necessários. Lorde Butterwell gosta de cavaleiros grandes, por exemplo. Olhe para aquele Tom Heddle. Já o viu disputar uma justa? Derrotou todos os homens que enfrentou. O rapaz do Bola de Fogo tem feito o mesmo. O Violinista também. Gostaria que tivesse sido ele a me desmontar. Ele se recusa a pegar resgates. Não quer nada além do ovo de dragão, diz... Isso e a amizade de seus adversários caídos. A flor da cavalaria, aquele ali.

Maynard Plumm deu uma gargalhada.

— O violino da cavalaria, você quer dizer. O garoto está armando uma tempestade, e todos nós devíamos ir antes que ela irrompa.

— Ele não pega resgates? — Dunk perguntou. — Um gesto galante.

— Gestos galantes são fáceis quando sua bolsa está cheia de ouro — Sor Maynard comentou. — Há uma lição de moral aqui, caso tenha o bom senso de percebê-la, Sor Duncan. Não é tarde demais para ir embora.

— Ir? Ir para onde?

Sor Maynard deu de ombros.

— Para qualquer lugar. Winterfell, Solar de Verão, Asshai da Sombra. Não importa, desde que não seja aqui. Pegue seu cavalo e sua armadura e escape pelo portão de trás. Ninguém sentirá sua falta. O Caracol tem a próxima disputa na qual pensar, e o resto tem olhos apenas para as justas.

Por meio segundo, Dunk ficou tentado. Enquanto estivesse armado e tivesse um cavalo, continuaria a ser um cavaleiro de algum tipo. Sem isso, não passaria de um pedinte. *Um pedinte grande, mas um pedinte do mesmo jeito*. Mas suas armas e sua armadura pertenciam a Sor Uthor agora. Assim como Trovão. *Melhor um pedinte do que um ladrão*. Ele fora as duas coisas na Baixada das Pulgas, quando corria com Furão, Rafe e Pudim, mas o velho o salvara daquela vida. Sabia o que Sor Arlan de Centarbor diria sobre a sugestão de Plumm. Como Sor Arlan estava morto, Dunk disse por ele.

— Até mesmo um cavaleiro andante tem honra.

— Você prefere morrer com sua honra intacta ou viver com ela maculada? Não, me poupe, já sei o que vai dizer. Pegue seu menino e fuja, cavaleiro da forca, antes que seu brasão de armas se torne seu destino.

Dunk se irritou.

— Como sabe do meu destino? Teve um sonho, como John, o Violinista? O que sabe sobre Egg?

— Sei que ovos fazem bem em ficar longe de frigideiras — Plumm comentou. — Alvasparedes não é um lugar saudável para o menino.

— Como se saiu em sua disputa, sor? — Dunk lhe perguntou.

— Ah, eu não tinha chance nas listas. Os presságios não eram bons. Quem você imagina que vai reivindicar o ovo do dragão, ora?

Não eu, Dunk pensou.

— Os Sete sabem. Eu não.

— Dê um palpite, sor. Você tem dois olhos.

Ele pensou por um momento.

— O Violinista?

— Muito bem. Você se importaria de explicar seu raciocínio?

— Eu só... tenho um pressentimento.

— E eu também — disse Maynard Plumm. — Um mau pressentimento, para qualquer homem ou garoto imprudente o bastante para ficar no caminho do nosso Violinista.

* * *

Egg estava escovando os pelos de Trovão do lado de fora da tenda, mas seu olhar estava distante. *O menino está sofrendo por causa da minha queda.*

— Já chega — Dunk falou. — Se continuar, Trovão vai ficar tão careca quanto você.

— Sor? — Egg largou a escova. — Eu *sabia* que nenhum caracol estúpido podia matá-lo, sor. — Atirou os braços ao redor dele.

Dunk pegou o chapéu de palha mole do menino e o colocou na cabeça.

— O meistre disse que você surrupiou minha armadura.

Egg pegou o chapéu de volta, indignado.

— Esfreguei sua cota de malha e poli suas grevas, sua armadura de pescoço e sua placa peitoral, sor, mas seu elmo está rachado e amassado onde a lança de Sor Uthor acertou. Vai precisar que o armeiro o desamasse com um martelo.

— Deixe que Sor Uthor a desamasse. É dele agora. — *Sem cavalo, sem espada, sem armadura. Talvez aqueles anões deixem que me junte à trupe deles. Seria uma visão engraçada, seis anões esmurrando um gigante com bexigas de porco.* — Trovão é dele também. Venha. Vamos levar tudo para ele e lhe desejar que se saia bem no resto das disputas.

— Agora, sor? Não vai resgatar Trovão?

— Com o quê, garoto? Seixos e cocô de ovelha?

— Pensei sobre isso, sor. Se conseguisse emprestado...

Dunk o interrompeu.

— Ninguém vai me emprestar nem uma moeda, Egg. Por que fariam isso? O que sou além de um grande simplório que se autointitulou cavaleiro até um caracol qualquer com uma vara quase lhe arrancar a cabeça?

— Bem, você podia dar Chuva, sor — disse Egg. — Eu posso voltar cavalgando Meistre. Iremos para Solar de Verão. Você pode ficar a serviço da casa de meu pai. Os estábulos dele estão cheios de cavalos. Você poderia ter um corcel de batalha e um palafrém também.

Egg tinha boas intenções, mas Dunk não queria voltar cabisbaixo para Solar de Verão. Não daquele jeito, sem dinheiro e abatido, buscando serviço sem nem mesmo uma espada para oferecer.

— Rapaz, isso é gentil da sua parte, mas não quero migalhas da mesa do senhor seu pai, tampouco de seus estábulos. Talvez seja hora de nos separarmos. — Dunk sempre poderia escapulir para se juntar à Patrulha da Cidade em Lanisporto ou em Vilavelha, gostavam de homens grandes para isso. *Bati a cabeça em todas as vigas de todas as pousadas de Lanisporto a Porto Real. Talvez seja hora de o meu tamanho me dar um pouco de dinheiro, em vez de galos na cabeça.* Mas patrulheiros não tinham escudeiros. — Eu lhe ensinei o que podia, e foi bem pouco. Você se sairá melhor com um verdadeiro mestre de armas cuidando de seu treinamento, algum velho cavaleiro feroz que saiba qual ponta da lança segurar.

— Não quero um verdadeiro mestre de armas — Egg disse. — Quero você. E se eu usasse minha...

— Não. Nada disso, não quero nem ouvir. Vá pegar minhas armas. Vamos entregá-las para Sor Uthor com os meus cumprimentos. Coisas difíceis só se tornam ainda mais difíceis quando as adiamos.

Egg chutou o chão, a expressão tão abatida quanto o grande chapéu de palha.

— Sim, sor. Como queira.

Do lado de fora, a tenda de Sor Uthor era bem simples: uma grande caixa quadrada de lona de cor parda, presa ao chão com cordas de cânhamo. Um caracol prateado adornava o mastro central acima de uma longa flâmula cinza, mas aquela era a única decoração.

— Espere aqui — Dunk disse para Egg. O menino estava segurando as rédeas de Trovão. O grande corcel castanho estava carregado com as armas e armadura de Dunk, incluindo seu escudo novo. *O Cavaleiro da Forca. Que lúgubre cavaleiro misterioso provei ser.* — Não vou demorar muito. — Abaixou a cabeça e encolheu os ombros para passar pela aba da porta.

O exterior da tenda não o preparou para os confortos que encontrou lá dentro. O chão estava coberto com tapetes de tear de Myr muito coloridos. Uma mesa de cavalete ornamentada estava cercada por cadeiras de acampamento. A cama de penas estava coberta com almofadas macias, e incenso perfumado queimava em um braseiro de ferro.

Sor Uthor estava sentado à mesa com uma pilha de ouro e prata diante de si e uma jarra de vinho ao lado, contando moedas com seu escudeiro, um camarada desajeitado, quase da idade de Dunk. De tempos em tempos, o Caracol mordia uma moeda ou separava outra do resto.

— Vejo que ainda tenho muito o que lhe ensinar, Will — Dunk o ouviu dizer. — Essa moeda foi cortada; a outra, raspada. E esta aqui? — Uma peça de ouro dançava entre seus dedos. — *Confira* as moedas antes de as aceitar. Aqui, me diga o que vê. — O dragão rodopiou no ar.

Will tentou pegá-la, mas a moeda esbarrou em seus dedos e caiu no chão. O garoto teve de ficar de joelhos para procurá-la. Quando conseguiu achar, virou-a duas vezes antes de dizer:

— Esta aqui é boa, senhor. Tem um dragão de um lado e um rei do outro.

Underleaf olhou para Dunk.

— O Enforcado. É bom vê-lo se mexendo por aí, sor. Tive medo de tê-lo matado. Pode me fazer uma gentileza e instruir meu escudeiro sobre a natureza dos dragões? Will, dê a moeda a Sor Duncan.

Dunk não teve escolha senão aceitá-la. *Ele me desmontou, precisa zombar de mim também?* Franzindo o cenho, ergueu a moeda na palma da mão, examinando os dois lados enquanto a sopesava.

— Ouro. Não foi raspada nem cortada. O peso parece certo. Eu também a teria pegado, senhor. O que há de errado com ela?

— O rei.

Dunk olhou mais de perto. O rosto na moeda era jovem, sem barba, bonito. O rei Aerys estava com barba em suas moedas, assim como o velho rei Aegon. O rei Daeron, que viera entre eles, não tinha barba, mas não era ele. A moeda não parecia usada o bastante para ser de antes de Aegon, o Indigno. Dunk fez uma careta ao olhar a palavra embaixo da cabeça. *Seis letras*. Pareciam iguais às que tinha visto em outros dragões. *Daeron*, as letras diziam, mas Dunk conhecia o rosto de Daeron, o Bom, e não era ele. Quando olhou novamente, notou algo estranho na forma da quarta letra, não era...

— *Daemon* — deixou escapar. — Aqui diz *Daemon*. Nunca houve um rei Daemon, embora só...

— ... o Pretendente. Daemon Blackfyre cunhou as próprias moedas durante a rebelião.

— É ouro, no entanto — Will argumentou. — Se é ouro, deve ser tão bom quanto qualquer outro dragão, senhor.

O Caracol lhe deu um tapão na lateral da cabeça.

— Cretino. Sim, é ouro. Ouro rebelde. Ouro de traidor. É traição ter uma moeda dessas, e uma traição duas vezes maior passá-la adiante. Vou precisar derreter isso. — Bateu no rapaz de novo. — Saia da minha vista. Este bom cavaleiro e eu temos assuntos a resolver.

Will não perdeu tempo em escapulir da tenda.

— Sente-se — Sor Uthor disse educadamente. — Aceita um vinho? — Ali, na própria tenda, Underleaf parecia um homem diferente daquele do banquete. *Um caracol se esconde em sua concha*, Dunk se lembrou.

— Não, obrigado. — Jogou a moeda de volta para Sor Uthor.

Ouro de traidor. Ouro de Blackfyre. Egg disse que este era um torneio de traidores, mas eu não escutei. Devia desculpas ao menino.

— Meia taça — Underleaf insistiu. — Parece que precisa de uma. — Encheu duas taças de vinho e ofereceu uma a Dunk. Sem a armadura, ele parecia mais um comerciante do que um cavaleiro. — Veio tratar do confisco, presumo.

— Sim. — Dunk tomou o vinho. Talvez ajudasse a fazer sua cabeça parar de latejar. — Trouxe meu cavalo, minhas armas e minha armadura. Fique com tudo, com meus cumprimentos.

Sor Uthor sorriu.

— E é aí que digo que sua conduta é muito galante.

Dunk se perguntou se *galante* era um jeito cavalheiresco de dizer *desajeitado*.

— É gentil de sua parte dizer isso, mas...

— Acho que me entendeu mal, sor. Seria muito ousado da minha parte perguntar como chegou a ser cavaleiro, sor?

— Sor Arlan de Centarbor me encontrou na Baixada das Pulgas, perseguindo porcos. Seu antigo escudeiro havia sido morto no Campo do Capim Vermelho, então ele precisava de alguém para cuidar da sua montaria e limpar sua cota de malha. Ele me prometeu que me ensinaria a lutar com espada e lança, e como cavalgar um cavalo se eu o servisse, e eu o servi.

— Uma história encantadora... Mas, se eu fosse você, deixaria de lado a parte dos porcos. Ora, onde está esse seu Sor Arlan agora?

— Ele morreu. Eu o enterrei.

— Entendo. Você o levou de volta a Centarbor?

— Eu não sabia onde ficava. — Dunk nunca vira a Centarbor do velho. Sor Arlan raramente falava sobre o lugar, não mais do que Dunk falava sobre a Baixada das Pulgas. — Eu o enterrei em uma encosta voltada para oeste, para que ele pudesse ver o pôr do sol. — A cadeira de acampamento estalou de forma alarmante com seu peso.

Sor Uthor voltou a se sentar.

— Tenho minha própria armadura e um cavalo melhor do que o seu. O que vou fazer com um velho pangaré acabado, um saco de metal amassado e uma cota de malha enferrujada?

— Pate de Aço fez aquela armadura — Dunk falou, com uma pontada de raiva. — Egg cuida bem dela. Não há nem um ponto de ferrugem na minha cota de malha, e o aço é bom e forte.

— Forte e pesado, e grande demais para qualquer homem de tamanho normal — Sor Uthor reclamou. — Você é grande como ninguém, Duncan, o Alto. Quanto ao seu cavalo, é velho demais para cavalgar e fibroso demais para ser comido.

— Trovão não é mais tão jovem — Dunk admitiu — e minha armadura é grande, como diz. Você pode vendê-la, no entanto. Em Lanisporto e em Porto Real há muitos ferreiros que podem comprá-la de você.

— Por um décimo do que vale, talvez. — Sor Uthor admitiu. — E só para derreter o metal. Não. É da doce prata que preciso, não do velho ferro. A moeda do reino. Agora, deseja resgatar suas armas ou não?

Dunk virou a taça entre as mãos, franzindo o cenho. Era de prata sólida, com uma fileira de caracóis dourados incrustados ao redor da borda. O vinho era dourado também, e inebriante ao paladar.

— Se eu pudesse materializar o que quisesse, sim, eu pagaria. Com alegria. Só que...

— ... você não tem nem dois veados para contar história.

— Se você pudesse... pudesse me emprestar meu cavalo e minha armadura, eu pagaria o resgate mais tarde. Assim que conseguisse dinheiro.

O Caracol pareceu achar graça.

— Onde você vai encontrar dinheiro, ora?

— Eu poderia pegar serviço com algum senhor, ou... — Era difícil fazer as palavras saírem. Elas o faziam parecer um mendigo. — Talvez levasse alguns anos, mas eu o pagaria. Juro.

— Por sua honra de cavaleiro?

Dunk corou.

— Eu poderia rubricar um pergaminho.

— Um rabisco de um cavaleiro andante em um pedaço de papel? — Sor Uthor revirou os olhos. — Só se for para limpar minha bunda com ele. Não, obrigado.

— Você é um cavaleiro andante também.

— Agora você me insulta. Eu cavalgo por onde quero e não sirvo nenhum outro homem além de mim mesmo, é verdade... Mas já faz muitos anos desde que dormi sob uma sebe. Descobri que as estalagens são muito mais confortáveis. Sou um cavaleiro *de torneio*, o melhor que já teve o prazer de conhecer.

— O melhor? — A arrogância dele deixou Dunk zangado. — O Tempestade Risonha talvez não concorde, sor. Nem Leo Espinholongo, nem o Bruto de Bracken. Em Campina de Vaufreixo, ninguém falava de caracóis. Por quê, se você é um campeão de torneios tão famoso?

— Ouviu me chamar de campeão? É aí que se engana. Eu preferiria ter varíola. Obrigado, mas não. Vou ganhar a próxima justa, sim, mas na final vou cair. Butterwell dará trinta dragões para o cavaleiro que ficar em segundo lugar, isso será suficiente para mim... juntamente com alguns bons resgates e os ganhos das minhas apostas. — Gesticulou na direção da pilha de veados de prata e dragões de ouro na mesa. — Você parece um camarada saudável, e é muito grande. O tamanho sempre impressiona os tolos, embora não signifique nada em uma justa. Will conseguiu que as probabilidades fossem de três a um contra mim. Lorde Shawney apostou cinco contra um, o tolo. — Pegou um veado de prata e o fez rodopiar com um estalar dos longos dedos. — O Boi Velho será o próximo a cair. Depois o Cavaleiro do Salgueiro, se sobreviver até lá. Do jeito que as coisas vão, terei boas chances contra ambos. O povo ama os heróis locais.

— Sor Glendon tem sangue de herói — Dunk deixou escapar.

— Ah, espero que sim. Sangue de herói deve ser bom para dois a um. Sangue de puta atrai probabilidades piores. Sor Glendon fala sobre seu suposto pai em todas as oportunidades, mas notou que ele nunca menciona a mãe? Por um bom motivo. Ele nasceu de uma seguidora de acampamento. Jenny era o nome dela. Jenny Merreca, era como a chamavam até o Campo do Capim Vermelho. Na noite anterior à batalha, ela fodeu com tantos homens que depois disso ficou conhecida como Jenny do Capim Vermelho. Bola de Fogo a teve, não duvido, assim como uma centena de outros homens. Nosso amigo Glendon presume demais, me parece. Ele nem mesmo tem cabelo ruivo.

Sangue de herói, Dunk pensou.

— Ele diz que é um cavaleiro.

— Ah, essa parte é verdade. O menino e a irmã cresceram em um bordel chamado Pau de Salgueiro. Depois que Jenny Merreca morreu, as outras putas cuidaram deles e alimentaram a história que a mãe do rapaz inventara, sobre ele ser da semente de Bola de Fogo. Um velho escudeiro que vivia ali perto deu treinamento ao garoto em troca de cerveja e boceta. Mas, por ser um escudeiro, não podia armar o pequeno bastardo cavaleiro. Seis meses depois, no entanto, um grupo de cavaleiros chegou ao bordel e certo Sor Morgan Dunstable pegou uma afeição bêbada pela irmã de Sor Glendon. Só que ela ainda era virgem, e Dunstable não tinha como pagar o preço da sua virgindade. Então uma barganha foi acertada. Sor Morgan declarou o irmão da moça cavaleiro e depois disso a irmãzinha foi com ele para o andar de cima e o deixou deflorá-la. E aqui estamos.

Qualquer cavaleiro podia armar um cavaleiro. Quando era escudeiro de Sor Arlan, Dunk ouvira histórias sobre outros homens que haviam comprado seu título de cavaleiro com uma gentileza, uma ameaça ou uma bolsa de moedas de prata, mas nunca com a virgindade da irmã.

— É só uma história — se ouviu dizendo. — Não pode ser verdade.

— Eu a ouvi de Kirby Pimm, que afirma que estava lá, uma testemunha da cavalaria. — Sor Uthor deu de ombros. — Filho de herói, filho de puta, ou ambos, que seja. Quando me enfrentar, o menino vai cair.

— O sorteio talvez lhe dê outro adversário.

Sor Uthor ergueu uma sobrancelha.

— Cosgrove gosta tanto de prata quanto qualquer outro homem. Eu prometo a você, vou enfrentar o Boi Velho e depois o garoto. Quer apostar?

— Não tenho nada para apostar. — Dunk não sabia o que o incomodava mais: saber que o Caracol estava subornando o mestre dos jogos para conseguir os oponentes que desejava ou perceber que o homem escolhera lutar com *ele*. Ficou em pé. — Já disse o que vim dizer. Meu cavalo e minha espada são seus, assim como toda a minha armadura.

O Caracol estalou os dedos.

— Talvez haja outra maneira. Você não é completamente desprovido de talentos. Cai de um jeito esplêndido. — Os lábios de Sor Uthor brilharam quando ele sorriu. — Eu lhe emprestarei seu cavalo e sua armadura... se ficar a meu serviço.

— Serviço? — Dunk não entendeu. — Que tipo de serviço? Você tem um escudeiro. Precisa de uma guarnição para algum castelo?

— Precisaria, se tivesse um castelo. Verdade seja dita, prefiro uma boa estalagem. Castelos são muito caros para manter. Não, o serviço que preciso de você é que me enfrente mais algumas vezes em torneios. Vinte vezes devem ser suficientes. Pode fazer isso, certo? Você teria um décimo dos meus ganhos e, no futuro, prometo acertar nesse seu peito largo, não na cabeça.

— Quer que eu viaje com você para ser desmontado?

Sor Uthor deu uma risadinha, achando graça.

— Você é um espécime impressionante. Ninguém jamais vai acreditar que um velho de ombros encurvados e um caracol no escudo possa derrubá-lo. — Coçou o queixo. — Você precisa de um símbolo novo, por falar nisso. Aquele homem enforcado é sombrio o bastante, eu garanto, mas... Bem, está *enforcado*, não está? Morto e derrotado. Precisamos de algo mais feroz. Uma cabeça de urso, talvez. Uma caveira. Ou três caveiras, melhor ainda. Um bebê empalado em uma lança. Você precisa deixar o cabelo e a barba crescerem; quanto mais selvagem e desgrenhado, melhor. Há mais desses pequenos torneios do que você imagina. Com as probabilidades que posso conseguir, ganharíamos o suficiente para comprar um ovo de dragão antes...

— ... eu pareço desesperado? Perdi minha armadura, não minha honra. Você tem Trovão e minhas armas, nada mais.

— O orgulho o transformará em um mendigo, sor. Poderia fazer coisas muito piores do que cavalgar comigo. Pelo menos posso lhe ensinar uma ou duas lições sobre justas, a respeito das quais você é bem ignorante atualmente.

— Você me faria de tolo.

— Já fiz. E até mesmo os tolos precisam comer.

Dunk queria arrancar aquele sorriso do rosto dele.

— Vejo por que tem um caracol no escudo. Não é um cavaleiro de verdade.

— Você fala como um verdadeiro pateta. É tão cego que não consegue ver o perigo? — Sor Uthor colocou a taça de lado. — Sabe por que eu o acertei onde o fiz, sor? — Ficou em pé e tocou Dunk de leve no meio do peito. — Uma ponta de lança colocada aqui o teria jogado no chão com a mesma velocidade. A cabeça é um alvo menor, o golpe é mais difícil de acertar... embora provavelmente seja mais mortal. Fui pago para acertá-lo aí.

— Pago? — Dunk se afastou dele. — O que quer dizer?

— Seis dragões pagos com antecedência, mais quatro prometidos depois que você morresse. Uma soma insignificante pela vida de um cavaleiro. Seja grato por isso. Se tivessem oferecido mais, eu teria colocado a ponta da minha lança na fenda do seu elmo.

Dunk se sentiu atordoado de novo. *Por que alguém pagaria para me ver morto? Não fiz mal a ninguém em Alvasparedes.* Certamente, ninguém o odiava tanto quanto o irmão de Egg, Aerion, mas o Príncipe Brilhante estava no exílio do outro lado do mar estreito.

— Quem lhe pagou?

— Um criado trouxe o ouro ao nascer do sol, não muito depois que o mestre dos jogos acertou os pares. O rosto estava coberto com capuz, e ele não disse o nome de seu mestre.

— Mas por quê? — Dunk perguntou.

— Não perguntei. — Sor Uthor encheu sua taça novamente. — Acho que você tem mais inimigos do que imagina, Sor Duncan. Como não? Há quem diga que é a causa de todos os nossos problemas.

Dunk sentiu uma mão fria em seu coração.

— Explique o que quer dizer.

O Caracol deu de ombros.

— Posso não ter estado em Campina de Vaufreixo, mas as justas são meu pão e sal. Acompanho torneios de longe tão fielmente quanto os meistres seguem estrelas. Sei como certo cavaleiro andante se tornou a causa de um Julgamento de Sete em Campina de Vaufreixo, resultando na morte de Baelor Quebra-Lança pelas mãos do irmão Maekar. — Sor Uthor se sentou e esticou as pernas. — O príncipe Baelor era muito amado. O Príncipe Brilhante tinha amigos também, amigos que não esqueceram a causa de seu exílio. Pense na minha oferta, sor. O caracol pode deixar um rastro de gosma atrás dele, mas um pouco de gosma não faz mal a ninguém... Quando se dança com dragões, porém, deve esperar se queimar.

O dia parecia mais sombrio quando Dunk saiu da tenda do Caracol. As nuvens a leste estavam maiores e mais escuras, e o sol estava mergulhando no oeste, lançando uma sombra comprida pelo pátio. Dunk encontrou o escudeiro Will inspecionando as patas de Trovão.

— Onde está Egg? — perguntou para ele.

— O menino careca? Como vou saber? Vagando por aí.

Ele não aguentou se despedir de Trovão, Dunk imaginou. *Deve ter voltado para a tenda, com seus livros.*

Egg não estava na tenda, no entanto. Os livros estavam lá, ordenados em uma pilha ao lado do saco de dormir, mas não havia sinal do menino. Algo estava errado. Dunk conseguia sentir. Egg não era de vagar por aí sem sua permissão.

Dois homens de armas grisalhos bebiam cerveja de cevada do lado de fora de um pavilhão listrado, a alguns metros dali.

— ... bem, maldito seja, uma vez foi o bastante para mim — um deles murmurou. — A relva estava verde quando o sol nasceu, sim... — Parou de falar quando o outro homem lhe deu um cutucão, e só então notou a presença de Dunk. — Sor?

— Viram meu escudeiro? O nome dele é Egg.

O homem coçou a barba cinzenta por fazer, abaixo da orelha.

— Eu me lembro dele. Menos cabelo do que eu, e uma boca que era três vezes o seu tamanho. Alguns rapazes deram uma coça nele, mas isso foi na noite passada. Não o vi depois disso, sor.

— Deve ter se assustado — disse seu companheiro.

Dunk lhe deu um olhar duro.

— Se ele voltar, digam-lhe para esperar por mim aqui.

— Sim, sor. Faremos isso.

Talvez esteja apenas assistindo às justas. Dunk se dirigiu ao campo de disputas. Enquanto passava pelos estábulos, encontrou Sor Glendon Ball escovando um bonito alazão de batalha.

— Viu Egg? — perguntou para ele.

— Passou por aqui há algum tempo. — Sor Glendon puxou uma cenoura do bolso e alimentou o alazão. — Gosta do meu novo cavalo? Lorde Costayne mandou seu escudeiro resgatá-lo, mas eu lhe disse para guardar seu ouro. Pretendo ficar com ele.

— Sua Senhoria não vai gostar disso.

— Sua Senhoria disse que eu não tinha o direito de colocar uma bola de fogo no meu escudo. Disse que meu símbolo devia ser um monte de salgueiros. Sua Senhoria pode se foder.

Dunk não pôde deixar de sorrir. Tinha jantado na mesma mesa, engasgado com os mesmos pratos amargos servidos a gente como o Príncipe Brilhante e Sor Steffon Fossoway. Sentiu certa afinidade pelo jovem e irritadiço cavaleiro. *Pelo que sei, minha mãe foi uma puta também.*

— Quantos cavalos ganhou?

Sor Glendon deu de ombros.

— Perdi as contas. Mortimer Boggs ainda me deve um. Mas disse que prefere comer seu cavalo a ver o bastardo de uma puta qualquer cavalgando o animal.

E amassou a própria armadura com um martelo antes de mandá-la para mim. Está cheia de buracos. Imagino que possa conseguir alguma coisa em troca do metal. — Parecia mais triste do que zangado. — Havia um estábulo na... estalagem onde fui criado. Trabalhei lá quando era garoto e, quando podia, escapulia com os cavalos enquanto os donos estavam ocupados. Sempre fui bom com cavalos. Castrados, ronceiros, palafréns, cavalos de puxar carretas, de arados, de guerra, cavalguei todos eles. Até um corcel de areia de Dorne. Um velho que eu conhecia me ensinou a fazer minhas próprias lanças. Pensei que, se eu mostrasse para todos eles o quão bom eu era, não teriam escolha senão admitir que eu era filho do meu pai. Mas não vão fazer isso. Nem mesmo agora. Simplesmente não vão.

— Alguns nunca vão — Dunk lhe disse. — Não importa o que você faça. Outros, no entanto... Não são todos iguais. Conheci alguns que eram bons. — Pensou por um momento. — Quando o torneio acabar, Egg e eu pretendemos ir para o norte, pegar serviço em Winterfell e lutar pelos Stark contra os homens de ferro. Você podia ir conosco. — O norte era um mundo à parte, Sor Arlan sempre dizia. Ninguém naqueles lados devia conhecer a história de Jenny Merreca e o Cavaleiro do Salgueiro. *Ninguém vai rir de você lá. Vão conhecê-lo por sua lâmina e julgá-lo pelo seu valor.*

Sor Glendon lhe deu um olhar desconfiado.

— Por que eu faria isso? Está me dizendo que devo fugir e me esconder?

— Não, só pensei... Duas espadas em vez de uma. As estradas não são tão seguras quanto costumavam ser.

— Isso é verdade — o rapaz disse com tristeza. — Mas meu pai certa vez teve um lugar prometido entre a Guarda Real. Pretendo reivindicar o manto branco que ele nunca conseguiu usar.

Você tem tanta chance de usar um manto branco quanto eu, Dunk quase disse. *Você nasceu de uma seguidora de acampamento, e eu saí me arrastando da Baixada das Pulgas. Reis não veem honra em tipos como você e eu.* O rapaz não aceitaria a verdade com amabilidade, no entanto. Em vez disso, Dunk disse:

— Força para seu braço, então.

Tinha se afastado apenas alguns metros quando Sor Glendon o chamou.

— Sor Duncan, espere. Eu... Eu não devia ter sido tão ríspido. Um cavaleiro precisa ser cortês, minha mãe costumava dizer. — O rapaz parecia lutar em busca das palavras. — Lorde Peake veio me ver depois da minha última justa. Me ofereceu um lugar em Piquestrela. Ele disse que uma tempestade estava chegando a Westeros, daquelas que não eram vistas há uma geração, e que precisaria de espadas e homens a seu serviço. Homens leais, que saibam obedecer.

Dunk achava difícil acreditar naquilo. Gormon Peake deixara bem claro seu desprezo pelos cavaleiros andantes, tanto na estrada quanto no salão, mas a oferta era bem generosa.

— Peake é um grande senhor — disse cauteloso. — Mas... mas não é um homem em quem eu confiaria, acho.

— Não. — O rapaz corou. — Havia um preço. Ele me aceitaria a seu serviço, disse... mas primeiro eu teria de provar minha lealdade. Ele tinha visto que eu enfrentaria seu amigo, o Violinista, na sequência, e queria que eu jurasse perder.

Dunk acreditou nele. Devia estar surpreso, sabia disso, mas, de algum modo, não estava.

— O que você disse?

— Disse que não seria capaz de perder para o Violinista nem se eu tentasse, que já tinha derrubado homens muito melhores do que ele, que o ovo do dragão seria meu antes que o dia acabasse. — Ball abriu um sorriso débil. — Não era a resposta que ele queria. Me chamou de tolo e disse que era melhor eu tomar cuidado. O Violinista tinha muitos amigos, disse, e eu não tinha nenhum.

Dunk colocou a mão em seu ombro e apertou.

— Você tem um, sor. Dois, assim que eu encontrar Egg.

O rapaz o olhou nos olhos e assentiu.

— É bom saber que ainda há cavaleiros de verdade.

Dunk deu sua primeira boa olhada em Sor Tommard Heddle enquanto procurava Egg entre a multidão que assistia às listas. De constituição pesada e corpulento, com um peito que parecia um barril, o genro de Lorde Butterwell usava placa negra sobre couro cozido e um elmo ornamentado, moldado na forma de algum demônio com escamas e babando. Seu cavalo era três palmos mais alto do que Trovão e quinze quilos mais pesado; um animal monstruoso, blindado com um manto de cota de malha. O peso de todo aquele ferro o tornava lento, então Heddle nunca passava do trote enquanto atacava; mas isso não o impediu de acabar logo com Sor Clarence Charlton. Enquanto Charlton era tirado do campo sobre uma maca, Heddle removeu o elmo demoníaco. Sua cabeça era grande e careca, a barba, negra e quadrada. Furúnculos vermelhos e inflamados ulceravam suas bochechas e pescoço.

Dunk conhecia aquele rosto. Heddle era o cavaleiro que grunhira com ele no quarto quando tocara no ovo de dragão, o homem com a voz profunda que ouvira falar com Lorde Peake.

Uma confusão de palavras voltou até ele.

... banquete de mendigo, você colocou diante de nós... O menino é filho do pai? Açoamargo... Precisamos de um guerreiro... Sangue de Leite espera... O menino é

filho de seu pai? Garanto a você que Corvo de Sangue não se importa com sonhos... O menino é filho do pai?

Olhou para a arquibancada se perguntando se, de algum modo, Egg tinha planejado tomar seu lugar de direito entre os nobres. Mas não havia sinal do garoto. Butterwell e Frey não estavam lá, tampouco, embora a esposa de Butterwell estivesse rígida em seu assento, parecendo entediada e impaciente. *Isso é estranho*, Dunk refletiu. Aquele era o castelo de Butterwell, seu casamento, e Frey era o pai da noiva. Aquelas justas eram em honra ao casal. Para onde teriam ido?

— *Sor Uthor Underleaf* — o arauto ressoou. Uma sombra passou pelo rosto de Dunk enquanto o sol era engolido por uma nuvem. — *Sor Theomore da Casa Bulwer, o Boi Velho, um cavaleiro de Coroanegra. Venham adiante e provem seu valor.*

O Boi Velho era uma visão temível em sua armadura vermelho-sangue, com chifres negros de touro se erguendo do elmo. No entanto, precisava da ajuda de um escudeiro forte para subir no cavalo, e o jeito que sua cabeça se virava durante todo o tempo em que estava cavalgando sugeria que Sor Maynard estava certo sobre seu olho. Mesmo assim, o homem recebeu aplausos vigorosos quando entrou no campo.

O mesmo não aconteceu com o Caracol; sem dúvida, como ele preferia. Na primeira investida, os dois cavaleiros bateram as lanças umas nas outras. Na segunda, o Boi Velho acertou a lança no escudo de Sor Uthor, e o Caracol errou o golpe completamente. O mesmo aconteceu na terceira investida e, desta vez, Sor Uthor balançou como se estivesse prestes a cair. *Está fingindo*, Dunk percebeu. *Está deixando a disputa mais acirrada para aumentar as probabilidades contra ele na próxima vez*. Só tinha visto Will de relance, fazendo apostas para seu mestre. Só então lhe ocorreu que poderia ter engordado a própria bolsa apostando uma ou duas moedas no Caracol. *Dunk, o pateta, cabeça-dura como uma muralha de castelo.*

O Boi Velho caiu na quinta investida, atingido na lateral do corpo por uma ponta de lança que escorregou habilmente pelo escudo para atingi-lo no peito. Seu pé enroscou no estribo quando caiu e ele foi arrastado quase quarenta metros antes que conseguissem controlar seu cavalo. Novamente a maca entrou em cena para levá-lo ao meistre. Algumas gotas de chuva começaram a se precipitar enquanto Bulwer era levado embora, escurecendo seu sobretudo ao cair nele. Dunk observou, sem expressão. Estava pensando em Egg. *E se esse meu inimigo secreto colocou as mãos nele?* Fazia tanto sentido quanto qualquer outra coisa. *O menino é inocente. Se alguém tem algo contra mim, não deve ser ele a responder por isso.*

Sor John, o Violinista, estava vestindo a armadura para a próxima disputa quando Dunk o encontrou. Não menos do que três escudeiros o atendiam, prendendo as fivelas de sua armadura e cuidando dos arreios de seu cavalo; enquanto isso Lorde Alyn Cockshaw estava sentado ali perto, bebendo vinho com água e parecendo dolorido e rabugento. Quando viu Dunk, Lord Alyn cuspiu, derramando vinho sobre o peito.

— Como é que ainda está andando por aí? O Caracol afundou seu rosto.

— Pate de Aço fez um elmo bom e forte para mim, senhor. E minha cabeça é dura como pedra, como Sor Arlan costumava dizer.

O Violinista riu.

— Não preste atenção em Alyn. O bastardo de Bola de Fogo o desmontou com aquele cavalinho gordo e arqueado dele, então ele decidiu que odeia todos os cavaleiros andantes.

— Aquela criatura miserável e cheia de espinhas não é filho de Quentyn Ball — Alyn Cockshaw insistiu. — Ele nunca deveria ter tido permissão para competir. Se fosse meu casamento, eu o teria açoitado pela presunção.

— Que donzela casaria com você? — Sor John perguntou. — E a presunção de Ball é algo menos irritante do que esse seu beicinho. Sor Duncan, por acaso é amigo de Galtry, o Verde? Em breve devo separá-lo de seu cavalo.

Dunk não duvidava daquilo.

— Não conheço o homem, senhor.

— Aceita uma taça de vinho? Um pouco de pão e azeitonas?

— Só uma palavra, senhor.

— Pode ter todas as palavras que quiser. Vamos entrar no meu pavilhão. — O Violinista segurou a aba da tenda para ele. — Você não, Alyn. Para ser sincero, um pouco menos de azeitonas para você já estaria bom.

Lá dentro, o Violinista se voltou para Dunk.

— Eu sabia que Sor Uthor não tinha matado você. Meus sonhos nunca erram. E o Caracol terá de me enfrentar em breve. Assim que eu o desmontar, exigirei suas armas e armadura de volta. Seu cavalo também, embora mereça uma montaria melhor. Aceitaria um dos meus cavalos como presente?

— Eu... não... não posso aceitar. — O pensamento deixou Dunk desconfortável. — Não quero ser ingrato, mas...

— Se é a dívida que o incomoda, deixe esses pensamentos de lado. Não preciso de sua prata, sor. Só de sua amizade. Como pode ser um dos meus cavaleiros sem um cavalo? — Sor John vestiu as manoplas de aço articuladas e flexionou os dedos.

— Meu escudeiro está desaparecido.

— Fugiu com uma garota, talvez?

— Egg é jovem demais para garotas, senhor. Ele nunca me deixaria por vontade própria. Mesmo que eu estivesse morrendo, ele ficaria comigo até que meu cadáver esfriasse. O cavalo dele ainda está aqui. Assim como nossa mula.

— Se quiser, posso pedir para meus homens procurarem por ele.

Meus homens. Dunk não gostou de como aquilo soava. *Um torneio de traidores*, pensou.

— O senhor não é um cavaleiro andante.

— Não. — O sorriso do Violinista era cheio de um charme juvenil. — Mas você sabia disso desde o início. Me chama de *senhor* desde que nos encontramos na estrada, por que isso?

— O jeito como fala. Sua aparência. O jeito com que age. — *Dunk, o pateta, cabeça-dura como uma muralha de castelo*. — No telhado, noite passada, o senhor disse algumas coisas...

— O vinho me fez falar demais, mas fui sincero em cada palavra. Pertencemos um ao outro, você e eu. Meus sonhos não mentem.

— Seus sonhos não mentem, mas o senhor, sim — Dunk comentou. — John não é seu nome verdadeiro, é?

— Não. — O olhos do Violinista brilharam com malícia.

Ele tem os olhos de Egg.

— O nome verdadeiro dele será revelado em breve, para aqueles que precisam saber. — Lorde Gormon Peake se esgueirara para dentro do pavilhão, carrancudo. — Cavaleiro andante, eu estou avisando...

— Ah, pare com isso, Gormy — o Violinista disse. — Sor Duncan está conosco, ou estará em breve. Eu lhe disse, sonhei com ele. — Do lado de fora, a trombeta do arauto tocou. O Violinista virou a cabeça. — Estão me chamando para as listas. Por favor, me dê licença, Sor Duncan. Podemos retomar nossa conversa depois que eu derrotar Sor Galtry, o Verde.

— Força em seu braço — Dunk falou. Era apenas cortesia.

Lorde Gormon permaneceu depois que Sor John se foi.

— Os sonhos dele serão a morte de todos nós.

— Quanto custou para comprar Sor Galtry? — Dunk se ouviu dizendo. — Prata foi suficiente, ou ele exigiu ouro?

— Vejo que alguém falou demais. — Peake se sentou em uma cadeira de acampamento. — Tenho uma dúzia de homens lá fora. Devia chamá-los e fazê-los cortar sua garganta, sor.

— Por que não faz isso?

— Sua Graça não gostaria.

Sua Graça. Dunk sentiu como se alguém o tivesse socado no estômago. *Outro dragão negro*, pensou. *Outra Rebelião Blackfyre. E logo outro Campo do Capim Vermelho. O capim não estava vermelho quando o sol nasceu.*

— Por que este casamento?

— Lorde Butterwell queria uma esposa nova e jovem para aquecer sua cama, e Lorde Frey tinha uma filha um pouco maculada. As núpcias proporcionaram um pretexto plausível para que alguns senhores com ideias similares se reunissem. A maior parte dos convidados lutou pelo dragão negro no passado. O resto tem motivos para se ressentir do governo de Corvo de Sangue, ou nutre reclamações e ambições próprias. Muitos de nós têm filhos e filhas em Porto Real para garantir nossa lealdade futura, mas a maior parte dos reféns pereceu na Grande Praga da Primavera. Não estamos mais de mãos atadas. Nossa vez chegou. Aerys é fraco. Um homem estudioso, não um guerreiro. Os plebeus quase não o conhecem e não gostam do que sabem. Seus senhores o amam menos ainda. O pai dele era fraco também, essa é a verdade, mas quando o trono foi ameaçado ele tinha filhos para ir a campo por ele. Baelor e Maekar, o martelo e a bigorna... Mas Baelor Quebra-Lança já se foi, e o príncipe Maekar está enfiado em Solar de Verão, em desacordo com o rei e com a Mão.

Sim, Dunk pensou, *e agora um cavaleiro andante estúpido entregou seu filho favorito nas mãos de seus inimigos. Que forma melhor de garantir que o príncipe nunca saia de Solar de Verão?*

— Há Corvo de Sangue — disse. — Ele não é fraco.

— Não — Lorde Peake concordou. — Mas ninguém gosta de um feiticeiro, e fratricidas são amaldiçoados aos olhos dos deuses e dos homens. Ao primeiro sinal de fraqueza ou derrota, os homens de Corvo de Sangue desaparecerão como neve no verão. E se o sonho que o príncipe teve for verdade, e um dragão vivo aparecer aqui em Alvasparedes...

Dunk completou por ele:

— ... o trono é de vocês.

— Dele — Lorde Gormon Peake corrigiu. — Não sou mais do que um humilde servo. — Levantou-se. — Não tente deixar o castelo, sor. Se fizer isso, considerarei prova de traição, e você responderá com sua vida. Fomos longe demais para voltar atrás agora.

O céu cor de chumbo derramava uma chuva pesada enquanto John, o Violinista, e Sor Galtry, o Verde, pegavam lanças novas nos extremos opostos da lista. Alguns dos convidados do casamento fugiam na direção do grande salão, encolhidos sob os mantos.

Sor Galtry cavalgava um garanhão branco. Uma pluma caída, verde, adornava seu elmo; uma pluma igual enfeitava a proteção de pescoço do cavalo. Seu manto era feito de retalhos quadrados, cada um de um tom diferente de verde.

Ouro incrustado trazia brilho às grevas e manoplas, e seu escudo mostrava nove jades vermelhas sobre um fundo verde-claro. Até sua barba era tingida de verde, à moda dos homens de Tyrosh, do outro lado do mar estreito.

Nove vezes ele e o Violinista investiram com lanças niveladas, o cavaleiro dos retalhos verdes e o jovem senhor das espadas e dos violinos dourados, e nove vezes as lanças quebraram. No oitavo ataque, o chão já tinha ficado mole, e os grandes cavalos de guerra espalhavam água das poças de chuva. No nono, o Violinista quase perdeu o assento, mas se recuperou antes de cair.

— Belo golpe — gritou, rindo. — Quase me derrubou, sor.

— Em breve — o cavaleiro verde gritou em meio à chuva.

— Não, acho que não. — O Violinista jogou a lança quebrada de lado, e um escudeiro lhe deu uma nova.

A investida seguinte foi a última. A lança de Sor Galtry raspou no escudo do Violinista, sem efeito, enquanto a de Sor John acertou o cavaleiro verde bem no meio do peito e o derrubou da sela, fazendo-o aterrissar em uma grande poça marrom. A leste, Dunk viu o clarão de um relâmpago distante.

As arquibancadas se esvaziavam rapidamente, enquanto tanto plebeus quanto senhores se esforçavam para sair do molhado.

— Veja como correm — murmurou Alyn Cockshaw enquanto se colocava ao lado de Dunk. — Algumas gotas de chuva e todos os ousados senhores vão gritando procurar abrigo. O que farão quando a tempestade de verdade começar? É o que me pergunto.

A tempestade de verdade. Dunk sabia que Lorde Alyn não estava falando do clima. *O que ele quer? Por que de repente resolveu ser meu amigo?*

O arauto subiu de novo na plataforma.

— *Sor Tommard Heddle, um cavaleiro de Alvasparedes, a serviço de Lorde Butterwell* — gritou enquanto um trovão retumbava a distância. — *Sor Uthor Underleaf. Venham adiante e provem seu valor.*

Dunk olhou para Sor Uthor a tempo de ver o sorriso do Caracol azedar. *Não foi por essa disputa que ele pagou.* O mestre dos jogos o enganara. Mas por quê? *Alguém mais interferiu no torneio, alguém que Cosgrove estima mais do que Uthor Underleaf.* Dunk remoeu aquilo por um momento. *Eles o veem como uma ameaça, então pretendem que o Negro Tom o tire do caminho do Violinista.* O próprio Heddle era parte da conspiração de Peake; podia perder quando fosse necessário. O que não deixava ninguém senão...

E, de repente, o próprio Lorde Peake saiu correndo pelo campo enlameado para subir os degraus até a plataforma do arauto, o manto se agitando atrás dele.

— *Fomos traídos!* — gritou. — Corvo de Sangue tem um espião entre nós. O ovo do dragão foi roubado!

Sor John, o Violinista, deu meia-volta com sua montaria.

— Meu ovo? Como isso é possível? Lorde Butterwell mantém guardas do lado de fora de seu quarto dia e noite.

— Mortos — Lorde Peake declarou. — Mas um homem contou a identidade de seu assassino antes de morrer.

Ele pretende me acusar?, Dunk se perguntou. Uma dúzia de homens o vira tocar no ovo de dragão na noite anterior, quando levara a Senhora Butterwell até a cama do senhor seu marido.

O dedo de Lorde Gormon apontava para baixo, acusador.

— Lá está ele. O filho da prostituta. Prendam-no.

Na outra extremidade das listas, Sor Glendon Ball ergueu o olhar, confuso. Por um momento, não pareceu compreender o que estava acontecendo, até que viu homens correndo em sua direção, vindos de todos os lados. O garoto então se moveu mais rápido do que Dunk teria acreditado. Tinha a espada meio desembainhada quando o primeiro homem passou o braço ao redor de sua garganta. Ball lutou para se livrar daquele aperto, mas outros dois já estavam sobre ele. Bateram no rapaz e o arrastaram pela lama. Outros homens pulavam em cima dele, gritando e chutando. *Podia ter sido eu*, Dunk percebeu. Sentiu-se tão impotente quanto em Vaufreixo, naquele dia em que tinham lhe dito que perderia uma mão e um pé.

Alyn Cockshaw o puxou para trás.

— Fique fora disso se quiser encontrar seu escudeiro.

Dunk se virou para ele.

— O que quer dizer?

— Talvez eu saiba onde encontrar o garoto.

— Onde? — Dunk não estava a fim de jogos.

Na outra extremidade do campo, Sor Glendon foi colocado bruscamente de pé e amarrado entre dois homens de armas em cota de malha e meio elmo. Estava sujo de lama da cintura aos pés, e sangue e chuva escorriam por suas bochechas. *Sangue de herói*, pensou Dunk, enquanto o Negro Tom desmontava diante do cativo.

— Onde está o ovo?

Sangue escorria da boca de Ball.

— Por que eu roubaria o ovo? Estava prestes a ganhá-lo.

Sim, Dunk pensou, *e não podiam permitir isso*.

Negro Tom bateu no rosto de Ball com a mão enluvada com cota de malha.

— Procurem nos alforjes dele — Lorde Peake ordenou. — Vamos encontrar o ovo de dragão enrolado e escondido, aposto.

Lorde Alyn abaixou a voz.

— E lá vão eles. Venha comigo se quer encontrar seu escudeiro. Não há momento melhor do que agora, enquanto estão todos ocupados. — Não esperou resposta. Dunk teve de segui-lo. Três passos grandes o colocaram ao lado do nobre.

— Se você tiver causado qualquer dano a Egg...

— Não gosto de meninos. Por aqui. Vamos acelerar o passo.

Passaram por uma arcada, seguiram até um conjunto de degraus enlameados, viraram uma esquina; Dunk seguia atrás do homem, espalhando água das poças enquanto a chuva caía ao redor deles. Permaneceram perto da muralha, escondidos nas sombras, e por fim chegaram a um pátio fechado onde as pedras do pavimento eram suaves e lisas. Havia construções por todos os lados. Sobre eles, janelas fechadas e trancadas. No centro do pátio havia um poço, cercado por um muro baixo de pedras.

Um lugar solitário, Dunk pensou. Não gostava da sensação. Velhos instintos o fizeram levar a mão para o punho da espada, até se lembrar de que o Caracol tinha ficado com a arma. Ao tatear o quadril, onde a espada deveria estar pendurada, sentiu a ponta de uma adaga cutucando a parte inferior de suas costas.

— Se vire para mim e arranco seus rins, depois os dou para as cozinheiras de Butterwell prepararem para o banquete. — Ele empurrava a adaga contra a parte de trás do colete de Dunk, insistente. — Vá até o poço. Sem movimentos súbitos, sor.

Se ele jogou Egg naquele poço, eu precisaria de mais do que uma faquinha de brinquedo para salvar o menino. Dunk avançou devagar. Podia sentir a raiva crescendo em seu interior.

A lâmina em suas costas desapareceu.

— Pode se virar e me encarar agora, cavaleiro andante.

Dunk se virou.

— Senhor. Isso é por causa do ovo do dragão?

— Não. Isso é por causa do dragão. Acha que vou ficar parado e deixar que você o roube? — Sor Alyn fez uma careta. — Eu devia saber que não podia confiar naquele Caracol miserável para matar você. Vou pegar meu ouro de volta, cada moeda.

Ele?, Dunk pensou. *O nobre gorducho, de rosto pálido e perfumado é meu inimigo secreto?* Não sabia se ria ou chorava.

— Sor Uthor mereceu o ouro. É que eu tenho a cabeça dura.

— Parece que sim. Para trás. — Dunk deu um passo para trás. — De novo. De novo. Mais um.

Outro passo e ele encostou no poço. A parte de baixo de suas costas pressionava as pedras.

— Sente-se na borda. Não tem medo de um pequeno banho, tem? Não pode ficar mais molhado do que está agora.

— Não sei nadar. — Dunk apoiou a mão no poço. As pedras estavam molhadas. Uma se moveu sob a pressão da palma de sua mão.

— Que pena. Vai pular ou terei de empurrá-lo?

Dunk olhou para baixo. Podia ver as gotas de chuva caindo na água, a uns bons seis metros abaixo. As paredes estavam cobertas com uma camada de algas.

— Nunca lhe causei mal algum.

— E nunca causará. Daemon é meu. Eu comandarei sua Guarda Real. Você não é digno de um manto branco.

— Nunca afirmei que fosse. — *Daemon*. O nome soou na cabeça de Dunk. *Não é John. É Daemon, como o pai. Dunk, o pateta, cabeça-dura como uma muralha de castelo.* — Daemon Blackfyre gerou sete filhos. Dois morreram no Campo do Capim Vermelho, gêmeos...

— Aegon e Aemon. Miseráveis valentões sem juízo, como você. Quando éramos pequenos, tinham prazer em atormentar Daemon e a mim. Chorei quando Açoamargo o levou para o exílio, e de novo quando Lorde Peake me disse que ele estava vindo para casa. Mas depois ele o viu na estrada e esqueceu que eu existia. — Cockshaw balançou a adaga ameaçadoramente. — Você pode ir para a água como está, ou pode ir sangrando. Como vai ser?

Dunk fechou a mão ao redor da pedra solta. Estava muito menos solta do que esperava. Antes que pudesse soltá-la, Sor Alyn avançou. Dunk girou de lado e a ponta da adaga cortou a carne do seu braço que segurava o escudo. Foi quando a pedra se soltou. Dunk bateu com ela na boca de Sua Senhoria e sentiu o dente dele quebrar com o golpe.

— O poço, é? — Acertou o nobre na boca de novo, depois soltou a pedra e agarrou Cockshaw pelo pulso, torcendo-o até quebrar um osso e derrubar a adaga nas pedras.

— Depois de você, senhor. — Dando um passo para o lado, Dunk puxou o braço do nobre e lhe deu um chute no traseiro. Lorde Alyn caiu de cabeça no poço. Foi possível ouvir o barulho de algo atingindo a superfície da água.

— Muito bem, sor.

Dunk se virou. Sob a chuva, tudo o que conseguia ver era uma forma encapuzada e um único olho branco e opaco. Foi só quando o homem veio adiante que o rosto mergulhado nas sombras do capuz assumiu as feições familiares de Sor Maynard Plumm; o olho nada mais era do que o broche de pedra da lua que prendia o manto no ombro.

Lá embaixo no poço, Lorde Alyn se debatia, espalhava água e gritava por socorro.

— *Assassino*! Alguém me ajude.

— Ele tentou me matar — Dunk falou.

— Isso explicaria todo esse sangue.

— Sangue? — Olhou para baixo. O braço esquerdo estava vermelho do ombro ao cotovelo, a túnica grudando na pele. — Ah.

Dunk não se lembrava de ter caído, mas de repente estava no chão, com gotas de chuva escorrendo pelo rosto. Podia ouvir Lorde Alyn choramingando no poço, mas o barulho de água chapinhando tinha ficado mais fraco.

— Precisamos cuidar desse corte. — Sor Maynard passou o braço por baixo de Dunk. — Em pé, vamos. Não consigo levantá-lo sozinho. Use as pernas.

Dunk usou as pernas.

— Lorde Alyn. Ele vai se afogar.

— Ninguém vai sentir falta dele. Muito menos o Violinista.

— Ele não é — Dunk arquejou, pálido de dor — um violinista.

— Não. É Daemon da Casa Blackfyre, Segundo do Seu Nome. Seria o primeiro se conseguisse chegar ao Trono de Ferro. Ficaria surpreso em saber quantos senhores preferem que seus reis sejam corajosos e estúpidos. Daemon é jovem e arrojado, e fica bem em um cavalo.

Os sons no poço já estavam quase fracos demais para serem ouvidos.

— Não devíamos jogar uma corda para Sua Senhoria?

— Salvá-lo agora para executá-lo mais tarde? Acho que não. Deixe-o saborear a refeição que pretendia servir a você. Venha, se apoie em mim. — Plumm o guiou pelo pátio. De perto, havia algo estranho nas feições de Sor Maynard. Quanto mais Dunk olhava, menos parecia ver. — Eu o aconselhei a fugir, você se lembra, mas você estima mais sua honra do que sua vida. Uma morte honrada é muito boa, mas e se a vida em risco não for a sua? Responderia o mesmo, sor?

— A vida de quem? — Do poço veio o último barulho de água. — Egg? Quer dizer Egg? — Dunk agarrou o braço de Plumm. — *Onde ele está?*

— Com os deuses. E você sabe o porquê, acho.

A dor que Dunk sentiu por dentro o fez esquecer seu braço. Gemeu.

— Ele tentou usar a bota.

— É o que suponho. Ele mostrou o anel para Meistre Lothar, que o entregou para Butterwell, que sem dúvida mijou nos calções ao vê-lo e começou a se perguntar se tinha escolhido o lado errado e o quanto Corvo de Sangue sabia sobre a conspiração. A resposta para esta última pergunta é "bastante". — Plumm riu.

— *Quem é você?*

— Um amigo — respondeu Maynard Plumm. — Um que o esteve observando e se perguntando sobre sua presença neste ninho de víboras. Agora fique quieto até consertarmos você.

Permanecendo nas sombras, os dois se dirigiram até a pequena tenda de Dunk. Uma vez lá dentro, Sor Maynard acendeu o fogo, encheu uma tigela de vinho e a colocou nas chamas para ferver.

— É um corte limpo e, pelo menos, não é seu braço da espada — disse, rasgando a manga da túnica manchada de sangue de Dunk. — O corte parece ter errado o osso. Mesmo assim, precisamos lavar, ou você pode perder o braço.

— Não importa. — O estômago de Dunk estava embrulhado, e ele sentia que podia vomitar a qualquer momento. — Se Egg está morto...

— ... a culpa é sua. Você devia tê-lo levado embora daqui. Mas eu nunca disse que o garoto estava morto. Disse que estava com os deuses. Você tem linho limpo? Seda?

— Minha túnica. A boa, que consegui em Dorne. O que quer dizer com ele está com os deuses?

— Tudo a seu tempo. Primeiro, seu braço.

O vinho logo começou a fumegar. Sor Maynard encontrou a túnica boa de seda de Dunk, cheirou-a com desconfiança, depois pegou uma adaga e começou a cortá-la. Dunk engoliu os protestos.

— Ambrose Butterwell nunca foi o que se chamaria de *decidido* — Sor Maynard disse, enquanto enrolava três tiras de seda e as deixava cair no vinho. — Ele tinha dúvidas a respeito dessa conspiração desde o início, dúvidas que se inflamaram quando descobriu que o garoto não trazia a espada. E, nesta manhã, o ovo de dragão desapareceu e, com ele, o resto de sua coragem.

— Sor Glendon não roubou o ovo — Dunk afirmou. — Ele estava no pátio o dia todo, disputando ou vendo as disputas dos outros.

— Peake encontrará o ovo no alforje dele do mesmo jeito. — O vinho já estava fervendo. Plumm colocou uma luva de couro. — Tente não gritar — disse, depois pegou uma tira de seda do vinho fervente e começou a limpar o corte.

Dunk não gritou. Rangeu os dentes, mordeu a língua e bateu o punho contra a coxa com força o bastante para deixar hematomas, mas não gritou. Sor Maynard usou o resto da túnica para fazer uma bandagem, e a amarrou com força em volta do braço do cavaleiro andante.

— Como se sente? — perguntou quando acabou.

— Bem mal. — Dunk estremeceu. — *Onde está Egg?*

— Com os deuses. Já lhe disse.

Dunk estendeu o braço e segurou o pescoço de Plumm com a mão boa.

— Fale claramente. Estou cansado de enigmas e piscadelas. Me diga onde encontrar o menino, ou vou quebrar seu maldito pescoço, seja você amigo ou não.

— No septo. Faria bem em ir armado. — Sor Maynard sorriu. — Está claro o bastante para você, Dunk?

* * *

Sua primeira parada foi no pavilhão de Sor Uthor Underleaf.

Quando Dunk entrou, encontrou apenas o escudeiro Will inclinado sobre uma tina, esfregando as roupas íntimas do mestre.

— Você de novo? Sor Uthor está no banquete. O que quer?

— Minha espada e meu escudo.

— Trouxe o resgate?

— Não.

— Então por que eu deixaria você levar suas armas?

— Preciso delas.

— Isso não é um bom motivo.

— Que tal: tente me impedir e eu mato você?

Will ficou boquiaberto.

— Estão bem ali.

Dunk parou do lado de fora do septo do castelo. *Que os deuses permitam que eu não tenha chegado tarde demais.* O cinturão da espada estava de volta ao lugar costumeiro, preso com firmeza à cintura. Colocou o escudo da forca no braço machucado, o peso fazendo pontadas de dor se irradiarem pelo membro a cada passo. Se alguém esbarrasse nele, era provável que gritasse. Abriu as portas com a mão boa.

Do lado de dentro, o septo estava escuro e silencioso, iluminado apenas pelas velas que tremeluziam nos altares dos Sete. A maior parte das velas acesas estava diante do Guerreiro, o que era de esperar em um torneio; muitos cavaleiros deviam ter ido ali para rezar por força e coragem antes de enfrentarem as listas. O altar do Estranho estava envolto em sombras, com uma única vela acesa. A Mãe e o Pai tinham uma dúzia de velas cada, e o Ferreiro e a Donzela um pouco menos. E, embaixo da lanterna brilhante da Velha, Lorde Butterwell estava ajoelhado, de cabeça baixa, rezando silenciosamente por sabedoria.

Não estava sozinho. Nem bem Dunk olhara para ele e dois homens de armas se moveram para interceptá-lo, as expressões severas sob meios elmos. Ambos usavam cota de malha embaixo de sobretudo listrado com as ondas verdes, brancas e amarelas da Casa Butterwell.

— Pare, sor — um deles disse. — Não tem o que fazer aqui.

— Sim, ele tem. Eu *avisei* que ele me encontraria.

Era a voz de Egg.

Quando saiu das sombras embaixo do Pai, a cabeça raspada brilhando sob as luzes das velas, Dunk quase correu até o menino para abraçá-lo com um grito de alegria e esmagá-lo entre os braços. Mas algo no tom de voz de Egg o fez hesitar. *Ele parece mais zangado do que assustado, e nunca o vi tão sério. E Butterwell de joelhos. Tem algo estranho aqui.*

Lorde Butterwell ficou em pé. Mesmo sob a luz fraca das velas, sua carne parecia pálida e pegajosa.

— Deixem-no passar — disse para os guardas. Quando eles se afastaram, acenou para que Dunk se aproximasse. — Não fiz mal ao menino. Conheci bem o pai dele quando fui Mão do Rei. O príncipe Maekar precisa saber que nada disso foi ideia minha.

— Ele saberá — Dunk prometeu. *O que está acontecendo aqui?*

— Peake. Isso tudo é coisa dele, juro pelos Sete. — Lorde Butterwell colocou a mão no altar. — Que os deuses façam um raio cair na minha cabeça se estiver mentindo. Ele me disse quem eu devia convidar e quem devia ser excluído, e trouxe esse menino pretendente dele. Nunca quis fazer parte de nenhuma traição, precisam acreditar em mim. Já Tom Heddle, ele me incentivou, não vou negar. É meu genro, casado com minha filha mais velha, mas não vou mentir, ele é parte disso.

— Ele é seu campeão — Egg falou. — Se ele está nisso, então você também está.

Fique quieto, Dunk queria urrar. *Essa sua língua solta ainda vai nos matar.* Mesmo assim, Butterwell parecia intimidado.

— Meu senhor, você não entende. Heddle comanda minha guarnição.

— Você deve ter *alguns* guardas leais — Egg disse.

— Esses homens são — Butterwell assegurou. — E mais alguns. Tenho sido muito frouxo, confesso, mas nunca fui um traidor. Frey e eu tínhamos dúvidas sobre o pretendente de Lorde Peake desde o início. *Ele não tem a espada!* Se ele fosse filho do pai, Açoamargo o teria armado com a Blackfyre. E toda essa conversa sobre o dragão... Loucura, loucura e tolice. — Sua Senhoria limpou o suor da testa com a manga. — E agora eles pegaram o ovo, o ovo de dragão que meu avô ganhou do próprio rei como recompensa por serviços leais. Estava lá esta manhã quando eu acordei, e meus guardas juram que ninguém entrou ou saiu do quarto. Pode ser que Lorde Peake os tenha comprado, não posso dizer, mas *o ovo se foi*. Deve estar com eles, ou então...

Ou então o dragão saiu do ovo, Dunk pensou. Se um dragão vivo aparecesse novamente em Westeros, tanto senhores quanto plebeus se reuniriam em torno de qualquer príncipe que reivindicasse tal façanha.

— Meu senhor — Dunk começou —, gostaria de uma palavra com meu... meu escudeiro, se me permite.

— Como desejar, sor. — Lorde Butterwell se ajoelhou para rezar novamente.

Dunk puxou Egg de lado e se apoiou sobre um dos joelhos para falar com ele cara a cara.

— Vou lhe dar um tapão tão forte que sua cabeça vai virar para trás, e você passará o resto da vida olhando por onde veio.

— Você devia fazer mesmo isso, sor. — Egg teve a consideração de parecer envergonhado. — Sinto muito. Só queria mandar um corvo para meu pai.

Para que eu pudesse continuar um cavaleiro. O menino tinha boas intenções. Dunk olhou de relance para onde Butterwell estava rezando.

— O que fez com ele?

— Eu o assustei, sor.

— Sim, isso eu vi. Ele vai ter crostas de ferida nos joelhos antes que a noite acabe.

— Não sabia mais o que fazer, sor. O meistre me trouxe até eles assim que mostrei o anel do meu pai.

— Eles?

— Lorde Butterwell e Lorde Frey, sor. Alguns guardas estavam lá também. Todo mundo estava desconcertado. Alguém roubou o ovo do dragão.

— Não você, espero...

Egg negou com a cabeça.

— Não, sor. Eu sabia que estava encrencado quando o meistre mostrou meu anel para Lorde Butterwell. Pensei em dizer que tinha roubado, mas não acho que ele acreditaria em mim. Então lembrei da vez que ouvi meu pai falar sobre algo que Lorde Corvo de Sangue disse, sobre como era melhor ser assustador do que assustado, então eu lhes disse que meu pai nos mandara aqui para espionar, que ele estava a caminho com um exército, que era melhor Sua Senhoria me libertar e desistir da traição, ou isso significaria sua cabeça. — Deu um sorriso envergonhado. — Funcionou melhor do que eu imaginava, sor.

Dunk queria segurar o menino pelos ombros e sacudi-lo até seus dentes rangerem. *Isso não é um jogo*, devia ter urrado. *Isso é vida ou morte.*

— Lorde Frey ouviu tudo isso também?

— Sim. Desejou felicidade a Lorde Butterwell em seu casamento e anunciou que estava voltando para as Gêmeas imediatamente. Foi quando Sua Senhoria nos trouxe para cá para rezar.

Frey podia fugir, Dunk pensou, *mas Butterwell não tem essa opção, e cedo ou tarde vai começar a se perguntar por que o príncipe Maekar e seu exército não apareceram.*

— Se Lorde Peake soubesse que você está no castelo...

As portas externas do septo se abriram com um estrondo. Dunk se virou para ver Negro Tom Heddle brilhando em cota de malha e placa, com água da chuva pingando do manto ensopado e formando poças sob seus pés. Uma dúzia de homens de armas estava com ele, armados com lanças e machados. Relâmpagos reluziam azuis e brancos no céu atrás deles, lançando sombras súbitas no chão de pedra clara. Uma rajada de vento fez a chama de todas as velas do septo dançarem.

Ah, sete infernos malditos, foi tudo o que Dunk teve tempo de pensar antes que Heddle dissesse:

— Eis o garoto. Peguem-no.

Lorde Butterwell ficou em pé.

— Não. Alto. O garoto não deve ser molestado. Tommard, o que significa isso?

O rosto de Heddle se contorceu de desprezo.

— Nem todos nós temos leite correndo nas veias, Vossa Senhoria. Levarei o garoto.

— Você não entende. — A voz de Butterwell se convertera em um tremor alto e fino. — Estamos acabados. Lorde Frey se foi, e outros o seguirão. O príncipe Maekar está vindo com um exército.

— Mais razões para pegar o menino como refém.

— Não, não — Butterwell falou. — Não quero mais contato com Lorde Peake ou seu pretendente. Não vou lutar.

Negro Tom olhou friamente para seu senhor.

— Covarde. — Cuspiu. — Diga o que quiser. Vai lutar ou morrer, meu senhor. — Apontou para Egg. — Um veado para o primeiro homem a derramar sangue.

— Não, não. — Butterwell se virou para seus próprios guardas. — Detenham--nos, ouviram? Eu ordeno. Detenham-nos. — Mas todos os guardas estavam parados, confusos, sem saber a quem deviam obedecer.

— Devo fazer isso eu mesmo, então? — Negro Tom desembainhou a espada longa.

Dunk fez o mesmo.

— Atrás de mim, Egg.

— Abaixem as armas, vocês dois! — Butterwell gritou. — Não quero banho de sangue no septo! Sor Tommard, este homem é escudo juramentado do príncipe. Ele vai matá-lo!

— Só se cair em cima de mim. — Negro Tom mostrou os dentes em um sorriso duro. — Eu o vi disputar uma justa.

— Sou melhor com uma espada — Dunk o advertiu.

Heddle respondeu com um grunhido e atacou.

Dunk empurrou Egg bruscamente para trás e se virou para encontrar a lâmina do adversário. Bloqueou bem o primeiro golpe, mas o solavanco da espada de Negro Tom atingindo seu escudo e o corte enfaixado atrás dele enviou uma onda de dor através de seu braço. Tentou golpear a cabeça de Heddle em resposta, mas

Negro Tom desviou e o atacou de novo. Dunk quase não conseguiu bloquear com o escudo. Lascas de pinho voaram e Heddle deu uma gargalhada, intensificando o ataque, embaixo e em cima, embaixo e em cima novamente. Dunk detinha os golpes com o escudo, mas cada um deles era uma agonia, e ele se viu cedendo terreno.

— Pegue ele, sor — ouviu Egg gritar. — Pegue ele, pegue ele, ele está *bem ali*.

Dunk sentia gosto de sangue e, pior, seu corte tinha aberto novamente. Uma onda de tontura o atravessou. A lâmina de Negro Tom estava fazendo o grande escudo triangular em pedaços. *Carvalho e ferro, guardem-me bem, senão estou morto e no inferno também*, Dunk pensou, antes de se lembrar de que seu escudo era feito de pinho. Quando suas costas bateram com força no altar, ele caiu sobre um joelho e percebeu que não tinha mais terreno para ceder.

— Você não é um cavaleiro — Negro Tom falou. — São lágrimas em seus olhos, imbecil?

Lágrimas de dor. Dunk se esforçou para ficar em pé e acertou o inimigo com o escudo.

Negro Tom tropeçou para trás, mas de algum modo manteve o equilíbrio. Dunk foi atrás dele, acertando com o escudo uma vez e depois outra, usando seu tamanho e sua força para bater em Heddle até metade do septo. Depois brandiu o escudo de lado e atacou com a espada longa, e Heddle gritou quando o aço atravessou profundamente a lã e o músculo de sua coxa. A espada dele balançava descontrolada, e os golpes eram desesperados e desajeitados. Dunk deixou o escudo bloquear mais um golpe e colocou todo o peso no contra-ataque.

Negro Tom deu um passo para trás e encarou horrorizado seu antebraço se debatendo no chão, sob o altar do Estranho.

— Você... — arquejou. — Você, você...

— Eu lhe disse. — Dunk fincou a espada na garganta do homem. — Sou melhor com uma espada.

Dois dos homens de armas fugiram pela chuva enquanto uma poça de sangue se formava sob o corpo de Negro Tom. Os outros agarravam a lança, hesitantes, olhando com cautela para Dunk enquanto esperavam que seu senhor dissesse alguma coisa.

— Isso... isso não devia ter acontecido — Butterwell enfim conseguiu dizer. Virou-se para Dunk e Egg. — Devemos deixar Alvasparedes antes que aqueles dois contem para Gormon Peake o que aconteceu. Ele tem mais amigos entre os convidados do que eu. O portão traseiro, na muralha norte, vamos escapar por lá... Vamos, precisamos nos apressar.

Dunk embainhou a espada.

— Egg, vá com Lorde Butterwell. — Colocou o braço ao redor do menino e baixou o tom de voz. — Não fique com ele mais tempo do que o necessário. Dê rédeas para Chuva e fuja antes que Sua Senhoria mude de lado outra vez. Vá para Lagoa da Donzela, é mais perto do que Porto Real.

— E quanto a você, sor?

— Não se preocupe comigo.

— Sou seu escudeiro.

— Sim — Dunk falou. — E por isso, fará o que digo ou lhe darei um tapão na orelha.

Um grupo de homens deixava o grande salão, parando tempo suficiente para levantar os capuzes antes de se aventurarem na chuva. O Boi Velho estava entre eles, assim como o magricela Lorde Caswell, novamente bêbado. Ambos abriam um espaço amplo para Dunk. Sor Mortimer Boggs lhe deu um olhar curioso, mas achou melhor não falar com ele. Já Uthor Underleaf não foi tão tímido.

— Chegou tarde para o banquete, sor — disse, enquanto vestia as luvas. — E vejo que está portando uma espada novamente.

— Eu lhe darei o resgate por isso, se é tudo com o que se preocupa. — Dunk deixara o escudo destruído para trás e enrolara o manto no braço machucado para esconder o sangue. — A menos que eu morra. Nesse caso, tem permissão para saquear meu cadáver.

Sor Uthor deu uma gargalhada.

— Sinto cheiro de galhardia ou é apenas estupidez? Os dois odores são muito parecidos, se bem me lembro. Não é tarde demais para aceitar minha oferta, sor.

— É mais tarde do que pensa — Dunk o advertiu.

Não esperou a resposta de Underleaf e passou por ele, atravessando as portas duplas. O grande salão cheirava a cerveja, fumaça e lã molhada. No mezanino, alguns músicos tocavam suavemente. Risadas ecoavam das mesas principais, onde Sor Kirby Pimm e Sor Lucas Nayland jogavam um jogo de bebidas. Sobre o tablado, Lorde Peake conversava com Lorde Costayne em um tom sério, enquanto a nova noiva de Ambrose Butterwell estava sentada, abandonada, em seu assento de espaldar alto.

Na área mais simples do salão, Dunk encontrou Sor Kyle afogando seus infortúnios na cerveja de Lorde Butterwell. Estava diante de um pedaço de pão sem miolo cheio de um guisado grosso feito com restos de comida da noite anterior. "Uma tigela de castanho", era como chamavam aquele prato nas lojas de sopa de Porto Real. Sor Kyle claramente não tinha estômago para aquilo. Intocado, o guisado tinha esfriado, e uma película de gordura brilhava em cima do caldo marrom.

Dunk se sentou no banco ao lado dele.

— Sor Kyle.

O Gato assentiu.

— Sor Duncan. Quer um pouco de cerveja?

— Não. — Cerveja era a última coisa de que precisava.

— Está indisposto, sor? Perdoe-me, mas parece...

... melhor do que me sinto.

— O que aconteceu com Glendon Ball?

— Foi levado para o calabouço. — Sor Kyle balançou a cabeça. — Filho de prostituta ou não, o garoto nunca me pareceu um ladrão.

— Ele não é.

Sor Kyle apertou os olhos na direção dele.

— Seu braço... Como...

— Uma adaga. — Dunk virou o rosto para o tablado, franzindo o cenho.

Escapara da morte duas vezes naquele dia. Sabia que era o bastante para a maioria dos homens. *Dunk, o pateta, cabeça-dura como uma muralha de castelo.* Ficou em pé.

— Vossa Graça — chamou.

Alguns homens ali perto abaixaram a colher, interrompendo as conversas, e se viraram para olhá-lo.

— *Vossa Graça* — Dunk disse novamente, mais alto. Atravessou o tapete de Myr, na direção do estrado. — *Daemon.*

Agora, metade do salão estava em silêncio. Na mesa principal, o homem que chamava a si mesmo de Violinista virara para sorrir para ele. Vestira uma túnica púrpura para o banquete, Dunk viu. *Púrpura, para destacar a cor de seus olhos.*

— Sor Duncan, fico feliz que esteja conosco. O que quer comigo?

— Justiça — Dunk falou. — Para Glendon Ball.

O nome ecoou pelas paredes e, por meio segundo, todos os homens, mulheres e crianças no salão ficaram paralisados. Depois Lorde Costayne bateu com o punho na mesa e gritou:

— É a morte que ele merece, não justiça.

Uma dúzia de vozes ecoaram a dele.

— Ele é bastardo — Sor Harbert Paege declarou. — Todos os bastardos são ladrões ou coisa pior. O sangue dirá.

Por um momento, Dunk se desesperou. *Estou sozinho aqui.* Mas então Sor Kyle, o Gato, ficou em pé, cambaleando de leve.

— O garoto pode ser um bastardo, meus senhores, mas é bastardo de *Bola de Fogo*. É como Sor Harbert disse. O sangue dirá.

Daemon franziu o cenho.

— Ninguém honra Bola de Fogo mais do que eu — disse. — Não acredito que esse falso cavaleiro seja da semente dele. Ele roubou o ovo do dragão e assassinou três bons homens ao fazer isso.

— Ele não roubou nada e não matou ninguém — Dunk insistiu. — Se três homens foram assassinados, olhe para outro lugar em busca do assassino. Vossa Graça sabe tão bem quanto eu que Sor Glendon estava no pátio o dia todo, disputando uma justa após a outra.

— Sim — Daemon admitiu. — Ponderei isso. Mas o ovo de dragão foi encontrado entre os pertences dele.

— Foi? Onde está agora?

Lorde Gormon Peake se levantou, o olhar frio e imperioso.

— Seguro e bem guardado. E por que isso é da sua conta, sor?

— Traga-o para cá — Dunk pediu. — Gostaria de dar outra olhada nele, senhor. Na outra noite, só o vi por um momento.

Os olhos de Peake se estreitaram.

— Vossa Graça, até onde sei, este cavaleiro chegou a Alvasparedes com Sor Glendon sem ser convidado — disse para Daemon. — Ele pode fazer parte disso.

Dunk o ignorou.

— Vossa Graça, o ovo de dragão que Lorde Peake encontrou entre os pertences de Sor Glendon foi o que ele colocou ali. Peça para que o traga até aqui, se puder. Examine você mesmo. Aposto que não passa de uma pedra pintada.

O caos irrompeu no salão. Uma centena de vozes começou a falar ao mesmo tempo e uma dúzia de cavaleiros ficou em pé. Daemon parecia quase tão jovem e tão perdido quanto Sor Glendon quando fora acusado.

— Está bêbado, meu amigo?

Antes estivesse.

— Perdi um pouco de sangue — Dunk confessou —, mas não o juízo. Sor Glendon foi injustamente acusado.

— Por quê? — Daemon quis saber, confuso. — Se Ball não fez nada errado, como insiste, por que Sua Senhoria diria que fez e tentaria provar com uma pedra pintada?

— Para tirá-lo do caminho. Sua Senhoria comprou seus outros adversários com ouro e promessas, mas Ball não estava à venda.

O Violinista corou.

— Isso não é verdade.

— É sim. Mande buscar Sor Glendon e pergunte você mesmo.

— Farei exatamente isso. Lorde Peake, mande buscar o bastardo imediatamente. E traga o ovo de dragão também. Quero dar uma olhada nele de perto.

Gormon Peake fuzilou Dunk com um olhar de ódio.

— Vossa Graça, o menino bastardo está sendo interrogado. Mais algumas horas e teremos uma confissão, não duvido.

— Por *interrogado* o senhor quer dizer torturado — Dunk comentou. — Mais algumas horas e Sor Glendon confessará ter matado o pai de Vossa Graça, e seus dois irmãos também.

— *Basta!* — O rosto de Lorde Peake estava quase púrpura. — Mais uma palavra e arrancarei sua língua no talo.

— Você está mentindo — Dunk falou. — São três palavras.

— E você vai lamentar as três — Peake prometeu. — Acorrentem este homem no calabouço.

— Não. — A voz de Daemon soou perigosamente baixa. — Quero a verdade. Sunderland, Vyrwel, Smallwood, peguem seus homens e encontrem Sor Glendon nos calabouços. Tragam-no aqui imediatamente, e se assegurem de que nada de mal aconteça a ele. Se alguém tentar impedi-los, digam que estão cuidando de assuntos do rei.

— Assim será — Lorde Vyrwel respondeu.

— Resolverei isso como meu pai faria — o Violinista disse. — Sor Glendon foi acusado de crimes graves. Como cavaleiro, tem o direito de se defender pela força das armas. Eu o enfrentarei nas listas, e deixaremos os deuses determinarem quem é culpado ou inocente.

Sangue de herói ou sangue de puta, Dunk pensou quando dois dos homens de Lorde Vyrwel jogaram Sor Glendon nu aos pés do homem, *ele tem bem menos do que tinha antes*.

O garoto fora selvagemente espancado. Seu rosto estava machucado e inchado, vários dos dentes rachados ou perdidos, o olho direito chorava sangue, e a pele do peito estava vermelha e rachada de cima a baixo onde o haviam queimado com ferros quentes.

— Está em segurança, agora — Sor Kyle murmurou. — Não há ninguém aqui além de cavaleiros andantes, e os deuses sabem que somos bem inofensivos.

Daemon dera para eles os aposentos do meistre e ordenara que cuidassem de qualquer ferimento que Sor Glendon tivesse sofrido, garantindo que ele estivesse pronto para a justa.

Enquanto lavava o sangue do rosto e das mãos de Ball, Dunk viu que três unhas haviam sido arrancadas da mão esquerda do menino. Isso o preocupou mais do que o resto.

— Consegue segurar uma lança?

— Uma lança? — Sangue e cuspe saltaram da boca de Sor Glendon quando ele tentou falar. — Estou com todos os meus dedos?

— Dez dedos — Dunk confirmou. — Mas só sete unhas.

Ball assentiu.

— Negro Tom estava prestes a cortar meus dedos, mas foi chamado. É com ele que vou lutar?

— Não. Eu o matei.

Aquilo o fez sorrir.

— Alguém precisava fazer isso.

— Você vai lutar contra o Violinista, mas o nome verdadeiro dele...

— ... é Daemon, sim. Já me contaram. O Dragão Negro. — Sor Glendon deu uma gargalhada. — Meu pai morreu pelo pai dele. Eu teria sido homem dele, e com alegria. Teria lutado por ele, matado por ele, morrido por ele, mas não posso perder para ele. — Virou a cabeça e cuspiu um dente quebrado. — Posso tomar uma taça de vinho?

— Sor Kyle, pegue o odre de vinho.

O rapaz deu um longo gole, depois secou a boca.

— Olhe para mim. Estou tremendo como uma garota.

Dunk franziu o cenho.

— Ainda consegue montar um cavalo?

— Me ajude a me lavar e traga meu escudo, minha lança e minha sela — Sor Glendon disse. — Aí verá o que consigo fazer.

Já estava quase amanhecendo quando a chuva parou o suficiente para que o combate pudesse acontecer. O pátio do castelo era um pântano, brilhando molhado sob a luz de uma centena de tochas. Além do campo, uma névoa cinzenta se erguia, enviando dedos fantasmagóricos pelas pálidas muralhas de pedra até chegar às ameias do castelo. Muitos dos convidados do casamento tinham desaparecido nas horas anteriores, mas aqueles que haviam permanecido subiram na arquibancada novamente e se ajeitaram nas tábuas de pinho encharcadas pela chuva. Entre eles estava Sor Gormon Peake, cercado por um grupo de senhores menores e cavaleiros de sua casa.

Havia apenas alguns anos que Dunk fora escudeiro de Sor Arlan. Não esquecera como fazer isso. Apertou as fivelas da armadura mal ajustada em Sor Glendon, prendendo o elmo na proteção de pescoço, depois o ajudou a montar e lhe entregou o escudo. Disputas anteriores haviam deixado sulcos profundos na madeira, mas ainda era possível ver a bola de fogo ardente. *Ele parece tão jovem quanto Egg*, Dunk pensou. *Um garoto assustado e triste*. A égua alazão não tinha arreios e estava arisca. *Ele devia ter ficado com a própria montaria. Um alazão pode ser mais educado e mais rápido, mas um cavaleiro cavalga melhor em um cavalo que conhece bem, e este aqui é um estranho para ele.*

— Precisarei de uma lança — Sor Glendon disse. — Uma lança de guerra.

Dunk foi até o cavalete. As lanças de guerra eram mais curtas e mais pesadas do que as lanças de torneio que tinham sido usadas na disputas anteriores; tinham dois metros de freixo sólido e uma ponta de ferro. Dunk escolheu uma e a tirou do cavalete, passando a mão por todo o comprimento para se assegurar de que não tinha rachaduras.

Na outra extremidade da lista, um dos escudeiros de Daemon oferecia uma lança parecida a ele. Não era mais um violinista. No lugar de espadas e violinos, o manto de seu cavalo de guerra mostrava o dragão de três cabeças da Casa Blackfyre, negro contra um fundo vermelho. O príncipe lavara a tinta negra do cabelo também, que agora fluía até seu colarinho em uma cascata de prata e ouro que brilhava como metal polido sob a luz das tochas. *Egg teria um cabelo como esse se o deixasse crescer*, Dunk percebeu. Achou difícil imaginar o escudeiro assim, mas sabia que um dia presenciaria aquilo se ambos vivessem tempo bastante para tal.

O arauto subiu na plataforma mais uma vez.

— *Sor Glendon, o Bastardo, é acusado de roubo e assassinato, e agora vem provar sua inocência colocando seu corpo em risco* — proclamou. — *Daemon da Casa Blackfyre, o Segundo de Seu Nome, Rei por direito de nascimento dos Ândalos, dos Roinares e dos Primeiros Homens, Senhor dos Sete Reinos e Protetor do Reino, venha adiante e prove a verdade das acusações contra o bastardo Glendon.*

E, de repente, foi como se o último ano tivesse desaparecido e Dunk estivesse de novo em Campina de Vaufreixo, ouvindo Baelor Quebra-Lança ao seu lado enquanto avançavam para lutar por sua vida. Colocou a lança de guerra de volta no lugar, puxando uma lança de torneio do cavalete ao lado; três metros e meio de comprimento, esguia e elegante.

— Use esta — disse para Sor Glendon. — Foi a que usei em Vaufreixo, no Julgamento de Sete.

— O Violinista escolheu uma lança de guerra. Ele pretende me matar.

— Primeiro ele precisa acertá-lo. Se sua mira for boa, a ponta da lança dele nunca o tocará.

— Não sei.

— Eu sei.

Sor Glendon aceitou a lança, girou-a e trotou na direção da lista.

— Que os Sete salvem a nós dois, então.

Em algum lugar a leste, um raio cruzou o céu rosa-claro. Daemon acertou a lateral do garanhão com esporas douradas e disparou adiante como um trovão, abaixando a lança de guerra com a ponta de ferro mortal. Sor Glendon levantou o escudo e correu ao encontro do adversário, balançando a lança mais comprida por cima da cabeça da égua para mirar no peito do jovem pretendente. Lama voava dos cascos dos cavalos, e as tochas pareceram brilhar com mais força quando os dois cavaleiros saíram em disparada.

Dunk fechou os olhos. Ouviu um estalo, um grito, um baque.

— Não — ouviu Lorde Peake gritar em angústia. — *Nããããããããoooooo.*

Por meio segundo, Dunk quase sentiu pena dele. Voltou a abrir os olhos. Sem cavaleiro, o grande garanhão negro reduzia sua velocidade até um trote. Dunk pulou e o agarrou pelas rédeas. Na outra extremidade da lista, Sor Glendon Ball virava com a égua e levantava a lança estilhaçada. Homens correram até o campo, até onde o Violinista estava caído, imóvel, o rosto enfiado na lama. Quando o ajudaram a ficar em pé, estava enlameado da cabeça aos pés.

— O Dragão Marrom — alguém gritou. As gargalhadas irromperam no pátio enquanto o amanhecer tomava Alvasparedes.

Foi só alguns segundos mais tarde, enquanto Dunk e Sor Kyle ajudavam Glendon Ball a descer do cavalo, que a primeira trombeta soou e os sentinelas nas muralhas deram o alarme. Um exército aparecera do lado de fora do castelo, saindo das brumas da manhã.

— Egg não estava mentindo, no final das contas — Dunk disse para Sor Kyle, atônito.

De Lagoa da Donzela viera Lorde Mooton; de Corvarbor, Lorde Blackwood, e de Valdocaso, Lorde Darklyn. As terras reais nas cercanias de Porto Real haviam mandado senhores das casas Hayford, Rosby, Stokeworth, Massey e as próprias espadas juramentadas do rei, liderados por três cavaleiros da Guarda Real e fortalecidos por trezentos Dentes de Corvo com altos arcos brancos de represeiro. A Doida Danelle Lothston em pessoa cavalgara sem parar, vinda de suas torres assombradas em Harrenhal, vestida em uma armadura negra que caía nela como uma luva de ferro, o longo cabelo vermelho solto.

A luz do sol nascente brilhou nas pontas de quinhentas lanças e dez vezes mais arpões. Os estandartes cinzentos da noite davam lugar a meia centena de cores espalhafatosas. E, acima de todos, estavam dois dragões suntuosos sob fundo negro como a noite: a grande besta de três cabeças do rei Aerys I Targaryen, vermelho como fogo, e uma fúria branca alada baforando uma chama escarlate.

Não foi Maekar, no final das contas, Dunk percebeu quando viu os estandartes. O estandarte do príncipe de Solar de Verão mostrava quatro dragões de três cabeças, dois e dois, o brasão de armas do quarto filho do falecido rei Daeron II

Targaryen. Um único dragão branco anunciava a presença da Mão do Rei, Lorde Brynden Rivers.

Corvo de Sangue em pessoa fora até Alvasparedes.

A Primeira Rebelião Blackfyre acabara no Campo do Capim Vermelho em sangue e glória. A Segunda Rebelião Blackfyre terminou com um gemido.

— Eles não podem nos intimidar — o Jovem Daemon proclamou das ameias do castelo depois de ver o anel de ferro que os cercava —, pois nossa causa é justa. Vamos passar por eles e cavalgar com determinação até Porto Real! Soem as trombetas!

Em vez disso, cavaleiros, senhores e homens de armas murmuraram baixinho uns com os outros; alguns começaram a escapulir, dirigindo-se para os estábulos, para um portão traseiro ou para algum esconderijo no qual esperavam ficar em segurança. Quando Daemon desembainhou a espada e a ergueu sobre a cabeça, todos os homens viram que não era a Blackfyre.

— Teremos outro Campo do Capim Vermelho hoje — o pretendente prometeu.

— Cai fora, menino violinista — um escudeiro grisalho gritou de volta. — Prefiro viver.

No fim, o segundo Daemon Blackfyre saiu do castelo sozinho, cavalgando até parar diante das tropas reais, e desafiou Lorde Corvo de Sangue para um combate singular.

— Lutarei com você, com o covarde do Aerys ou com qualquer campeão que escolher.

Em vez disso, os homens de Lorde Corvo de Sangue o cercaram, arrancaram-no de seu cavalo e o meteram em grilhões dourados. O estandarte que levava foi fincado no chão de lama e puseram fogo nele. Queimou por muito tempo, fazendo subir no ar penachos de fumaça retorcida que podiam ser vistos a quilômetros dali.

O único sangue derramado naquele dia veio quando um homem a serviço de Lorde Vyrwel começou a se gabar dizendo que era um dos olhos de Corvo de Sangue e que logo seria recompensado.

— Quando a lua mudar, estarei fodendo putas e bebendo tinto dornês — ele supostamente dissera antes que um dos cavaleiros de Lorde Costayne cortasse sua garganta.

— Beba isso — ele respondera, enquanto o homem de Vyrwel se afogava no próprio sangue. — Não é dornês, mas é tinto.

Fora isso, tudo se resumiu a uma coluna silenciosa de homens taciturnos que se arrastaram pelos portões de Alvasparedes para jogar suas armas em uma pilha brilhante, antes de serem amarrados e levados para aguardar pelo julgamento de Lorde Corvo de Sangue. Dunk saiu com o restante deles, acompanhado por Sor Kyle, o Gato, e Glendon Ball. Haviam procurado por Sor Maynard para que se juntasse a eles, mas Plumm desaparecera em algum momento durante a noite.

Já era tarde quando Sor Roland Crakehall da Guarda Real encontrou Dunk entre os outros prisioneiros.

— Sor Duncan, onde, pelos sete infernos, você se escondeu? Lorde Rivers está perguntando por você há horas. Venha comigo, por favor.

Dunk o acompanhou. O longo manto de Crakehall se agitava a cada rajada de vento, tão branco quanto o luar na neve. Ao ver aquilo, Dunk se lembrou das palavras que o Violinista dissera no telhado. *Sonhei que você estava todo de branco, da cabeça aos pés, com um longo manto pálido fluindo desses ombros largos.* Dunk bufou. *Sim, e sonhou também com dragões eclodindo de ovos de pedra. Uma coisa é tão provável quanto a outra.*

O pavilhão da Mão estava a um quilômetro do castelo, sob a sombra de um grande olmo. Uma dúzia de vacas pastava na relva ali perto. *Reis se erguem e caem*, Dunk pensou, *e as vacas e os plebeus cuidam de suas vidas*. Era algo que o velho costumava dizer.

— O que vai acontecer com todos eles? — perguntou a Sor Roland enquanto passavam por um grupo de cativos sentados na relva.

— Serão mandados para Porto Real, para julgamento. Os cavaleiros e homens de armas devem se livrar. Só estavam seguindo seus suseranos.

— E os senhores?

— Alguns serão perdoados, desde que digam a verdade sobre o que sabem e entreguem um filho ou uma filha para garantir sua lealdade futura. Vai ser mais difícil para aqueles que conseguiram perdão depois do Campo do Capim Vermelho. Serão presos ou desonrados. Os piores perderão a cabeça.

Corvo de Sangue já dera início a essa última pena, Dunk viu quando chegaram ao pavilhão. De cada lado da entrada, as cabeças cortadas de Cormon Peake e Negro Tom Heddle estavam empaladas em lanças, os escudos acomodados embaixo. *Três castelos, negro contra um fundo laranja. O homem que assassinou Roger de Centarbor.*

Mesmo na morte, os olhos de Lorde Gormon eram duros e insensíveis. Dunk os fechou com os dedos.

— Por que fez isso? — perguntou um dos guardas. — Logo os corvos darão um jeito neles.

— Eu devia isso a ele.

Se Roger não tivesse morrido naquele dia, o velho nunca teria olhado duas vezes para Dunk quando o viu perseguindo aquele porco pelos becos de Porto

Real. *Algum antigo rei deu uma espada para um filho em vez de para o outro, o que foi o início disso. E agora estou parado aqui, e o pobre Roger está em seu túmulo.*

— A Mão aguarda — proclamou Roland Crakehall.

Dunk passou por ele e se aproximou de Lorde Brynden Rivers, bastardo, feiticeiro e Mão do Rei.

Egg estava ao lado dele, recém-banhado e vestido com roupas de príncipe, como convinha ao sobrinho do rei. Ali perto, Lorde Frey estava sentado em uma cadeira de acampamento com uma taça de vinho na mão e seu pequeno herdeiro medonho se contorcendo em seu colo. Lorde Butterwell estava ali também... de joelhos, com o rosto pálido e tremendo.

— A traição não é menos vil porque o traidor prova ser um covarde — Lorde Rivers estava dizendo. — Ouvi seus balidos, Lorde Ambrose, e acredito em uma palavra a cada dez. Por essa conta, permitirei que mantenha a décima parte de sua fortuna. Pode manter a esposa também. Desejo que tenha alegrias com ela.

— E Alvasparedes? — Butterwell perguntou, a voz trêmula.

— Confiscada pelo Trono de Ferro. Pretendo colocá-la abaixo pedra por pedra e salgar a terra na qual está. Em vinte anos, ninguém se lembrará de que existiu. Velhos tolos e jovens descontentes ainda fazem peregrinações até o Campo do Capim Vermelho para plantar flores no local em que Daemon Blackfyre caiu. Não deixarei que Alvasparedes se torne outro monumento ao dragão negro. — Acenou com a mão pálida. — Agora, corra para longe, barata.

— A Mão é gentil. — Butterwell tropeçou, tão cego de pesar que nem mesmo reconheceu Dunk quando passou por ele.

— Você também pode se retirar, Lorde Frey — Rivers ordenou. — Conversaremos novamente mais tarde.

— Como meu senhor ordena — Frey levou o filho para fora do pavilhão.

Só então a Mão do Rei se virou para Dunk.

Estava mais velho do que Dunk se lembrava, com um rosto duro marcado, mas a pele ainda era clara como osso, e a bochecha e o pescoço ainda tinham a feia marca de nascença cor de vinho que algumas pessoas achavam parecida com um corvo. Suas botas eram negras; a túnica, escarlate. Sobre ela, usava um manto cor de fumaça, preso com um broche no formato de uma mão de ferro. O cabelo caía até os ombros, longo, branco e liso, escovado para a frente para disfarçar o olho que faltava — aquele que Açoamargo arrancara dele no Campo do Capim Vermelho. O olho que sobrara era muito vermelho. *Quantos olhos tem Corvo de Sangue? Mil e mais um.*

— Não duvido que o príncipe Maekar tenha boas razões para permitir que seu filho seja escudeiro de um cavaleiro andante, embora não pudesse imaginar que isso incluiria entregá-lo em um castelo cheio de traidores tramando uma rebelião — disse. — Como é que vim encontrar meu primo neste ninho de víboras, sor? Lorde Butterwell queria que eu acreditasse que o príncipe Maekar o mandou aqui para farejar esta rebelião sob o disfarce de um cavaleiro misterioso. Há verdade nisso?

Dunk se ajoelhou.

— Não, senhor. Quero dizer, sim, senhor. Foi o que Egg disse para ele. Aegon, quero dizer. O príncipe Aegon. Então esta parte é verdade. Não é o que você chamaria de verdade verdadeira, no entanto.

— Entendo. Então vocês dois descobriram essa conspiração contra a coroa e decidiram acabar com ela por conta própria. Foi isso que aconteceu?

— Tampouco foi isso. Nós só meio que... tropeçamos nela, suponho que seria possível dizer isso.

Egg cruzou os braços.

— E Sor Duncan e eu tínhamos o assunto sob controle antes que você aparecesse com seu exército.

— Tivemos alguma ajuda, senhor — Dunk acrescentou.

— Cavaleiros andantes.

— Sim, senhor. Sor Kyle, o Gato, e Maynard Plumm. E Sor Glendon Ball. Foi ele quem desmontou o Violi... o pretendente.

— Sim, já ouvi essa história de meia centena de lábios. O Bastardo do Salgueiro. Nascido de uma prostituta e de um traidor.

— Nascido de *heróis* — Egg insistiu. — Se ele está entre os prisioneiros, quero que seja encontrado e solto. E recompensado.

— E quem é você para dizer à Mão do Rei o que fazer?

Egg não hesitou.

— Sabe quem eu sou, primo.

— Seu escudeiro é insolente, sor — Lorde Rivers disse para Dunk. — Devia espancá-lo por isso.

— Eu tentei, senhor. Mas ele é um príncipe.

— O que ele é — disse Corvo de Sangue — é um *dragão*. Levante-se, sor.

Dunk se levantou.

— Sempre existiram Targaryen que sonhavam com coisas que iam acontecer, desde muito antes da Conquista — Corvo de Sangue contou. — Então, não devemos ficar surpresos se, de tempos em tempos, um Blackfyre apresentar tal dom também. Daemon sonhou que um dragão nasceria em Alvasparedes, e aí está. O tolo só errou a cor. — Dunk olhou para Egg. *O anel*, ele viu. *O anel do pai. Está no dedo dele, não enfiado dentro da bota.*

— Pensei brevemente em levá-lo para Porto Real conosco — Lorde Rivers falou para Egg — e mantê-lo na corte como meu... convidado.

— Meu pai não aceitaria isso de bom grado.

— Suponho que não. O príncipe Maekar tem uma... natureza... irritadiça. Talvez eu devesse mandar você de volta para Solar de Verão.

— Meu lugar é com Sor Duncan. Sou escudeiro dele.

— Que os Sete salvem vocês dois. Como queira. Está livre para partir.

— Nós vamos, mas antes precisamos de algum ouro — Egg prosseguiu. — Sor Duncan precisa pagar o resgate para o Caracol.

Corvo de Sangue deu uma gargalhada.

— O que aconteceu com o garoto modesto que conheci certa vez em Porto Real? Como queira, meu príncipe. Instruirei meu tesoureiro a lhe dar tanto ouro quanto desejar. Dentro do razoável.

— Como empréstimo, porém — Dunk insistiu. — Pagarei de volta.

— Quando aprender a disputar uma justa, não duvido. — Lorde Rivers os dispensou com os dedos, desenrolou um pergaminho e começou a assinalar nomes com uma pena.

Ele está marcando os homens que vão morrer, Dunk percebeu.

— Meu senhor, vimos as cabeças lá fora — disse. — Será que... O Violinista... Daemon... Vai cortar a cabeça dele também?

Lorde Corvo de Sangue levantou a cabeça do pergaminho.

— Isso é uma decisão do rei Aerys... Mas Daemon tem quatro irmãos mais jovens, além de irmãs. Se eu for tolo o bastante para cortar sua bela cabeça, a mãe dele vai lamentar, os amigos dele vão me amaldiçoar como fratricida e Açoamargo vai coroar o irmão dele, Haegon. Morto, o jovem Daemon seria um herói. Vivo, é um obstáculo no caminho do meu meio-irmão. Além disso, um cativo de tamanha nobreza é um ornamento para nossa corte, e uma testemunha viva da misericórdia e benevolência de Sua Graça, o rei Aerys.

— Tenho uma pergunta também — Egg falou.

— Começo a entender por que seu pai estava tão desejoso de se ver livre de você. O que mais quer de mim, primo?

— Quem pegou o ovo do dragão? Havia guardas na porta e mais guardas na escada, não era possível que alguém entrasse no quarto de Lorde Butterwell sem ser visto.

Lorde Rivers sorriu.

— Se eu tivesse de adivinhar, diria que alguém deve ter escalado pela saída da latrina.

— A saída da latrina é pequena demais para alguém escalar.

— Para um homem. Uma criança conseguiria.

— Ou um anão — Dunk deixou escapar. *Mil olhos e mais um. Por que um deles não poderia pertencer a uma trupe de anões cômicos?*

George R.R. Martin nasceu em 1948, em Nova Jersey, e se formou em jornalismo pela Universidade Northwestern, em Evanston. Nos anos 1980, começou a editar a série Wild Cards, e em 1996 deu início à aclamada saga de fantasia As Crônicas de Gelo e Fogo que, além de ter ocupado o topo das listas de livros mais vendidos, consagrou o autor como um dos cânones da literatura fantástica. Também é o criador de *Atlas das Terras de Gelo e Fogo*, uma coletânea de mapas com ilustrações originais de Jonathan Roberts, *O Mundo de Gelo e Fogo* (com Elio M. García Jr. e Linda Antonsson) e *Fogo e Sangue*, primeiro volume da duologia definitiva sobre a história dos Targaryen em Westeros, com ilustrações de Doug Wheatley. Sua obra ainda inclui livros como *Tuf Voyaging*, *Fevre Dream*, *The Armageddon Rag*, *Dying of the Light*, *Windhaven* (com Lisa Tuttle) e *Dreamsongs* — volumes I e II. Como roteirista e produtor, ele trabalhou em The Twilight Zone, Beauty and the Beast e em diversos filmes e pilotos não produzidos. Atualmente, mora com a esposa, Parris, em Santa Fé, Novo México.

1ª EDIÇÃO [2022] 2 reimpressões

ESTA OBRA FOI COMPOSTA PELA ABREU'S SYSTEM EM CAPITOLINA REGULAR
E IMPRESSA EM OFSETE PELA GRÁFICA SANTA MARTA SOBRE PAPEL PÓLEN
DA SUZANO S.A. PARA A EDITORA SCHWARCZ EM MAIO DE 2024

A marca FSC® é a garantia de que a madeira utilizada na fabricação do papel deste livro provém de florestas que foram gerenciadas de maneira ambientalmente correta, socialmente justa e economicamente viável, além de outras fontes de origem controlada.

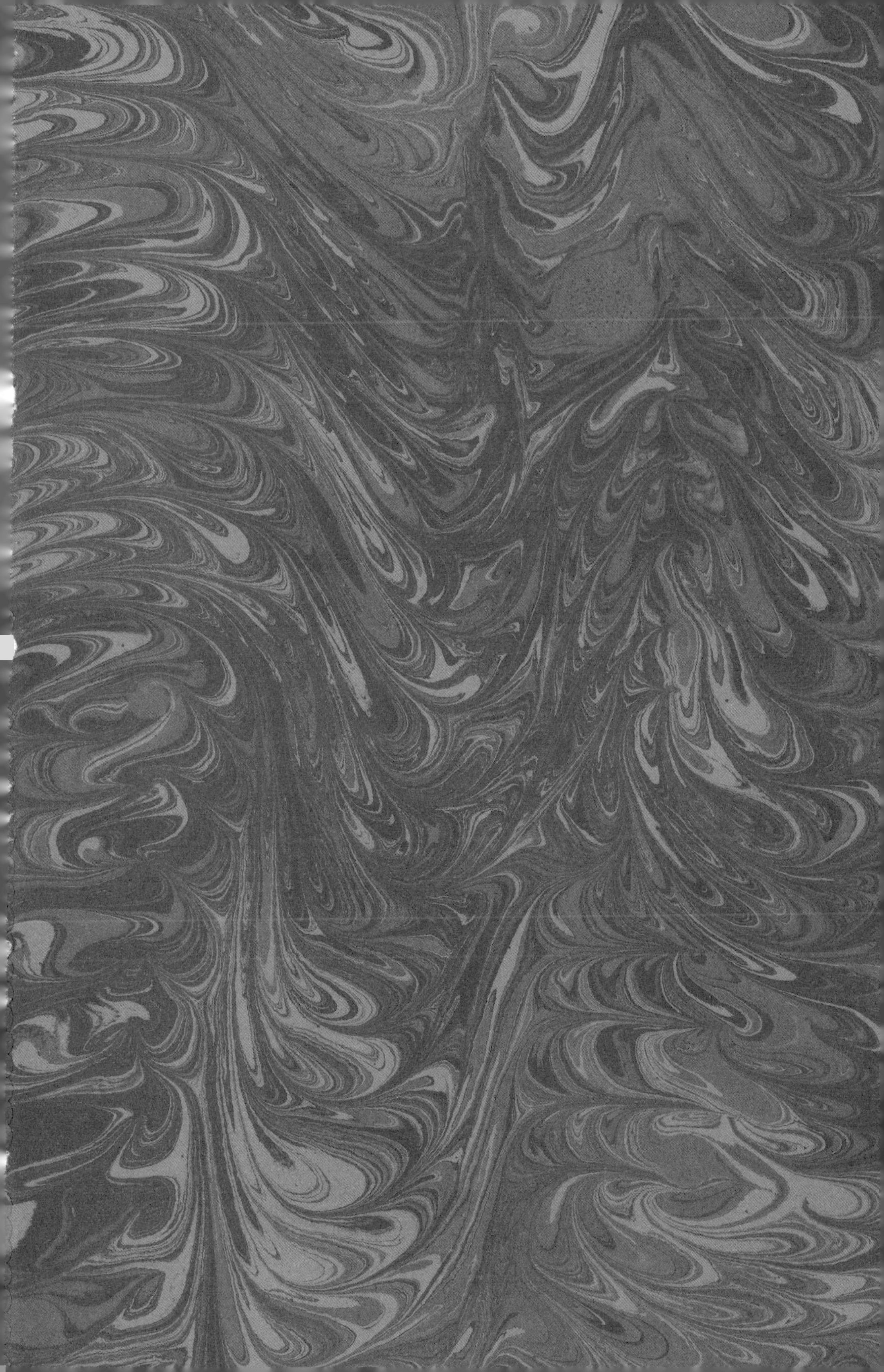